새로운 작품 읽기 방법

석학人文강좌 93

새로운 작품 읽기 방법

초판 1쇄 인쇄 2018년 7월 3일

초판 1쇄 발행 2018년 7월 10일

지은이 최유찬

펴낸이 이방원

편 집 윤원진 · 김명희 · 이윤석 · 안효희 · 강윤경 · 홍순용

디자인 박혜옥 · 손경화

마케팅 최성수

펴낸곳 세창출판사

출판신고 1990년 10월 8일 제300-1990-63호

주소 03735 서울시 서대문구 경기대로 88 냉천빌딩 4층

전화 723-8660

팩스 720-4579

이메일 edit@sechangpub.co.kr

홈페이지 http://www.sechangpub.co.kr

ISBN 978-89-8411-763-1 04800

978-89-8411-350-3(세트)

_ 책값은 뒤표지에 있습니다.

이 도서의 국립중앙도서관 출판시도서목록(CIP)은 서지정보유통지원시스템 홈페이지(http://seoji.nl.go.kr)와 국가자료공동목록시스템(http://www.nl.go.kr/kolisnet)에서 이용하실 수 있습니다. (CIP제어번호: CIP2018019888)

석학
人文
강좌
93

새로운 작품 읽기 방법

최유찬 지음

세창출판사

_ 서론

생물은 자신이 살아가는 물리적 세계에 대처하는 데 필요한 여러 가지 감각능력을 가지고 있다. 인간과 세계의 접촉은 감각에서 시작되며 이때 감각은 신체 내외부에서 생기는 자극에 대한 의식의 체험이라고 할 수 있다. 이 의식의 체험으로서 감각은 신경세포를 활성화하거나 자극함으로써 신경처리를 시작하게 하는 에너지로서의 성격을 지니는데, 그것이 에너지란 사실은 감각이 물리적인 일을 수행할 수 있는 능력을 갖추고 있음을 말해 준다. 곧 빛의 파동이라든가 소리의 진동, 피부의 접촉 등에서 생기는 자극을 수용하여 다른 신경세포들을 흥분시키고 그것을 뇌에까지 전달함으로써 대상에 대한 지각을 가질 수 있게 하는 것이다. 물론 그 지각은 사물의 표상에 대한 뇌의 경험일 뿐 사물 그 자체라고 할 수 없을지 몰라도 감각 주체의 자극에 대한 최소한의 적절한 반응을 위해서는 필요불가결한 것이다. 이 점에서 생물의 안과 밖을 연결시켜 주는 감각은 인간의 생존을 위해서 없어서는 안 될 능력이다. 감각은 제각기 특정한 영역에 관련된 고유의 감수능력을 가지는 것이지만 능력들 간에 서로 협동하고 협조함으로써 현실에서 새롭게 제기되는 다양한 필요에 대처해 나갈 수 있게 굴신하기도 한다. 그 과정에서 능력들은 상황에 따라 임기응변하며 서로 간에 협력하기도 하고 상극되는 방향으로 움직이기도 하는 것임은 물론이다. 하나의 감각이 특정한 예술 장르와 긴밀한 관계 속에서 주도적이거나 보조적인 역할을 맡는다는 것은 익히 아는 사실이다. 그뿐만 아니라 감각의 복합은 새로운 예술 장르가 탄생하기도 하고 쇠퇴하는 과정을 밟기도 하는 데 결정적인 역할을 한다. 그런데 많은 경우 감각경험은 외부의 자극과 함께 두뇌에 저장되어 작동하고 있는 감각경험의 해석을 통해야 비로소 소기의 목적을 달성한다는 사실도 놓쳐서는 안 될 부분이다.

이 책에서 다루고자 하는 읽기는 근본적인 측면에서 어느 한 예술 장르에 국한된 것이 아니다. 작품 읽기가 필요한 모든 부분에 적용될 수 있는 능력을 포괄적으로 다루고자 하는 것이 이 책에서 기대하는 하나의 궁극적 이상이다. 그러나 이 책에서는 여러 장르 중에서도 특히 문학작품을 중요한 고찰 대상으로 삼는다. 필자의 능력이 한꺼번에 여러 장르를 포괄하는 동시에 그것들을 체계적으로 다룰 만큼 갖추어져 있지 않기 때문이다. 문학작품의 읽기는 시각이나 청각 등 특정한 감각기관에 한정할 수 없는 다양한 능력들을 요구하는 것인 까닭에 읽기의 문제를 포괄적으로 다룰 수 있는 좋은 장(場)인 것은 사실이다. 하지만 그로 인해서 문학작품의 읽기는 여러 가지 복합적인 문제들을 파생시키고 해결하기 곤란한 어려움을 가져오기도 한다. 더욱이 이 책이 표방하고 있는 바, 기왕의 읽기 방법에 포괄되지 않는 새로운 방법을 중심으로 작품 읽기에 관한 논의를 펼친다는 것은 근본적인 측면에서 생각하면 필자의 능력을 크게 벗어나는 일이라 할 수도 있다. 그럼에도 불구하고 필자는 기왕에 문학작품의 읽기에서 얻은 체험과 거기에서 얻은 독특한 읽기 방법이 혼자서만 간직하기에는 너무 아깝고 귀중한 것이라는 생각에서 이 책을 쓰기로 했다. 필자가 현재까지 미처 알지 못하고 깨닫지 못한 부분이 있을지라도 어느 날엔가 필자보다 더 많은 체험과 능력을 갖춘 다른 사람이 그 모자라고 불충분한 것을 채워 주고 시정해 줄 것이라는 믿음이 이 일에 나설 수 있도록 용기를 북돋아 주었다.

이 책의 제목은 '새로운 작품 읽기 방법'이다. 이 제목은 받아들이는 사람에 따라 서로 다른 뜻으로 읽힐 수 있다. '새로운 작품'을 읽는 방법으로 이해할 수도 있고 작품을 읽는 '새로운 방법'으로 이해할 수도 있다. 새로운 작품이나 기존의 작품이나 작품임에는 다를 것이 없으므로 똑같은 이야기라고 하면 그렇다고 하지 못할 바는 아니지만 '새로운 작품'을 특별히 강조하는 입장이 있을 수 있고 읽기의 '새로운 방법'에 비중을 두는 입장이 있을 수 있으니 두 가지를 구분하는 데도 일리가 있다. 그 점에서 필자의 취지는 전적으로 '새로운 작품'보다도 '새로운 방법'을 강조하는 후자 쪽에 방점을 찍는 것이지만 여기에도 오해가 따를 수 있다. '새로운 방법'이라고 하니 이전에 없던 새로운 이론이나 독서법을 소개하는 것으로 얼핏 생각하기 쉬우나 이 책에서 제시하는 읽기 방법은 어찌 보면 가장 새롭다기보다 인류에게 가장 오래되고 가장 근간이 되는 읽기 방법이다. 인간이 살아가면서 마주치는 특정한 상황이나 텍스트, 작품에 대해서 느끼고 파악하고 인식하는 방식 가운데 가장 원초적이고 가장 직접적인 방식을 '새로운' 방법으로 소개하고자 하는 것이다. 그렇게 가장 오래되고 원초적이며 근본적인 방법이 '새로운' 방법임을 내세우는 데는 그럴 만한 이유가 있다. 그 방법이 인류역사의 초기부터 사람의 대상 파악, 텍스트 이해, 작품 읽기에 두루 사용되어 왔음에도 불구하고 역사의 어느 시점인가에서부터 그것이 학문의 영역에 있는 사람들에게서 잊혀지고 외면당해 왔기 때문이다. 그 시점을 일률적으로 특정하기는 어렵지만 대략 근대화의 물결이 전 세계를 휩쓸 무렵, 또는 서양의 근대과학이 학문세계에서 패권을 차지하는 시기와 맞물리는 것이 아닌가 생각된다. 학문의 정통성이 서양학문으로 일원화되던 어느 시점에 원초적이고 직접적인 대상 파악방식이 점차 쇠퇴함으로 말미암아 관심의 사각지대로 빠지게 되었고 결국 인멸의 길을 걷게 되었던 것이다.

이렇게 이야기하고 보면 눈썰미가 있으신 분들은 이 책에서 '새로운 읽기 방법'으로 제시하는 방법이 서양의 과학에 토대가 된 분석 종합의 방법과 구분되는 직관과 같은 것에 관련되는 것임을 어렴풋이 짐작할 수 있을 것이다. 2500년 전 소크라테스는 직관이 최고의 인식 방법임을 알았으면서도 모든 사람이 그것을 익히는 것이 쉽지 않다는 점을 고려하여 차선의 방법으로서 지성의 길을 택했다. 이에 반해서 동아시아에서는 생성철학의 전통 위에서 관물취상(觀物取象)의 방법을 오래도록 사용해 왔다. 관상법이나 취상법으로 불린 이 방법들이 직관과 지근거리에 있다는 것은 긴 설명을 요하지 않을 것이다. 유가나 불교, 도가의 수련 방법들에는 지관(止觀)이나 선정(禪定), 정관(靜觀)이 포함되고 그것들은 직관과 매우 가까운 거리에 자리 잡고 있기 때문이다. 그 방법들은 근대화의 거센 파고 속에서 한때 비과학적 방법이라는 오명을 쓰고 뒷전으로 밀려나기도 했으나 최근에 들어 조금씩 부활하는 양상을 드러내고 있다. 그러나 그 부활의 움직임은 아직까지 간헐적이고 국부적이어서 전면적인 부상이나 세력화에는 이르지 못하고 있다. 그것은 그에 대해 관심을 가지고 있는 몇몇 사람에게서만 미세하게 감지되는 현상에 지나지 않을 수도 있다. 그럼에도 불구하고 다른 분야와는 달리 인문학 분야에서는 그에 관한 연구의 중요한 성과들이 여러 분야에서 점차 누적되고 있어서 멀지 않은 장래에 그 방법이 쇄신된 면모를 갖추고 다시 등장하게 되지 않을까 기대할 수 있게 한다. 이 책에서 이름 붙인 '새로운 방법'이란 그 오래된 전통의 방법이 현대적인 면모를 갖추어 나가는 움직임에 의의를 부여하여 붙인 호칭이며 그것이 새로운 종합을 통해 종래의 작품 읽기 방법을 혁파해 나갈 것을 기대하고 붙인 이름이다.

이와 같은 관점에서 이 책은 다음과 같은 체제로 구성되었다. 첫째, 1장에서는 우리가 현재 작품을 어떻게 읽고 있는지를 검토한다. 이 작업은 읽기의 현황에 대한 파악이라고 할 수 있는 것으로서 독자들의 독서 양태를 경험적 이론적으로 개괄하는 데 초점을 맞춘다. 현대에 들어와서 다양한 텍스트 이론이 등장한 것은 읽기와 관련하여 지적 풍토에 일어난 변화를 한마디로 집약해 말해 준다. 그러므로 작품과 텍스트의 개념적 정의로부터 시작하여 읽기에 대한 상반된 입장들을 검토하는 것은 읽기 경험에 대한 총체적 개괄이면서 읽기 이론이 현재 도달한 수준에 대한 고찰이 된다. 그 점에서 인지심리학자 로버트 솔소가 다루고 있는 읽기의 세 수준에 대한 논의나 현상학자 로만 인가르덴이 자신의 저서 『문학예술작품』에서 '형이상학적 특질'에 대하여 언급하고 있는 내용은 이 책에서 다뤄야 할 문제와 사안에 대한 기본 개념과 구도를 설정해 준다. 그런 의미에서 그들의 논의를 바탕으로 중세 동서양의 읽기 이론과 고대의 문학 이론을 우리의 담론 속에 포함시키는 것은 읽기 방법에 대한 포괄적 조명을 시도하는 첫 단계의 작업으로서 가치가 있다.

둘째, 2장에서는 현대의 디지털 기술이 텍스트에 일으킨 변화와 그에 상응한 인간의 지각방식의 변화를 고찰한다. 여기에는 컴퓨터 게임으로 대표되는 디지털 텍스트에 대한 필자의 경험과 함께 그것이 읽기에 미친 영향을 경험적 이론적 차원에서 검토하는 과정이 포함된다. 이 장에서는 문학작품과 디지털 텍스트, 그리고 읽기 이론에 대한 공부 과정에서 체득한, 소설작품을 읽는 데 필요한 몇 개의 중요한 이론이 소개되며 필자가 제안하는 읽기 방법의 핵심적 요소라 할 수 있는 세 가지 사항이 제시된다.

셋째, 3장에서는 필자가 제안한 읽기 방법을 실제로 작품에 적용해 본다. 다양한 작품을 통해 읽기를 시도하는 초급 수준의 실험이지만 독자는 검토 대상이 되는 작품의 특성에 따라 점차 읽기의 방법이 달라지고 초점과 주목해야 할 대상영역이 바뀌는 양상을 지켜볼 수 있을 것이다. 읽기 방법에 대한 본격적인 논의로 넘어가기 전에 수행하는 읽기의 예행연습 또는 실습의 성격을 지닌다고 해도 무방하다.

넷째, 4장과 5장은 박경리의 소설 『토지』에 대한 구체적 읽기이다. 필자가 작품을 읽는 새로운 방법을 터득할 계기를 마련해 준 것이 이 작품이라는 사실을 감안하면 이 대목은 독자가 새로운 읽기 방법의 전체적인 윤곽과 구체적 면모를 엿볼 수 있는 요처가 된다. 그런 의미에서 4장과 5장은 새로운 읽기 방법이라는 개념과 실천 방법의 구체적 내용을 파악할 수 있는 적절한 장소이다. 따라서 독자는 하나의 작품에 대하여 여러 가지 측면에서 접근하여 공통된 결론으로 이끌어 가는 논의 과정에 주목할 필요가 있다.

다섯째, 6장과 7장은 『토지』의 독서에서 터득한 읽기 방법을 채만식의 문학이라는 특정한 대상에 적용하여 구체적으로 읽기를 시험해 보는 단계이다. 그러므로 이 두 장에서는 새로운 읽기 방법이 『토지』라는 작품에만 적합한 방법이 아니라 우리가 일상적으로 접하는 많은 작품, 많은 텍스트에 두루 적용될 수 있는 방법이라는 사실을 입증하는 데 목적을 둔다. 이 단계의 서술은 채만식의 창작능력이 진전되고, 읽기의 방법이 발전하는 것과 같은 순서로 진행되므로 독자는 이곳에서 자신의 읽기 능력이 어느 수준에 도달해 있는지 검증하고 미처 갖추지 못한 읽기 능력을 새로운 대상을 통해 배양할 수 있다. 이 학습의 과정을 통해 독자는 발표된 지 70-80년이 지난 채만식의 문학이 왜 그동안 학계나 평단에서 제대로 평가를 받지 못한 채 문학사의 변두리에 방치되기도 하고 타기의 대상이 되기도 했는지 그 원인을 깨달을 수 있을 것이다. 그 점에서 채만식 문학을 통해 새롭게 깨우친 내용이 작품 읽는 방법을 터득하는 계기로 작용할 수 있도록 독자 스스로 적극적인 자세를 가지고 작품 읽기에 나설 필요가 있다. 작품에 대해 깊이 알고 있으면 있을수록 필자가 분석하고 해석하는 내용이 훨씬 더 쉽게 이해되고 명료하게 파악될 수 있기 때문이다. 그러므로 독자의 노력 여하에 따라 새로운 작품 읽기 방법은 독자의 비장의 무기가 될 수도 있고 여우의 신포도가 될 수도 있다. 거기에서 관건이 되는 것은 독자가 작품을 미리 읽어 두었느냐 하는 것, 작품을 얼마나 잘 알고 있느냐 하는 것이다.

이상과 같이 이 책은 단계적 순서를 밟아 서술된다. 그 전체적 구도를 간략하게 축약하여 제시하면, 이 책에서는 맨 먼저 읽기의 이론을 통해 작품 읽기에서 문제가 되는 요점을 파악한다. 여기에서 논의되는 읽기 이론들은 작품을 읽는 수준들을 유형화하고 있다. 그 유형화는 여러 수준의 작품 읽기가 제각기 어떤 특성을 지니고 있는지 분별할 수 있게 해 줌으로써 독자에게 독서의 지표를 제시한다. 두 번째 단계에서는 『토지』에 대한 읽기를 통해 새로운 읽기 방법이 구체적으로 어떤 순서와 과정, 길을 밟아 가는 것인지 파악한다. 추상적인 이론만이 아니라 작품에 대한 실제적 독서 체험과 동반하는 여정은 새로운 읽기 방법으로의 여행이 매우 즐겁고 흥미로우며 보람 있는 시간으로 채워진다는 것을 알 수 있게 해 준다. 세 번째 단계에서는 이론과 경험을 통해 배운 새로운 읽기 방법을 실제 작품에 적용해 본다. 이 과정을 통해 독자는 새로운 읽기 방법을 스스로 터득하여 자기화하게 되는데, 여기에 부대되는 한 가지 전제조건은 가능한 한 독자가 논의 대상이 되는 작품을 먼저 읽어 친숙해져 있어야 한다는 것이다. 작품을 읽지 않고 설명만 들어도 어느 정도는 파악할 수 있지만 그렇게 되면 실제 독서 체험을 통해 방법의 요체를 깨달을 수 없을 뿐만 아니라 방법에 대한 설명을 통해 알게 된 내용조차 시간이 흘러가는 데 따라 쉬 잊어버리게 된다. 얻는 것이 쉬우면 잃기도 쉽다는 옛말이 헛된 말이 아닌 것이다. 그러므로 가능한 한 논의가 되는 작품을 먼저 읽은 뒤 읽기 방법에 대한 필자의 설명을 들으면서 자신이 읽은 것과 비교하며 작품을 다시 읽어 가는 일이 필요하다. 그와 같이 작품을 읽고 새로운 읽기 방법을 통해 작품을 한 번 더 깊게 이해하고 나면 독자는 다른 작품을 읽는 데도 그 읽기 방법을 원용할 수 있다. 이처럼 세 단계로 구성된 이 책의 체제를 생각하면서 이제 새로운 읽기 방법을 익히기 위한 여행을 떠나 보자.

차례

_ 서론 · 4

제1장 우리는 작품을 어떻게 읽는가?

1. 작품과 텍스트 · 20

2. 읽기 · 27

제2장 디지털 시대 텍스트 지각방식

1. 「삼국지」 게임과 『토지』 읽기 · 48

2. 소설 이론과 읽기 방법 · 58

제3장 작품의 특성에 따른 여러 가지 읽기 방법

1. 「아침의 문」 — 플롯의 대응 형태 · 82

2. 「새벽 출정」 — 형이상학적 특질 · 90

3. 『타이스』 — 모래시계의 패턴 · 95

4. 『난장이가 쏘아올린 작은 공』 — 공포의 형상 · 100

5. 『고요한 돈강』 — 움직이는 상(象) · 107

6. 『비명을 찾아서』 — 알레고리의 지도 · 113

7. 요약 · 120

제4장 빅뱅의 사건으로서 『토지』 읽기 I

1. 『토지』의 씨앗과 틀 · 132

2. 『토지』의 리듬과 운동성 · 151

1) 1부 — 솟구침의 운동성 · 156

2) 2부 — 펼쳐짐의 운동성 · 165

3) 3부 — 영글게 하여 거두는 운동성 · 172

4) 4부와 5부 — 저장하는 운동성 · 177

5) 『토지』의 전체 리듬 · 183

제5장 빅뱅의 사건으로서 『토지』 읽기 II

1. 작품의 통일성과 관심의 통일 · 204

2. 인물론 · 224

3. 주제사상 · 240

제6장 채만식의 작품 읽기

1. 문학적 실험의 발단 · 255

2. 채만식 문학의 기본 형태 · 260

3. 전체 구조의 직관 · 291

4. 장편소설의 전체상 · 301

제7장 해방기 채만식의 작품 읽기

1. 「민족의 죄인」과 『갈릴레이의 생애』 · 319

2. 「소년은 자란다」의 알레고리 · 344

3. 채만식의 방법 · 361

_ 찾아보기 · 371

제 1 장

우리는 작품을 어떻게 읽는가?

우리가 작품을 어떻게 읽는지 알 수 있는 방법에는 여러 가지가 있다. 작품을 읽은 직접적 체험에 대해서 이야기를 해 보면 그 사람이 작품을 어떻게 읽고 있는지 얼마간 짐작할 수 있다. 그러므로 많은 사람의 독서 체험에 관해 이야기를 들으면 사람들이 평소 작품을 어떻게 읽고 이해하는지 대강 윤곽을 알 수 있다. 이 방법은 직접적 체험에 근거하므로 가장 확실한 것이지만, 그 직접성 탓에 나무만 보고 숲을 보지 못할 수가 있다. 그렇기 때문에 독서의 전체적인 경향을 알기 위해서는 그 직접적 체험에서 일반화할 수 있는 내용을 일정하게 추상하는 일이 필요하다. 이 추상은 체험의 일반화에 필수적인 과정이기는 하지만 주관에 따라 그 수준이나 초점이 서로 달라질 가능성이 있다. 담론의 장에서 춤추는 숱한 이론들은 그 가능성이 현실에 나타난 모습들이다. 이 점에서 읽는 방법을 유형화하는 데는 전략적 사고가 요구된다. 사람들이 작품을 어떻게 읽는지 파악하는 데 가장 유효적절하다고 생각되는 이론이나 개념을 통해 사안에 접근해 가는 방법을 찾아야 하는 것이다. 우리의 주제에 관해서도 그러한 이론이나 개념은 쉽게 찾을 수 있다. 읽기의 세 가지 수준을 이야기하는 로버트 숄스의 이론이나 문학예술작품의 근본구조를 이야기하는 로만 인가르덴의 이론은 그런 이론들 가운데 하나이다. 그러나 논의를 시작하는 첫 단계에서부터 하나의 세계관이나 인식체계를 포함하고 있을 특정한 이론을 들고 나서는 것은 그다지 현명한 처사로 보이지 않는다. 그 점에서 보다 많은 사람이 접촉하거나 사용하는 핵심적인 개념이 체계적 이론보다 우선적으로 고려될 필요가 있다. 다행히 작품을 읽는 문제와 관련해서는 지난 세기부터 최근까지 지식인들 사이에 많은 논쟁적인 의견이 대두되었고 그 과정에서 부각된 것이 작품과 텍스트라는 개념이다. 편의를 위해 여기서는 이 두 개념을 문제에 접근해 가는 통로로 삼아 이야기를 풀어 본다.

1. 작품과 텍스트

작품은 사람이 정신적·물질적 노력을 기울여 만든 것을 의미한다. 서양어 'work'라는 말은 만드는 작업 자체와 만들어진 것의 사물성이라는 이중적 의미를 지니고 있다. 또 '作品'이란 한자어는 만들어진 것의 완성도와 품격을 관심의 시야에 떠올려 놓는다. 그런 의미에서 만들어진 것이 객관적으로 개체성을 획득함은 물론 그 속에 만든 사람의 정신적 개성이 포함되어 있어야 작품이 된다. 사람에 의해 만들어진 것은 일반적으로 일정한 목적을 지향하는 것이지만 예술작품은 그 목적이 안으로의 귀환에 있다는 점에서 다른 사물과는 다른 역동적인 구조를 갖는다. 이 점에서 작품은 우리의 시선을 작품의 안으로 끌어들이는 것이고 그 안에 미적 체험의 전개를 위한 프로그램을 내장하는 것이라 할 수 있다. 그 프로그램이란 견지에서 작품의 안, 내부구조를 고려할 때 완결성과 완전성의 종합으로서 통일성이 작품 개념의 핵심이 된다는 것을 이해할 수 있다.

고전적 의미에서 통일성을 지닌 작품은 일정한 의미를 그 안에 간직하는 것으로 이해된다. 그 의미는 시험 문제의 정답과 같은 성격의 것으로 간주되는 것으로서 많은 사람이 거기에 동의할 수 있는 것이어야 한다. 그러나 이와 같은 고전적 견해는 20세기 초, 아니 19세기 후반부터 여러 방면에서 도전을 받아 왔다. 19세기 후반의 인상파는 기존의 작품 개념에 위기를 불러왔고 상징주의 시인 보들레르는 현대성의 특질을 일시적인 것, 변하기 쉬운 것, 우연적인 것으로 규정한다. 이러한 경향들 속에는 작품의 고정된 의미에 대한 해체적 시각이 숨어 있다. 그런데 아이러니하게도 작품의 고정된 의미라는 생각을 부정하는 경향은 무엇보다도 작품 자체에 주목할 것을 요구한 1930년대 미국 신비평의 활동을 통해 본격화된다. 신비평은 저자의 창작동기를 의도의 오류라는 개념으로 한쪽으로 제쳐 놓았고, 꼼꼼히 읽기와 같은 수법으로 작품을 심미적으로 감상하는 방법을 강조했다. 이와 같은 주장은 근원을 따지자면 현상학자 로만 인가르덴의 '구체화' 개념 속에서 원형을 찾을 수 있는 것이다. 인가르덴은 작품이 규정되지 않은 많은 부분들을 간직하고 있으므로 그런 부분들을 채워 읽어서 작품을 완성하는 것이 감상자의 할 일이라는 관점을 제기한다. 이 관점은 신비평의 심미적 감상 활동을 '구체화'라는 개념 속에 포괄하는 것으로서 그 속에는 작가에 의해 완성된 작품조차 아직 완성에 이른 것이 아니라는 전제가 깔려 있다. 그러나 완성된 작품이라는 관점을 근본적으로 부정하는 견해는 1960년대에 이르러서 본격적으로 표면화되기 시작한다. 그러한 견해를 지닌 대표적인 인물을 손꼽자면 움베르토 에코와 롤랑 바르트를 들 수 있을 것이다.

움베르토 에코는 1962년에 『열린 예술작품』이라는 책을 발간한다. 에코는 연주자가 자신의 판단에 따라 작곡자의 지시를 자유롭게 해석하는 도구음악, 텍스트에 대한 네 가지 해석방식을 말한 단테, 관찰하는 사람과 관찰 대상이 때에 따라 항상 변화하는 아인슈타인과 화이트헤드의 세계, 조이스와 프루스트의 작품 등을 거론하며 열린 예술작품의 이론적 근거를 제시한다. 그는 바로크 시대부터 상징주의 시학에 이르기까지 작품이 서로 다르게 해석될 수 있다는 의식이 점진적으로 증가되어 왔으며, 이것은 수용자들의 이론적·정신적 협조를 바탕으로 기왕에 완성된 작품을 자유롭게 해석하려는 경향임을 설명한다. 그는 이러한 경향과는 반대로 인간의 모든 경험에 똑같이 적용할 수 있는 일반적 규정을 찾아내려는 충동이 있음을 인정하는 입장에서 열린 예술작품의 의의를 다음과 같이 말한다.

> 우리는 ① 열린 예술작품의 특징은 무엇보다 진행 중인 한 저자와 함께 작품을 만들자는 요청에서 찾을 수 있으며 ② [진행 중인 작품이라는 종(種)의 아종(亞種)까지 포함해] 이보다 한층 포괄적인 수준에서 보자면 물리적으로 완결되어 있지만 지속적으로 내적인 관계를 새롭게 할 수 있도록 열려 있는 작품이 있다. 수신자는 안으로 밀려들어 오는 자극 전체를 지각하는 행위 속에서 이러한 관계를 드러내고 선택해야 한다. ③ 명시적이든 암시적이든 특정한 시학의 원리에 따라 생산된 모든 예술작품은 모두 본질적으로는 무수히 많은 독해방식에 열려 있다. 특정한 취향이나 전망 또는 개인의 독특한 감상 때문에 각각의 독해방식은 작품에게 전혀 새로운 활력을 불어넣어준다.[01]

움베르토 에코의 주장은 작품을 정태적으로 받아들이는 것이 아니라 수용자가 발휘하는 능동성에 비중을 두고 받아들이는 입장을 대변한다. 그 점에서 에코의 주장은 텍스트 이론에 선편을 쥐는 것이었지만 이 문제가 본격적으로 학문영역에서 논쟁적인 대화의 주제로 된 것은 롤랑 바르트를 통해서이다. 바르트의 저작 『라신느』에 대한 레이몽 피카르의 비판이 있었고 그에 대한 바르트의 반론

01 움베르토 에코, 『열린 예술작품』, 조형준 옮김, 새물결, 1995, 69쪽.

『비평과 진실』이 나오면서 이른바 신구논쟁이 유럽에서 펼쳐지는데, 피카르의 견해가 정통적인 해석의 관점을 지지하는 것임에 반해서 바르트는 작품의 진실을 구하기 위한 자유로운 비평활동을 지지한다.

바르트는 자신의 견해를 표명하기 위해서 작품 자체의 정의를 바꾸는데, 작품이란 역사적 사실이 아니라 인간적 사실이며, 그렇기 때문에 그것은 상징이라고 말한다. 이때 상징이라는 말은 이미지를 뜻하는 것이 아니고 의미의 다양성 그 자체를 가리킨다. 이 같은 견지에서 바르트는 작품을 독자가 소비하는 안정된 실체를 나타내는 개념으로 간주하며 텍스트를 독자에 의해 생산되는 불안정한 실체를 나타내는 개념으로 규정한다. 이와 같은 개념 규정을 통해 이제 작품과 텍스트의 개념이 경합하는 위치에 놓이게 되고 바르트는 후자를 적극 주장하는 입장에 선다.[02] 어느 면에서 바르트의 후예라고 할 수 있는 후기구조주의는 포스트모던 시대의 여러 문화 이론 및 사상 조류들과 소통하면서 텍스트의 외연을 한껏 넓혔다. 작품에

02 롤랑 바르트는 작품과 텍스트를 다음과 같이 구별한다. “텍스트는 기호에 비해 접근하거나 체험되는 것이다. 작품은 하나의 기의로 닫혀진다. 이런 기의에 두 가지 의미작용의 양상이 부여될 수 있다. 기의를 명백한 것으로 간주하는 것과 또는 이 기의가 은밀하고도 최종적인 것, 우리가 찾아내야만 하는 것으로 간주하는 것이 그러하다. 요컨대 작품은 그 자체로서 하나의 일반적인 기호처럼 작용하며, 따라서 그것이 기호문명의 제도적 범주를 표상한다는 것은 지극히 당연하다. 이와 반대로 텍스트는 기의의 무한한 후퇴를 실천한다. 텍스트는 지연시킨다. 그것의 영역은 기표이다. 기표는 ‘의미의 첫 부분’이나 그 물질적인 입구가 아닌, 오히려 반대로 의미의 뒤늦음으로 이해되어야 할 것이다”, 롤랑 바르트, 「작품에서 텍스트로」, 『롤랑 바르트 전집』 12, 김희영 옮김, 동문선, 1997, 41쪽.

대해 텍스트가 우위에 놓이게 된 사정에는 이러한 상황이 반영되어 있다. 그렇다면 작품과 텍스트의 개념을 구분하는 행위가 함축하는 의미는 무엇인가. 이에 대해서 『예술작품의 철학』의 저자 사사끼 겐이찌는 이렇게 설명한다.

> 양자의 차이는 무엇인가? 그것은 질료적인 차이는 아니다. 바꾸어 말하면 작품과 텍스트는 별개의 것은 아니다. 별개의 것이 아니라고 함은 동일한 대상이 어느 면에서는 작품이 되고, 다른 면에서 보면 텍스트가 된다고 함에 다름없다. 그 차이는 다음의 점에 있다. 즉 작품이란 실체의 단편이요, 책이라고 하는 공간의 일부를 차지하고 있다. 이에 반해서 텍스트 쪽은 방법론적인 것이다. … 작품은 손 안에 있으며, 텍스트는 언어활동 속에 있다. … 텍스트는 작업, 산출활동 속에서만 체험된다. 따라서, 텍스트는 이를테면 서가의 일렬 속에 멈춰 있을 수는 없다. 그것을 구성하는 운동은 〈가로지름〉이다. (특히 텍스트는 몇 개의 작품들을 가로지를 수가 있다.)[03]

바르트의 텍스트론에서 작품은 완결되어 고정된 것이 아닐뿐더러 감상자의 다양한 언어활동의 장이 된다. 텍스트의 독자는 '심심한 사람'으로서 텍스트를 가지고 여러 가지 놀이를 할 수 있으며 때

03 사사끼 겐이찌, 『예술작품의 철학』, 이기우 옮김, 도서출판신아, 1994, 58쪽.

로는 그 텍스트들을 가로질러 갈 수도 있다. 이와 같은 바르트의 텍스트론은 그 줄기가 크리스테바의 이론에 근거를 두고 있고 거기에서 성장해 나온 것으로 알려져 있다. 크리스테바는 텍스트의 표층구조인 현상텍스트와 심층구조인 생성텍스트를 구분했다. 그리고 그것들 속에서 이루어지는 의미의 실천, 의미의 형성, 나타남으로서의 텍스트와 발생으로서의 텍스트를 규명해 의미를 현실화하는 문제를 심도 있게 추구했다. 그렇지만 이 의미를 현실화하는 활동은 크리스테바의 이론에 근거한 것이라 할지라도 텍스트 이론의 많은 부분은 작품의 개념이나 존재방식에 대해 부정적인 입장을 취하는 현대의 사상적 조류와 긴밀하게 얽혀 있다. 그렇기 때문에 바르트의 텍스트론은 부정적인 특성은 작가와 작품에 돌리고, 긍정적인 측면은 텍스트에 배당하는 편파적인 양상을 드러낸다는 비판을 받기도 한다. 예컨대 서가에 꽂혀 있는 것을 작품이라 하고 끊임없이 발화행위를 하는 것을 텍스트라고 하는 것은 텍스트의 역동성이 작품 안에 갖춰져 있는 정신적 내실에서 비롯되는 것이라는 사실을 은폐한다는 것이다. 그 점에서 바르트가 텍스트의 특성으로 설명한 내용 가운데 많은 부분은 실제로는 작품의 고유한 기능에 해당된다는 주장은 나름대로 설득력을 갖는다.

2. 읽기

우리 주위에는 수많은 텍스트가 놓여 있다. 문학작품도 그와 같은 텍스트들 가운데 하나이다. 현대에 들어와서 작품이란 개념보다 텍스트란 개념이 선호되는 데는 텍스트에 고정된 의미가 있다고 보는 경직된 사고를 벗어나고자 하는 충동이 작용하고 있다고 보아 크게 틀리지 않을 것이다. 그러한 충동 속에서 사람들은 자신의 관심이나 필요에 따라 제각기 다른 방식으로 작품을 읽고 거기에 의미를 부여한다. 읽는 방식이 천차만별이고 읽어 내는 의미 또한, 독해능력의 높고 낮음이란 차이 이외에도 여러 사정에 따라, 각양각색이지만 어떤 방식이 더 유효하다거나 어떤 의미가 더욱 가치 있다고 일방적으로 주장하는 것은 완고성의 표지로 받아들여지기 십상이다. 그렇다고 해서 모든 읽기가 타당하다거나 응분의 가치가 있다고 한다면 가치의 혼란상은 불을 보듯 뻔하다. 여기에서 작품을 읽는 방식을 몇 가지로 유형화하여 살피고 그 가운데서 가장 바람직한 읽기 방법을 모색할 필요성이 제기된다. 이 일을 위해 필자의 기억 속에 강력하게 인상 지어져 있는 세 가지 독서법을 잠깐 살펴보고자 한다.

그 독법의 하나는 『삼국지연의』의 실제적 주인공이라고도 할 수 있는 제갈공명의 독서법이다. 제갈공명이 살았던 때는 중국사회가 전란에 휩싸인 시대였다. 그 때문에 다른 지역에 비해 비교적 평화가 오랫동안 유지되고 있던 형주 지방에는 많은 인재들이 모여들었다고 한다. 그 여러 인재 가운데는 제갈공명을 포함한 당대의 대표적인 지성들이 들어 있었는데 그들은 종종 독회를 가졌다고 한다. 이때 제갈공명의 독서법이 유별나서 주목을 받았는데, 다른 사람들은 문자 하나하나를 꼼꼼히 따지며 책을 읽고 토론을 벌인 데 비해 제갈공명은 책의 대체가 파악되면 세부적인 사항은 크게 상관하지 않았다고 한다. 대체가 어디까지를 가리키며 세부적인 것이 어느 수준까지를 이르는지 불분명하지만 제갈공명의 독서가 책의 세부보다 중심적인 흐름, 대강(大綱)을 파악하는 데 중점을 둔 것이었음을 알 수 있다. 그것은 전체의 상(象)을 중시하는 읽기라고 할 수 있다. 이와 비교해서 살펴볼 수 있는 것이 일본의 소설가 다케다 다이준의 『사기(史記)』 독법이다. 다케다 다이준은 사마천의 『사기』를 하나의 이미지로 읽어 낸다. 그에 따르면 정치는 세계를 움직이는 데 본질이 있다. 그 움직임의 주체가 역사의 영웅들이다. 그 영웅들이 본기(本紀)의 인물들이고 그 주위를 제후(諸侯)에 속하는 30세가(世家)가 도는데 그들의 특징은 분열하는 집단으로서 끊임없이 일어났다 망하고 일어났다 망한다는 데 있다. 이 세가의 밖에는 역사의 뛰어난 인물들인 70열전(列傳)의 주인공들이 돌고 있다. 본기, 세가, 열전의 인물들이 하늘에 있는 북극성과 28수(二十八宿), 뭇별들과 상응하는 관계를 맺으면서 원운동을 하는데 그 뒤에는 문화와 제도가 작용하고 있으니 표(表)와 서(書)가 그것을 나타낸다. 이처럼 다케다 다이준은 하늘과 땅에서 조직적으로 움직이는 모습을 하나의 역동적인 이미지로 포착하여 『사기』의 세계를 표상한다. 그렇다면 사마천이 『사기』 속에서 문제로 삼은 것은 무엇일까? 다케다 다이준은 이렇게 말한다.

> 『사기』가 문제로 하는 것은 『사기』의 세계 전체의 지속이다. 개별적인 비지속(非持續)은 오히려 전체적인 지속을 뒷받침해 주고 있다고 말할 수 있다. 『사기』의 세계는 어디까지나 공간적으로 구성된 역사의 세계이기 때문에 그 지속도 공간적이라야 한다. 앞에서 말한 자괴작용(自壞作用), 상호중단 작용도 모든 『사기』의 세계 전체의 절대적인 지속을 충분히 지탱해 준다. 이것은 『사기』의 어떤 부분을 읽어 보아도 금방 알 수 있을 것이며, 어떤 부분부터 읽어 내려가도 결국은 절대지속으로 도달하게 된다. 이렇게 절대지속으로 도달하게 된다는 것은, 『사기』의 세계가 참으로 공간적이라는 것을 더욱 확실하게 말해 준다.[04]

『사기』의 세계가 세계 전체의 지속을 문제로 하고 있음에도 결국에는 공간적이라는 관점은 나중에 컴퓨터 게임 「삼국지II」를 설명할 때나 『토지』를 설명할 때 중요한 참조사항이 된다.

세 번째 독법은 최인훈이 서술한 제갈공명에 대한 읽기이다. 제

04 다케다 다이준, 『사마천과 함께하는 역사여행』, 이시헌 옮김, 하나미디어, 1993, 143쪽.

갈공명은 『삼국지연의』의 실제 주인공이라는 말을 듣는다. 삼국정립이 그에 의해서 가능하게 되며 뭇 영웅 가운데서 인간미(人間美)라는 측면에서도 그는 가장 뛰어난 인물로 평가받는다. 그런데 최인훈이 서술한 제갈공명에게서 특이한 것은 역사와 상상을 뒤섞은 부분이다. 최인훈은 제갈공명이 오장원에서 대천(對天) 로켓을 쏘았다고 서술한다. 자신의 수명을 연장시켜 달라고 하늘에 기원한 행위가 지금까지 수없이 쏘아 올렸던 대인(對人) 로켓이나 대지(對地) 로켓과는 성격이 다른, 자신의 모든 힘을 다 바쳐 천명을 바꾸고자 한 대천 로켓이라는 것이다. 이와 같이 자신의 모든 힘을 바치는 순수행위는 그가 죽은 뒤에 남긴 팔진도에서도 펼쳐진다. 최인훈의 글에서 팔진도로 인해 곤경을 당하는 인물은 오나라의 육손이 아니라 위나라의 사마중달로 바뀌어 있지만 그게 그렇게 중요한 일은 아니다. 다만 제갈공명이 자신의 모든 힘을 바치고서도 천하통일을 이루지 못하고 세상을 떠나는 마지막 순간 사물을 움직여서까지 세계의 운명을 바꾸려 했다는 것이 최인훈이 읽어 낸 핵심 내용이다. 그것이 제갈공명의 마지막 행위, 순수행위였다. 여기서 최인훈의 읽기는 전체가 아니라 부분에 초점을 맞추고 있다. 그럼에도 불구하고 최인훈의 이야기를 듣고 있으면 '자기 한 몸에서 현실과 상징이 하나가 되었던 인간' 제갈공명이라는 인물이 생생히 되살아나고 그 지극한 정성에 가슴이 먹먹해진다.

이 세 개의 텍스트 독법은 제각기 나름의 고유한 특성을 지니면서 유형성을 나타낸다. 제갈공명이 읽은 것이 병서였는지 경전이었는지 문학작품이었는지는 불분명하지만 텍스트 전체를 하나로 포착하는 읽기였던 것은 분명한 것으로 보인다. 다케다 다이준은 부분적으로 구분되어 있는 것들을 하나의 움직임 속에 포괄하여 전체를 읽어 낸다. 최인훈은 제갈공명이란 하나의 인물을 여러 측면에서 조명하고 상상을 통하여 그를 하나의 빛나는 형상으로 빚어낸다. 이 세 가지 독법은 우리가 작품 읽기의 유형을 고려하는 데도 참조가 된다.

인지심리학자 로버트 솔소는 『시각심리학』에서 미술 표현을 읽는 세 가지 수준, 세 가지 지각 양태를 구분하고 있다. 그에 따르면 미술작품은 다차원적인 표기시스템을 갖는데, 그에 대한 읽기의 첫 번째 수준인 표면적 특성은 선, 색채, 대비, 모양새, 윤곽, 물리적 대상들이라는 세부 특징들로 구성된다. 곧 작품에 표현된 대상을 여러 가지 색깔, 광택, 형상, 빛, 선, 공간과 같은 요소들을 통해 확인하는 수준의 읽기이다. 작품이 어떤 대상이나 소재를 다루고 있는지 살펴보고 넘어가는, 가장 평범하고도 일반적인 수준의 읽기이다. 두 번째로 솔소는 세부 특징들에 대한 이해를 바탕으로 의미 해석이 일어나는 심층 수준을 언급한다. 세부 특징들을 다른 세부나 중심적 흐름과 연계시킴으로써 의미 충만한 대상으로 결합하는 국면인데 독자는 그 대상으로부터 보편적인 범주를 형성하여 예술작품에 대한 추론을 전개할 수 있게 된다. 문학예술에 관한 이론은 말할 것도 없고 사회 여러 분야에 관한 다양한 이론들을 작품 해석과 연관시킬 수 있는 것은 이 두 번째 수준에서이다. 세 번째 수준은 로버트 솔소 자신이 가장 중요하다고 말하는 읽기의 방법이다. 솔소는 이 제3 수준의 읽기가 다른 읽기의 수준들과 상호작용한다는 점을 강조하고 그것이 미술뿐 아니라 음악, 문학, 과학에도 두루 적용될 수 있는 특성을 지니는 것이라고 주장한다. 솔소는 이 수준 3의 읽기에 대하여 개략적인 것을 언급한 다음 이렇게 말한다.

> 이 수준에서는 대상, 소리, 또는 관념에 대한 세부 특징적 해석과 의미적 해석이 모두 파악되며, 그 이상으로 나아간다. 수준3의 이해는 세부 특징의 일차적 지각과 그 의미를 넘어선다. 미술의 수준3 이해는 세부 특징과 의미의 지각과는 거의 무관하다. 이것은 미술작품이 암시하는 것조차도 뛰어넘는다. 칸딘스키의 「코자크」는 선, 색채, 대비 등의 세부 특징으로 구성된다. 우리는 모두 그 특징들을 본다. 또 다른 수준에서 우리는 이러한 선들의 몇몇은 전투에 참가하고 있는 병사를 표상하고 있다는 사실, 즉 의미를 이해한다. 우리들 대부분은 이 작품이 의미하는 것을 이해하는 것이다. 한편 수준3의 이해는 느낌이자 인지이다. 이것은 그림의 도(道)를 말하는 것이다. 노자가 지적하는 대로 '진정 도라고 할 수 있는 도는 말할 수 없는 도'인 것처럼, 이것은 그림 작품의 가장 직접적인 의미인 동시에 가장 모호한 의미이다. 도(道)란 미술과 하나가 되는 것이며, 그림을 마음의 보편적 특성과 뒤섞어 버리는 것이

며, 그림 속에서 우리의 근본적 마음을 보는 것이다. 도는 설명될 수 있는 것이 아니지만, 일단 그 수준에 도달하면 전혀 혼란스러운 것이 아니다. 도는 미술의 치열한 지혜이며, 우리를 사로잡는 아름다움이며, 우리의 마음을 꿰뚫는 철학이다.[05]

이 부분을 길게 인용한 것은 솔소가 말하는 수준3이 읽기에서, 그리고 이 책의 논지 전개에서 그만큼 중요하기 때문이다. 솔소는 미술을 가지고 이야기했지만 그 스스로 수준3이 문학과 다른 예술은 물론 과학에서까지 찾아볼 수 있는 읽기의 방법이라고 말한다. 솔소는 세 번째 수준의 지각 양태, 읽기 방법을 설명하기 위해 찬탄에 가까운 갖가지 언어를 구사하고 있다. "수준3의 경험은 선사시대의 유적으로부터 피터 막스에 이르기까지 모든 유형의 미술에 대한 반응에서 일어나기는 하지만, 민감한 두뇌구조를 자극하는 미술작품에 반응할 때 보다 빈번하게 일어난다. 이것은 마치 그림이 여러분을 이해하고 여러분의 마음을 읽는 것과 같다. 이것은 심오한 정서와 사고를 유발하는 인지수준이라고 말하는 것 이외에 설명할 도리가 없다. 그저 우리에게 와 닿을 뿐"이라는 것이다.

솔소의 언술은 우리가 '도'에 대한 설명을 들을 때나 마찬가지로 그 경지가 어떤 것인지 막연하게밖에 짐작할 수 없는 그런 종류의

05 로버트 솔소, 『시각심리학』, 신현정 외 옮김, 시그마프레스, 2000, 276쪽.

것이다. 그러나 필자의 경험에 비추어 볼 때 수많은 수식과 찬사를 담고 있는 로버트 솔소의 제3 수준의 읽기에 관한 용어들이나 문구가 허황된 것은 아니다. 이러한 판단은 그의 관점이 필자 개인의 체험 수준과 일치함은 물론 이미 동서양의 중세 미학, 또는 고대 미학에서 제기된 바 있는 고전적 이론의 연속선상에 위치한다는 데 근거한다. 예컨대 솔소가 말하는 세 가지 수준은 중세 서양철학의 집성자인 토마스 아퀴나스의 미학 이론에 나오는 전일성(integritas), 조화(consonantia), 명료성(claritas)과 긴밀하게 연결되고 있다. 이 세 가지를 설명하면서 신창석은 그것이 어떤 사물이 아름답다고 불리기 위해 갖추어야 할 조건이라고 말한다.[06] 곧 전일성은 작품이 통합된 전체가 되어야 하고 완전성을 갖춰야 한다는 점에서 대상의 확인에 해당하는 것이고 조화란 복잡다단한 세부 특징들이 긴밀한 관계를 통해 유기적으로 결합한다는 점에서 심층 수준에 해당한다. 세 번째 수준의 명료성은 광휘(radiance)라는 개념으로도 언급되는 사항으로서 작품의 완성과 조화에 바탕을 두되 앞선 두 단계의 수준을 훌쩍 뛰어넘어 다른 층위에서 놀라운 의미와 감흥을 자아내는 현상을 가리킨다. 이명곤은 "아우구스티누스의 조명설에서 진리를 인식하도록 인간지성에 빛을 비추는 자는 곧 신(神)"이라고 밝히고 이러한 관점은 예술에도 적용되는 것으로 "중세 예술의 본질적인 국면

06 신창석, 「토마스 아퀴나스 미학의 근본개념」, 『철학논총』 34, 새한철학회, 2003.

은 이 세계에 스며들고 있는 보이지 않는 신적인 빛을 가시화하고 형상화하는 것"[07]이라고 말하고 있다. 이 상태는 『율리시즈』의 작가 제임스 조이스의 미학 이론에서 핵심 개념이 되는 에피파니와도 관련된다. 조이스의 에피파니, 그 가운데서도 광휘를 설명하면서 박윤기는 "미(美)는 강요됨이 없이 스스로 발현되며 자연스럽게 인식되는데, 이때야말로 초월적인 황홀감을 경험하게 되는 지고(至高)의 순간이라 할 수 있다"[08]고 말하고 있다. 여기서 논의된 토마스 아퀴나스의 '명료성'이 빛과 관계되고 로버트 솔소의 제3 수준과 상통하는 특징을 지니고 있다는 점은 기억해 둘 만하다.[09] 이것이 서양의 전통 미학 이론과 로버트 솔소의 인지 이론이 만나는 지점이다.

솔소가 말하는 세 번째 수준이 동양의 문학 이론과 만나는 지점은 송나라 시대의 인물인 『창랑시화』의 저자 엄우(嚴羽)의 영양괘각(羚羊掛角)이란 개념에서 쉽게 확인할 수 있다. 눈이 내린 산속에서

07 이명곤, 「중세 그리스도교문화와 예술에 있어서 빛의 개념에 관한 철학적 조명」, 『철학연구』 119, 2011.

08 박윤기, 『제임스 조이스의 『젊은 예술가의 초상』 읽기』, 세창미디어, 2005, 174쪽.

09 신창석은 중세 미학에서 명료성의 개념을 다음과 같이 설명한다. "명료성으로 번역되는 claritas는 밝음, 밝기, 찬란함, 선명함, 명백성으로 번역된다. 그 형용사 clara는 밝다, 빛나다, 분명하다, 명백하다는 등의 의미를 가진다. 물리적 영역에서 사물은 밝거나 빛날 때 선명하게 나타나고, 선명한 것은 명확하게 인식되므로 인식론적 영역에 가면 명백성 내지는 명료성을 의미하게 된다. 따라서 명료성(claritas)은 언어적으로 광채 내지는 화사함, 명예로 번역되는 splendor와 동의어이다. 나아가 빛과 관련된 어감이 암시하듯이, 명료성은 이데아를 근거로 하는 플라톤주의 내지는 신플라톤주의의 전통에 서 있다. 토마스 역시 '신적 선성은 보다 명료하게 빛난다'는 명제를 통해 선성과 명료성을 연계시킨다. 따라서 명료성은 이미 선(善)의 이데아와 같은 이미지를 풍긴다. 결국 아름다움의 세 번째 조건으로서의 명료성은 철학적으로 보다 복잡한 형이상학적 배경을 가지고 있다", 신창석, 앞의 글, 341쪽.

영양의 발자국을 뒤쫓는데, 문득 어느 지점에서 발자국이 끊겨 버렸다. 두리번거리며 찾다가 우연히 하늘을 보았더니 영양이 높은 가지에 뿔을 걸고 매달려 있더라는 것이 엄우의 영양괘각 개념인데 그 개념은 세부 특징의 지각, 그리고 그 세부들의 연관을 통해 획득되는 의미와 무관한 형상이 저절로 작품에서 출현한다는 견해의 표현이다. 작품의 소재나 세부 특징, 심층 수준의 의미를 넘어서서 독자적인 대상이 돌연 그것들을 대체하며 나타나는 현상을 영양괘각이라는 용어로 표현하고 있는 것이다. 이 영양괘각으로 비유된 사태에 대한 동양의 인식은 오랫동안 흥상론(興象論)이라든가 신운론(神韻論) 등으로 이어져 왔고 그것은 의경론(意境論)에 이르러서 정제된 이론으로 다듬어진다. 이 의경에 대해서는 지금 현재 중국에서 방대한 저술이 이루어졌고 그 번역본이 한국에도 나와 있다.[10] 이와 같은 전통 이론에 비추어 볼 때 로버트 솔소의 세 번째 수준에 대한 찬사는 현대의 과학적 사유로도 잘 해명이 되지 않는 사태에 대한 솔직한 심경의 표백이라고 할 수 있다. 그것은 도(道), 신성(神性), 광휘 등의 언어와 연관해서 표현되는 어떤 신비의 경지이다.

이 제3 수준의 읽기와 관련해 20세기 초에 작품에 대한 연구에서 선구적 역할을 한 로만 인가르덴의 관점을 살펴보는 일이 필요하다. 인가르덴은 문학작품이 다층적 형상이란 관점에서 그 근본구조

10 푸전위안, 『의경, 동아시아 미학의 거울』, 신정근 옮김, 성균관대학교출판부, 2013.

를 파악하고자 한다. 이 관점은 미술이 다차원적 표기시스템을 가지고 있다고 본 로버트 솔소의 인식과 유사하다고 할 수 있다. 인가르덴은 문학작품이 언어적 음성형상의 층과 의미단위체들의 층, 표시된 대상성들의 층, 도식화된 시점들의 층이란 네 개의 층을 가지고 있다고 분석한다. 이 네 개의 층은 작품의 근본구조이므로 서로 간에 긴밀한 관계를 맺는 것으로 파악된다. 언어적 음성형상의 층이 의미단위체들의 층을 형성하는 데 기여할 것이고 도식화된 시점들의 층과 의미단위체들의 층은 표시된 대상성들의 층을 만드는 데 기여하는 것으로 볼 수 있다. 그런데 인가르덴은 이 네 가지 층 이외에 형이상학적 특질이란 새로운 성분을 추가하여 논의를 전개한다. 이 때문에 우리가 잘 알고 있는 『문학의 이론』의 저자인 르네 웰렉은 인가르덴의 근본구조가 다섯 개의 층으로 되어 있다고 보았다. 이에 대해 인가르덴의 직접적인 반박이 있기도 했었지만 중요한 것은 형이상학적 특질이란 것이 무엇이고 그것이 제3 수준의 읽기와 어떤 관련을 지니는가 하는 문제이다.

인가르덴은 형이상학적 특질들이 언어적 음성형상의 층과 의미단위체들의 층, 도식화된 시점들의 층 등이 복합적으로 작용해서, 표시된 대상성들의 주도적인 기능 속에서 하나의 분위기로서 작품 속에 현시되며 그것들의 출현은 회색 상태에 있는 수용자들에게 존재자들의 정점(頂點)과 마지막 깊은 곳까지 황홀하게 통찰할 수 있게 해 준다고 본다. 이 대목에서 인가르덴이 사용하는 용어는 은총,

통찰, 감동, 황홀, 근원적인 것 등으로 솔소의 제3 수준에 관한 용어나 아퀴나스의 명료성에 대한 용어와 흡사하며 거기에 이르는 과정도 의식적으로 노력할 때가 아니라 그것을 전연 목표로 하지 않을 때, 고요한 정관 속에서 문득 획득된다고 본다는 점에서 공통성이 있다. 이 견해는 제3 수준을 도(道)와 관련시키는 솔소의 관점과 유사하다. 솔소는 "도란 미술과 하나가 되는 것이며, 그림을 마음의 보편적 특성과 뒤섞어 버리는 것이며, 그림 속에서 우리의 근본적 마음을 보는 것"이라고 말한다. 솔소의 말은 제3 수준의 읽기에 이르렀을 때 독자에게 일어나는 일을 묘사하는 것인데 거의 신비에 가까운 현상에 대한 언급처럼 보인다. 이와 흡사하게 인가르덴은 형이상학적 특질이 해당하는 사건을 삶의 정점으로 만드는 분위기를 조성하며 그것이 '존재자들의 정점'과 '마지막 깊은 곳'을 형성한다는 관점에서 이렇게 이야기한다.

> 이러한 특질들의 시현은 일상의 회색인 그리고 특징이 없는 경험들에 대해서 적극적인 가치를 표시한다. … 이러한 특질들은 순수히 합리적으로 규정되거나 또는 이해될 수 없으며, 이러한 특질들이 실재화에 도달하는 특정한 상황들 속에서만, 단적으로 말하면 황홀하게 통찰될 뿐이다. … 이러한 상황 속에서 살고 있는 어떤 사람과 일체감을 느끼고 형이상학적 특질들의 통찰을 전연 목표로 하지 않을 때에만 이러한 특질들은 그것들의 특수한, 도대체 비교할 수 없으며 묘사할 수 없는 단

위체성 속에서 통찰된다. 우리가 이러한 특질들을 주제적으로 취급하지 않고 다만 그것들에 의해서 감동을 받을 때, 그러한 특질들은 가장 원초적으로 우리들에 의해서 통찰되며, 우리들에게 가장 가까이 있게 된다.[11]

로버트 솔소가 말하는 제3 수준은 읽기의 세 번째 수준이다. 거기에는 그에 적합한 읽기의 방법이 따른다. 마찬가지로 인가르덴이 말하는 형이상학적 특질은 언어음성형상의 층, 의미단위체의 층, 도식화된 시점들의 층이 표시된 대상성의 층을 만들어 내고, 표시된 대상성의 층들의 주도 속에서 여러 요소가 작용하여 때때로 작품에 시현되는 특질이다. 그렇기 때문에 형이상학적 특질들은 읽기의 수준을 내포하고 있을 뿐 아니라 읽어 낸 것의 존재 형식을 구체화한다. 인가르덴은 형이상학적 특질을 처음에는 분위기인 듯이 서술하지만 논의가 진행되면 될수록 그것의 독자적 존립의 양태를 염두에 두는 듯이 서술하고 있다. 형이상학적 특질들은 직관의 대상이 되기도 하고 매혹의 대상이 되기도 하는데 그렇게 되는 것은 작품의 층조성(層組性)에 말미암는다는 것이다.

여기서 유의해 두어야 할 사항은 인가르덴이 형이상학적 특질의 형성을 표시된 대상성들의 층의 기능과 주로 연관시킨다는 점이다.

11 로만 인가르덴, 『문학예술작품』, 이동승 옮김, 민음사, 1985, 328-329쪽.

그는 형이상학적 특질의 정관이 예술의 사회적 기능에 관련되는 것임을 언급한 다음 이렇게 말한다.

> 표시된 대상적인 상황들이 수행할 수 있는 가장 중요한 기능은 특정한 형이상학적 특질들을 전시(展示)에 이끌어 가고 또한 그것들을 시현(示顯)하는 데에 있다. 이것이 가능하다는 것은 형이상학적인 특질들이 수많은 표시된 상황들을 근거로 제시된다는 사실이 가장 잘 증명한다. 이러한 경우에 작품은 우리들을 가장 깊이 감동시킨다. 문학작품은 형이상학적인 특질들의 시현 속에서 작품의 절정에 도달한다.[12]

표시된 대상성들의 층이 형이상학적 특질들의 시현에 결정적인 역할을 한다는 견해는 E. M. 포스터의 문학 이론 가운데 '패턴과 리듬'에 관한 부분을 검토할 때 다시 중요한 참조가 된다. 표시된 대상성들의 층의 주도 속에서 만들어지는 형이상학적 특질들이 포스터가 말하는 패턴과 리듬에 상응하는 성격을 지니기 때문이다. 그러나 그보다 더 중요한 것은 형이상학적 특질의 시현에서 작품의 절정에 도달한다는 견해다. 이 견해는 로버트 솔소의 제3 수준이나 '초월적인 황홀감을 경험하게 되는 지고의 순간'인 조이스의 에피파니가 형이상학적 특질과 연관되고 있음을 간접적으로 시사하고 있

12 로만 인가르덴, 『문학예술작품』, 이동승 옮김, 민음사, 1985, 331쪽.

다. 이 점에서 기왕의 동양과 서양의 문학 이론은 이 사태를 어떻게 처리해 왔는지 간략하게나마 살펴볼 필요가 있다.

서양에서 문학 이론의 정통성은 플라톤의 모방론과 아리스토텔레스의 플롯의 통일 이론이 차지하고 있다. 플라톤의 예술에 관한 이론을 전복하면서 계승한 것이 아리스토텔레스라고 한다면 플롯의 통일 이론은 서양문학 이론의 중심에 놓인다고 해도 무방하다. 플롯이 사건의 개연적 결합을 가리키는 이름이고 사건은 행동을 통해서 일어난다는 점에서 플롯의 통일은 행동의 통일과 표리의 관계를 이룬다. 그 행동은 인물들의 파토스에 연원하는 것으로서 그것이 비극적 형식과 만날 때 공포와 연민이라는 효과를 낳는다. 이 행동의 통일이라는 개념이 지니는 의미는 동양의 대표적인 문학 이론, 즉 문기론(文氣論)과 견주어서 살필 수 있다. 문학은 기(氣)를 표현한다, 문학은 기를 위주로 한다('文以氣爲主')는 이론은 문학이 표현하는 궁극의 대상은 힘이고, 힘은 그 자체로 나타날 수 없기 때문에 운동을 통해야 표현될 수 있다는 사고를 내면에 담고 있다. 기(氣)라는 개념이나 동양예술 이론에서 중시되는 기운생동(氣韻生動)의 개념 역시 힘과 운동의 관계를 함축하고 있다. 일찍이 『주역』이나 『역전』에서 이미 그 원초적인 모습을 보인 관물취상(觀物取象)이나 사형취상(捨形取象)의 개념 역시 운동이 작품의 전체 형상을 빚어내는 근원적인 대상으로서 궁극적으로 그것이 빛으로 변환한다는 의미를 함축하고 있다. 필자가 『토지』의 독서에서 마주친 빛은 취상법(取象

法)에 의해 이루어진 순수운동의 빛으로의 변환이다. 이에 비해 토마스 아퀴나스의 명료성이나 제임스 조이스의 광휘라는 개념은 비록 창조주 또는 신의 역할을 거기에 관여시키고 있지만 그것도 역시 이 빛으로의 변환과 긴밀한 관계를 지니고 있다.[13] 곧 문학예술이 움직임, 변화를 표현한다는 인식에서는 동서양이 의견을 같이하나 그 움직임이 어디에서 발원하고 어디로 귀결하는지에 대해서는 약간의 견해 차이를 나타낸다. 그 차이는 근본적으로 세계관의 다름에 의해서 비롯되는 것이기도 하지만 담론을 전개하면서 중심 장르를 무엇으로 설정했는가와 연관되기도 한다. 오늘날 디지털 기술이 도입되면서 여러 영역에서 텍스트의 형태는 이전과 크게 달라졌다. 그러한 여건의 변화에 따라 텍스트를 파악하는 사람의 지각방식에도 변화가 나타나고 있다는 것이 필자의 판단이다. 그러므로 작품을 읽는 새로운 방법을 고찰하기 위해서는 현재 디지털 기술로 말미암아 일어나고 있는 텍스트의 변화 양상과 그에 부응하여 초래되고 있는 인간의 지각의 변화에 대한 일별이 요구된다.

13 『토지』에 대한 의식의 집중 속에서 필자는 작품 전체가 빛으로 변환하는 체험을 가졌다. 이에 대해 불교철학자와 논의하는 과정에서 그것이 열반증득(涅槃證得)의 한 가지라는 사실을 알게 되었다. 제임스 조이스의 예술행위에 대한 해석에 대해 논하면서 이명곤은 다음과 같이 말하고 있다. "여기서 예술가들의 예술행위란 어떤 빛의 존재를 형상화하는 것이다. 즉 신이 '빛이 있으라!' 말함으로써 세계가 있게 되었다는 것을 마치 신의 빛이 이 세계로 이전해 온 것으로 파악하고 이를 예술가들의 예술행위에 적용하는 것이다. 다시 말해 예술가들의 내면에 존재하는 빛을 예술의 도구인 언어의 힘을 빌려 현실화하는 것이다. 여기서 강조되는 것은 예술행위란 예술가의 내면에 존재하는 빛의 형상화이며 그러기에 본질적으로 창조적인 작업이라는 것이다", 이명곤, 「중세 그리스도교문화와 예술에 있어서 빛의 개념에 관한 철학적 조명」, 『철학연구』 119, 2011.

제 2 장

디지털 시대 텍스트 지각방식

기술은 인간의 운명이다. 하이데거에게서 연원하는 이 말은 기술이 사람에게 외부적인 요소가 아니라 인간 자체의 생성과 긴밀한 관계를 맺고 있는 사항임을 알려 준다. 역사를 통해 볼 때 기술은 세계 속에서 삶을 영위하는 인간에게 언제나 중요한 도구였다. 이 도구가 사람의 통제 아래 놓여 생활의 필요를 충족시키는 역할을 지원할 때 기술은 인간 능력의 확장이었다. 미디어가 인간의 확장이라는 맥루언의 명제는 이러한 의미에서 현대사회의 기술적 총아인 매체에 대한 적확한 파악일 뿐 아니라 기술의 본성에 대한 가장 기본적인 인식에 해당한다고 할 수 있다. 그러나 기술은 어느 순간부터인지 사람의 통제와 관할을 벗어나 자립하기 시작했고, 세계와 마찬가지로, 또는 세계와 결탁하여 인간에 맞서는 세력이 되었다. 기술의 발달로 인하여 인간은 노동 과정에서, 그리고 노동의 산물로부터 소외되었고, 그로 인해 '류적(類的)' 존재로서의 위치도 심각하게 위협받게 되었다. 인간이 기계에 예속당하고 사회 전체가 첨단기술체계를 중심으로 재편되는 양상이 빚어지게 된 것이다. 이와 같은 상황은 오랜 인류의 역사에서 항상적으로 일어났던 일이 아니라 비교적 지근거리에 있는 근대, 산업자본주의사회 이후에 빚어진 사태다. 그 사태에서 과학과 기술의 분리 자립은 사회 변화의 원동력이었고 그 과정을 주도적으로 이끄는 역할을 한 것은 과학이라기 보다 기술이다. 자본과 기술의 결합이 낳은 테크놀로지 시대는 이제 기술의 총합적 체제, 관계적 질서망의 조직을 꿈꾸게 된다. 하이데거는 『존재와 시간』에서 이 기술들의 체계를 가리키는 말로 '도구 전체'라는 개념을 사용하고 있는데, 개별적인 도구 자체보다도 도구 전체 속에서라야 도구의 도구다움이 가능하게 된다는 인식의 표현이라 할 것이다. 우리가 오늘의 현실을 디지털 사회로 표현하는 것은 현 단계에서 사회 조직을 추동하는 첨단기술체계가 디지털 기술을 중심으로 형성되고 있다는 공통의 인식에 바탕을 두고 있다.

디지털 기술은 1과 0의 2진법으로 모든 정보를 가공 처리한다. 이에 따라 실재와 가상의 구분이 무화되고 영역 간의 정보 교환이 활성화된다. 현대사회의 커뮤니케이션에서 중심적 역할을 하는 디지털 매체는 개인들 사이의 소통은 물론 예술작품의 창작에도 깊이 관여하고 있다. 그로 인해 현대의 가상현실에서는 창작자와 수용자의 구분이 모호해지며 그 상호작용성으로 인해 이미지 복제보다 변형이 중요한 사안이 되었다. 텍스트 이론이 범람하는 것은 그와 같은 현실의 변화에 말미암는다. 작품과 같은 완결성과 개체성을 지닌 존재가 아니라 디지털 기술에 바탕을 두고 언어와 프로그래밍을 통해 일종의 설계도를 그린 것이 시뮬레이션이며 그 설계도는 일정한 처리 과정을 통해 아날로그적 세계로 구현된다. 이로 인해 매체 공간은 전통적 시공간과 다른 성격을 지니게 된다. 매체공간에서는 통신을 통해 이동하고 상호작용하므로 장소의 공간적 의미가 소멸되고 이미지공간으로서의 성격만 지니게 된다.

하이퍼텍스트는 디지털 기술에 바탕을 두고 생겨난 대표적인 텍스트 형식이다. '하이퍼'라는 말이 매우 활동적인 상태를 뜻하는 것이므로 하이퍼텍스트는 텍스트성이 고도로 활성화된 텍스트를 가리킨다. 하이퍼텍스트가 매우 높은 활동성을 지니게 되는 것은 그 생성 배경을 통해 유추할 수 있다. 그것은 우선 조각들로 나뉘어 있는 단편들을 통해 구성되는 것이므로 중심이 없다. 따라서 하이퍼텍스트를 읽기 위해서는 수용자가 자기 나름의 중심을 설정하여 끊임없이 선택을 해 나가야 한다. 하이퍼텍스트가 독자의 선택적 읽기에 근거를 두어야 하는 것은 그 때문이다. 조지 P. 란도는 이와 같은 하이퍼텍스트의 성격이 롤랑 바르트에 의해 이상적인 텍스트로 묘사된 것과 똑같다는 견해를 제시한 바 있다. 이에 대해 크리스티앙 방당도르프는 하이퍼텍스트가 "수다쟁이가 누리는 자유를 독자와 그 작가에게 부여한다"고 말한다. 하이퍼텍스트 형식은 한때 디지털 기술로 가능해진 문학의 미래를 열어 갈 대표적인 존재로 각광을 받았으나 근년에 들어서는 대중의 관심 권역에서 멀어진 느낌을 주고 있다. 그러나 디지털 기술은 끊임없이 새로운 종류의 문화를 선도한다. 그 점에서 일찍부터 디지털 기술에 바탕을 두고 생겨난 문화 형태이면서도 지금까지 왕성한 생명력을 유지하는 컴퓨터 게임을 통해 디지털 기술이 텍스트 형식에 가져온 변화와 그것이 인간의 지각, 읽기에 초래하는 변화를 살펴볼 필요가 있다.

1. 「삼국지」 게임과 『토지』 읽기

디지털 기술로 인해 초래된 텍스트 형식의 변환 가운데 가장 두드러진 것 중 하나가 컴퓨터 게임이다. 그리고 컴퓨터 게임의 특성을 파악하는 데 여러 가지 점에서 비교가 되고 도움이 되는 문화 형태가 서사이다. 서사는 기본적으로 시간 중심 구조이다. 수용자의 측면에서 컴퓨터 게임 역시 시간적 전개를 갖는 서사구조이다. 그러나 게임 제작자의 입장에서 살피면 컴퓨터 게임은 공간 중심 구조이다. 알고리즘을 비롯하여 게임에 제공되는 모든 데이터가 계열화된다. 서사가 통합체의 구조를 갖는다면 컴퓨터 게임의 구성요소는 계열체로 존재하고 게이머가 실행을 할 때만이 시간적 연계를 갖는 통합적 구조가 된다. 더욱이 컴퓨터 게임은 반복 수행성을 갖는다. 한두 번 시행을 할 때는 게임의 서사구조가 사용자에게 기억되지만 수십 번 반복했을 때 컴퓨터 게임이 지닌 서사구조는 홀연히 사라져 버린다. 대신에 뜻하지 않게 부상하는 것이 게임의 공간이다. 이 양태는 일본 고에이사가 개발한 「삼국지 II」와 「삼국지 III」를 비교해 보면 금방 알 수 있다. 「삼국지 II」에 비해 「삼국지 III」는 훨씬 발전된 기술을 사용한다. 그러나 「삼국지 III」는 매번 비슷한 형태의 성이나 관문을 전장으로 삼기 때문에 아무리 반복해서 게임을 하더라도 전체의 공간에 대한 감각이나 특정한 장소에 대한 감정이 생기지 않는다. 이에 비해 「삼국지II」에서는 전쟁이 벌어질 때마다 무대가 되는 장소의 도처에서 전투를 벌이게 되는 까닭에 전체에 대한 공간감각이 발달한다. 이 공간감각은 전략시뮬레이션 게임의 대명사가 되고 있는 「스타크래프트」에서도 동일하게 찾아볼 수 있다. 미니맵의 존재는 「스타크래프트」에서 공간감각이 어떤 역할을 하는지 잘 보여 준다. 전체와 부분을 동시에 파악해야 할 필요성을 미니맵이 잘 나타내 주고 있다. 「삼국지II」도 그 공간감각을 매우 중요한 요소로 도입하고 있는 것이다. 중국의 전체 지도와 각 주의 지도는 게이머가 숙지해야 할 대상에 포함되는 것이다. 그리하여 천하통일을 하기 위해 수십 번 전쟁을 치르고 전투의 승리를 위해 전장이 된 지역 곳곳을 답사하며 수고를 하는 동안 게이머는 중국 천하가 어떻게 구성되어 있는지를 자신도 모르는 사이에 훤하게 파악하게 된다. 다시 말해서 특정한 서사 라인이 사라진다고 해도 특정한 장소를 환기하면 거기에서 벌어졌던 사건들이 생생하게 되살아난다. 이 사실은 헨리 제임스의 『대사들』이 전체 구조를 통해 모래시계 모양의 상(象)을 만들어 내는 한편으로 '빛나는 파리'를 보여 준다는 E. M. 포스터의 관점과 연계해서 살필 필요성을 제기한다. 그렇다면 특정한 서사 라인이 사라짐에도 불구하고 특정한 공간이 은연히 부조된다는 이 사실이 작품 읽기의 방법과 무슨 연관이 있는가. 이에 대한 설명은 디지털 시대에 우리의 지각이 어떻게 변화되는가를 살필 수 있는 단서를 제공한다.

1996년 4월 필자는 급히 박경리의 『토지』를 읽어야 했다. 학회에서 발표할 박경리의 『토지』에 관한 논문을 작성해야 했기 때문이다. 집중적인 독서로 열흘 남짓 만에 소설책을 다 읽었다. 그렇지만 논문을 쓸 수가 없었다. 작품에서 작가가 말하고자 하는 것이 무엇인지 도대체 알 수가 없었기 때문이다. 그래서 작품에 대해 생각하기 시작했다. 낮에는 강의를 해야 하는 데다 사람을 만나야 했고 연구실도 두 사람이 쓰는 곳이라서 집중하여 생각을 전개할 수 있는 조건이 아니었다. 생각은 집에 가서, 잠자리에 든 다음에야 겨우 가능했다. 그런데 아무리 궁리해도 작가가 『토지』를 통해 말하려고 하는 것이 무엇인지 알 수가 없었다. 그래서 자리에 누워 오래도록 작품에 대해 생각을 굴려야 했다. 그렇게 자는 것도 아니고 깨어 있는 것도 아닌 상태로 많은 시간을 보냈다. 그러다가 어느 순간 아예 처음부터 끝까지 작품에서 벌어지는 사건들을 하나씩 정리해 보자고 마음먹었다. 한가윗날 평사리에서 펼쳐지는 풍물놀이의 정경을 비롯하여 구천이와 별당아씨가 함께 달아나는 장면, 그 뒤를 쫓는 하인들과 은밀히 추적대를 조직하는 최치수의 행동, 장날에 하동으로 가는 용이와 그 아내 강청댁의 투기와 강짜, 이렇게 꼬리에 꼬리를 물고 펼쳐지는 사건들을 하나씩 하나씩 추적해 갔다. 그 과정은 나도 모르게 「삼국지II」의 실행 과정을 답습하는 꼴이었다. 중국의 41개 주를 하나씩 떠올려서 그 주의 특징인 지리적 조건에 따라 각처를 떠돌며 전투를 벌이는 것과 똑같이 『토지』의 세계를 하나씩 하나씩 차례로 답사하며 돌아다니는 형국이었다. 그렇게 생각을 하다 잠이 들고 그 이튿날 다시 전날의 기억을 이어 가며 생각하기를 나흘째 하던 날, 꿈속에서처럼 몽롱한 의식 속에 안개인 듯 구름인 듯 뿌연 연기 덩어리 같은 것이 희미하게 모습을 나타냈다. 나는 갑자기 나타난 이 연기 덩어리에 놀라 이게 뭐지? 왜 이렇지? 하며 거기에 생각을 집중했다. 그렇게 집중하길 얼마 동안 했는지 시간을 알 수 없으나 그 연기 덩어리는 점차 하나로 뭉치면서 꿈틀대는 형상이 뚜렷해지다가 엄청난 기운을 가지고 대폭발을 일으켰다. 이른바 빅뱅이 일어난 것인데 최초의 폭발 이후에도 빅뱅에서 터져 나온 불덩어리들이 사방팔방으로 퍼져 나가면서 안드로메다 성운이라든지 은하계, 큰곰자리 소우주, 블랙홀 등이 흩뿌려지는 우주적 장관을 만들어 내었다. 그리고 다음 단계에서는 그 불꽃들은 더욱 멀리 퍼져 나가 항성이 되고 행성이 되고 우주먼지가 되어 드넓은 우주 전체로 흩어져 갔다. 그 최종적인 모습은 무수한 별이 천공에 붙박인 듯 붙어서 깜박거리기만 하는 한여름 밤 푸르른 하늘의 형상이었다. 이 빅뱅의 사건, 빅뱅의 이미지를 본 다음부터 필자에게는 작품의 모든 것이 요연해졌다. 왜 작품이 그와 같이 만들어져 있는지, 인물들은 왜 그와 같이 행동하는지가 분명하게 이해되었다. 도를 통한다는 것이 무엇인지 짐작할 수 있을 것만 같은 깨달음이었다. 그래서 약간의 준비를 한 다음 쉴 새 없이 자판을 두들겨 넉 달 만에 『토지를 읽는다』라는 책을 완성하였다. 나로서는 전례가 없는 일이었다. 이 책 이후에도 필자는 『토지』에 관련된 몇 가지 책을 더 써냈지만 그것은 일종의 이삭줍기였다.

그렇다면 필자가 『토지』를 읽어 낸 방법은 무엇이고 그 조건은 무엇이었는가. 필자 자신 그 읽기 방법이 무엇이고 그 읽기를 가능하게 했던 조건이 무엇이었는지 『토지를 읽는다』라는 책을 쓸 때까지 전혀 알지 못했다. 스스로 자신이 어떤 읽기 방법을 쓰고 있는지 알지 못한 채 책을 쓰고 논문을 쓰고 강연을 하러 다녔던 셈이다. 자신이 무엇을 하고 있고 왜 그런 일을 하게 되었는가 하는 데 대한 자각은 몇 년 동안의 공부가 쌓인 다음에야 조금씩 찾아왔다. 그 자각의 핵심은 『토지』를 읽어 낸 방법이 무엇인가 하는 데 관한 것이었다. 그리하여 이 문제를 풀기 위해 필자는 여러 분야를 전전하며 공부를 해야 했고, 그때마다 공부한 내용을 논문이나 책으로 발표하였다. 그렇게 방황을 하면서 공부하다가 마침내 20여 년의 시간이 지난 다음 그동안의 공부를 집약하여 『문학의 통일성 이론』이라는 책을 써냈다. 『토지』를 빅뱅으로 읽어 낸 연유에 대한 이론적 개괄인 셈이다. 그렇지만 이 책 또한 『토지를 읽는다』와 마찬가지로 우연의 소산이다. 『토지를 읽는다』의 읽기 방법을 통해 채만식의 문학이 지닌 비밀을 캐낼 수 있었던 것은 문학 연구자로서 필자에게 행운이었다. 그 비밀을 밝히기 위한 책 『채만식의 항일문학』

을 집필해 나가던 과정에서 필자는 이 책의 원만한 서술을 위해서는 먼저 자신의 읽기 방법에 대한 이론적 개괄이 선행되어야 한다는 것을 깨닫게 되었다. 그리하여 『채만식의 항일문학』 집필을 중단하고 『문학의 통일성 이론』을 쓰기 시작했다. 그리하여 『채만식의 항일문학』과 『문학의 통일성 이론』은 거의 동시에 완성되었다. 그렇게 두 번의 우연을 거쳐서 읽기 방법을 터득했지만 거기에 소요된 20년의 시간을 바치고서도 그 방법에 대한 자각에는 명료하지 않은 부분이 있기 때문에 필자는 지금도 그 문제에서 눈을 떼지 못하고 있다. 왜냐하면 그 문제는 필자에게 문학의 이론이기도 했고 다른 작품들을 통해 그 읽기 방법이 왜 보편성을 지니는지 입증하는 과정이기도 했으며, 그 읽기의 결과를 통해 문학사에 대한 성찰을 진행하는 일이기도 했기 때문이다. 그러므로 4장과 5장에서 다룰 '빅뱅의 사건으로서 『토지』 읽기'는 필자의 읽기 방법이 작품을 어떻게 새롭게 볼 수 있게 해 주었는가를 설명하는 자리가 될 것이며, 6장과 7장에서 다룰 채만식 문학에 대한 읽기는 이 장에서 소개하는 읽기 방법이 『토지』에만 적용되는 방법이 아니라 대다수의 문학작품, 다른 예술작품, 텍스트 일반에 대한 읽기에도 유효한 방법임을 입증하는 데 주안점을 두고 있다. 이러한 일들을 효율적으로 수행하기 위해서 여기서는 먼저 필자의 새로운 읽기를 가능하게 했던 조건이 무엇인지를 디지털 시대의 지각방식과 관련해서 검토하는 일이 필요하다. 「삼국지II」 게임에 대한 체험이 필자의 작품 읽기 방법에 도움이 되었고 그것은 디지털 시대의 변화된 지각방식과 일정하게 관련된다고 생각하기 때문이다. 특히 잠자리에 들어서 「삼국지II」 게임을 회상하던 일과 『토지』의 사건들을 하나씩 생각하면서 작품 전체에 대한 다시 읽기를 수행하던 일은 필자에게는 읽기 방법의 핵심 가운데서도 핵심, 정수가 된다는 판단인 것이다.

사람의 수면을 흔히 렘수면과 비렘수면으로 구분한다. 비렘수면이란 일종의 숙면 상태라고 할 수 있고 렘수면은 일종의 선잠으로서 역설수면이라고도 한다. 렘수면은 몸은 잠을 자는데 뇌는 자지 않고 활동하는 상태라 할 수 있는 것이다. 렘수면을 급속안구운동수면이라고도 하는 데서 알 수 있듯이 꿈꾸는 이의 뇌는 시청각영역을 활성화하는 반면 비교, 비판, 계획을 담당하는 영역은 억제된다고 한다. 이러한 까닭에 렘수면에서는 영상과 감정활동이 활발해지고 주변 상황에 대한 지각능력과 비판력은 약화된다. 당연히 시공간을 분별하는 기준도 완화되지 않을 수 없다. 이와 관련해서 인터넷에 글을 쓴 한 필자는 영화 〈아바타〉의 카메론 감독이 작품을 구상하는 과정에서 렘수면에 착안했을 가능성을 시사한다. 〈아바타〉의 접속 장면과 렘수면이 흡사하다는 견해다. 디지털 세대의 지각을 스캐닝으로 특징짓는 경우가 많다는 것을 생각하면 렘수면과 〈아바타〉의 연관성을 생각하는 것도 그리 무리만은 아니다. 이렇게 『토지』를 빅뱅으로 읽는 방법을 렘수면과의 상관관계 속에서 검토하는 것은 필자 자신의 체험이 그와 유사할뿐더러 렘수면의 특성

자체가 어떤 사태에 대한 의식의 집중과 그로 말미암아 획득되는 직관과 연관되기 때문이다.

여기서 이와 관련된 한 일화를 소개한다면, 초현실주의 화가 살바도르 달리는 렘수면 상태에서 얻어지는 신비한 영상들을 그림으로 그리기 위해 팔걸이의자에 앉아 한 손에 열쇠 꾸러미를 쥐고 그 아래에는 접시를 놓고서 졸았다고 한다. 잠이 들면 열쇠가 접시에 떨어져서 소리가 나고 그 소리에 놀라 잠이 깨면 꿈속에서 보았던 이미지를 작품으로 창작하고자 했던 것이다. 이 사례 외에도 창의적인 사람들은 렘수면 상태의 몽환적 이미지를 창작에 자주 이용한다고 한다. 바꾸어 말해서 필자가 『토지』를 빅뱅으로 읽은 것은 집중을 통해 얻은 일종의 직관이고 불교적 용어로 말하면 열반증득(涅槃證得)의 한 가지인데 그것은 필자 자신의 의식이나 합리적 이성이 체계적으로 작동하기 이전에 이루어진 것이다. 이 직관이 베르그송의 직관보다도 화이트헤드의 '느낌'에 가깝다고 할 수 있는 것은 그 때문이다. 베르그송의 직관은 주관과 객관이 나뉜 뒤의 일이고 필자의 직관은 그것들이 나누어지기 전에 이루어지는 즉관(卽觀)의 성격이 있기 때문이다. 로버트 솔소가 읽기의 제3 수준을 논하면서 언급하고 있는 "그림을 마음의 보편적 특성과 뒤섞어 버리는 것이며, 그림 속에서 우리의 근본적 마음을 보는 것"이란 상태, 또는 로만 인가르덴이 말하고 있는 '황홀하게 통찰'되고 '은총과 같이 실재화'하는 "형이상학적인 특질들의 고요한 정관"이 바로 그에 해당되기 때문이다.

화이트헤드의 '느낌'을 필자의 직관과 유사하다고 하는 것도 화이트헤드가 인식에 비해서 느낌을 우위에 있는 것으로 이해하는 일에 연결된다. 그뿐 아니라 '몽상의 시학'으로 유명한 가스통 바슐라르의 이미지 현상학도 렘수면과 집중, 직관의 연관 속에서 그 의미를 짚어 볼 수 있다. 이미지를 형태적 이미지와 물질적 이미지로 나누고, 물질적 이미지를 다시 운동 이미지, 역동적 이미지로 발전시켜 역동적 유도 개념을 이끌어 낸 바슐라르의 이미지 현상학은 시라는 장르를 중심 장르로 설정하고 펼쳐진 제3 수준의 읽기라고 볼 수 있는 것이다. 곽광수는 가스통 바슐라르의 역동적 유도 개념을 설명하면서 '상상력이 이미지를 결정하는 것이지 이미지가 상상력을 결정하는 것이 아니라'는 사실을 밝히며 이렇게 이야기한다.

> 사실, 이미지의 여가(與價)에 있어서 작자의 상상력이 이미지를 여가한다면 독자의 상상력 역시 그렇게 하는 것이다. 그리하여 이미지가 표상하는 대상의 감각적 성질을 결정하는 상상력의 자유, 즉 이미지를 제멋대로 상상하는 상상력의 자유는 독자에게도 똑같이 존재한다. 이 독자의 상상력의 자유로운 의지 때문에, 이미지가 독자의 상상력 가운데 나타날 때에 그것은 결코 고정된 형상을 취하지 않는다. 즉 그것은 독자의 상상력 가운데 상당한 폭의 상상적인 후광을 가지고 나타나는 것이다. 바슐라르가 상상적인 후광이라는 표현으로 뜻하는 것은, 이미지

가 주관적으로 환기하는 대상이 상상력 속에서 상상력이 바라는 모습으로 나타나기 위해서는 이미지-언어기호가 객관적으로 표상하는 대상이 그 이상적인 모습으로 끊임없이 변화해 가야 하는데, 그렇게 작은 차이로써 수많이 변모되어 나타난 여러 심상들 전체가 이루는 흐릿하게 겹쳐진 대상의 외곽선들인 것이다. 즉 이미지가 상상력 가운데 나타날 때, 그것은 하나의 이미지가 아니라 일련의 이미지들을 이룬다. 그것은 말하자면 움직이는 대상을 촬영한 영화 필름의 커트들 전체를 포개어 놓은 것과도 같다. 또는 상상력이 바라는 방향으로의 대상의 흔들림과도 같다. 여기서 우리들은 언어에 의한 이미지가 가지는 하나의 근본적인 특성을 발견하는데, 그것이 그것의 동성(動性)이다. 즉 상상력 가운데 나타나는 이미지의 일련의 변양(變樣)들이 이루는 대상의 움직임이 이미지의 동성을 나타내는 것이다. 이미지의 역동적인 작용, 이것이 바로 바슐라르가 말하는 역동적 유도이다.[01]

바슐라르의 역동적 유도 개념은 시 장르의 여러 작품들을 우리가 어떻게 읽는지 알아보는 데 유용하다. 뿐만 아니라 상상 속에 나타나는 이미지가 일련의 이미지들을 이루는 것으로서 "영화 필름의 커트들 전체를 포개어 놓은 것"을 한 번에 투시하는 것과 같은 것이 된다는 관점도 컴퓨터 게임의 수많은 이미지들이 게이머에게 어

01 곽광수, 『가스통 바슐라르』, 민음사, 1995, 100쪽.

떻게 지각되는가를 알려 주는 데 도움이 된다. 그 관점은 예술 장르에 따라 상상력이 작동하는 방식, 지각의 방법이 달라진다는 견해로 받아들일 수가 있는데 우리는 모든 일을 한꺼번에 할 수가 없는 까닭에 그 범위를 제한할 수밖에 없다. 이 책에서 소설을 중심으로 읽기에 관한 논의를 펼치는 것은 그 때문이라고도 할 수 있다. 다만 다른 장르들에 대한 지식이 소설에 대한 논의에 원용될 수 있고 소설에 대한 지식이 다른 장르들에 일정하게 적용될 수 있는 것이라는 사실은 우리가 유념해 두어야 할 사항이다.

2. 소설 이론과 읽기 방법

읽기에 관한 일반 이론을 제시하기 전에 우리에게는 앞으로 중심적으로 다루게 될 소설과 관련해서 그것들을 이해하고 검토하는 데 도움이 될 어떠한 의견들이나 이론이 있는지 얼마간 미리 살펴 두는 작업이 요구된다. 이론이란 개별적 경험에 대한 일반화를 통해서 사물에 대한 지식을 알려 주는 것인 만큼 이용만 잘한다면 의외로 매우 쓸모 있는 것이 될 수도 있기 때문이다. 그렇다고 해서 모든 문학 이론을 섭렵한다는 것은 노력의 경제라는 측면에서 효과적이지 않다. 우리의 읽기 방법에 도움을 줄 수 있으면서도 간결하게 요점을 파악하게 하는 이론이 필요한 것이다. 여기에는 그 자신 소설가이면서 독자적으로 문학 이론을 펼치기도 했던 E. M. 포스터의 견해가 안성맞춤이다. 포스터는 자신의 저서 『소설의 이해』 맨 끝 장에서 다른 소설 이론서들과는 달리 '패턴과 리듬'이란 항목을 별도로 설정하여 다룬다. 이와 관련해, 번연히 알면서도 이제까지 밝히지 않았던 사실이지만, 우리가 다루는 대부분의 이론들은 모두가 책의 맨 마지막에, 이론의 맨 마지막에 배치되어 있다는 공통성을 지닌다. 로버트 솔소의 제3 수준에 대한 논의도 책의 맨 끝에서 이루어지며 로만 인가르덴의 형이상학적 특질에 대한 논의도 그의 방대한 책의 맨 끝자리에 놓인다. 어찌 보면 그것들은 문학 이론의 맨 끝자리, 최후의 정점에 있기 때문에 그렇게 배치되어 있는지도 모른다. 포스터 또한 마찬가지인데 소설 이론과 관련된 다른 사항들을 모두 둘러본 다음 패턴과 리듬을 다루는 장을 열면서 그는 이렇게 말한다.

> 화려하고 엄숙한 우리의 몇몇 막간은 끝나고 이제 우리는 일반론으로 돌아간다. 우리는 스토리로 시작해서 인물을 살폈고, 스토리에서 나오는 플롯으로 옮겨가 고찰했다. 이제 우리는 플롯에서 나오며 인물과 기타 다른 현존 요소가 역시 기여하는 어떤 것에 관하여 고찰해야 한다. 이 새 형상에 맞는 문학용어가 나타나지 않는 것 같다. 사실 예술이 발전하면 할수록 그 정의를 내리기 위해서는 서로 의존하게 된다. 우리는 먼저 회화에서 그 용어를 빌려 패턴이라고 부르자. 다음에 음악

에서 그 용어를 빌려 리듬이라고 하자. … 패턴에는 무엇이 필연적으로 따르는가, 그리고 이것을 이해하기 위해서는 독자가 무슨 특질을 갖추어야 하는가를 논하기에 앞서 아주 뚜렷하여 회화적 영상으로 요약할 수 있는 패턴을 갖고 있는 예를 두 개 들려고 한다. 하나는 모래시계의 모양을 한 작품이며, 다른 하나는 옛날의 춤인 랜서스의 커다란 고리 모양의 작품이다. 아나톨 프랑스의 『타이스』는 모래시계 모양이다. … 이런 것이 『타이스』의 패턴이다. 이 패턴은 아주 단순하여 어려운 개관을 시작하는 데 좋다. … 그러나 스토리는 우리의 호기심에 호소하고 플롯은 우리의 지력에 호소하지만, 패턴은 우리의 심미적 감각에 호소하고 책을 전체로 보게 만든다.[02]

포스터에 따르면 패턴은 주로 플롯을 통해서 검은 구름장 사이로 쏟아지는 햇살과 같이 나타난다. 독자는 여기서 포스터가 패턴이나 리듬이 어떻게 나타나고 있다고 말하는지 주의를 해서 살펴야 하는데 그 속에 읽기 이론의 핵심이 들어 있기 때문이다. 포스터는 패턴이라든가 리듬이 플롯을 통해서, 그리고 인물이나 현존 요소가 기여하는 가운데서 나타난다는 사실을 말하고 있다. 여기서 플롯은, 아리스토텔레스의 플롯의 통일 개념을 생각할 때, 행동과 같은 개념이고 그것은 궁극적으로 운동의 범주에 든다. 인물이나 다른 현

02 E. M. 포스터, 『소설의 이해』, 이성호 옮김, 문예출판사, 1996, 163-164쪽.

존 요소도 패턴이나 리듬의 형성에 기여하는 것이지만 패턴을 만들어 내는 것은 궁극적으로 운동임을 포스터는 이야기하고 있는 것이다. 뿐만 아니라 포스터는 그 패턴이 "검은 구름장 사이로 쏟아지는 햇살과 같이 나타난다"는 점을 강조한다. 패턴이 햇살이라면 독자는 그것이 검은 구름장 뒤에서 비치는 것을 발견해야 하는 것이다. 독자가 직접적으로 그것이 어떻게 생긴 것인지 관찰할 수 없도록 구름장에 가려져 있으므로 독자는 그 장벽을 넘어, 작품의 표층을 넘어 독자적인 존재가 되고 있는 패턴을 발견해야 하는 것이다. 포스터가 자기의 책에서 다루고 있는 패턴과 리듬은 다른 문학 이론서에서는 거의 언급되지 않는 내용이다. 솔소의 제3 수준이나 인가르덴의 형이상학적 특질은 그에 근사하지만 똑같은 내용이라고 하기는 어렵다. 이 점에서 포스터의 견해를 면밀히 들여다보아야 하는데 우선 그가 패턴과 리듬이란 낱말을 회화와 음악에서 끌어오고 있다는 사실이 음미되어야 한다. 포스터는 자기가 말하려고 하는 것을 나타내 줄 적절한 말이 없어서 다른 분야에서 그 개념들을 끌어오고 있다고 밝히고 있는 셈인데 그것은 패턴과 리듬이 원래 어떤 하나의 대상 또는 사안을 표시하기 위해 생각한 낱말이지만 어떤 낱말도 정확히 그 대상을 한꺼번에 나타내지 못하기 때문에 그 대상의 특성에 맞추어 다른 부문에서 임시방편으로 끌어온 개념임을 알려 준다. 포스터가 본래 말하려고 하는 것은 여러 정황을 살피건대 필자가 이 책에서 '상(象)'이라는 말로 표현하는 것, 또는 전체상이라고 표현하는 것과 동일한 것이라고 할 수 있다. 작품의 표면적 층위에서 나오는 것이 아니라 그와 동떨어진 층위에서 운동으로 말미암아 독자적인 형상을 이루며 나오는 어떤 것인 셈이다. 포스터가 임시방편으로 회화나 음악의 개념을 끌어다 사용할 수밖에 없었던 것은 서양의 문화에서 그와 같이 운동의 누적이나 양적 증대를 통해 저절로 형성되는 것을 나타내 줄 용어나 개념이 없었던 데 기인하는 것이지만 동양에서는 그와 같은 내용을 나타내 줄 개념이 다양하게 존재한다. 『주역』의 괘상(卦象)이나 효(爻)는 그 대표적인 것이라고 할 수 있는 것이지만, 그 밖에도 흥상(興象)이라든지 상(象)이라는 개념은 일찍부터 존재해 왔다. 따라서 포스터가 말하는 패턴과 리듬이 작품에서 나오는 어떤 독립된 형상, 형체에 대한 서로 다른 두 가지 이름이라는 것을 이해할 필요가 있다. 또한 포스터의 이론에서 중요한 것은 패턴과 리듬이 '주로 플롯에서 나오며 인물과 기타 다른 현존 요소가 기여하는 어떤 것'이라고 말한 점이다. '주로 플롯에서 나온다'는 말이 무슨 의미인지 깊이 되새겨야 하는 것이다.

플롯은 사건의 구조나 배치를 가리킨다. 플롯의 통일을 흔히 행동의 통일이라고 하는 데서 알 수 있듯이 플롯은 행동의 다른 말임을 유의해야 한다. 풀어서 이야기하면 포스터는 패턴과 리듬이 주로 행동에서, 소설 속에서 이루어지는 운동에서 나오는 것이지만 경우에 따라 인물이나 다른 현존 요소도 일정하게 거기에 관여해서 만들어지는 것이라는 점을 말하고 있다. 이 대목은 로만 인가르덴이 형이상학적 특질을 표시된 대상성의 층에서 그 대상성의 작용으로 만들어지는 것으로 인식했다는 사실을 참조하여 이해해야 한다. 인가르덴과 포스터는 작품의 외면적 형상과 다른 차원에서 운동을 통해 독립적인 형상이 만들어진다는 점을 똑같이 인식하고 있는 것이다. 이것은 작품의 상(象)이 운동을 통해 만들어진다는 필자의 견해와 동일한 관점이다. 필자는 『토지』와 채만식의 작품들을 살피는 가운데 운동이 표면적 형상과 구분되는 독자적인 상을 어떻게 빚어내는지 상세히 논할 계획이다. 이와 같은 사실을 염두에 두면 서양에서는 로만 인가르덴과 E. M. 포스터가 움직이는 물체, 운동이 표면적 형상과 구별되는 독자적인 형상을 만들어 내는 데 주동적인 역할을 한다는 사실을 이론적으로 포착한 선구자임을 인정할 수 있다. 더욱이 그들은 그 상(象)을 운동과 관련시켰을 뿐만 아니라 그것이 인물과 현존 요소 등에 의해서도 영향을 받는 것으로 인식했다는 점에서 이론적 성실성을 엿보여 주고 있다. 운동이 주동적인 요인이지만 거기에는 때때로 인물이나 현존 요소 같은 것들이 보조적인 역할을 한다는 사실을 인식하고 있는 것이다. 그러나 포스터가 자기 이론의 정당성을 입증해 줄 사례로 들고 있는 것은 모래시계라든가 고리 모양이라는 추상적인 형식을 가진 것들뿐이다. 구체적인 형상을 가진 것이나 움직이는 사물의 형태를 가진 것에 대해서는 아직 알지 못하고 있거나 깨닫지 못하고 있는 것이다. 그러한 결함을 가지고 있긴 하지만 포스터는 스토리와 플롯이 구분되듯이, 패턴 또한 작품 내에서 독자적 기능을 가진 것으로서 독자의 심미적 감각에 호소하는 역능을 가지고 있고, 그것을 통해 작품을 전체로 보게 만든다는 점을 명확하게 인식하고 있다.

패턴이나 리듬이 '책을 전체로 보게 한다'는 포스터의 견해는 이 책에서 제시되는 작품을 새롭게 읽는 방법의 이해에 매우 중요하다. 포스터는 패턴이 나타나는 작품이 있고 리듬이 나타나는 작품이 있다고 하면서 리듬을 들을 수 있는 작품으로 톨스토이의 『전쟁과 평화』와 마르셀 프루스트의 『잃어버린 시간을 찾아서』를 사례로 들고 있다. 모든 작품에 패턴과 리듬이 나타나는 것이 아니라 우수한 작품에 한해서 그것이 나타나는 것이고 경우에 따라 패턴이 나타나는 작품이 있고 리듬이 나타나는 작품이 있다는 것인데, 그것들이 나타나는 조건은 작품을 전체로 볼 때라는 견해다. 패턴과 리듬, 플롯과 스토리의 관계에 대한 포스터의 견해는 그가 소설가로서 풍부한 창작 체험을 가지고 있는 만큼 어느 누구의 말보다도 믿을 만하다. 더욱이 작품을 전체로 볼 때 패턴과 리듬을 볼 수 있다는 견해는 새겨들을 만하다. 그것은 나중에 필자가 읽기의 방법으로 제시하는 세 가지 방법 가운데 하나인 '다시 읽기'의 방법을 설명하면서 자세히 검토되는 내용이다. 이와 관련해, 포스터의 이론과는 성격이 다른 것이지만, 그 이론을 알아 두면 독자가 새로운 작품 읽기 방법을 이해하는 데 도움이 될 몇 가지 소설 이론을 소개하고

자 한다. 복잡한 것이 아니므로 큰 부담 없이 알아 둘 수 있고, 알아 두면 주로 소설을 가지고 읽기 문제를 다루는 이 책의 논지를 파악하는 데, 또 새로운 읽기 방법을 스스로 터득하는 데 도움이 될 것이라고 생각한다. 그 이론은 크게 두 가지인데, 그에 관해서 먼저 수년 전에 『문학의 이론』이란 책을 저술한 조너선 컬러의 말을 들어 보자.

> 스토리의 기본적 필요조건은 무엇인가? 아리스토텔레스는 플롯이 서사의 가장 기본적인 특성이며, 따라서 좋은 스토리는 시작과 중간·끝이 있어야 하고, 이런 질서에서 비롯된 리듬 때문에 즐거움을 준다고 주장한다. 하지만 무엇이 특정한 일련의 사건이 이와 같은 형태를 가진다는 인상을 창조하는가? 이에 대해 이론가들은 다양한 설명을 제시한다. 하지만 근본적으로 플롯은 변형을 요구한다. 최초의 상황이 있기 마련이며, 변화는 어떤 종류의 역전을 포함하고, 따라서 그 변화를 의미심장한 것으로 만들어 줄 해결책이 있음에 틀림없다. 일부 이론가들은 만족스런 플롯을 생산하는 대응 형태를 강조한다. 즉 등장인물들 사이의 어떤 관계에서부터 그와 상반된 관계로, 혹은 공포나 예측으로부터 그런 관계의 실현이나 전도로, 또는 문제점에서 해결책에 이르기까지, 그릇된 비난이나 잘못된 재현에서부터 관계의 수정에 이르기까지의 대응 형태를 강조한다. 각각의 경우에서, 우리는 주제 차원에서의 변형과 사건 차원에서의 전개의 결합을 발견하게 된다. 사건의 단순한

나열은 스토리를 만들지 못한다. 마지막은 시작으로 되돌아가 그것을 반향하고 있어야 한다. 일부 이론가들에 의하면 결말은 그 스토리가 서술하는 사건으로 유도되는 욕망에 발생한 일을 가리킨다.[03]

인용문은 서사문학의 일종인 소설에서 가장 기본이 되는 원리들을 설명하고 있다. 소설에서 이야기되는 사건들은 처음과 중간과 끝이 있어야 하며 그 전체의 질서가 갖추어질 때 거기에서 발생하는 리듬이 즐거움을 준다는 것, 사건이 이와 같은 형태를 갖는다는 인상은 근본적으로 플롯이 변형을 요구하기 때문이라는 것이다. 곧 플롯이 성립하기 위해서는 최초의 상황과 그에 대한 역전, 그리고 문제의 해결이 있어야 한다는 것이다. 이 변형의 문제는 소설의 이론에서 매우 중요하므로 우리는 잠시 뒤 이에 대해서 상세히 검토하기로 하고 여기서는 우선 조너선 컬러가 주의를 환기하는 핵심적인 사항을 주목하기로 하자. 컬러는 변형과 관련하여 일부 이론가들이 "만족스런 플롯을 생산하는 대응 형태를 강조"한다는 점을 밝힌다. 그리고 그 "대응 형태"에는 등장인물들 사이의 관계의 변화, 공포나 예측으로부터 그런 관계의 실현이나 전도, 문제점에서 해결책으로의 진행, 그릇된 비난이나 잘못된 재현에서부터 관계의 수정에 이르기까지 다양한 형태가 있음을 말한다. 컬러는 이 대응 형태

03 조너선 컬러, 『문학 이론』, 이은경 외 옮김, 동문선, 1999, 136-137쪽.

가 주제 차원에서의 변형과 사건 차원에서의 전개가 결합된 것으로서 그것은 단순한 나열이 아니라 마지막이 시작으로 돌아가 시작점의 문제를 반향하고 있어야 함을 밝힌다. 그리하였을 때 결말은 그 스토리가 서술하는 사건으로 유도되는 욕망에 발생한 일을 가리키게 된다는 것이다.

조너선 컬러의 문장을 거의 그대로 반복하면서 플롯의 대응 형태에 대한 컬러의 이론을 풀이했는데, 그 이유는 이 사항이 그만큼 중요하기 때문이다. 우선 여기서 대응 형태라는 낱말로 옮기고 있는 개념은 조너선 컬러의 책 원문에서는 'parallelism'이라고 표시되어 있는 단어이다. 'parallelism'은 일반적으로 병행, 평행, 대구법 등의 뜻을 가진 단어로서 문학 이론에서는 흔히 '병렬구조'로 번역된다. 그 사실을 번연히 알고 있을 번역자들이 그 용어를 우리말로 옮기면서 '플롯의 대응 형태'라는 말을 어렵게 찾아내서 쓰고 있는 셈인데 필자는 번역자들의 그 선택이 매우 현명한 것이라고 판단한다. 그 이유는 플롯의 대응 형태라고 표시되는 사항들이 공간적으로 병치되거나 동시적으로 진행되는 사태보다도 앞의 장면과 뒤의 장면이 일정하게 대응하는 구조를 나타내는 경우가 더 많기 때문이다. 조너선 컬러의 해설에서도 그 사실을 엿볼 수 있는데, 한 관계에서 다른 관계로, 공포나 예측에서 그 전도나 실현으로 이행하는 사안들이 대응 형태로 간주되고 있는 사실을 확인할 수 있다. 뿐만 아니라 조너선 컬러는 그 대응 형태가 주제의 변형과 사건 전개를 결합시키는 것이며 단순한 나열과는 구분되는 것임을 밝히고 있다. 그렇기 때문에 대응 형태의 처음과 결말을 보면 그 사건을 서술하고자 하는 사람이 지닌 의도는 무엇이고, 작품에서 다루어진 변화는 무엇이며, 그 욕망은 어떤 결과에 이르렀는가를 알 수 있다는 것이다.

이제 조너선 컬러의 이론을 쉽게 풀이해 보자. 플롯의 대응 형태란 작품의 처음과 끝에서 비슷한 장면이 되풀이되는 사태를 가리킨다. 작품 전체의 진행에서 핵심이 될 만한 장면이 처음과 끝에 배치되어 있으므로 독자가 그 대응 형태를 발견하게 되면 작품에서 일어난 변화를 한눈에 알아볼 수 있다. 소설은 변화를 이야기한다. 변화는 운동을 가리킨다. 운동은 힘의 패턴에서 비롯되는 것으로 정력학에서는 위치의 이동을 가리킬 뿐이지만 동력학에서는 힘의 작용이란 측면이 핵심 성분이다. 그러므로 대응 형태를 발견한다는 것은 힘의 작용이 어떻게 이루어졌는지, 그래서 작품 속에서 이루어진 운동을 통해 어떤 힘의 패턴이 새롭게 형성되었는지 파악하는 일에 해당한다. 따라서 많은 작품의 경우 대응 형태는 주제 차원에서의 변형과 사건 차원에서의 전개가 긴밀하게 결합된 양태를 보여 준다. 플롯의 대응 형태를 파악하면 작품 전체가 한눈에 들어오는 것과 같은 느낌을 갖게 되는 것은 그에 말미암는다. 플롯의 대응 형태가 필자가 이야기하는 '상' 또는 패턴을 발견하는 지름길이 될 수 있는 것은 그것이 작품의 구조 전체에 대해 눈을 뜨게 해 주기 때문이다.

플롯의 대응 형태에 대한 이와 같은 이해를 바탕으로 이제 앞에서 잠시 미뤄 두었던 두 번째 소설 이론, 플롯의 변형 문제로 돌아가 보자. 조너선 컬러는 작품의 질서에서 비롯된 리듬이 창출되기 위해서는 근본적으로 플롯의 변형이 필요하다고 말한다. 그는 최초의 상황과 그 상황에 변화를 가져오는 역전, 그리고 최종 국면에 깃들게 되는 의미심장한 해결책을 언급하고 있다. 여기서는 소설에 나오는 변형이 3단계로 구분되어 있지만 이것은 변형에 따르는 5단계를 서술의 편의상 축약한 것에 불과하다. 츠베탕 토도로프는 서술의 최소단위는 서술명제[04]이고 그 서술명제는 그보다 더 큰 다음 단계의 단위들로 조직되는데 그다음 단계의 단위인 시퀀스는 누구나 직관적으로 알 수 있는 것이라는 관점에서 이렇게 말한다.

이와 같은 서술명제 다음의 서술의 단위가 시퀀스라고 하는 것이다.

04 서술명제는 러시아 형식주의에서 블라디미르 프로프 등에 의해 발전되어 온 개념이다. 원초적인 모티프들을 일련의 기본적인, 논리학적인 의미의 명제들로 환원한 것이 서술명제이다. 츠베탕 토도로프가 제시한 서술명제는 다음과 같은 형식을 취한다.

X는 처녀이다.
Y는 X의 아버지이다.
Z는 용이다.
Z가 X를 탈취한다.

토도로프에 따르면 서술명제는 기능자(actants: X, Y, Z)와 설명어(predicats: 탈취한다, 처녀이다, 용이다 등)라는 두 종류의 구성 요소를 갖는다.

시퀀스의 끝은 원초의 서술명제가 불완전하게 되풀이되는 것으로(차라리 원초의 서술명제가 변형되는 것이라고 말하고 싶은데) 표시된다. 한결 설명을 편하게 해서, 그 원초의 서술명제가 안정한 상태를 묘사하는 것임을 인정한다면 결과적으로 시퀀스 하나는 —언제나 그리고 오직— 서술명제 다섯으로 구성된다고 할 수 있다. 이상적인 이야기는 안정한 상태에서 시작하여, 그 안정한 상황이 어떤 힘에 의해 어지럽혀지고, 그 결과로 불안정한 상태가 이루어지는데, 그 힘과 반대 방향으로 다른 하나의 힘이 작용하여 안정이 회복되는 것이다. 두 번째 안정은 첫 번째 것과 아주 비슷한 것이지만, 그러나 그 둘은 결코 같은 게 아니다. 따라서 하나의 이야기에는 두 가지 유형의 삽화들이 있게 된다. — 상태를 묘사하는 삽화들과, 한 상태에서 다른 상태로의 이행을 묘사하는 삽화들이 그것이다. 이 두 가지 유형의 구별은 바로 형용사적인 서술명제들과 동사적인 서술명제들의 구별에 해당한다.[05]

츠베탕 토도로프가 구분한 시퀀스의 다섯 단계는 모든 서사에서 찾아볼 수 있다. 그런 의미에서 서술명제, 시퀀스, 그리고 시퀀스를 하나의 통합체로 연결하는 상위서사는 서사 분석의 기본 단위가 된다. 그중에서도 시퀀스의 다섯 단계는 처음과 중간과 끝이라는 서사의 전체 질서가 지닌 리듬을 파악하는 데 필수적인 요건이 된다.

05 츠베탕 토도로브, 『구조시학』, 곽광수 옮김, 문학과지성사, 1981, 101-102쪽.

그러므로 그 다섯 단계 가운데 어느 하나가 결여되면 서사의 완결성은 이루어질 수 없다. 그와 같이 시퀀스를 구성하는 다섯 단계는 서사의 성립에 필수적인 요소이지만 그것이 구성되는 방식은 작품에 따라 각양각색일 수 있다. 하나의 이야기 속에 들어 있는 두 가지 유형의 삽화들을 형용사적인 서술명제와 동사적인 서술명제로 구분할 수 있는 것은 그 때문이다. 상태에 대한 표현은 형용사적인 특성을 지니지만 한 상태에서 다른 상태로의 이행을 나타내는 삽화는 동사적인 특성을 지니게 되는 것이다. 이 사실을 이해하는 데서 참조할 수 있는 것은 소설작품 전체가 하나의 동사로 표시될 수 있다고 하는 점이다. 그렇지만 모든 작품이 동사적인 특성을 가지는 것은 아니고 형용사적인 데서 끝나는 작품도 있다. 이것은 형용사적인 것이 동사적인 것의 한 국면을 나타내기 때문이다. 이 점을 참고하면 하나의 시퀀스를 구성하는 이 다섯 단계가 각각의 특성을 지닌 채로 서사의 완결과 작품의 완성에 기여하게 된다는 점을 납득할 수 있다.

지금까지 「삼국지II」와 『토지』의 읽기가 어떻게 이루어졌는지 상세히 설명했고 독자들이 소설작품을 읽는 데 크게 도움이 될 간단한 소설 이론 두 가지를 소개했다. 이제 이 책에서 주장하는 읽기 방법을 제시하고 왜 패턴이나 리듬과 같이 작품을 전체로 볼 때 얻어지는 형상 또는 특질이 중요한가를 설명할 차례다. 이 책에서 주장하는 읽기 방법은 크게 다섯 가지지만 그중에서 가장 중요하고 근본적인 것은 세 가지다. 다른 두 가지는 때때로 편의에 따라 이용할 수 있는 방편적인 것이라고 생각해 두는 것이 편할지도 모른다. 곧 여기서 제시하는 세 가지는 방법론에 포함되는 것이고 나머지 다른 두 가지는 부차적인, 방편적인 것에 해당한다. 그러므로 여기서는 방법론에 관련된 세 가지 사항을 설명하는 데 그치고 방편적인 것들은 그것들이 필요한 자리에서 따로따로 설명하도록 한다.

방법론에 속하는 세 가지 사항은 내면적으로 서로 긴밀히 결부되어 있다. 어느 것이 먼저라고 할 수 없이 상호 전제가 되는 사항들이다. 따라서 따로따로 떼어 놓고 설명하면 평면적인 사항이 되어버려서 그것들이 지니는 입체적이고 동적인 특성이 많은 제약을 받는다. 그 사실을 전제하고 여기서는 설명의 편의를 위해 세 가지를 분리해서 제시한다.

첫째 방법은 작품을 집중해서 읽어야 한다는 것이다. 집중해서 읽는다는 것은 정독을 뜻하기도 하고 몰입을 뜻하기도 한다. 그러나 우리가 독서 체험을 통해 알고 있는 바와 같이 작품에 따라서는 산만한 독서가 필요한 경우도 있다. 또 어떤 독서법의 저자들은 느린 읽기를 권장하기도 한다. 그러나 작품 읽기에 많은 시간을 필요로 하는 길이가 긴 문학작품의 경우 대부분은 처음부터 끝까지 순식간에, 몰입해서, 전체를 한꺼번에 통람하는 것이 요구된다. 이 집중의 방법은 누구나 알고 있는 독서법이라고 생각하기 쉽지만 실제로 장편소설이나 대하소설을 긴장을 풀지 않고 집중해서 끝까지 읽는다는 것은 결코 녹록지 않은 일이다. 그럼에도 불구하고 집중을 요구하는 것은 그것이 모든 방법의 기초가 되기 때문이다. 그것이 있으면 다른 방법들의 효력이 나타나지만 그것이 없으면 효력이 나타날 수가 없는 것이다. 그런 측면에서 이 집중과 함께, 아니 그보다도 더 강세를 주어서 강조해야 할 것은 두 번째 방법이다.

두 번째 방법은 다시 읽기를 실행하라는 것이다. 다시 읽기가 한 작품을 두 번 읽는 것을 의미하지는 않는다. 작품을 읽은 다음 곧바로 방에서 뛰쳐나가 친구를 만나거나 다른 일을 서둘러서 하지 말고, 시간을 갖고서 전체 구조가 어떻게 만들어져 있는가를 생각하면서 작품을 깊이 음미하라는 말이다. 이 다시 읽기에서 성공 여부를 결정하는 요인은 작품 전체 구조, 구조 전체를 파악했는가 하는 문제다. 그런 의미에서 '다시 읽기'를 강조하는 일본의 노벨상 수상 작가인 오에 겐자부로가 말하는 다음과 같은 견해를 참조할 필요가 있다.

> 롤랑 바르트는 모든 진지한 독서는 '다시 읽는 것'이라고 말한다. 이것은 꼭 두 번 읽는 것을 의미하는 것은 아니다. 그보다는 구조 전체를 시야에 넣고 읽는 것을 의미하는 것이다. 말의 미로를 헤매는 것이 아니라, 방향을 갖고 탐구하는 것이다.[06]

06 히라노 게이치로, 『책을 읽는 방법』, 김효순 옮김, 문학동네, 2008, 8쪽.

오에 겐자부로의 말은 많은 독서를 해 온 사람, 많은 창작을 해 온 사람의 견해로서 존중해야 마땅할 것이다. 오에 겐자부로와 같은 견해는 20세기 대표적 비평가의 한 사람인 노스럽 프라이의 "서사를 이해한다 함은 세부사항에서 구성으로 눈을 돌려 특정 이야기의 사건들을 좀 더 심원한 곳에 있는 구조, 즉 신화와 관련시키는 일련의 과정이다"라는 발언에서도 찾아볼 수 있다. 노스럽 프라이는 신화비평과 원형비평을 개척한 학자로서 유명하다. 그가 말하는 신화나 원형은 처음에는 작품을 멀리서 그윽하게 바라보았을 때 파악되는 전체의 형태에 가까웠다. 작품의 구조 전체와 깊은 관련을 지니는 것이었던 셈이다. 그러나 프라이는 나중에 이 관점을 바꿔서 작품에 대한 직관 속에서 획득되는 원형(原型)을 주장하게 된다. 그 원형은 필자가 이야기하는 상(象)에 상응하는 것이다. 『비평의 해부』라는 저작을 통해 세계문학의 여러 양상을 깊이 있게 연구한 프라이 자신에게 부지불식간에 작품을 읽는 방법의 변화가 있었던 셈이다.

구조 전체를 시야에 넣고 작품을 읽는 것과 심원한 곳에 있는 구조, 즉 신화를 읽어 내는 것은 거의 동일한 개념이다. 프라이의 신화비평은 그 점에서 작품의 상을 읽는 것과 어느 부분에서 상통하는 측면이 있다. 그러나 오에 겐자부로와 노스럽 프라이의 말을 신중하게 참조해도 필자가 『토지』를 읽은 방법을 모두 설명해 낼 수는 없다. 그 방법을 설명하기 위해서는 앞으로 다루게 될 세 번째의 방법에 대한 참조가 필수적이기 때문이다. 그럼에도 불구하고 대부분의 소설의 경우 전체의 구조를 생각하면서 다시 읽기를 제대로 실행하면 어떠한 형태의 것이든지 작품의 전모, 구조 전체가 드러난다. 이 작업을 수행할 때 참조가 되는 것은 짧은 서정시에서 대하소설에 이르기까지 모든 문학은 변화를 다룬다는 것을 아는 일이고 해당 장르에 대한 약간의 이론적 지식을 갖추면 그 효과는 배가된다는 사실이다. 그 약간의 지식을 알아듣기 쉽게 설명하면, 작품은 변화를 다루기 때문에 소설의 경우에는 처음과 끝 장면이 일정하게 대응하는 플롯구조를 갖는다는 것, 모든 서술명제는 기본적으로 안정된 상황 → 힘의 작용 → 불안정한 상황 → 반동의 힘의 작용 → 새로이 안정된 상황의 다섯 단계로 구성된다는 사실을 아는 것이다. 이에 비해 시의 경우에는 마음의 방향성, 움직임, 벡터가 어떻게 바뀌었는지 알아보는 것이 작품 읽기의 관건이 된다. 시작품의 경우 너무 짧기 때문에 플롯이란 존재를 찾아보기도 힘들고 설사 그것을 찾았다고 하더라도 그 얼마 안 되는 몇 가지 운동을 통해 패턴이나 리듬을 형성하는 것은 매우 어렵다. 그러나 거기에서 마음의 방향성에 따라 어떤 정조가 생기는데, 이것을 로만 인가르덴은 형이상학적 특질이란 개념으로 요약했다. 예컨대 슬픈 것, 해맑은 것, 기괴한 것, 매력적인 것, 숭고한 것, 거룩한 것, 고요한 것 등 형용사로 표시되기에 적합한 것들이 로만 인가르덴이 열거한 형이상학적 특질이다. 전통적으로 시를 문학의 대종으로 여겨 온 동아시아에서 사공도의 「24시품」과 같이 작품의 풍격을 중시하는 비평이 발전해 온 것은 인가르덴의 이론을 통해 돌아보면 충분히 이해될 만한 것이 된다. 동일한 입장에서 시의 이미지를 깊이 천착한 바슐라르의 작업이 "이미지는 작자에 의해 독자에게 전달되는 게 아니라, 독자에 의해 작자의 '지향성의 축'의 방향으로 증폭되는 것"이란 결론에 이르는 것도 납득될 수 있다. 그렇지만 서정시에 비해서 장편소설이나 대하소설은 규모가 방대하기 때문에 앞의 두 가지와는 다른 또 하나의 읽기 방법을 요구한다. 그 읽기 방법은 존재론적 세계관과 대비되는 생성론적 세계관과 연관 지어 볼 때 그 본래적 의미를 이해할 수 있는 특성을 갖는 것이지만 여기서는 잠정적으로 그에 대한 논의를 뒤로 미룬 채 방법만을 제시한다.

세 번째 읽기 방법은 운동을 중심으로 작품을 읽고 전체를 파악하라는 것이다. 이것은 동양의 전통적인 읽기 방법인 취상법에 해당한다. 취상법의 다른 이름이라고 할 수 있는 사형취상(捨形取象)이란 개념은 형태를 버리고 움직임을 취하는 취상법 또는 관상법의 핵심을 보여 준다. 이런 측면에서 돌아보면 『주역』의 괘상들은 일정한 상황을 운동을 중심으로 파악하여 상(象)을 세운 것이다. 이 점을 감안하면 동양의 읽기 방법은 작품이나 텍스트에 한정적으로 적용되는 읽기 방법이 아니다. 이와 비슷하게 E. M. 포스터가 플롯, 인물, 기타 다른 현존 요소가 공동으로 작용해서 패턴과 리듬을 형성한다고 말했을 때 거기에서 그가 특히 중시한 것은 플롯, 곧 행동이다. 필자가 『토지』의 독서에서 체험한 운동이 빛으로 변환하는 사태는 작품에서 플롯, 곧 행동을 중시하여 전체 구조를 파악하는 이 취상법을 통해 이루어지는 것이고 그것을 불교적 개념으로 표현하면 열반증득이 된다. 취상법이 새로운 읽기의 방법 중 가장 중심적인 방법이 되는 것은 그와 관련된다. 운동을 초점에 놓고 작품을 읽고, 그 운동이 만들어 가는 형태를 통해서 작품 전체의 구조를 파악하면 작품의 전체상을 획득할 수 있는 것이다. 그러므로 이 세 가지 읽기 방법의 어느 하나만이 아니라 그것이 공통적으로 작용하는 양태를 유의하면서 작품을 읽으면 상당수의 작품들은 표층의 이미지와는 전혀 다른 색다른 형상을 새로운 층위에서 빚어내고 있음을 알 수 있다. 이제 몇 개의 작품을 사례로 들어 가며 각각의 작품이 어떤 특성을 지니는지 파악하면서 패턴이나 리듬, 영양쾌각이 실제로 어떤 방식으로 출현하게 되는지 구체적인 양상을 확인해 보도록 하자.

제 3 장

작품의 특성에 따른 여러 가지 읽기 방법

앞에서 우리는 로버트 솔소가 '도(道)'라고 일컬은 읽기의 제3 수준에 해당하는 여러 양태가 있음을 알아보았다. 구름장 사이로 비치는 햇살과 같이 작품을 전체로 볼 때 최종적으로 나타나는 E. M. 포스터의 패턴과 리듬, 동양의 의경론과 그와 깊이 연관된 엄우의 영양괘각이란 개념, 화이트헤드의 '느낌', 제임스 조이스의 광휘, 『주역』의 괘상, 로만 인가르덴의 형이상학적 특질 등이 모두 제3 수준의 읽기에 해당되거나 그와 관련된다. 이 밖에도 제3 수준의 읽기를 보여 주는 경우로는 가스통 바슐라르의 이미지 현상학, 앙리 메쇼닉의 리듬비평, 앙리 르페브르의 리듬 분석, 노스럽 프라이의 신화비평 등을 들 수 있다. 이 제3 수준의 읽기에서 얻어지는 형상에 대해 필자는 기왕에 상(象)이라는 용어를 써서 표현해 왔고, 『생명의 정신과 예술』이라는 방대한 세 권짜리 책을 펴낸 황봉구는 그에 대해 시상(詩象)이라는 용어를 사용하고 있다.[01] 『문학의 통일성 이론』에서 필자는 착잡하게 얽혀 있는 동서양의 이 제3 수준의 읽기를 하나로 통일하여 체계화하고자 했다. 이제 그 체계를 근간으로 삼아 새로운 읽기 방법을 설명하기 위해 구체적으로 작품을 살

01 황봉구, 『생명의 정신과 예술』 3, 서정시학, 2016, 786쪽.

펴본다. 설명의 용이성과 일관성을 위해 여기서 다루는 작품들은 대부분 소설로 한정했으며 비교적 읽기가 쉬운 작품에서 어려운 작품으로 단계적으로 상향하는 방법을 채택했다.

1. 「아침의 문」— 플롯의 대응 형태

맨 먼저 살펴볼 작품은 이상문학상 수상작품인 박민규의 「아침의 문」이다. 박민규는 다양한 방식으로 문학적 실험을 하는 재기발랄한 작가로 알려져 있다. 이 작품에서도 작가는 우울하게 느껴질 만한 소재를 다루고 있음에도 불구하고 이야기를 아기자기하게, 그리고 기지 있게 이끌어 나간다. 이야기는 집단자살을 시도했다가 실패하고 다시 자살하려고 하는 남자와, 뜻하지 않게 임신한 여자가 이제 막 출산을 앞두고 겪는 몇 가지 사건이 병행하는 구조이다. 남자가 자살하고자 하는 이유는 소설에서 간단하게 처리되어 있어 주의하지 않으면 스쳐 지나가게 되어 있다. 여자는 자신이 사귀던 남자 친구에게 농락당하여 임신했고 그로부터 폭행까지 당하는 처지에 있다. 두 사람은 편의점에서 손님과 점원의 입장으로 마주치지만 서로 간에 스쳐 지나가는 존재일 뿐이다. 이 소설의 정점은 마지막 장면이다. 남자는 건물 옥상에 있는 자기 방에서 다시 목을 매 자살하려고 넥타이로 만든 올가미에 머리를 들이미는데 길을 가다가 갑자기 산기를 느낀 여자는 옆의 건물 옥상으로 올라가 아기를 낳기 위해 옥탑 벽에 기대어 가랑이를 벌리고 있다. 타원형의 올가미에 목을 들이민 남자를 여자가 목격하고, 남자는 이제 막 세상에 나오려고 가랑이 사이에서 머리를 내미는 아이를 목격한다. 작가는 그 상태를 "이곳을 나가려는 자와 그곳을 나오려는 자는 그렇게 서로를 대면하고 있었다"고 묘사한다. 여자는 이제 막 태어난 아이가 남의 속도 모르고 시끄럽게 울어대는 바람에 목을 졸라 죽여 버리고 싶어 한다. 여자의 눈빛에서 아이를 목 졸라 죽이고자 하는 살의를 느낀 남자는 급히 자신이 목을 디밀고 있는 올가미의 끈을 풀고 여자가 있는 다른 건물 옥상으로 달려가 벌거숭이인 채로 혼자 울고 있는 아이를 품에 안는다. 이 작품에서 플롯의 대응 형태는 넥타이로 만든 올가미에 목을 넣는 남자와 이제 막 엄마에게서 떨어져 나와 세상에 얼굴을 내밀고 있는 아이 사이에 성립한다. 두 사람 사이에 형태적 동일성이 성립하는 것이다. 이 대응 형태로 인해 남자와 아이 사이에는 등치가 이루어지고 남자가 자살하려고 한 동기가 밝혀진다. 아이를 목 졸라 죽이려는 여자가 아이에게 순간적으로 절대 권력이 되었듯이 남자 또한 세상의 폭력에 의한 희생물이었던 셈이다. "허약한, 무방비 상태의 생명을 공격하는" 세상에서 남자는 떠나고 싶었던 것이다. 그런 의미에서 남자가 자살을 포기하고 아이에게 달려간 것은 새로운 생명에의 의지가 표현된 것이라고 볼 수 있다.

그러나 남자와 아이 사이에 성립한 플롯의 대응 형태를 중심으로 주제를 파악하는 방식은 작품을 구성하는 세부들의 유기적 관련을 충분히 고려한 것이라고 하기 어렵다. 그것이 플롯의 대응 형태에 직접적으로 연결되는 삽화들만을 고려하고 다른 삽화들의 의미를 외면하는 방식의 작품 이해이기 때문이다. 이러한 이해가 작품의 대상이나 소재만을 확인하는 수준의 읽기라는 것은 이미 여러 차례 언급한 바 있다. 따라서 작품의 여러 세부들이 맺고 있는 상호 관련을 의미 충만한 것으로 읽어 내는 심층 수준의 읽기가 필요하다. 「아침의 문」에서 심층 수준의 읽기를 수행하는 데 참조해야 할 사항은 작품의 병렬구조이다. 우리는 플롯의 대응 형태와 병렬구조란 말이 다같이 'parallelism'이란 말의 번역어임을 앞에서 밝혔다. 「아침의 문」에는 그 두 가지가 함께 나타나는데 플롯의 대응 형태가 소설의 마지막 장면의 핵심을 구성하는 요소라고 하면 병렬구조는 작품 속에서 이루어지는 사건 진행의 중심축이 된다. 전자에서는 소설의 공간이 문제로 되고 후자에서는 소설의 시간이 문제로 되는 것이다.

자살에 실패한 남자와 원치 않는 아이를 임신한 여자. 이야기는 먼저 남자 쪽으로부터 시작된다. 남자는 자살클럽에서 만난 사람들과 함께 자살을 시도했으나 혼자만 살아남는다. 그가 자살을 하려고 하는 이유는 분명치 않다. 아버지는 감옥에 가 있고 형은 7년 전에 자살했으며 본인은 택배 일을 하다가 몸 상태가 좋지 않아 그

만둔 상태다. 이런 가족 상황의 서술이나 제시는 남자가 자살하려고 하는 동기를 어렴풋이 짐작할 수 있게 하지만 본인은 그 이유를 절대 꺼낼 수 없다고 못 박는다. 그리고 이제는 아예 자신도 그 이유를 명확하게 댈 수 없게 되어 버렸다고 강경한 태도를 표명한다. 이와 같은 사정은 여자도 마찬가지다. 그녀의 부모에 대해 소설 속 화자는 "너그러우면서도 무자비한 존재, 간섭이 지독하나 실은 딸에 대해 무엇 하나 아는 게 없는 인간들"이라고 묘사한다. 여자는 아이에 대한 책임을 져야 할 단 한 명의 인간에게 임신한 사실을 말했다가 머리채를 잡히고 폭행을 당했다. 그래서 임신 9개월의 몸을 이끌고 편의점에서 아르바이트를 한다. 남자와 여자가 손님과 점원의 입장으로 처음 만난 곳은 바로 그 편의점이다. 그러나 동일한 지점에 서 있어도 처지와 입장이 다른 만큼 사태를 인식하고 대응하는 데서 두 사람은 서로 다르다. 남자가 음식물을 먹다가 토한 사실을 여자가 말했을 때, 남자는 자신이 "제가 치우고 갈게요"라고 말한 것으로 기억하고 여자는 "그래서 치우란 얘기야?"라고 말한 것으로 기억한다. 남자의 기억은 자신이 세상을 사는 방식을 정당한 것으로 보게 만드는 것이고 여자의 기억은 세상의 비정함이나 폭력성을 드러내는 것이다. 이처럼 「아침의 문」의 병렬구조는 남자와 여자가 현재 처해 있는 상황과 현실에 대한 그들의 대응방식을 드러낸다. 남자가 시체를 바로 앞에 두고 수음을 하는 행위나 이유도 없이 접착제를 산 행위, 건물 관리를 하는 노인의 겉으로는 관심이 많은 척하지만 실제로는 자기밖에 아무런 관심도 없는 양태 등이 이 세계의 실상을 드러낸다. 여자가 부딪치는 세계도 남자가 겪은 세상과 다를 것이 없다. 성적 관계를 가졌으면서도 임신 사실에는 책임을 지지 않는 인간, 그는 여자가 가지고 있는 몇 푼의 돈에만 눈독을 드린다. 이런 배경을 지닌 두 남녀가 건물 옥상에서 마주치는 경위도 비참을 넘어 해학적이기까지 하다. 끝내 목숨을 끊기 위해 올가미에 머리를 디민 남자와 상가 옥상에서 혼자 몸을 푼 여자는 "야!" 하는 울음 섞인 소리에 "뭐?" 하는 울부짖음으로 응답한다. 남자가 올가미에서 목을 빼고 의자에서 내려서는 이유는 "허약한, 무방비 상태의 생명을 공격하는 그 느낌을" 그가 누구보다도 잘 알고 있기 때문이다. 작가는 남자의 그 행동에 대해 "끝끝내 대면한 자신의 진짜 이유 앞에서 그는 갑자기 이성을 잃는다"고 서술한다. 그렇지만 남자가 '그곳으로 가는 이유를', 여자가 '이곳을 벗어나려는 진짜 이유를' 누구도 알지 못한다는 것이다. 여기에 이르면 지금까지 병렬로 진행되던 사건은 하나로 합쳐진다. 여자는 사라졌지만 그 역할을 아이가 맡는다. 남자는 어쩔 줄 몰라 "씨발" 하고 내뱉는 사람이지만 흘러내리는 아이의 태반까지 통째로 끌어안는 따뜻한 인간이 된다. 쥐가 난 허벅지가 콘크리트처럼 더욱 굳어지는 것을 느끼는 속에서도 아이에게 울지 말라고 속삭이는 그런 인간이다.

「아침의 문」과 같은 플롯의 대응 형태는 어느 정도 완성도가 갖추어진 작품에서는 쉽사리 찾아볼 수 있다. 이범선의 「오발탄」은 「아침의 문」과 같이 비참한 지경에 떨어진 서민의 삶을 그린 작품이다. 한국전쟁 이후 월남한 사람들이 집단을 이루며 살던 해방촌과 같은 공간을 배경으로 해서 한 가족의 삶이 어떻게 붕괴되는가를 사실주의적 수법으로 그려 내고 있다. 박민규의 실험적 기법만 빼놓는다면 소설 속에 묘사되는 삶의 삭막한 정경은 「아침의 문」과 연작이라고 할 수 있을 정도이다. 「오발탄」은 그 가난의 삶을 가족적 배경 속에서 비춤으로써 전형성을 획득한다. 그 첫 장면에서 잉크가 묻은 손가락으로부터 풀려나는 명주실과 같은 잉크 물에 "피! 이건 분명히 피다!"라고 하는 것은 분명히 마지막 장면과 대응 형태를 이루고 있다. 두 개의 이빨을 뺀 데서 나온 선지피가 입에서 흘러내려 와이셔츠를 홍건히 적시는 마지막 장면의 피 흘리는 모습은 첫 장면과 정확하게 대응하고 있다. 그러므로 「오발탄」은 처음과 맨 마지막 장면이 대응 형태가 되도록 의도적으로 고안된 작품이다.

이와는 달리 서사 라인이 병렬되면서 비교의 효과를 낳는 레프 톨스토이의 『안나 카레니나』도 대응 형태의 일종이라고 할 수 있다. 안나-브론스키의 짝과 레빈-키티의 애정 사건이 병렬되면서 결과적으로 운동의 방향성을 나타내 주고 있는 것이다. 이 작품에서 서사의 중심적 흐름은 안나 카레니나와 브론스키의 격렬한 사랑이다. 그와 대조되는 사건으로 레빈과 공작의 딸 키티 사이의 구애와 결혼이 병행하는데 이와 같은 병렬구조가 '본질적으로 도덕적인 조감도이며 윤리적인 문제의 결합'이라고 파악한 블라디미르 나보코프는 그 의미를 이렇게 설명하고 있다.

『안나 카레니나』는 세계문학사상 가장 위대한 연애소설의 하나이다. 하지만, 물론 단순한 '사랑의 모험 소설'은 아니다. 도덕 문제에 깊은 관심을 기울였던 톨스토이는 어느 시대 어느 인간을 막론하고 중대한 의미를 지니는 '결말'에 대해서 항시 염두에 두고 있었다. 『안나 카레니나』의 경우 그 결말은 교훈적으로 되어 있지만, 독자들이 쉽게 이해할 수 있는 성질의 것은 아니다. 말할 필요도 없겠지만 간통죄를 범한 안나가 그에 대한 보복을 받았다는 데 교훈이 있는 것은 아니다. 만일 안나가 계속 카레닌의 집에 머물면서 자신의 정사를 세상에 교묘하게 숨겼다면 처음에는 자신의 행복을, 나중에는 자신의 생명을 빼앗기는 보복을 받지 않았을 것임에 틀림없다. 안나가 벌을 받았던 것은 그녀의 죄 때문도, 사교계의 인습을 깬 때문도 아니다. 모든 인습은 일시적인 것으로 영원한 도덕적인 요청과는 아무런 관계도 없다. 그렇다면 톨스토이가 이 소설에서 전하려는 도덕적 메시지는 무엇인가? 이 소설을 다시 정독한 후 레빈과 키티의 이야기와 브론스키와 안나의 이야기를 비교해 본다면, 우리는 아마 그것을 쉽게 이해할 수 있을 것이다. 레빈의 결혼의 토대가 된 것은 형이상학적인 사랑의 개념이고 자발적인 자기희생이며 서로의 경의이다. 반면에 안나와 브론스키의 관계의 기초

는 단순한 육체적인 사랑이며, 따라서 거기에는 파국이 깃들여 있다.[02]

톨스토이가 두 개의 사랑을 병렬시키는 데는 이유가 있다. 그의 의도는 안나의 파멸에서 보이는 바와 같이 사랑은 육체적인 사랑에만 목적이 있는 것이 아니라는 교훈을 전달하는 데 핵심이 놓이는 것이다. 작품이 도덕적인 조감도가 되는 것은 그 때문이다. 톨스토이의 주안점은 사랑이 영원한 도덕적 요청과 관계되는 것이라는 데 놓인다. 그 이상적인 사랑의 경계 속에 있는 레빈이 작가의 대변자와 같은 역할을 맡는 것은 그 도덕적 조감도의 구조적 형태를 잘 나타내 준다. 육체적 행복을 위해 사는 삶이 아니라 신을 위해, 진리와 선을 위해 사람들은 자기의 삶을 살아야 한다는 톨스토이의 지론이 그 도덕적 조감도 속에서 펼쳐지고 있는 것이다.

「오발탄」이나 『안나 카레니나』와 같이 그 대응 양상이 똑 떨어지는 경우가 아니더라도 유사한 장면이 유의미하게 제시되는 경우 그것은 플롯의 대응 형태라고 보아 크게 틀리지 않는다. 이 대응 형태는 채만식의 「명일」이나 『탁류』에 이르면 아주 정교하게 고안되어 있어 그것만으로도 넉넉히 작품의 주제를 파악할 수 있다. 「아침의 문」은 그런 정교함이 갖추어져 있지 않지만, 넥타이 끈으로 만든 올가미에 목을 들이민 남자의 이미지와 여자의 가랑이 사이에서 이제

02 블라디미르 나보코프, 「톨스토이의 생애와 그의 작품 세계」, 톨스토이, 『안나 카레니나』 하, 이철 옮김, 범우사, 1989, 512쪽.

막 세상에 얼굴을 내밀고 있는 아이의 이미지를 겹쳐서 읽으면 작품의 주제를 넉넉히 파악할 수 있다. 더욱이 이 플롯의 대응 형태는 각각의 형태가 가지고 있는 구성 성분을 통해서 독자가 좀 더 깊이 있는 상황 이해를 도모할 수 있게 해 준다. 「아침의 문」에서 아이는 어머니의 살의라는 구체적 권력의 횡포를 마주하고 있다. 이에 비해서 남자가 자살하려는 동기는 추상적으로만 나와 있는데, 대칭을 이루고 있는 아이의 경우를 미루어 생각하면 남자의 자살하려는 동기가 발견된다. 이것은 일종의 발견술적 기법으로서 일찍이 채만식의 「민족의 죄인」에서 정교하게 구사된 바 있다. 그러므로 발견술적 기법에 대해서는 「민족의 죄인」을 검토하면서 상세히 논의하기로 한다.

2.「새벽 출정」 형이상학적 특질

「아침의 문」은 단편소설이다. 짧은 길이인 만큼 그 공간에 행동이나 인물, 현존 요소들이 충분하게 용납되지 못하고 그에 따라 패턴이나 리듬을 만들어 내기가 쉽지 않다. 행동과 인물, 다른 현존 요소들이 상호 간에 작용하여 표층의 이미지와 현격하게 차이가 나는 상을 만들어 낼 공간이 확보되지 않는 것이다. 그러나 장편소설이 아닐지라도 일정한 길이를 확보한 소설은 비록 패턴이나 리듬과 같은 상(象)의 독립성에는 미치지 못한다고 하더라도 고유의 어떤 느낌을 조성한다. 로만 인가르덴이 말하는, 이른바 형이상학적 특질이 표현될 수 있는 것인데 그 대표적인 사례가 1980년대의 진보적 노동소설에 해당하는 방현석의 「새벽 출정」이다.

이 작품은 150일째 파업을 하고 있는 노동자들이 최후의 승리를 위해 자본의 진영을 향하여 출정하기까지의 사건들을 형상화하고 있다. 일찍이 마르크스는 지킹겐 논쟁에서 신구 세력의 대결에서 새로운 세력이 낡은 세력에 패퇴하는 이야기를 이전에 없었던 새로운 비극이라고 규명한 바 있다. 사회주의 리얼리즘 계통의 문학 작품에서 이 새로운 비극이 자주 등장한다는 것은 익히 알려진 사실이다. 북한의 '불멸의 역사' 총서에 들어 있는 많은 소설들이나 황석영의 「객지」는 이 새로운 비극에 속하는 이야기를 형상화하고 있다. 이러한 작품들의 공통된 특성은 독자들에게 비장한 느낌을 준다는 데 있다. 노동계급의 승리는 역사의 필연이지만 현실의 강고한 벽 앞에서 노동자들이 일시적으로 패배를 감내해야 하는 데서 오는 미감이다. 「새벽 출정」도 이런 종류의 비장미를 창출하는 작품이다. 그러나 이 작품이 지닌 장점은 그 비장미를 로만 인가르덴이 말하는 하나의 형이상학적 특질로, 작품의 고유한 미적 특질로 고양시키고 있다는 점이다.

작가는 이 비장미를 극대화하기 위해 사건 구성에 세심한 배려를 기울인다. 우선 회사의 폐업 조치에 맞서 투쟁하는 노동자는 여성 노동자이다. 남성 노동자들은 배경으로서만 동원된다. 연약한 여성 노동자들이 투쟁의 주체가 된다는 것은 남성들의 노동투쟁보다 훨씬 더 많은 동정을 얻게 한다. 또한 노동조합을 설립하는 초기 과정에서 주인공의 한 사람인 철순이 실족사 하지만 이 사건에 대한 서술은 최후의 새벽 출정 직전에야 이루어진다. 작품의 극적 효과를 위해 그러한 배치가 필요했던 것이다. 또한 노동자들은 회사의 단수, 난방 중단으로 차가운 방에서 밤을 지새우고 차갑게 식은 식빵으로 끼니를 때운다. 매서운 겨울바람에 맞서며 길거리에 나가서 선전활동을 하지만 시민들의 반응은 차갑고 언론과 경찰의 태도 또한 냉정할 뿐이다. 소설에서 이 모든 것들은 일정한 효과를 노린 장치로서 기능한다. 그렇기 때문에 소설에서 사용되는 이 '차갑다', '냉정하다', '냉혹하다'는 형용어구는 등장인물들의 상황을 일종의 아우라, 분위기처럼 휩싸고 감돈다. 그렇기에 오직 그들이 의지할 수 있는 것은 자기와 하나가 되고 있는 동료들의 뜨거운 동지애뿐이다. 그러나 과연 뜨거운 동지애만으로 이 차가운 세계의 폭력을 이겨 낼 수 있을 것인가. 이와 관련해 기왕에 필자는 이렇게 서술한 적이 있다.

「새벽 출정」은 우리 사회의 사실들 가운데 전형적인 사실을 다룬다. 자본주의 현실에서 노동자와 자본가의 모순보다도 더 전형적인 어떤 사실을 생각해 내기는 쉽지 않다. 더욱이 사건은 임금인상이나 복지후생

시설의 개선을 요구하는 차원의 것이 아니다. 자본가에게는 해도 그만이고 안 해도 그만인 이윤놀음일 수 있지만 노동자에게는 생계와 생존이 걸려 있는 폐업에 대한 투쟁이다. 그 배경에는 동료 노동자의 죽음이 놓여 있다. 상황은 극적일 수밖에 없고 인물들의 감정은 고양되어 있다. 그래서 투쟁은 절정의 순간에 도달해 있으며 파국을 향해 치달린다. 작가는 이 순간의 고조된 분위기에 휩쓸리지 않고 서정적인 정조를 살리면서 노동자들의 형상을 차분히 그리고 있다. 이 작품의 미적 특성인 비장성은 그 형상에서 우러나오는 정서이다.[03]

「아침의 문」이 전반적으로 일정한 거리를 두고 눈앞에서 전개되는 사건을 조망하는 작품이라면 「새벽 출정」은 작가와 등장인물들이 밀착되어 있는 것이 특징이다. 작품 속에 미정, 민영, 철순 등 여러 인물이 등장하지만 그 가운데 어느 누구도 주인공이라고 하기에는 개성이 두드러지지 않고 소설 내 비중도 그리 크지 않다. 주인공을 굳이 찾자면 여성 노동자들이라고 하는 집단이 될 수밖에 없는데 그만큼 그들 사이의 관계가 밀착되어 있고 동질성을 띠고 있기 때문이다. 남성 노동자들이 소설 초반에 등장하지만 얼마 되지 않아 이윽고 무대에서 사라져 버림으로써 여성 노동자들은 자본의 폭력에 맞설 유일의 존재가 되어 고립되고, 고립된 만큼 자기들끼리

03 졸저, 『리얼리즘 이론과 실제비평』, 두리, 1992, 64쪽.

단결한다. 이 작품에서 중간관리자나 가족, 경찰 등의 역할은 매우 제한적이다. 그것은 남성 노동자들이 무대에서 사라진 것과 같이 전략적인 의미가 있다. 복잡한 요인들이 관여될수록 상황의 의미는 모호해지며 사건의 극적인 전개는 방해를 받는다. 사건의 주위에 있는 사물들이 모두 차가운 것으로 묘사되는 것도 그 전략적 배치와 관계된다. '차갑다'는 주관적인 느낌이지만 작품에서 그것은 객관적 사실이 되고 서정성이 발붙일 수 있는 발판이 된다. 비장한 느낌은 그 서정성으로 인해 비로소 발효된다. 비장성이 최후로 독자의 가슴에 남는 형이상학적 특질이 되는 것은 서정성을 통해 독자와 등장인물들 사이에 공감이 형성되었기 때문이다.

「오발탄」에서 보았던 바와 같이 플롯의 대응 형태를 파악하는 것이 의미를 중심으로 작품을 읽는 기본 방식이라면 형이상학적 특질을 포착하는 것은 작품 읽기의 제3 수준의 첫 단계이다. 그것은 표층의 의미와 확연히 분리되지 않은 상태에서 제3 수준의 읽기로 첫발을 내딛고 있다. 표층을 구성하는 대상이 분위기와 한데 엉클어져 모호하고 아련한 정취 속에 잠겨 버리고 있는 것이다. 그러나 제3 수준의 읽기의 본령은 영양쾌각이란 비유에서 드러나듯이 표층과의 명확한 단절에 있다. 작품의 부분적 장면들이 환기시키는 표층 이미지와 구분되는, 전체의 구조를 시야에 넣으면서 이미지들을 투시했을 때 그 자체로 독립된 형상이 세워져야 제3 수준의 읽기라고 할 수 있는 것이다. 그러나 제3 수준의 읽기에 해당되는 형상이라고 할지라도 그 독립된 형상이 추상적인가 구체적인가 하는 데서 구분이 생긴다. 실제 사실을 들어 설명하면 아나톨 프랑스의 『타이스』는 모래시계라는 기하학적 도형을 전체상으로 함으로써 추상적 형상을 보여 주고 있고, 조세희의 『난장이가 쏘아올린 작은 공』은 프랑켄슈타인과 드라큘라라는 구체적 형상을 보여 줌으로써 독자의 충격을 강화한다. 이제 그 대비되는 두 개의 형상이 뚜렷이 드러나는 작품들을 살펴보자.

3. 『타이스』 — 모래시계의 패턴

아나톨 프랑스는 1921년에 노벨문학상을 수상한 작가로서 계몽사상에 기반을 둔 합리주의와 지적 회의주의를 바탕으로 부르주아적 사회질서와 교회를 맹렬하게 공격한 것으로 유명하다. 드레퓌스 사건 이후인 1922년에 그의 모든 작품은 반기독교적이라는 비판을 받아 가톨릭 교회의 금서목록에 올랐고 그 금제는 1966년에야 해제되었다. 『타이스』는 아나톨 프랑스의 대표작으로 이 작품에 감동을 받은 「명상곡」의 작곡가 쥘 마스네에 의해 오페라로 만들어지기도 했다. 1890년에 창작된 『타이스』의 내용은 장편소설임에도 불구하고 비교적 간단하다. E. M. 포스터는 이 작품이 지닌 패턴에 주목하면서 그 줄거리를 다음과 같이 요약한다.

아나톨 프랑스의 『타이스』는 모래시계 모양이다. 여기에는 주요 인물이 둘 있는데 한 사람은 수도승 파프뉴스이고 또 한 사람은 무희(舞姬) 타이스다. 파프뉴스는 작품이 시작될 때 사막에서 살다가 구원되어 행복하게 산다. 타이스는 알렉산드리아에서 죄 많은 생활을 하고 있는데 그녀를 구하는 것이 그(파프뉴스: 인용자 주)의 의무가 되어 있다. 작품의 중간 장면에서 그들은 서로 접근하게 되고 결국 그는 성공한다. 그녀는 그를 만났기 때문에 수도원으로 들어가 구원을 얻는다. 그러나 그는 그녀를 만났기 때문에 저주스럽게 된다. 이 두 인물은 수학적으로 정확하게 모였다 만나고 또 헤어진다. 이 책에서 얻는 즐거움의 일부는 여기에서 기인한다. 이런 것이 『타이스』의 패턴이다. 이 패턴은 아주 단순하여 어려운 개관을 시작하는 데 좋다. 시간적 순서에 따라 펼쳐질 때는 『타이스』의 스토리와 같고, 먼저 행한 행동으로 묶인 두 인물이 그 결과를 예견하지 못하는 치명적 발걸음을 내디디는 것을 볼 때는 『타이스』의 플롯과 같다.[04]

포스터의 관점에 따르면 스토리는 우리의 호기심에 호소하는 특성이 있고 플롯은 우리의 지력에 호소하는 특성이 있으며 패턴은 우리의 심미적 감각에 호소하고 책을 전체로 보게 만든다. 이 지식을 인용문에 대한 이해에 적용하면 『타이스』는 기본적으로 시간적

04 E. M. 포스터, 『소설의 이해』, 이성호 옮김, 문예출판사, 1996, 164쪽.

순서에 따라 펼쳐지는 타이스의 이야기다. 그렇지만 플롯의 측면에서 접근하여 작품을 보면 과거의 행동, 과거의 이력에 묶인 두 인물이 서로 간에 자신들도 모르는 운명의 길로 나아가게 되는 이야기다. 그 운명의 길은 사막에서 구원되어 행복하게 살던 파프뉴스가 타이스에 대한 자신의 욕망 때문에 저주스러운 상태에 떨어지고 알렉산드리아에서 타락해 있던 타이스는 구원되어 수도원으로 들어가 마음의 평안을 얻고 행복하게 사는 삶의 길이다. 이 역설을 전체적으로 보면 작품은 모래시계 모양의 패턴을 이루는데, 우리가 작품을 심미적으로 감수하는 것은 이 패턴을 통해서이다. 모래시계의 한쪽을 채우고 있던 힘과 같은 것이 쫘악 빠져나가면서 다른 쪽으로 이동하여 지금까지 텅 비어 있던 것이 충만되어 가는 느낌을 가질 수 있는 것이다.

결국 험난한 종교적 수행을 하면서 세속적인 것을 거부했던 파프뉴스는 파멸의 길을 걷게 되고 인간의 죄악과 타락을 상징하는 타이스는 구원을 받게 된다는 줄거리를 놓고 E. M. 포스터는 시간적 순서를 따르면 작품이 타이스의 이야기가 되고, 플롯의 측면에서는 과거의 행동에 묶인 두 사람이 자신의 앞날을 예측하지 못하고 치명적인 운명의 길을 걷는 것이라고 설명한다. 바꿔 말해서 모래시계와 같이 서로 반대편에 있던 두 사람이 중간 지점을 거치면서 상극되는 지점으로 나아가는 운명을 보여 준다는 것이다. 포스터는 이와 같은 모래시계의 구조가 헨리 제임스의 『대사들』에도 나타난다고 밝힌다. 그에 따르면 『대사들』은 구원하러 갔던 사람이 타락하고 기왕에 타락한 것으로 알려졌던 사람이 구원받는다는 점에서 『타이스』와 같은 모래시계 모양의 패턴을 보여 준다. 뿐만 아니라 이 작품에서는 무수한 사건들을 거치는 동안에 이제까지 뒷전으로 물러나 있던 파리라는 도시의 모습이 도드라지는 형상으로 불현듯 출현하는 특성을 지닌다. 이 특성은 제임스 조이스의 소설에서 더블린이란 도시가 생생하게 재현되는 것과 유사한 현상인데 『대사들』에 나타나고 있는 그 양상에 관하여 포스터는 이렇게 말한다.

> 예민한 중년 미국인 스트레서는 그가 결혼하고 싶어하는 옛친구 뉴섬부인으로부터 파리에 가서 그녀의 아들 채드를 구해달라는 요청을 받는다. 그녀의 아들은 그렇게 되기 꼭 알맞은 도시인 파리에서 타락해 있었다. … 스트레서가 상륙할 때 영국은 옛날 그대로이지만, 그는 자기의 임무에 대하여 의문을 품기 시작한다. 그 의문은 파리에 도착하자 더 커진다. 왜냐하면 채드 뉴섬은 타락과는 거리가 멀게 개심하고 있었기 때문이다. 그는 유명하게 되었고 아주 자신만만하여, 명령을 받고 그를 데리러 온 사람에게도 친절할 수 있었다. 그의 친구들도 훌륭했고 어머니가 예상한 '문제의 여인들'의 흔적도 없다. 그를 마음 넓게 만들고 그를 보상해 준 것은 파리이다. 스트레서 자신이 이것을 잘 이해하고 있다. … 이렇듯 절묘하고 견고하게 제임스는 자기 분위기를 조성한다. 파리가 처음부터 끝까지 이 작품을 빛나게 하고, 항상 구체

적으로 나타나지는 않지만 이것은 행동체이며 인간의 감수성을 측정하는 저울이기도 하다. 그리고 소설을 다 읽고 나서 패턴을 명확하게 보기 위해 그 사건들을 흐려지게 내버려두면, 모래시계 가운데 빛나는 것은 파리이다.[05]

포스터는 『대사들』의 패턴이 헨리 제임스의 주도면밀한 계산으로 만들어지고 있다는 점을 보여 준다. 모래시계 모양의 패턴과 함께 파리라는 도시가 빛나게끔 작품을 구성하고 있다는 것이다. 포스터는 헨리 제임스의 계산이 너무 치밀해서 인위적이라는 느낌까지 준다고 보는데, 그 원인은 헨리 제임스가 작품의 통일성을 위해 인물의 수와 특성을 너무 지나치게 줄인 데 있다는 것이다. 포스터의 견해는 이처럼 패턴을 위해 소설의 자연스러움이나 생동성을 제약하는 것이 그다지 바람직하지 않다는 것이다. 그런데 그 가운데서도 포스터는 수많은 사건들이 반복되면 원래의 사건은 모두 사라지고 그 사건들이 벌어졌던 공간만이 우뚝 나타나게 된다는 사실을 지적한다. 그것은 우리가 컴퓨터 게임 「삼국지II」에 대한 설명에서 이미 자세히 검토한 바 있다. 천하통일을 위해 수십 차례 중국의 각 지역을 휩쓸고 다니다 보면 서사 라인은 뒤로 물러나고 중국 천지가 주인공처럼 전면에 떠오르는 현상인 것이다. 이 밖에 포스터

05 E. M. 포스터, 앞의 책, 168-170쪽.

는 작품이 패턴을 이루는 소설로 퍼시 러보크의『로마구경』을 들고 그것이 고리 모양을 하고 있음을 밝히면서 자신이 설명하는 패턴이 플롯의 상승곡선이니 하향곡선이니 하는 것들과는 전혀 차원이 다른 것임을 강조한다. 표면의 형상 밖에 독립된 실재로서 패턴이 나타나게 되는 현상을 가리킨다는 것이다. 그러나 포스터의 제3 수준에 속하는 패턴이나 리듬 개념은 그 형상이 아직 추상적인 데 머물러 있어 구체성을 띤 형상이 작품의 표면적 형상 뒤에서 불쑥 출현하는 새로운 국면, 제3 수준의 읽기에 대해서는 전혀 언급을 하고 있지 않다. 이 한계를 넘어서는 데는 조세희의『난장이가 쏘아올린 작은 공』이 좋은 모델이 된다.

4.『난장이가 쏘아올린 작은 공』 — 공포의 형상

필자는 학기 초에 학생들에게 과제를 내 주곤 했다. 조세희의『난장이가 쏘아올린 작은 공』을 가급적 빠른 시간 안에 집중해서 다 읽고 나서 그에 대해서 다시 읽기를 실천하면 어떤 느낌이 드는지 알아보라는 과제였다. 그에 대한 학생들의 반응은 거의 한결같았다. 섬뜩하다거나 섬찟하다는 반응인데 섬찟하다고 하는 사람은 우리말을 올바르게 구사하지 못하는 경우에 속하고 섬뜩하다는 반응이 정확하다. 그러면 섬뜩한 이유는 무엇 때문일까. 이 의문에 대해 답하기 전에 이 작품에 대한 필자 자신의 반응을 말하라고 하면 경악이란 말로 표현할 수밖에 없다. 프랑켄슈타인이란 괴물과 드라큘라라는 흡혈귀가 필자한테 한꺼번에 달려드는 충격적인 느낌을 받았기 때문이다. 학생들이 '섬뜩하다'는 말로 표현한 것은 기본적으로 필자와 같은 느낌의 표현이지만 거기에는 차이가 존재한다. 필자의 경우 제3 수준의 읽기를 통해 구체적인 형상을 보았지만 학생들은 막연한 느낌밖에 그 느낌의 원천을 설명해 줄 수 있는 실제적인 대상을 지목하지 못한 것이다. 그렇다고 해서 필자가 처음부터 그 형상들을 보았던 것은 아니다. 『토지』를 빅뱅으로 읽기 전에 필자는 『난장이가 쏘아올린 작은 공』에 관해 논문을 쓴 적이 있다. 그때는 필자도 다른 사람들이나 마찬가지로 섬뜩하다는 막연한 느낌을 가지고 논문을 썼을 것임에 틀림이 없다. 그런데 『난장이가 쏘아올린 작은 공』에 관한 모더니즘-리얼리즘 논쟁이 일어났고 그 논쟁과 관련이 있는 문학 잡지사에서 필자에게 원고 청탁을 해 왔다. 진행되고 있는 논쟁에 대한 의견을 밝혀 달라는 주문이었다. 그 논문을 쓰기 위해 다시 작품을 읽었는데 읽고 나자마자 프랑켄슈타인과 드라큘라가 필자에게 덤벼드는 악몽과도 같은 장면을 마주쳤던 것이다. 미처 깨닫지 못한 사이에 필자에게 읽기의 방법이 달라지는 변화가 일어나 있었던 셈이다. 그러면 왜 『난장이가 쏘아올린 작은 공』은 드라큘라와 프랑켄슈타인이라는 악마의 형상을 보여주는가.

조세희의 이 작품은 연작소설로 발표되었지만 한 편의 장편소설이라고 보는 게 마땅하다. 작가가 소설집을 내면서 기왕에 발표한 작품들을 손보아 전체가 유기적으로 연결될 수 있게 했기 때문에 장편소설이라고 하는 것은 아니다. 『난장이가 쏘아올린 작은 공』이 장편소설인 이유는 소설이 세 겹으로 된 액자 속에 산업사회의 모습을 담고 있기 때문이다. 그리고 그 액자는 단순히 장식이 아니라 작품 고유의 심미적 효과를 만들어 내는 데 크게 기여한다. 곧 단편소설들을 모은 것이 아니라 전체가 통일된 구조를 가지고 있는 장편소설이라고 볼 때에 섬뜩하다는 느낌이 강하게 들고, 프랑켄슈타인이나 드라큘라라는 경악스러운 표상이 형성되는 것인데, 액자는 그 과정에서 가장 중요한, 핵심적인 역할을 수행한다.

이 작품도 맨 첫 부분과 맨 마지막 부분이 플롯의 대응 형태를 취하고 있다. 그 대응 형태 속에 들어 있는 소설의 내용은 수학교사가 학생들에게 수업을 하는 장면으로 구성되어 있다는 점에서 이 작품을 일종의 계몽문학의 성격을 지닌 소설로 규정할 수 있게 해 준다. 수학교사는 소설의 첫머리에서 굴뚝청소부를 소재로 하여 학생들과 몇 가지 질의응답을 주고받는다. 그의 설명은 언제나 학생들이 생각하지 못하는 부분을 찌르고 들어가는 것인데 뻔한 질문에 뻔한 대답을 마련하려 할 것이 아니라 질문의 전제조건을 살펴 근본에 대해 성찰하는 것이 중요하다는 것이다. 이 첫 이야기는 마지막 작품인 「에필로그」와 대응하는데, 교사는 거기에서 안과 밖이 없는 사회가 인간이 동경하는 세계임을 알려 준다. 마지막으로 교사는 인간의 정신이 자유임을 선언하고, 그 자유의 이행에 의해 안과 밖이 없는 이상세계가 실현될 것임을 이야기한다.

소설 속에서 이 외부 액자 안에는 중간 액자가 들어 있다. 중간 액자는 소설에서 가장 끔찍스러운 이미지를 품고 있다. 앞에서는 꼽추와 앉은뱅이가 자신들을 속인 부동산 브로커를 목 졸라 살해하고 차에 불을 질러 시신을 소각시키는 장면이 나오고, 뒷부분에서는 서커스단 사장에게 사기를 당한 그들 자신이 반딧불을 쫓아 산업도로에 올라갔다가 굉음을 내며 달려가는 대형트럭에 치여 죽는 이미지가 등장한다. 공포를 느껴 보고 싶은 사람은 어두운 밤에 산업도로 갓길을 걸어가 보시라. 차 한 대가 지나갈 때마다 등골이 오싹거릴 것이고 식은땀이 등줄기를 축축하게 적실 것이다. 프랑켄슈타인과 드라큘라의 이미지는 주로 이와 같은 대극되는 장면들이 누적되어 내는 효과라고 할 수 있다. 세 번째로 내부 액자는 칼날의 이미지로 물들여진다. 난장이를 때려 피를 흘리게 하는 펌프집 사내들에게 생선회 칼을 휘두르며 달려드는 한 가정주부의 모습이 앞부분에 배치되어 있고 뒷부분에서는 노동 문제를 해결하기 위해 회사 사장을 칼로 찔러 죽이는 사건이 묘사된다.

세 겹 액자로 꾸며진 『난장이가 쏘아올린 작은 공』의 내부에서는 또다시 세 단계의 서사가 진행된다. 첫 단계는 산업사회로 접어든 1970년대의 한국사회가 어떠한 계급 대립을 이루고 있는지 보여 주는 「칼날」, 「우주여행」, 단편 「난장이가 쏘아올린 작은 공」으로 구성된다. 두 번째 단계는 지금 현재 한국사회의 계급 분화가 어떻게 보다 심각한 사태로 진행되고 있는지 보여 주는 「육교 위에서」, 「궤도회전」, 「기계도시」로 구성되어 있다. 세 번째 단계는 노동 문제를 근본적으로 해결하기 위해 그동안 어떤 노력이 기울여졌는지 보여 주는 「은강노동자 가족의 생계비」, 「잘못은 신에게도 있다」, 「클라인씨의 병」, 「내 그물로 오는 가시고기」로 구성되어 있다. 여기서는 주로 난장이의 큰아들인 영수의 노동 문제 해결 방안이 차례로 시험된다. 이렇게 『난장이가 쏘아올린 작은 공』은 세 겹 액자 속에 세 단계로 구성되어 있는 내부소설을 통해 한국의 산업화 현실을 고발한다. 그러나 이 작품이 플롯의 구조만으로 뼈대를 구축하고 있는 것은 아니다. 작품의 구성은 문장 단위에까지 스며든다는 말처럼 이 소설은 스타카토 문체로 알려져 있는 짧은 단문들이 점철되면서 문장 사이사이에 많은 빈 공간을 만들어 놓고 있다. 그 공백들은 독자가 채워서 읽어야 할 내용을 시사하는 것으로 작가의 서사 전략을 드러내 준다. 『난장이가 쏘아 올린 작은 공』이 부피는 작지만 결코 짧은 소설이라고 할 수 없는 중후한 작품이 되는 것은 독자가 채워 읽어야 할 내용이 너무나 많기 때문이다. 짧은 문장들로 긴장을 만들어 내고 그 긴장들을 살벌한 분위기로 이끄는 폭력의 장면들, 살인, 방화, 주택 철거, 집단폭력, 공권력의 특정 세력 비호 등이 난무하는 속에 작품은 섬뜩한 현실을 만들어 내고, 거기에 프랑켄슈타인과 드라큘라가 서식할 존재조건이 마련된다. 그 세계는 팬지꽃과 공업폐수가 공존한다는 점에서 환상적이지만 삭막한 세계, 드라큘라와 프랑켄슈타인이 공존하는 공포의 세계이다. 그러면 『난장이가 쏘아올린 작은 공』에는 왜 이와 같은 공포의 존재가 공존하는 것일까? 프랑코 모레티는 이렇게 말한다.

> 프랑켄슈타인과 드라큘라는 비슷한 삶을 산다. 둘은 상보적이기 때문에 분리할 수 없는 형상이다. 단일한 사회의 무시무시한 두 얼굴, 양극단이다. 다시 말해 흉측하게 생긴 비참한 사람과 잔혹한 소유자, 즉 노동자와 자본가를 대변하는데, '사회 전체가 소유자들과 무소유의 노동자들이라는 두 계급으로 나누어질 수밖에 없다'. '수밖에 없다'는 것은 마르크스에게는 미래에 대한 과학적 예견(이자 미래 사회의 재조직화를 보장해주는 것)인 동시에 19세기 부르주아 문화의 종언에 대한 사전 경고였다. 공포문학은 바로 분열된 사회의 공포로부터, 그리고 그것을 치유하려는 욕망에서 태어났다.[06]

모레티에 따르면 '프랑켄슈타인의 괴물과 흡혈귀 드라큘라는 이전의 괴물들과는 달리 역동적이고 총체적'이다. 어느 구석이나 그늘 속에 숨어 있는 존재가 아니라 사람들의 일상 속에 버젓이 존재

06 프랑코 모레티, 『공포의 변증법』, 조형준 옮김, 새물결, 2014, 20쪽.

한다. 그 존재를 그린 조세희의 노동소설은 황석영, 방현석의 계통과 형상의 특성 자체가 다르지만 자본주의의 현실에 대한 비판적 대응이라는 측면에서는 공통되는 영역을 지니고 있다. 자본주의의 섬뜩한 현실을 프랑켄슈타인과 드라큘라라는 형상으로 빚어낸 작가의 의식은 진보적 혁신 세력의 그것과 동질성이 있는 것이다. 작가가 자신의 대표작을 출판한 뒤에 소설 창작보다 노동자들의 삶을 사진에 담는 작업에 정력을 기울였다는 것은 어쩌면 조급한 마음의 표현일 수 있다. 그러나 그의 작업이 사진이란 장르였다는 것은 『난장이가 쏘아올린 작은 공』의 형상이 정태적이었다는 것과 연관되는 사항이라고 할 수 있다. 『난장이가 쏘아올린 작은 공』의 세 겹 액자는 사진을 고즈넉한 분위기로 감싸는 흰색 테두리와 같이 작품을 예술적 세계로 이끈다. 이 점에서 제3 수준의 읽기에서 정태적인 상태를 벗어나 동태적인 형상이 포착되는 경우를 살펴볼 필요가 있다. 여기에 상응하는 작품으로 대표적인 경우는 박경리의 『토지』가 되는 것이지만, 이에 대해서는 뒤에서 따로 이야기할 넉넉한 기회가 마련되어 있으므로 여기서는 숄로호프의 『고요한 돈강』을 살펴봄으로써 대안으로 삼고자 한다.

5. 『고요한 돈강』— 움직이는 상(象)

『고요한 돈강』은 미하일 알렉산드로비치 숄로호프의 대하소설이다. 러시아 혁명을 전후하여 돈 지방에서 일어난 전쟁과 사랑의 이야기를 담고 있는 작품이기 때문에 한때는 대표적인 사회주의 리얼리즘 작품이라는 평가를 받기도 했다. 1925년에 쓰기 시작하여 1940년에 완성된 이 소설의 이야기는 보센스카야 지방의 타타르스키라는 가공의 마을을 중심으로 펼쳐진다. 그리고리 멜레호프와 마을의 유부녀 아크시냐의 열정적인 사랑을 묘사하면서 시작된 소설은 돈 지방 카자크의 활력이 넘치는 일상생활을 풍부하게 보여 주면서 점차 무대를 넓혀 가 유장한 시간의 흐름 속에 잠겨 있는 도도한 역사의 물결을 서술한다. 전체 8부로 구성되어 있는 이 작품의 특징을 게오르크 루카치는 톨스토이의 『전쟁과 평화』와 비교하여 톨스토이의 소설이 '폭넓은 형상의 개별성을 지닌 장면'들로 구성되는 데 반하여 숄로호프의 소설은 '짤막한, 흔히 격렬하게 집중된 장면'이라고 규정지은 바 있다. 톨스토이 소설의 장면들이 각 부분의 자립성을 확보하면서도 여러 요소들 사이에 풍부한 관계를 맺게 하는 폭넓은 형상임에 비해 숄로호프 소설의 장면들은 짧고 응축된 장면들이 짧게짧게 연속되면서 전체적으로 삽화적인 장면들이 서로 긴밀하게 의존하여 사건을 전개하게끔 만들고 있다는 것이다. 이 '짤막하고 격렬하게 집중된 장면'은 숄로호프의 소설이 이룬 예술적 혁신을 빛나게 한다. 소설의 전체적 전개는 유장하고 도도하며 광대한 시공간을 배경으로 하는데, 짧고 격렬하며 집중된 장면들은 작품에 등장하는 인물들을 하늘에서 반짝이는 별들과 같이 빛나게 빚어 놓고 있는 것이다. 이 삽화적 장면들의 예술적 효과는 숄로호프 소설의 또 다른 특징인 자연 묘사와 어울리면서 한층 더 고양된다.

숄로호프의 소설에는 자연 묘사가 매우 자주 등장하는데 그로 인해서 기회가 있을 때마다 작가가 자연을 묘사하려고 내놓고 덤빈다고 할 수 있을 정도로 작품 곳곳에는 자연이 민낯을 내밀고 있다. 이 자연 묘사가 소설의 전체 분위기에 영향을 미치고 인물이나 사건이 지닌 정조를 조성하는 데 기여하는 것임은 물론이다. 이 자연 묘사와 관련하여 하나의 에피소드를 참고하는 것이 좋을 것이다. 박경리의 『토지』를 드라마로 만들면서 제작자가 작가를 찾아간 적이 있다. 제작자는 원작자인 박경리 작가에게 자신들이 드라마를 만들 때 특별히 유의했으면 하는 사항이 있으면 말해 달라고 요청했다. 이에 대해 박경리 작가는 딱 한 가지만을 말했다. 자연의 장면을 드라마 속에 충분하다고 할 정도로 많이 넣어 달라는 주문이었다. 이것은 드라마의 길이를 늘려 달라는 속된 욕망으로 들어 넘길 수도 있는 일이기는 하지만 『고요한 돈강』과 『토지』가 지닌 특성을 아는 사람에게는 그처럼 사태를 왜곡하거나 한 귀로 흘려들을 수 있는 사안이 아니다. 두 작품에서 자연은 인간에게 객체적인 존재만이 아니다. 자연은 인간이나 마찬가지로 주체의 지위에 있다. 그러므로 두 작가의 작품에서 자연에 대한 묘사나 사람들의 살림살이에 대한 묘사는 동등한 지위에 있다. 박경리 작가의 요구는 바로 그 동등한 지위에 있는 자연을 드라마 속에 제대로 형상화해 달라는 요구였던 것이다. 『고요한 돈강』의 한 해설자는 이 작품에서 자연의 지위가 '자연의 침입'이라고 할 만한 것으로 거기에서는 '자연이 인간 비극 속에 참여자로 존재하고 그 자연이 마지막 말을 남기는 것'이라고 말하고 있다. 필자 역시 『고요한 돈강』의 한 장면에 나오는 자연 묘사와 사람들의 살림살이에 대한 묘사를 인용하면서 다음과 같이 분석한 바 있다.

> 인용문의 첫 단락은 자연에 대한 묘사이고 둘째 단락은 사람들의 살림살이에 대한 묘사이다. 두 단락에서 드러나는 상황은 거의 비슷해서 바람이 하는 짓이나 전쟁이 초래한 사태나 마찬가지로 연약한 존재들에 대한 폭력이라는 인식이 가능해진다. 곧 작가는 자연과 인간의 일을 감응관계로 파악하고 있다. 자연도 하나의 능동적 주체로서 갖가지 방식으로 사물을 헤쳐 놓듯이 인간이 저지르는 행위도 자연의 행태와 동일한 양상을 빚는 것으로 묘사하는 것이다. 이렇게 자연과 인간의 일을 동일한 패턴으로 묘사하는 작가의 의식 밑바탕에는 자연이나 인간이나 별개의 존재가 아니라는 인식이 깔려 있다. 인간은 자연보다 상위의 존재가 아니라 자연사물의 하나에 지나지 않으며 자연 또한 인

간과 동일하게 능동성을 지닌 주체로서 인정되어야 한다는 관점이다. 자연과 인간이 교감하고 공명하며 함께 일을 이루어간다는 이 인식은 작가의 세계관이 저 시베리아의 샤머니즘에 풍부하게 나타나고 있는 자연과 인간의 공생이념에 가까운 것임을 나타내 준다. 이와 같은 자연 묘사가 작품의 도처에서 사람이 벌이는 인위적 행동들과 얽혀짐으로써 작품에는 자연의 질서와 인간사회의 변동이 하나로 결합하는 양상이 빚어진다. 그 결합의 원리가 생장수장(生長收藏)의 원리다. 이 원리는 소설을 전체적으로 파악할 수 있게 해 주는 것으로서 작품의 각 부분이 지니는 형상의 성격을 일정하게 규정한다.[07]

짤막하고 격렬한 장면이라든가 자연 묘사는 숄로호프 소설의 도처에서 발견되는 특질이다. 이 특질은 작가의 묘사기법이나 서술기법에 국한해서 논의할 수 있는 사항이 아니다. 그것은 작품의 모든 부분에 관여되는 근본적이고 근원적인 문제, 세계관과 관련되는 사안이다. 예컨대 8부로 구성된 이 작품에서 1, 2부의 문장이 매우 짧다는 사실도 그와 관련해서 논의할 수 있다. 『고요한 돈강』 일본어 중역본에서는 이 사실이 두드러지게 나타나지 않지만 서정시학사에서 간행한 백석 번역본에서는 번역자가 의도적으로 1, 2부의 문장을 짧고도 간결하며 힘 있게 번역하고 뒤로 가면서 그 양태가

07 졸저, 『현대소설의 상황』, 푸른사상, 2014, 315-316쪽.

완화되는 양상을 찾아볼 수 있다. 곧 작품 전체에 대한 심미적 판단을 통해 백석은 『고요한 돈강』의 1, 2부가 극도로 압축된 형식을 가지고 있고 후반부로 가면서 압축된 긴장이 이완되는 구조라는 사실을 파악하고 자신의 번역에 그 내용을 반영한 것이다. 이 사실은 『고요한 돈강』과 『토지』가 유사한 구조를 지니고 있다는 것을 말해준다. 실제로 『토지』 또한 작품 전체 5부 가운데 1부가 극도로 긴장이 높아지고 사건 전개가 긴박하게 펼쳐지는 구조를 가지고 있으며 후반부로 갈수록 긴장이 이완되는 구조이다. 이와 같은 두 작품의 유사성은 그 내면의 사정을 알고 보면 당연한 것이다. 『토지』는 음양오행이라는 동양의 사상을 작품의 구성 원리로 이용했고 『고요한 돈강』은 생장수장(生長收藏)의 원리를 구성 원리로 하고 있기 때문이다.

생장수장과 음양오행은 다 같이 자연의 원리에 바탕을 두고 있다. 오행이 목·화·토·금·수의 순서로 운행되는 자연질서를 포착하는 관점이라는 사실을 상기하면 농경사회의 세계관인 생장수장과 음양오행은 근원적으로 똑같이 자연의 원리를 바탕으로 성립된 개념인 것이다. 이 관점에서 보면 『고요한 돈강』은 1, 2부가 생(生), 3, 4부가 장(長), 5, 6부가 수(收), 7, 8부가 장(藏)에 해당한다. 1, 2부가 카자크의 한 마을에서 생긴 애정과 갈등을 집중적으로 묘사하고 3, 4부가 오스트리아 전쟁을 필두로 하여 제1차 세계대전을 무대로 하고 있다는 사실을 고려하면 러시아 혁명 과정과 적군과 백군의 싸움이 5부에서부터 8부까지의 소재가 되고 있다는 점은 어렵지 않게 짐작할 수 있다. 실제로 1, 2부는 긴장과 갈등이 극한에 도달한 듯 긴박한 느낌을 주어 씨앗이 물의 압력을 받아 싹을 틔우는 과정과 흡사하다.『토지』의 1부가 음양오행의 목(木)에 해당하고 목은 물의 압력을 받아서 씨앗이 싹을 틔우는 단계라는 점에서 생장수장의 생(生)과 동질적인 것이다. 이와 같은 사정은 『토지』 2부가 화(火)의 국면으로서 『고요한 돈강』의 3, 4부, 장(長)에 해당하는 데서도 똑같이 드러난다. 한마디로 말해서 음양오행의 목·화·토·금·수에서 변화의 원리를 나타내는 '토'만을 빼면 그것은 생장수장과 똑같은 개념적 함축을 지닌다. 곧 『고요한 돈강』과 『토지』는 동일한 구조 원리에 입각해서 서사의 틀을 마련했고 그에 따라 사건 전개의 리듬도 동일하게 된 것이다. 백석 번역본이 1, 2부에서 짧은 문장으로 긴장을 고조시키고 사건 진행 속도를 빠르게 하는 효과를 내려고 했던 것은 이런 사정에 말미암는다. 또 3, 4부와 5, 6부 그리고 7, 8부가 뒤로 갈수록 사건도 느리게 진행되지만 문장의 길이와 장절의 길이도 길어져 유장한 느낌을 주는 것도 그 구조 원리에 따른 조처였던 것이다. 이제 이러한 제반 사정을 알고 나면 『고요한 돈강』의 전체상을 생장수장의 자연 리듬을 가진 것으로 읽을 수 있다.

이 작품에 대한 제3 수준의 읽기는 작품의 각 부분이 주는 느낌을 바탕으로 생장수장의 질서를 파악하면 쉽게 요해되는 것이다. 1, 2부에서는 생(生)의 운동을 읽어 내고 3, 4부에서는 장(長)의 운동을 읽어 내며, 5, 6부에서는 수(收)의 운동을, 7, 8부에서는 장(藏)의 운동을 파악하면 작품의 전체상이 확립된다. 그 모습은 싹이 나서, 자라고, 영글어서, 씨앗을 만드는 생장수장의 원리가 반복되는 자연의 질서라는 점에서 하나의 원환, 고리 모양을 이루게 된다. 이 질서는 『고요한 돈강』의 상(象)이 특정한 패턴을 지닌 다른 작품처럼 하나로 되어 있는 것이 아니라 일종의 운동 과정이라는 사실을 의미한다. 곧 정지된 화면이 아니라 동태적으로 움직이는 이미지를 갖춤으로써 역동적인 효과를 낳는 것이다. 그것은 패턴이라기보다는 리듬의 영역에 놓이는 것이라고 보아야 할 특징이다.

6. 『비명을 찾아서』 – 알레고리의 지도

복거일의 『비명을 찾아서』는 1984년부터 쓰기 시작해 1987년에 완성된 작품이다. 새삼스럽게 소설이 창작된 연대를 환기하는 것은 작품과 그 시대가 맺는 관계를 주목하는 일이 필요하기 때문이다. 1980년의 광주 민주화운동과 1987년의 6월 시민항쟁이 작품을 둘러싸고 있는 시대적 환경인 것이다. 시인으로 등단해 이미 기성 문인으로서 작품활동을 하고 있던 작가가 원고를 들고 출판사를 찾아간 것, 발간 여부의 의사를 타진한 것, 편집진의 조언에 따라 대체역사라는 장르명을 스스로 표기한 것도 조금은 이색적인 풍경이다.

이 소설에는 "京城, 쇼우와 62년"이라는 부제가 붙어 있다. '쇼우와(昭和)'라는 일본의 연호가 사용되고 일제 강점기 서울의 공식 명칭인 경성이라는 낱말이 한자로 표기되어 있다는 점에서 소설은 일본이라는 존재를 강하게 의식하고 있다. 작가는 '소설로 들어가기 전에'라는 제목이 붙어 있는 머리말에서 그 사정을 자세히 밝히고 있다. 안중근 의사의 이토 히로부미 암살 기도가 실패하여 그 이후의 역사가 우리가 오늘날 알고 있는 역사와 다른 길을 걸어갔다는 가정하에 쓰인 소설이라는 것이다. 조선 사람은 한글을 완전히 잃었을 뿐만 아니라 조선 역사 자체를 잊고 살아간다는 가정하에 전개되는 소설인 셈이다. 역사가 가 보지 않은 길을 가 보는 형식이라는 이 대체역사소설의 부제(副題)는 한국말로 풀면 '서울, 1987년'이라는 뜻이 된다. 그 제목은 김승옥의 「서울, 1964년 겨울」과 같은 형식의 시공간을 가리키는 말이 된다. 김승옥의 작품이 1960년대의 시대적 분위기를 잘 표현한 작품이라는 점을 고려하면 복거일의 작품 또한 시대와 긴밀한 상관관계를 맺고 있음을 그 부제가 암시한다.

그러나 그 시대는 일본이 식민지로서 조선을 지배하는 상황이고 더욱이 문제적인 것은 조선인들이 식민 지배를 받고 있다는 사실을 까맣게 모르고 있다는 사실이다. 그렇기 때문에 소설이 기노시다 히데요의 일상에서 출발하지만 그 일상은 집단적 망각 또는 집단적 광기와 같은 의식의 전도 속에서 유지된다. 자신들의 과거 역사를 전혀 모르는 채 충량한 황국신민으로서 살아가는 조선인의 한 전형이 주인공 기노시다 히데요인 셈이다. 주인공은 군대에서 장교로 복무하다가 전역했고 현재는 한도우 경금속이라는 회사의 과장으로 근무하면서 아내와 딸과 함께 평범한 일상을 살아가고 있다. 종종 시를 쓰기도 하는 주인공은 현재 회사의 운명을 건 합작 프로젝트를 책임지는 사람으로서 중대한 임무를 수행하고 있고 자기가 데리고 있는 부하직원 '도끼에'에 대한 은근한 연정을 불태우고 있기도 하다. 이 평범한 일상인 기노시다 히데요에게 변화가 일어나기 시작한 것은 회사 승진에서 일본인 '야마시다'에게 밀리면서부터이다. 합작을 성공시켰고 회사의 연공서열로 볼 때도 당연히 자신이 승진할 것이라고 생각했는데 특무사에 근무하는 요원의 배경을 지닌 야마시다가 자신보다 윗자리에 앉게 된 것이다. 이 인사상의 차별은 주인공에게 근본적으로 자신을 돌아보게 하는 요인으로 작용한다. 그리하여 자신과 주위의 여러 사정을 돌아보면 돌아볼수록 기노시다의 현실에 대한 의문이 커져 간다. 이렇게 한번 의문을 가지게 되자 현실의 모든 사항이 의혹의 대상이 된다. 그는 큰아버지로부터 자신의 본이름이 박영세라는 이야기를 듣게 되고 합작협상 파트너인 앤더슨으로부터 자기가 알고 있는 역사와는 전혀 다른 조선의 역사를 이야기하는 책자를 건네받게 된다. 이제 주인공은 자신이 지니게 된 의문을 풀기 위해 여러 방면으로 노력하고 마침내는 조선과 관련된 도서가 수장돼 있다는 일본의 대학도서관으로 찾아가 수많은 자료를 복사한다.

그러나 주인공은 복사물을 가지고 귀국하는 과정에서 체포된다. 오랜 시간에 걸쳐 여러 기관원으로부터 심문을 받지만 당국의 교화 방침에 따라 주인공은 사상교육을 받고 풀려난다. 하지만 이미 그의 일상은 파괴된 지 오래다. 주인공은 자신의 상사가 된 야마시다로부터 회사에 사표를 내라는 종용을 받기도 하고 아오끼라는 헌병 소좌가 자신의 잠옷을 입고 아내와 함께 침실에서 나오는 모습을 목격해야 하기도 했다. 잠자리에서조차 불안에 떠는 아내를 위해서 주인공은 아오끼 소좌 부부를 포함한 여러 사람을 집으로 초대해서 잔치를 베푼다. 그러나 아오끼 소좌가 욕실에서 자신의 딸을 성추행한 것을 알고 주인공은 소좌를 살해하고 임시정부가 있다는 머나먼 상해를 향하여 긴 여행을 떠난다.

이와 같은 줄거리의 『비명을 찾아서』는 일면에서는 『돈키호테』와 같은 이야기라고 할 수 있다. 주인공이 진실을 찾아서 움직이지만 그가 맞닥뜨리는 현실은 돈키호테가 마주치는 현실과 같이 어느 것이 진실인지 알 수 없는 그런 성격의 것이다. 그 점에서 『돈키호테』에서는 다른 사람은 모두 맑은 정신인데 돈키호테 혼자서만 미쳐 있는 것으로 보인다. 이에 비해서 『비명을 찾아서』에서는 조선 사람 전체가 미쳐 있고 주인공 혼자만이 맑은 정신이다. 주인공이 다른 조선 사람과 마찬가지로 미쳐 있다가 맑은 정신을 되찾아 가는 것이 『비명을 찾아서』의 핵심 줄거리인 것이다. 이 점에서 『비명을 찾아서』는 게오르크 루카치가 소설의 진정한 형식이라고 말한

"길이 시작되자 여행은 끝났다"고 할 수 있는 구조로 되어 있는 전형적인 형식이다. 상해 임시정부에서 흘러나오는 조그마한 불빛을 향해 길을 떠나는 주인공의 이야기가 시작되면서 『비명을 찾아서』라는 소설은 끝나 버리는 것이다. 그러나 이 소설에는 주인공의 행동만으로 서사구조를 파악할 수 없게 만드는 장치가 숨겨져 있다. 그 장치는 소설의 각 장 제목에 붙어 있는 에피그램을 통해 작동한다. 세르반테스의 『돈키호테』에는 각 장의 맨 앞에 짧은 에피그램이 붙어 있다. 그 에피그램은 대부분 그 장에서 이루어지는 행동의 내용을 소개한다. 이와 같은 형식은 『비명을 찾아서』에서도 준용된다. 그 형식은 『돈키호테』의 에피그램보다도 길이가 길고 자세하며 그 장에서 이루어진 행동들의 의미를 반추할 수 있게 해 주는 내용이다. 그런데 『비명을 찾아서』의 에피그램은 그 성분 구성 요소가 복잡하다. 그 장의 내용을 아는 데 도움이 되는 요소도 들어 있지만 때로는 독자가 갈피를 잡을 수 없게 혼란을 일으키게끔 만드는 요소도 섞여 있다. 따라서 에피그램을 믿고 소설을 읽는 독자는 처음에 기대한 것과 전혀 다른 사태에 마주치기도 한다. 독자의 기대를 배반하는 에피그램이 작품의 일관된 이해를 방해하는 역할을 하는 것이다. 이러한 특징은 독자의 편안한 독서를 어지럽힘으로써 겉으로 드러난 텍스트의 의미를 벗어나 다른 사안에 대한 주목으로 사람들의 시선을 이끄는 역할을 하게 만든다. 곧 이 작품을 주인공이 겪는 사건들의 이야기만이 아니라 작품 전체를 알레고리 구조로 파악했을 때 그 진정한 의미가 드러나는 구조로 만드는 것이다.

『비명을 찾아서』의 알레고리 구조는 여러 측면에서 찾아볼 수 있다. 모든 사람이 일본의 식민지가 되어 있는 사실을 모른 채 살아간다는 사실도 그 하나이며, 저 하북(河北)에서 벌어지고 있다고 하는 전쟁을 빌미로 군부가 정권을 전단한다는 사실, 권력의 하수인들이 우리의 일상을 조종하고 있다는 사실 등이 알레고리적 의미를 지니고 형상화되는 것이다. 그런 의미에서 『비명을 찾아서』의 알레고리는 특정한 개인에게 관련되는 사항일 수도 있고 특정 집단에 해당하는 것일 수도 있으며 전 지구적 식민체제로 말미암아 생기는 현상에 대한 비유일 수도 있다. 필자는 이와 관련해 다음과 같은 견해를 밝힌 적이 있다.

> 프레드릭 제임슨은 후기자본주의에서 개인적 경험이 진정할 경우 그것은 진실하지 못하며, 동일한 내용에 대한 과학적 인식적 모델이 진실할 경우 그것은 경험을 벗어나 버린다는 상황이 빚어지고 있음을 말한 적이 있다. 부재의 원인처럼 개인의 지각 속으로는 결코 들어오지 않는 새롭고 거대한 전 지구적 식민체제의 현실을 파악하는 데에는 개인의 일상적인 경험이 무력하게 되고 그로 인해 전 지구적 현실의 인식의 지도를 그리는 일이 필요하다는 것이다. 제임슨은 이와 같은 인식의 지도를 작성하기 위한 서사의 전략으로서 알레고리의 형식이 지닐 수 있는 장점을 주목했다. 그러나 제임슨이 말하는 전 지구적 현실은,

필자의 감각으로는, 종래 한반도인에게는 그다지 실감 있는 것이 되지 못했다. 문민정부가 들어서서 세계화를 주창했어도, 여윳돈이 생겨서 뻔질나게 해외여행을 나다녀도, 국제화시대에 대비하여 귀여운 것들에게 조기영어교육을 시켜도 전 지구적 현실은 머나먼 곳에 있었다. 이런 판국에 우리가 어떤 지배이데올로기에 사로잡혀 있다거나 전 지구적 식민체제의 식민지에 속해 있다는 각성이 자연스럽게 생겨나는 것은 기대할 수 없는 일이었다. 그러나 IMF 시대를 맞은 지금, 어떤 영문인지도 모른 채 직장에서 쫓겨나고, 봉급이 절반으로 줄고, 은행이자가 늘어난 지금 전 지구적 현실은 훨씬 더 실감 있는 것으로 다가오고 있다. 미셸 캉드쉬 IMF 총재를 총독이라고 표현한 신문들은 그 실감을 피부로 느껴지는 만큼만 전달하고 있을 뿐이다. 그러나 전 지구적 현실, 전 지구적 식민체제는 그와 같은 외면적 사실로서만 우리에게 다가오고 있는 것이 아니다. 전 지구적 식민체제는 우리가 그것의 도래를 느끼기도 전에, 가시들고 쫓으려던 백발이 제 먼저 알고 지름길로 와 있는 꼴로, 우리의 의식과 몸통과 생활 속에 들어와 주인 행세를 하고 있다.[08]

『비명을 찾아서』의 알레고리는 우리의 현실을 고려할 때 두 차원에서 읽을 수 있다. 하나는 전쟁이 하북 지방에서 전개되고 있다는,

08 졸저, 『한국문학의 관계론적 이해』, 실천문학사, 1998, 185-186쪽.

그리하여 군부가 정권을 농단한다는 사실로부터 유추할 수 있는 것으로서 휴전선이 있는 한반도의 지역갈등과 연결시킬 수 있고, 다른 하나는 전 지구적 차원에서 벌어지는 식민체제로서 읽는 방법이다. 어느 것으로 읽건 간에 『비명을 찾아서』의 알레고리는 하나의 지형도를 우리의 의식 속에 만들어 놓는다. 곧 이 작품에서 제3 수준의 읽기는 작품을 각각의 세력들이 힘을 겨루고 있는 지형 속에서 파악할 때 하나의 표상으로 전체를 나타낼 수 있는 것이다.

7. 요약

지금까지 몇 개의 작품을 선정하여 작품에서 플롯의 대응 형태, 형이상학적 특질, 패턴, 상(象)을 읽는 방법을 논의했다. 제3 수준의 읽기에 근접한 방법들인데도 작품의 특질에 따라 읽기의 방법이 달라지고 있음은 물론 거기에서 얻어지는 내용이 차이를 지닌다. 박민규의 「아침의 문」을 플롯의 대응 형태라는 측면에서 접근하여 설명한 것은 작품에 대한 가장 일반적인 분석이 어떠한 방식으로 진행되는가를 보여 주기 위해서이다. 어느 정도 완성된 수준에 이른 작품들은 대부분 처음의 상황에서 변화된 세계를 보여 준다. 처음의 상황과 마지막의 상황은 서로 대응하면서 작품 속에서 일어난 변형을 구체적으로 보여 주는 것이다. 그러나 「아침의 문」이 지닌 특성은 처음의 상황과 마지막의 상황이 시간적 순서에 따라 배치된 것이 아니라 동일한 시점에서 대비적인 형태로 제시되고 있다는 점이다. 이것은 「오발탄」이 시간적 순서에 따라 대응하는 장면을 보여 주는 것과 비교된다. 그런데 「아침의 문」은 대응하는 장면이 제시될 뿐 아니라 사건의 병렬적 구조를 함께 보여 준다는 특성을 갖는다. 이와 같이 플롯의 대응 형태와 병렬구조가 동시에 나타날 경우 작품에 대한 분석은 다양한 방식으로 전개될 수 있다. 『안나 카레니나』를 예시하여 플롯의 대응 형태와는 사뭇 다른 병렬구조를 분석하는 작업을 수행한 것은 그 때문이다. 플롯의 대응 형태는 작품의 표층에 대한 파악을 넘어 읽기를 심층 수준으로 이끄는 것이지만 그것이 제3 수준의 읽기와는 다른 것이기 때문에 여러 가지 이론들과 결합하여 다양한 해석을 낳을 수 있는 가능성을 가지고 있는 것이다.

「새벽 출정」에 대한 읽기는 로만 인가르덴이 말하는 형이상학적 특질을 파악하는 형태의 읽기라는 점에서 제3 수준의 읽기의 초보적 단계에 들어간다. 플롯의 대응 형태나 사건 전개의 구조에 대한 파악보다 대상으로부터 생겨나는 분위기에 초점을 두는 읽기 방법이기 때문이다. 그러나 이 방법에서는 작품의 표층과 형이상학적 특질 사이에 거리가 소멸한다. 대상과 밀착하여 대상에서 생기는 분위기를 작품의 감수에 중요한 요인으로 받아들이는 읽기인 까닭에 작품에 대한 집중은 필수적인 항목이 된다. 이 읽기 방법은 의

외로 넓은 영역에 적용이 가능하다. 특히 시와 회화 장르에서 이 방법은 매우 큰 유용성을 지닌다. 동양의 전통 문학 이론은 주로 시에 관한 이론으로서 역할을 했기 때문에 작품의 풍격을 중요한 요인으로 간주했다. 사공도의 「24시품」과 같은 시론은 바로 작품의 풍격에 대한 논의로서 시종했다고 할 수 있다. 미외지미(味外之味), 상외지상(象外之象), 흥상(興象), 신운(神韻) 등의 개념은 그러한 논의 속에서 생겨나고 성장해 왔다고 해도 지나치지 않다. 회화에서도 작품의 분위기는 작자의 인격과 직접적으로 연결되는 것으로 간주되었고 중심의 빛깔이 화면의 형체를 형성해 가는 힘의 지속으로 파악되었다. 이런 측면에서 작품의 분위기, 형이상학적 특질의 포착을 중시하는 읽기는 문학에서도 매우 중요하지만 이 자리에서는 소설을 중심으로 논의를 전개하기 때문에 그에 대한 상론은 다른 자리로 미룬다.

세 번째 작품으로 제시된 『타이스』는 제3 수준의 읽기가 무엇인지 본격적으로 논의할 수 있는 자료를 제공하는 작품이다. 타이스와 파프뉴스 같은 인물도 등장하고 구체적인 사건도 진행되지만 어느 순간 작품은 그러한 표면적인 것들과는 전혀 상관없는 모래시계의 형상을 만들어 내고 있기 때문이다. 『타이스』에서 모래시계가 의식에 떠오르는 과정을 찬찬히 음미하면 거기에는 기(氣)라고 할 수 있는 어떤 힘의 움직임이 한쪽에서 다른 쪽으로 흘러가 모래시계를 만드는 과정이 선연히 떠오른다. 양극에 있던 힘들이 서서히 다른 극으로 옮겨 가면서 힘의 공백이 생겼다가 다른 극에 있던 기의 힘을 받아 충만되는 형태의 움직임이 간취되는 것이다. 이 힘의 작용, 운동에 대한 파악은 「새벽 출정」에서 형이상학적 특질을 느끼던 방식과 흡사하다. 다만 형이상학적 특질이 하나의 분위기만을 나타내는 것이 아니라 서로 다른 성격을 지닌 힘들이 움직여서 교차점을 지나 반대편의 극으로 옮겨 가는 형태인 것이다. 이 움직임에 의해 이루어진 힘의 패턴을 작품 감상자는 모래시계의 구조와 같은 것으로 느끼는 것이다. 『타이스』가 제3 수준의 읽기에서 하나의 전형적인 사례라고 할 수 있는 것은 그 때문이다. 표층과는 상관없는 하나의 독립적인 존재가 출현하고 그것이 감수자를 작품에 대한 직관으로 이끎으로써 대상에 대한 총체적 파악을 가능하게 하는 것이다.

네 번째 작품으로 제시된 『난장이가 쏘아올린 작은 공』은 「새벽 출정」과 같이 형이상학적 특질을 느낄 수 있게 하기도 하고 『타이스』와 같이 표층의 이미지와 별다른 상관이 없는 독자적 형상을 만들어 내기도 한다. 그 독자적 형상은 프랑켄슈타인과 드라큘라라고 하는 공포의 이미지인데 이 이미지는 조세희의 작품이 모더니즘 기법을 쓰고 있지만 작품의 기본 성격상 일종의 계몽문학이라는 것을 입증해 준다. 그 이유는 프랑코 모레티의 공포의 변증법을 통해 설명할 수 있다. '공포는 가장 훈육적인 것'이라는 말로 대변될 수 있는 공포의 변증법은 조세희의 소설이 산업화사회에 대한 사람들의 공포의 감정을 표현하고 있다는 사실을 알 수 있게 해 준다. 뿐만 아니라 조세희의 소설에서 불쑥 튀어나오는 공포의 존재들은 『타이스』의 모래시계와 달리 구체적 형상을 지니고 있고 생동하는 움직임을 보여 준다는 점에서 차이를 지닌다. 이 양태는 형이상학적 특질이나 패턴이 작품이 지닐 수 있는 상(象)의 대표적인 형태가 아니라는 점을 지각할 수 있게 해 준다. 여러 가지로 패턴이 바뀌기도 하고 일정한 움직임의 과정을 총괄하는 연속된 이미지가 될 수도 있는 것이다.

다섯 번째 작품인 숄로호프의 『고요한 돈강』은 작품 전체의 형상과 부분의 형상이 제각기 의미를 지니는 구조이다. 작품 전체를 고려할 때 『고요한 돈강』은 고리 모양이라고 할 수 있다. 씨앗이 싹을 틔우고 자라서 결실을 맺고 다시 씨앗을 땅에 묻는 생장수장의 과정이 고리 모양을 지니고 있는 것이다. 그것은 끊임없이 순환하는 자연의 원리이기 때문에 전체가 하나의 구조를 이룬다고 할 수 있다. 그러나 각 과정을 음미하면 작품의 1, 2부는 엄청난 힘들이 충돌하는 긴장의 순간이다. 이에 비해서 3, 4부는 사건들이 넓은 무대로 확산되면서 긴장이 수그러들고 사건 진행의 속도도 완만해진다. 5, 6부는 이제 소설의 무대가 여러 곳에 중심을 형성하면서 분산되고 긴장도 전체적인 문제가 아니라 각 부분에 고유한 것으로 변질된다. 이와 같이 『고요한 돈강』에는 각 부분에 이질적인 형상이 자리 잡는다. 그것들은 부분의 독자성이면서 전체의 고리 모양에 기여하는 짧고, 격렬하게 집중된 장면들의 효과이다.

여섯 번째 작품인 『비명을 찾아서』는 겉으로 보면 『돈키호테』의 구조를 차용한 소설이다. 각 장의 서두에 배치되어 있는 에피그램의 형식은 이 작품이 의도적으로 『돈키호테』의 서사 전개방식을 패러디하고 있다는 느낌을 준다. 그렇기 때문에 작품의 말미에서 상해 임시정부를 향하여 길을 떠나는 주인공의 모습은 한편으로는 새로운 출발을 하는 돈키호테와 같은 모습이기도 하고 다른 한편으로는 "길이 시작되자 여행은 끝났다"는 소설의 전형적인 구조를 상기시킨다. 그러나 이 작품의 의미를 이해하기 위해서는 소설의 알레고리 구조를 파악하는 일이 필요하다. 그 알레고리 구조는 표층에서는 드러나지 않는다. 작품의 구조 전체를 다시 읽기의 방법으로 주시하면서 에피그램 등을 통해 흐트러져 있는 소설의 질서를 일정한 초점거리에서 포착할 때만이 알레고리 구조는 파악된다. 전쟁이 벌어지고 있다고 하는 하북 지역과 군부가 정권을 전단하는 동경의 존재, 그리고 내지인에게 차별받는 조선인의 처지가 지니는 의미를 깊이 이해할 때 비로소 작품의 알레고리 구조가 눈에 들어온다. 프레드릭 제임슨이 말하는 인식의 지도는 소설 속에 구체화되어 있는 그 알레고리를 파악할 수 있게 하는 안내서이다. 이 점에서 『비명을 찾아서』가 보여 주는 인식의 지도는 이 작품에 고유한 상(象)이다.

이상으로 플롯의 대응 형태라는 작품의 기본 구성 요소로부터 형이상학적 특질, 독립된 패턴을 갖는 상, 추상적인 패턴과 구체적 형상을 갖는 패턴, 움직이는 상이라는 여러 단계의 제3 수준의 읽기를 고찰했다. 다음 장에서는 지금까지 설명한 읽기의 방법을 참조하면서 움직임이 빛으로 변환하는 제3 수준의 읽기를 박경리의 『토지』를 통해 구체적으로 살펴본다. 독서 과정에서 마주치는 작품들을 새로운 방법으로 읽기 위해 요구되는 선행학습의 장이자 새로운 읽기 방법이 지니고 있는 특질을 체계적으로 파악할 수 있는 필수적이고도 핵심적인 과정이다.

제 4 장

빅뱅의 사건으로서 『토지』 읽기 I

『토지』는 1969년 9월부터 발표되기 시작해 1994년 8월에 대장정의 막을 내렸다. 장장 4반세기에 걸친 길고 긴 여정이었다. 1969년이면 필자가 한창 대학시험 준비를 해야 할 고등학교 3학년 시절이다. 필자는 하숙을 하던 집 선생님이 『현대문학』을 정기구독하고 있었던 관계로 『토지』가 처음 발표될 때부터 작품을 읽을 수 있었고 그 뒤에도 꾸준히 이 소설에 대한 관심을 기울여 왔다. 그러나 정작 이 소설을 완독한 것은 필자가 연세대학교 객원교수로 재직하던 1996년 4월이었고 『토지를 읽는다』라는 단행본을 낸 것은 그 해 9월이다. 책의 원고를 출판사에 넘긴 것이 8월 초였던 것을 감안하면 책의 완독으로부터 비평서를 내기까지 단 4개월밖에 걸리지 않았던 셈이다. 통상 한 권의 연구서를 내기까지 수년의 기간이 소요된다는 것을 생각하면 극히 이례적인 일이라고 할 것인데, 그 배경에는 『토지』를 빅뱅의 사건으로 읽어 낸 새로운 읽기 방법이 개재되어 있다. 이 당시 필자가 작품을 읽기 전에 미리 『토지』에 대한 다른 비평들을 읽어 두었는지 여부에 대해서는 기억이 뚜렷하지 않다. 논문 마감시한이 다가와 부리나케 『토지』를 읽기 시작했으므로 다른 비평들을 미리 살펴볼 여유가 있었을 것으로는 생각되지 않지만, 참고문헌을 찾는 과정에서 한두 편 읽었을 가능성도 배제할 수 없다. 아무튼 작품을 읽기 시작한 것이 4월 초였고 열하루 만에 책을 완독했으며 나흘 동안 잠자리에서 작품에 대해 생각한 결과 빅뱅의 이미지와 조우하게 되었던 것은 분명하다. 그리고 그 이튿날인가 연세대 원주캠퍼스에서 재직하던 동료 교수를 만나 평소 박경리 선생이 무엇에 관심이 있었으며 다른 사람들과 어떤 담화를 나누었는지, 필자가 잠자리에서 무엇을 어떻게 보았는가 하는 것 등에 대해서 여러 가지 이야기를 나누었다. 이 대화가 『토지를 읽는다』를 구상하는 데 많은 도움이 되었음은 물론이다. 『토지』에 관해 언급한 논문들이랄까 문헌들을 찾아 읽고 동료 교수로부터 작가의 관심사와 동향을 전해 들으면서 책을 집필해 나갔던 것이다. 그 작업은 순조롭게 진행되었으나 애초 책을 읽고 구상을 다듬으면서 가지게 된 생각들을 모두 펼치기에는 필자에게 주어진 시간과 능력이 크게 부족했다. 이미 집필한 내용이 책 한 권의 분량을 넘었기에 부득이하게 마무리를 서두를 수밖에 없었으나 책의 완결에 이르지는 못했다는 미진한 느낌이 드는 것은 지금도 어쩔 수 없다.

빅뱅의 사건으로서 『토지』를 읽는 데 기여한 또 하나의 요소는 스티븐 호킹의 『시간의 역사』와 하이젠베르크의 『부분과 전체』이다. 평소 필자가 심심풀이로 읽어 두었던 과학 서적들인데 그것이 『토지를 읽는다』를 집필하는 데 크게 도움이 되었다. 특히 스티븐 호킹의 저작은 현대물리학이 보여 주는 우주와 그 역사에 대한 이해를 아주 쉬운 언어로 전해 주고 있어서 필자가 『토지』를 빅뱅의 사건으로 읽는 데 큰 보탬이 되었다. 아마도 스티븐 호킹의 저작을 미리 읽어 두지 않았더라면 빅뱅이 보여 주는 장엄한 스펙터클을 마주칠 수 없었을지도 모른다. 빅뱅과 그 이후 전개되는 우주 역사에 대해 기왕에 가지고 있던 개념적 인식이나 지식이 『토지』라는 작품의 예술적 형상과 직접 조우함으로써 상승효과를 통해 전대미문의 상상세계를 엿볼 수 있게 했었을 것으로 생각된다.

지금 쓰고 있는 이 책은 필자에게서 『토지를 읽는다』로 결실을 맺은 바로 그 『토지』 읽기에 발단을 두고 있다. 『토지』를 읽는 과정에서 빅뱅의 이미지와 마주치지 못했더라면 필자 역시 소설 속의 이런저런 지엽적인 이야기와 인물들, 사건들에 휘둘려 이리저리 끌려 다니느라 많은 시간을 소모했을 것이고 새로운 읽기 방법이란 주제를 안출할 수도 없었을 것이다. 그동안의 과정을 짧게 돌아보면, 『토지를 읽는다』로부터 시작된 읽기의 방법에 대한 연구가 뜻하지 않게 채만식 문학에 대해서 이전에 그 누구도 생각하지 못한 새로운 이해를 가능하게 했고 그러한 인식들이 조금씩 쌓이면서 『문학의 통일성 이론』이란 새로운 이론체계를 성립시킬 수 있었던 것이 아닌가 한다. 그러므로 『문학의 통일성 이론』에 이론적 근거를 둔 『새로운 작품 읽기 방법』이 이름에 값하는 내실을 갖추자면 기왕에 많은 사람들에게 보편화된 작품 읽기를 일신할 수 있는 내용과 형식, 방법론을 갖추어서 보여 주어야 할 것임은 물론이다. 이를 위해서 필요한 작업이 작품의 부분과 전체를 일거에 포착하는 일이라고 생각한다. 그것이 『토지』의 읽기가 필자에게 가르쳐 준 내용의 핵심이기 때문이다. 부분에 사로잡히면 전체를 보는 시야를 잃고 전체에만 주의를 기울이면 부분은 제자리를 잃기 쉽다. 이 책에서 『토지』에 대한 읽기를 수행하는 가운데 부분에 대한 논의와 전체에 대한 논의를 끊임없이 관련시키는 이유는 거기에 있다. 『토지』의 씨앗과 완성된 전체의 틀을 하나로 엮어서 살피고, 『토지』 각 부의 운동성을 전체의 리듬에 연관시키며, 사건의 완결성과 끝내기 수법, 인물과 주제사상의 관련을 한자리에서 논의하는 것은 부분과 전체를 동시에 파악하는 읽기를 위해서 필수적인 과정이다. 그 첫 번째 작업은 『토지』가 처음 구상되던 씨앗 단계로부터 작품의 전체적 형태가 갖추어지기까지의 과정을 구조적으로 파악하는 일로 구성된다.

1. 『토지』의 씨앗과 틀

1897년 한가위. 조선이란 국호가 대한제국으로 바뀌고 연호(年號)가 광무로 고쳐진 이해 경상남도 하동군 평사리에서 우리의 『토지』는 시작된다. 이 시작은 1945년 8월 15일 해방과 더불어 작품이 끝난다는 사실과 연관 지을 때 의미 있는 일이 된다. 대한제국의 성립과 일제 강점의 역사, 그리고 해방의 사건이 모두 그 속에 포괄되는 것이므로 『토지』는 한국 근대의 역사 전체를 소재로 하는 것인 동시에 현대 대한민국의 탄생을 기록하는 소설이라는 것을 그 시작과 끝이 알려 주고 있다. 그러나 『토지』가 "엄격한 의미에 있어서 '역사 소설'은 아니"라는 견해는 이미 작품이 연재되기 시작하던 당초부터 제기되어 온 관점이다. 이재선은 『토지』가 역사와 허구의 친화력을 크게 높인 '역사적인 소설'이라고 분류했다.[01] 공적 역사와 사적 역사가 융합한 작품으로서 『토지』는 현대의 서사시로서의 품격을 지니고 있다는 의견이다. 이 견해는 『토지』가 단순히 역사적 소재에만 의지한 작품이 아니라 당대의 현실에서 제기되는 문제, 인간에게 보편적으로 문제 되는 사안들을 본격적으로 다룬 현대적인 소설로서의 의미를 지닌다는 함축을 지닌다.

『토지』에서는 마을에 제왕처럼 군림하는 최 참판가의 구성원들과 권속들, 그 주위에서 이런저런 모양으로 농사짓고 품팔이하고 종살이하며 살아가는 사람들이 소설의 주인공들이다. 작가는 자신이 왜 『토지』를 쓰게 되었는지 짐작할 수 있게 하는 전설에 대해서 작품은 물론이고 다른 여러 곳에서 이야기를 하고 있다. 소설의 씨앗이 되었다고 할 수 있는 그 이야기는 거제에서 살던 작가의 외할머니가 들려준 것이라고 하는데 그 서두는 이렇게 시작된다.

흉년이 들었던 어느 해, 아이들 일곱을 거느리고 유리걸식하는

01 이재선, 「농경적 상상력과 『토지』」, 『박경리』, 조남현 편, 서강대학교출판부, 1996.

과부거지가 마을에 나타났다. 거지는 전답을 둘러보려면 말을 타고 다녀야 했다는 부잣집 문간에 들어서면서 모처럼 만난 부잣집이니 보리쌀 한 됫박쯤은 동냥을 해 줄 것이라고 은근히 기대를 했다. 그러나 기대와는 달리 부잣집에서는 동냥은커녕 쪽박만 깨뜨려 버리고 거지를 문간 바깥으로 내쫓았다. 쫓겨난 과부거지는 울부짖는 아이들을 끌어안으며 부잣집을 향해 저주를 쏟아 냈다. "오냐! 그래, 오늘 나와 내 새끼들은 먹을 것이 없어 굶어 죽는다만 네 놈의 집구석은 창고에 먹을 것이 썩어 나더라도 먹을 입이 없을 것이다." 그 저주가 들은 것인지 몇 해 뒤(작가는 그 시점을 실제로 호열자가 유행했던 1902년이라고 추측했다) 마을에는 호열자가 창궐했고 부잣집에서도 여식 아이 하나만을 남겨 놓고 모든 식구가 몰살했다. 작가는 이 이야기를 듣고도 까맣게 잊고 있었는데, 소설 습작을 하던 어느 날 문득 그 전설이 섬광처럼 머릿속에 떠올랐음을 이렇게 이야기하고 있다.

그 얘기가 작가수업시절 난데없이 어느 날 내 머리에 떠올랐습니다. 번개같이 지나간 그 얘기는 참 강렬했습니다. 호열자와 누런 벼, 그것은 죽음과 삶의 선명한 빛깔이었습니다. 그 맞물린 극과 극의 상황, 나는 흥분했고 떨쳐버릴 수 없는 의욕을 느꼈습니다. 그러나 바위에 주먹질하듯 무겁고 큰, 그것을 어쩌지 못하고 20년 가까이 마음속으로 삭였습니다. 호열자와 황금빛 벼, 죽음과 삶, 『토지』를 쓰게 된 동기는 바

로 그것이었습니다.[02]

작가가 밝히고 있는 『토지』를 쓰게 된 동기는 이 소설이 이른바 저주받은 가문의 이야기에서 소재를 끌어오고 있으며 내용과 형식이 완연히 통일된 구조였다는 사실을 알려 주고 있다. 저주받은 가문의 이야기는 동서양의 문학에서 자주 등장하는 소재이고 그것이 지닌 특질로 인해 많은 사람들에게 강력한 충격을 준다. 아리스토텔레스는 자신의 『시학』에서 그리스의 우수한 비극작가들이 저주받은 가문의 이야기에서 소재를 끌어오고 있음을 밝힌 바 있다. 그렇게 저주받은 가문에서 취재를 하는 이유는 공포와 애련을 환기하는 비극의 효과와 관련된다는 것이 아리스토텔레스의 설명이다. 가까운 관계에 있는 사람들 사이에서 벌어지는 사건은 그들의 관계가 긴밀하고 가까운 만큼 충격적인 사건이 되기 십상이고 그 충격은 사람들이 자신의 삶에 대해 강한 자기의식을 가지게 만든다. 그런 효과가 있기 때문인지 실제로 그리스 고전 시대 3대 고전작가들은 모두가 저주받은 가문에서 자기 작품의 소재를 끌어오고 있다. 예컨대 아이스킬로스는 아트레우스 가문의 비극적인 이야기에서 소재를 끌어오고, 소포클레스는 라이오스 가문의 이야기에서 취재하며, 에우리피데스는 트로이 왕가의 이야기를 작품의 소재로

02 박경리, 『문학을 지망하는 젊은이들에게』, 현대문학, 1995, 78-79쪽.

이용한다.

아트레우스 가문의 이야기는 자기 아내와 정을 통한 동생에게 보복하기 위해 동생의 세 아들을 죽여서 동생이 그 고기를 먹도록 한 일로부터 시작된다. 동생은 인간으로서는 차마 할 수 없는 그런 일을 한 형 아트레우스에게 보복하기 위해, 신탁에 따라 자기 딸을 능욕하여 집에서 내쫓고, 그 쫓겨난 딸에게서 태어난 아이기스토스는 아트레우스의 자손이자 트로이 원정군의 총사령관 아가멤논을 살해함으로써 신탁을 완수한다. 사람으로서는 차마 할 수 없을 만행이 원한을 갚기 위한 행동이라는 미명하에 대를 이어 가며 지속되는 이 저주받은 가문의 이야기는 소포클로스에게서도 나타난다. 자기 아버지를 죽이고 어머니와 동침하는 오이디푸스의 이야기로 대표되는 라이오스 가문의 저주가 바로 그것이다. 아리스토텔레스는 비극의 영혼이 플롯에 있다는 점을 말하면서 「오이디푸스왕」은 플롯의 3대 요소인 급전과 발견, 파토스 가운데 가장 중요한 급전과 발견을 함께 가지고 있어서 최고의 비극이라고 설명한다. 파토스의 비극은 에우리피데스의 작품이 대표적인 사례이지만 아리스토텔레스는 그것을 급전의 비극이나 발견의 비극과 비교하여 상대적으로 높이 평가하지 않았다. 이와 같이 그리스 3대 고전 비극작가를 통해서 그 효용가치가 입증된 저주받은 가문의 이야기를 박경리 작가는 자신의 작품의 소재로 채택하고자 했던 것이다.

박경리 작가는 『토지』의 집필을 시작하기 수년 전부터 자신이 지금까지 해 온 작업은 모두 마지막 작품을 쓰기 위한 습작이라고 말하곤 했다. 『김약국의 딸들』, 『시장과 전장』과 같은 명작급에 속하는 작품조차 모두 습작으로 여긴다는 얘긴데, 『토지』가 그 마지막 작품이라는 것은 두말할 나위가 없다. 스무 살 남짓 되었을 무렵에 창작동기를 지니게 되었고, 40대 초반에 창작을 시작했으며, 예순아홉 살에 작품을 완성했으니 옹근 반세기 가까운 세월을 작가는 머리와 마음속으로 생각을 굴려서 『토지』를 빚어낸 셈이다. 그렇다면 『토지』는 어떤 작품으로 완성되었는가.

작품의 기본 형태, 구조와 주제는 이미 작가의 말 속에 다 드러나 있다. 저주받은 가문의 이야기가 소설의 씨앗이 된 실증인 셈인데, 호열자의 검은 그림자와 황금빛의 누런 벼라는 대극되는 색깔의 이미지가 작품의 기본 심상을 형성한다고 하면 삶과 죽음은 주제가 된다. 작가는 그 기본 심상과 주제들을 한데 엮어서 스무 권짜리 작품을 완성했다. 극과 극의 상황이 맞물린 태극이 작품의 형태를 기본적으로 규정짓고 있다고 한다면 갖가지 삶과 죽음이 펼쳐지는 50여 년의 역사 현실이 이야기의 무대가 되는 것이다. 이 시공간을 좀 더 구체적으로 말하면 1890년부터 1945년까지 오십육 년이란 시간, 한말로부터 해방까지의 시간이 시대적 배경이고 평사리에서 만주, 간도, 서울, 일본, 중국, 러시아를 무대로 한 광활한 세계가 소설의 공간이다. 곧 우리 민족이 일본에게 주권을 빼앗겼다가 우여곡절 끝에 되찾는 전체 과정이 소설에서 다루어지는 중심적인 사건이고 그런 의미에서 『토지』는 대한민국의 기원 신화, 민족서사시에 해당한다. 작품이 이러한 의의를 가지게 된 데는 작가의 세심한 배려들이 작품 형상 창조에 성공적으로 작용했기 때문일 것이다.

이쯤에서 우리가 주장하는 읽기 방법의 네 번째 사항을 제시하는 것이 좋을지 모르겠다. 그것은 작품에서 작가가 설정하고 있는 부분의 관계성, 전체의 균형과 조화를 위해 준비해 둔 창안, 곧 장치나 고안물을 찾으라는 것이다. 소설의 균형과 조화가 어떤 요인에 의해 가능하게 되는지에 대해서는 여러 의견이 있을 수 있다. 그렇지만 작가의 창안, 고안물에 대한 이해가 많으면 많을수록 독자는 작품을 통해 작가가 말하고자 하는 것이 무엇인지 쉽고 명확하게 파악할 수 있다. 이 창안과 고안물을 찾기 위해서는 세부에 대한 면밀한 응시를 통해 각 요소가 지니고 있는 미묘하고 정밀한 특성, 그 쓰임새를 간파해야 한다. 『토지』에서 그러한 고안물의 가장 간단한 사례는 많은 사람들이 작품의 주인공이라고 여기는 최서희라는 인물이다. 작가는 최서희의 성격이 한결같지 않다는 한 신문기자의 지적을 받고 거기에는 그럴 만한 이유가 있다고 대답한 적이 있다. 그와 함께 작가는 『토지』가 끝이 없이 언제까지나 이어질 수 있는 작품이란 말도 했다. 그렇다면 왜 최서희의 성격은 일관되지 않고 수시로 변하며 그에 대한 이야기는 언제까지나 끝이 없이 이어질 수 있는가.

최서희는 많은 독자들이 이미 알고 있듯이 『토지』에서 사건의 중심축(軸)을 이루는 인물이다. 곧 사마천의 『사기』에서 영웅이나 제왕들을 다룬 본기(本紀)가 역사의 회전축을 이루고 그 주위를 둘러싸고 제후들의 이야기인 세가(世家)와 뛰어난 개인들의 이야기인 열전(列傳)이 돌고 있듯이, 『토지』에서도 모든 사건이 최서희 그녀를 중심으로 움직인다. 『토지』가 포괄하는 시간이 오십육 년이라는 것도 최서희를 중심으로 놓고 본 것으로서 그 기간은 여자에게 한 갑자(甲子)의 시간을 나타낸다. 남자에게서는 8×8=64가 한 갑자이며 여자에게서는 7×8=56이 한 갑자이다. 곧 최서희를 중심에 놓고 생각할 때 한 갑자의 시간이 포괄되도록 작가는 소설의 시공간을 제한했던 것이다. 이와 같이 작가가 한 갑자의 시간을 한 마디로 하는 이야기를 의식하고 있었다면, 거기에는 언제든지 또 한 갑자의 시간이 덧붙여질 수 있는 것이므로 작품은 새로운 사건들을 덧붙이면서 무한히 연장될 수 있는 것이 된다. 작가의 말대로 끝이 없이 이어질 수 있는 작품이 되는 것이다.

최서희의 성격이 전체적으로 일관되지 않고 시시때때로 변하는 것도 그와 관련된다. 작품 속의 사건은 목(木)·화(火)·토(土)·금(金)·수(水)라는 오행(五行)의 상생(相生) 순서를 밟아 진행되는데, 사건의 전개에서 해당되는 대목의 성질을 최서희가 나타내도록 그녀에게 역할이 주어져 있기 때문이다. 예컨대 목(木)의 단계인 1부에서 최서희는 외부의 억압에 대해 날카로운 반응을 보이고 화(火)의 단계인 2부에서는 나뭇잎사귀처럼 엷고 넓게 퍼지며 2부 한가운데 놓이는 토(土)에서는 원심력을 구심력으로 바꾸고 금(金)의 단계인 3부에서는 과일처럼 열매를 영글게 만들어 유전자를 보호하는 일에 매진하며 수(水)의 단계인 4, 5부에서는 생명을 이어 가기 위해 씨앗을 단단하게 만들어 땅에 감추는 데 진력한다. 최서희는 다섯 개로 나뉜 각 시점의 성질을 나타내는 데 적합한 역할을 하도록 마련된 소설적 장치이자 그 나름으로 개성을 지니고 있는 인물인 것이다. 이러한 장치가 작품 도처에 마련되어 있기 때문에 그 고안물의 효용을 알지 못하는 독자는 자칫 엉뚱한 상상력을 발휘하게 된다. 그렇다면 『토지』는 어떤 고안들을 갖추고 있는가. 여기에는 중요도에 따라 크게 두 가지로 나누어 보는 방법이 유력하다. 하나는 작품이 전체적으로 어떤 구성을 갖고 있느냐 하는 것이고 다른 하나는 세부적으로 각 부와 편이 어떻게 짜여 있느냐 하는 것이다.

먼저 작품의 전체 구성을 살피면 『토지』는 '서장'이 하나의 피라미드를 이루고 1부가 또 다른 피라미드를 이루며, 작품 전체가 또 하나의 피라미드를 이루는 3단계의 피라미드 구조라고 볼 수 있다. 피라미드는 시점(始點)인 꼭짓점에서는 하나이던 것이 저변에서는 무수한 관계들의 복합으로 확대되는 특징을 갖는다. 그렇다면 작가는 그 무수한 관계들 가운데서 왜 이렇게 세 단계의 피라미드를 작품의 전체 구성과 관련시키는 것일까. 작가는 『토지』가 완간될 무렵에 간행한 한 책자에서 다음과 같이 말한 바 있다.

중생이 본래 우둔하여 그러하였는지 아니면 성현께서 표현의 한계를 느끼시고 그러하였는지, 그분들의 가르침에는 비유로 가득 차 있습니다. 그럼에도 불구하고 무식한 귀신은 진언(眞言)도 듣지 못한다는 속담이 있었습니다. 이 경우 비유는 진리에의 접근을 유도하는 것이며 속담은 진리와의 괴리현상을 나타내는 것입니다. 이와 같은 괴리현상이나 유도방법을 두고 쉽사리, 확연하게 긍정과 부정이라는 보편적 분류, 혹은 분별을 하게 되고 가치판단의 기준을 삼으며 그것을 개념화하는 것이 인간의 능력인 듯싶습니다. 성현의 비유를 하나의 정점(頂點)으로 삼아 봅시다. 피라미드 형태를 상상해 보세요. 아래로 내려올수록 비유는 보편화되고 개념적으로, 즉 단순해지며 성글어지는 것입니다. 넓은 저변에 와서는 보다 희소해져서 결국 그 보편성 개념마저 사라지게 되는 것입니다. 괴리현상이지요. 대체로 문화의 형태는 그와 같은 이행(移行)을 보여 왔던 것입니다. 그러나 어떤 경우 어떤 현상 속에서도 변함없이 시간을 관류해 온 것은 삶이며 목숨이었습니다. 또한 그것은 연대적(連帶的)으로 이어져 왔던 것입니다. 최소의 생명체 하나일지라도 내부는 내부대로 외부는 외부대로 연대하지 않고는 존재할 수도 변화할 수도 없습니다. 이러한 연대적 단위를 보다 큰 것으로, 그보다 더 큰 것으로 각각 묶어 보면서 상승하고 또 극대화하다 보면 마지막으로 나타나는 것이 우주라는 개념입니다. 우주를 공간으로 본다면 극대화된 개체, 연대된 단위로 생각할 수 있지 않아요? 그러한 무수한 단위를 크면 큰 대로 작으면 작은 대로 피라미드의 형태를 적용해

보면 어떨까? 그런 생각이 문득 드는군요.[03]

작가는 작품이 완성 단계에 이를 무렵 발표한 글들 속에서 부쩍 피라미드라는 용어를 자주 사용한다. 그 말들 속에서 피라미드는 정점과 저변을 가진 것으로 또는 한 피라미드가 사라지고 새로운 피라미드가 생기는 되풀이로 파악되고 있다. 필자는 이 피라미드가 작가 자신에게 파악된 『토지』의 모습이라고 판단한다. 한 개인의 피라미드가 있고, 집단의 피라미드가 있으며 수많은 사람이 만들어 내는 전체의 피라미드가 있다는 것, 그 피라미드는 정점과 저변을 가지고 있을 뿐만 아니라 시간의 흐름에 따라 생겨났다 사라지고 생겨났다 사라지기를 반복하는 어떤 것이라는 생각이다. 필자는 여러 가지 정황증거를 볼 때 작가 자신은 『토지』의 피라미드를 백두산과 같은 형태로 생각하고 있었다고 판단한다. 백두산 천지의 물빛이 고려청자 색깔의 원천이라는 작가 자신의 말이 암시하듯이, 『토지』는 천지를 머리에 이고 있는 백두산의 모습을 작품 전체로써 재현하고 있다는 생각을 작가가 가지고 있었다고 보는 것이다. 이렇게 보는 관점을 지지해 주는 유력한 한 가지 증거가 작품의 첫머리를 장식하는 '서장(序章)'의 형태이다.

'서장'은 작가의 원래 원고에서 유일하게 제목을 달고 있는 부분

03 박경리, 앞의 책, 165-166쪽.

으로 피라미드의 꼭짓점, 정점을 나타낸다. 작가는 다른 곳에서는 작품의 편차를 모두 숫자로만 표시하고 있다. 그렇다면 '서장'만이 제목을 달고 있는 이유는 어디에 있는가. '서장'은 백두산 꼭대기의 천지와 같이 하늘의 모든 것을 비추는 거울로서 보편의 세계를 상징한다. '서장'이 '1897년 한가위'라는 말로 시작되는 것은 대한제국이 성립된 때로부터 작품이 시작되는 것을 알려 주는 것으로서, 그 이전의 동학혁명, 갑오경장 등의 역사적 사건은 무와 유의 변증법 속에 감추어져 있다. 곧 역사적 사건은 감추어지고 그 사건들의 파문에 해당하는 사람들의 평범한 일상생활만을 묘사하는 것이 『토지』다. 그렇기 때문에 '서장'에서 길거리를 쏘다니는 아이들과 논에서 새를 보는 할머니를 대조하는 것은 생명 일반의 존재 양상을 나타내는 것이며, 그 뒤를 이어 한가윗날의 풍물 소리가 계속 들려오는 것은 일종의 혼돈 속에 음양의 질서가 깃들어 있음을 나타내 준다. 평민들의 풍물놀이가 길게 묘사되다가 최 참판가의 당주 최치수의 존재가 묘사되는 장면은 매우 짧음에도 불구하고 한 문단으로 구분되어 있는데, 그것은 평민과 양반, 삶과 죽음이 한데 맞물려 돌아가는 태극의 구조를 상징적으로 보여 주기 위한 조처다. 이와 같이 뭇 생명이 태어나서 살다가 죽어 가는 한스러운 삶의 보편적 과정, 사람들의 소망과 기원이 묘사된 다음에야 작가는 비로소 귀녀와 구천이란 인물을 등장시킨다. 이제 구체적인 사건이 묘사될 단계에 접어든 것이다.

귀녀와 구천이는 소설 초반부의 사건 전개에서 중심적인 역할을 수행한다. 귀녀는 최치수의 씨를 얻으려 했다가 거절당한 일에 여자로서 원한을 품고 최치수의 살해를 모의하는 일에 앞장을 서며, 구천이는 이복형의 아내가 되는 별당아씨에 대한 연정으로 번민하다가 함께 도주함으로써 최 참판가의 몰락에 시동을 거는 인물이다. 이 서장에서 "얼마 되지 않아 달은 솟을 것이다. 낙엽이 날아 내린 별당 연못에, 박이 드러누운 부드러운 초가지붕에, 하얀 가리마 같은 소나무 사이 오솔길에 달이 비칠 것이다"라고 추정적 시제, 영원적 시제를 대거 사용하고 있는 것은 이 '서장'이란 장소가 소설의 다른 곳과는 달리 보편의 자리임을 나타내 주는 표지이다. 바꿔 말해서 보편의 자리에 있어 하나의 꼭짓점을 상징하면서도 그 자체로 독립된 하나의 피라미드를 구성하여 존재하는 것이 '서장'이다. 작품의 맨 처음에 '1897년 한가위'라는 시간이 외줄로 서술되지만 '서장'의 맨 마지막에는 "달은 산마루에서 떨어져 나왔다. 아직은 붉지만 머지않아 창백해질 것이다. 희번덕이는 섬진강 저켠은 전라도 땅, 이켠은 경상도 땅, 너그럽게 그어진 능선은 확실한 윤곽을 드러낸다"고 공간을 표시하며 끝난다. 정점에서 시간을 나타내는 하나의 점으로 시작했던 것이 저변의 넓은 공간으로 전개되어 왔으니 그것은 시점에서 시작하여 밑자리, 저변으로 퍼져 나간 피라미드 양상이 분명하다.

'서장'에 이어지는 1부는 이 소설의 핵심이면서 그 자체로 완성된 하나의 피라미드이다. 작가는 해외의 『토지』 번역이 대부분 1부에 그치고 있다는 말을 듣고 1부만 읽더라도 충분하다는 견해를 밝힌 적이 있다. 1부의 핵심적인 사건은 두 가지다. 하나는 최 참판가의 이야기다. 최치수, 윤씨 부인의 잇따른 죽음 등으로 최 참판가는 위기에 놓이고 그 틈새를 비집고 들어온 외척 조준구는 어른의 위세를 빌려 어린 서희로부터 재산을 강탈하다시피 빼앗아 간다. 한편 이용을 비롯한 마을 사람들은 조준구의 탐학에 견디지 못하고 최 참판가의 고방을 부수기도 하고 의병으로 봉기하기도 하지만 조준구를 처단하는 데 성공하지 못함으로써 일본 군대에 쫓기는 신세가 되자 의지가지없이 된 최서희와 함께 국외로 탈출한다. 이러한 사건 전개에서 배경이 되는 중심적인 사항은 일찍이 윤씨 부인이 김개주에게 겁탈당하여 사생아 김환을 낳았고, 그 김환은 이복형인 최치수의 아내 별당아씨와 함께 달아난다는 사실이다. 밖의 위협이 있기 전에 최 참판가는 안에서 붕괴되고 있었던 것이고 재산을 노린 귀녀 등의 음모로 최치수가 살해당하고 호열자로 윤씨 부인마저 쓰러지면서 집안의 대들보가 무너져 내린 것이다. 최 참판가의 비극적인 상황과 함께 소설에서 관건이 되는 또 하나의 사건은 마을 사람들의 동태이고 그 가운데서도 이용과 월선의 사랑 문제는 중심적인 사안이라 할 만하다. 강청댁의 투기와 강짜, 자신의 자식을 낳은 임이네의 탐욕 사이에서 갈팡질팡하는 이용은 월선에 대한 사랑으로 언제까지나 가슴앓이를 하는 것이다. 이러한 사건들이 서로 얽히면서 전개되지만 1부 전체의 흐름에서는 최 참판가와 마을 사람들이 겯고틀면서 만들어 내는 음양구조가 은연중에 조선 사람들과 일본 제국주의 세력의 사생대결이라는 음양구조로 은밀히 변화하는 사항이 초점이다. 그 변화를 세밀하게 들여다보면 1부의 사건들은 초반에는 미세한 움직임으로 이루어지지만 시간이 흐를수록 그 움직임은 점점 단위가 커지고 힘이 세어진다. 그 양상을 전체적으로, 또 구체적으로 살펴보면 하나의 정점에서 시작한 움직임이 아래로 내려올수록 크기를 키우고 세기를 강화함으로써 점차 저변의 공간이 넓어지는 형태여서 1부가 그 자체로 피라미드 구조라는 사실을 알 수 있게 한다.

『토지』 1부 1장은 제목이 '서희(西姬)'다. 대하소설의 초두에 아직 어린아이에 불과한 서희의 이모저모가 조명되는 것은 좀 이례적인 일이다. 그렇지만 우리는 이미 최서희가 소설의 사건 전개를 이끄는 중심축이라는 사실을 알고 있다. 그녀가 소설의 첫머리에 나오는 이유를 납득할 수 있는 것이다. 여기에서 핵심적인 사건은 서희가 아버지에게 문안인사를 드리러 갔다가 아버지의 무서운 기에 눌려 메스꺼움을 느끼고 헛구역질을 하다가 종래는 딸꾹질을 하면서 뛰쳐나오는 사건이다. 이 장면과 비교가 되는 장면은 1부 맨 끝에서 의병 봉기를 했다가 일본 군대에 쫓긴 평사리 사람들이 만주와 북간도로 집단탈출을 하는 사건이다. 이 두 사건을 비교해 보면 그것들이 똑같이 억압으로부터의 탈출이라는 점에서 상응하는 구조를 가지고 있음을 쉽사리 알아볼 수 있다. 아버지의 무서운 기에서 서희가 탈출한다면 일본 군대의 추격 앞에서 평사리 농민들이 북간도로 탈출하는 것인데, 두 사건이 모두 엄청난 억압의 기운으로 말미암아 여린 생명들이 견디지 못하고 탈출한다는 이야기라는 점에서 동일한 구조인 것이다. 이처럼 처음과 마지막 장면이 동일한 구조를 지니고 있어 그 사이에 이루어진 변형을 쉬 알아볼 수 있게 하는 것을 플롯의 대응 형태라고 한다는 것은 앞에서 이미 여러 차례 언급한 바 있다. 이러한 플롯의 대응 형태는 1부가 그 자체로 독립된 피라미드라는 사실을 입증한다. 플롯의 대응 형태는 처음과 중간과 끝의 인과적 결합을 시사하기 때문이다. 1부가 독립된 피라미드라는 사실은 그 밖에도 사람들의 움직임이 뒤로 가면 갈수록 점차 커지는 양상을 통해서도 확인된다. 맨 처음의 움직임은 밤마다 지리산을 헤매는 구천이의 단독행동을 통해 표현된다. 그리고 그 다음에는 구천이를 뒤쫓는 하인들의 움직임이 좀 더 크지만 아직은 규모 면에서 자그마한 사건들을 이룬다. 그러다가 구천이와 별당아씨가 누군가의 조력을 받아 함께 달아나고 그 뒤를 최치수가 조직한 추적대가 뒤쫓는다. 그리고 추적의 횟수가 늘어날수록 추적대에 참여하는 사람이 더욱 많아져 힘이 커지는데, 나중에 의병 봉기를 한 농민들도 지리산으로 달아나고 그 뒤를 일본 군대가 쫓는다. 지리산 쪽으로의 움직임이 이와 같이 점차적으로 확대·강화되는 것에 비례하여 하동으로 가는 움직임도 빈도와 힘이 점차 커진다. 5일장을 보기 위해 수없이 많은 사람들이 하동을 오가고 오광대의 공연을 구경하기 위해 사람들이 하동을 오간다. 그런 중에 조준구는 식구들을 서울에서 데리고 내려오며, 월선은 강청댁의 습격을 받고 하동을 떠나 용정에 갔다 되돌아오기도 한다. 월선이 떠났다가 돌아오는 이 사건은 1부 마지막에 나오는 평사리 농민들의 집단탈출의 예형(豫型)으로서의 성격을 지닌다. 그 전체적인 움직임은 시간이 흐를수록 빨라지고 커짐으로써 그 의미가 달라지는데 서희가 최치수 앞에서 헛구역질을 하고 딸꾹질을 한 것이 1부 발단부에서 다루어진 억압에 대한 미세한 반발의 표현이라면 평사리 사람들이 의병 봉기를 한 뒤 일본 군대에 쫓겨 간도로 집단탈출하는 것은 거대한 억압의 힘에 대항하는 강력한 힘의 표출이다. 그것은 나름으로 움직임의 단위가 커지고 힘이 세어지며 저변이 넓어진 피라미드 구조인 셈이다.

세 번째로 작품 전체로 보아도 『토지』는 피라미드 구조이다. 이것은 소설에 제시된 전체적인 움직임을 위에서 아래로 내려다보았을 때 가능한 시점이다. 작가는 소설에 등장하는 사람마다 자신의 피라미드가 있고 집단에도 고유의 피라미드가 있으며 전체적으로 연결되었을 때에도 한 시점(始點)에서 시작한 사건들이 아래로 퍼져 가면서 확대되어 피라미드 구조를 가지게 된다고 설명한다. 또한 작가는 피라미드가 정점과 저변을 갖는 것임을 지적한 바 있다. 그러므로 이 피라미드 구조는 전체가 균질적으로 이루어져 있지 않다. 밀도가 높은 곳이 있고 성긴 곳이 있는 것이다. 이 양상은 작품을 구성하는 장들이 한 권에 몇 개씩 포함되어 있는가를 살펴보면 금세 알 수 있다. 여기서 편의를 위해 최초의 완간본인 솔출판사본(1994) 『토지』를 가지고 각 권당 몇 개의 장이 포함되는지 숫자로 표시하면 다음과 같다.

1부 1권	1부 2권	1부 3권	2부 4권	2부 5권	2부 6권	3부 7권	3부 8권	3부 9권	4부 10권	4부 11권	4부 12권	5부 13권	5부 14권	5부 15권	5부 16권
33	36	32	31	26	24	29	29	32	22	20	17	9	7	7	7

『토지』는 모두 5부로 되어 있고 각 부는 다시 다섯 개의 편으로 구성되는데, 각 부에 들어가는 장들의 분량은 도표에서 볼 수 있듯이 일률적이지 않다. 곧 1부는 101개의 장, 2부는 81개의 장, 3부는 90개의 장, 4부는 59개의 장, 5부는 30개의 장으로 되어 있다. 도표를 보면 각 권당 수용하는 분량에 현격한 차이가 나타나는데, 1부는 5부보다 근 다섯 배가량 많은 장들로 조직되어 있다. 그 이유는 어디에 있는가. 장들이 많다는 것은 그 대목에서 전개되는 사건들이 잘게 잘게 나뉘어 있어 조밀하다는 사실을 말해 준다. 당연히 장들의 숫자가 적다는 사실은 사건들이 느리고 완만하게 진행된다는 숨길 수 없는 증거가 된다. 곧 작가는 사건들을 밀도 있고 속도감 있게 제시해야 할 부분과 느리고 완만하게 진행해야 할 부분을 구분

해서 형상화했던 것이다. 이렇게 사건 진행의 완급을 조절하는 경우 독자들이 작품에서 받게 되는 느낌은 고른 속도를 지닌 작품을 읽을 때와 현저하게 달라진다. 긴장과 이완의 수준이 달라질 뿐 아니라 전체적으로 일정한 리듬이 작품 내에 형성되지 않을 수 없다. 여기서 말하는 리듬은 박자나 박률(拍律)을 말하는 것이 아니라 에밀 벤브니스트가 말하는 '특수한 흐르는 방식(배열)'으로서의 리듬이다. 변하기 쉬운 배열의 결과로 나타나는 '배치'나 '외형'을 뜻하는 개념인 것이다. 그에 따라, 리듬은 선율이나 화음과 같은 성분과 다르게 긴장의 높이, 갈등의 고조, 힘의 세기 등이 복합적으로 작용해서 만들어지는 일종의 지형도(地形圖)가 된다. 『토지』의 작가는 자신의 작품을 가지고 바로 이 지형도를 그리고 있는 셈인데, 그것은 목·화·토·금·수라는 자연의 움직임과 궤도를 같이하는 특성을 갖는다. 우리는 앞에서 숄로호프의 『고요한 돈강』이 생·장·수·장의 원리를 플롯 구축의 원리로 원용했다는 사실을 말한 바 있다. 그런데 이 생장수장의 원리는 음양오행의 상생의 질서인 목·화·토·금·수와 거의 그대로 일치한다. 그러한 까닭에 『토지』와 『고요한 돈강』 사이에는 비슷한 조형성이 나타나지만 거기에는 세계관의 상이성에 말미암은 차이도 나타난다. 음양오행이라는 말에서 '오행'의 앞에 얹혀 있는 '음양'이라는 개념은 오행의 질서가 음양2기(陰陽二氣), 곧 태극의 나아가는 길과 관련되는 것임을 나타내 준다. 따라서 목·화·토·금·수의 순서를 따르는 『토지』의 리듬 또는 상

(象)을 제대로 설명하기 위해서는 그 개념의 핵심과 함께 작품의 실상을 구체적으로 살펴보지 않을 수 없다.

2. 『토지』의 리듬과 운동성

『토지』의 '서장'은 백두산 꼭대기의 천지와 같이 하늘의 만상(萬象)을 비춘다. 작품 전체가 피라미드 구조라면 꼭대기의 꼭짓점이 '서장'이 되는 것으로 원래 그 피라미드 꼭대기 자리에는 영생의 상징인 불사조(피닉스)가 장식되어 있었다고 한다. 『토지』에서도 서장은 영원한 보편의 세계를 표상하는 특질을 갖는다. 성자실상(聲者實相)이란 말이 있듯이 파동으로만 존재하는 소리가 서장 전체에 여울지고, 그 세계에선 있는 자와 없는 자, 삶과 죽음, 호열자의 검은 그림자와 황금빛 들판이 함께 공존한다. 그러한 보편의 세계를 그리다가 작가는 외줄기 같은 선으로 사람들이 부대끼며 살아가는 삶의 현장으로 이야기를 이끌어 간다. 거기에 등장하는 인물들이 귀녀와 구천이다. 귀녀는 노비 신분을 벗어나기 위해 최치수의 아이를 가지려고 시도했다가 실패하자 그에 앙심을 품고 최치수 살인사건을 뒤에서 조종하는 인물이며, 구천이는 동학장수 김개주와 윤씨부인 사이에서 태어난 사생아로 형수인 별당아씨와 함께 도주함으로써 최 참판가의 몰락을 재촉하는 역할을 맡는 인물이다. 작가는 이 서장을 이어지는 1장 '서희(西姬)' 등과 구별 지음으로써 『토지』라는 피라미드의 시점(始點)이 이곳이라는 사실을 분명하게 말하고 있는데, 이 '시점'을 사용했다는 것은 작가가 서양적 세계관과 판연히 다른 동양적 사유방식에 입각하여 작품을 형상화했음을 말해 준다. 그 사유는 서양의 실재론과 구분되는 생성론을 함축하는 것이지만 그와 같은 고원한 철학적 개념을 사용하지 않더라도 작가의 다음과 같은 말에서 그 기본 구조를 엿볼 수 있는 관점이다.

> 『시장과 전장』을 생각할 때마다 미흡하다는 생각이 들어요. 그 작품은 역사의 꼭대기에서 내려다보는 총체성이 없이 다만 6·25라는 한 부분에서만 움직이고 있어 늘 아쉬움을 남기고 있지요.[04]

『시장과 전장』은 하나의 작품으로서 완결성을 갖추고 있다. 그런데 작가는 그 작품이 역사의 총체성을 담보하지 못하고 한국전쟁이라는 사안에만 매몰되고 있어 아쉽다는 의견을 표명한다. 작가의 말을 뒤집어 생각하면 『토지』는 역사의 꼭대기에서 내려다보는 총체성을 갖추고 있는 작품이 된다. 그렇다면 역사의 꼭대기란 무엇일까. 그 의미는 한 사람의 피라미드가 정점, 시점에서 시작하여 저변을 향하여 내려간다는 작가의 말 속에서 음미될 수 있을지 모른

04 최영주, 「『토지』는 끝이 없는 이야기」, 『월간경향』 1987년 8월호에서 재인용.

다. 그 사실은 『토지』에서 '서장'이 특이한 형태로 자리 잡고 '시점(始點)'으로서의 역할을 수행하는 데서 입증되지만 전체와의 관련 속에서도 그 위상을 확인할 수 있다. 다시 말해 그 양태는 구체적으로 서장을 포함하는 1부 1편의 소설 내적 기능을 통해서도 입증될 수 있다. 가령 1부 1편은 '어둠의 발소리'라는 제목으로 시작된다. 이 제목은 상징적인 의미가 있다. 곧 작품의 맨 마지막인 5부 5편의 제목이 '빛 속으로!'로 되어 있음을 상기하면 '어둠의 발소리'라는 제목은 '빛 속으로!'와 상응하는 위치에 놓임으로써 특별한 의미를 지니게 된다. 곧 소설이 음(陰)의 국면으로 들어갔다가 양(陽)의 국면으로 나오는 한 번의 음변양화(陰變陽化), 압축해서 표현하면 '변화'를 소설의 전체 이야기로 하고 있다는 표시인 것이다. 그 전체는 음 속에 양이 있고 양 속에 음이 있는 태극의 구조로서 소설이 역동적인 플롯의 대응 형태를 통해 '변화'를 표현하고 있음을 보여 준다.

이와 같이 작품의 전체를 한눈에 포착하는 시각을 사용하는 데서 유의해야 할 것은 작품의 세부에 대한 서술이 『토지』에 대한 새로운 읽기 방법에 의거하고 있다는 사실이다. 새로운 읽기를 통해 파악한 내용을 작품의 각 부분과 세부에 적용하는 것이므로 서술의 선후가 뒤바뀔 수도 있는 것이다. 그 대표적인 사안이 최 참판가 세 여인에 대한 서술이다. 『토지』는 총체소설이기도 하지만 가족사소설의 형태를 띠기도 한다. 따라서 최 참판가의 가족사가 작품의 골격을 파악하는 데 필수적인 요소이지만 가족사에 관련된 사실들은 비밀로 감추어져 있는 경우가 많다. 그것은 『토지』가 역사적 사건을 직접적으로 기술하지 않고 사람들의 전언이나 소문, 대화 등을 통해서 독자가 사후적으로 재구성하게 하는 서술 방법을 쓰고 있는 것과 동일한 양상이다. 그러므로 새로운 읽기를 통해 파악된 『토지』를 설명하기 위해서는 표면에서 감추어져 있거나 추후에 밝혀지는 사실들을 미리 끌어다 제시하는 일이 필요하다. 여기에 해당하는 대표적인 사례가 최 참판가의 가족사, 특히 세 여인과 관련된 사건들이다. 이 사건들을 읽어 내는 데는 움직이는 물체를 찍은 일련의 사진들을 한데 겹쳐 놓고 전체 이미지를 일거에 투시, 통람하는 방법이 요구된다. 이렇게 작품을 읽었을 때 『토지』는 『춘향전』의 패러디로 읽힐 수 있다.

성춘향과 이도령은 신분과 계급의 차이를 넘어서서 한 번의 시련 끝에 단번에 사랑을 성취한다. 그렇지만 『토지』에 등장하는 최 참판가의 세 여인은 3대에 걸친 파란곡절을 거쳐서야 겨우 자유롭고 합법적인 사랑의 결합을 이루어 낸다. 그 과정을 살펴보면, 1대인 윤씨 부인과 김개주의 결합은 자유로운 사랑의 성취도 아니고 합법적인 결혼도 아니다. 이에 비해서 2대인 별당아씨와 김환의 결합은 자유로운 의사에 의한 결합이기는 하지만 합법성을 획득하지는 못한다. 이들과 비교했을 때 최서희와 김길상의 결합은 자유로운 의지에 의한 사랑의 성취이기도 하고 합법적인 결혼이기도 하다. 3대에 걸친 노력 끝에 자유로운 의지에 의한 사랑의 성취와 합법적 결혼을 이룬 이 모습을 일련의 이미지들을 쌓아 놓고 그 전체를 투시하듯이 바라보면 그 속에서 『춘향전』의 모습이 부각되는 것이다. 이 사실은 이 장에서 이루어지는 『토지』의 각 부분에 대한 설명이 새로운 읽기 방법에 의해 포착된 작품의 전체상에 바탕을 두고 서술되는 것임을 이해할 수 있게 해 준다. 그 새로운 읽기 방법은 소설에서 이루어지는 운동에 주목하여, 그 움직임들이 저절로 만들어 내는 독립된 상을 포착하는 취상법(取象法)을 근간으로 하는 방법이다. 그런데 취상법은 운동의 속도가 빨라지고 힘이 세지면서 작품의 전체상을 빛으로 변환하게 하는 메커니즘을 방법의 한 원리로 지니고 있다. 그 메커니즘은 움직이는 물체의 속도와 관련된다. 움직이는 물체는 속도가 빨라지면 물체가 사라지고 선분만 남으며, 속도가 더욱 빨라지면 선분조차 사라지고 빛만 남게 된다. 그 빛은 그것이 지닌 파동에 따라 색과 소리를 빚어낸다. 이렇게 움직이는 속도가 빨라져 물체가 사라지는 단계의 움직임을 순수운동, 순수동작이라고 하는데 그 운동은 다른 운동들과의 연관 속에서 한데 모여 응결하고 그러면서 힘의 방향성에 따라 저절로 어떤 형상을 만들어 낸다. 이와 같은 관점에서 빅뱅이라는 우주 대폭발은 힘의 패턴과 움직임, 빛으로의 변환이 한꺼번에 이루어지는 국면이므로 취상법의 대상이 될 조건을 충족시키고 있다. 그러므로 여기서는 먼저 각 부를 중심으로 부분과 세부의 운동성을 설명하고 그 운동들을 통해 만들어지는 작품의 전체상에 대해서는 맨 마지막에 통합해서 논의하기로 한다.

1) 1부 — 솟구침의 운동성

'서장'과 1부에 대해서는 이미 여러 차례 이야기할 기회가 있었기 때문에 독자 가운데는 같은 내용이 반복된다는 느낌을 갖는 사람도 있을 것이라고 생각된다. 그러나 동서양의 고전들은 많은 경우 첫 대목에 핵심적인 사실을 제시해 놓는다. 『중용』이나 『서경』이 그 대표적인 사례이지만 『토지』도 그와 같이 첫 대목에 큰 비중이 실리는 텍스트이다. 1부만 읽더라도 충분하다는 작가의 말은 그 사실을 입증해 주는 한 가지 근거로 고려할 수 있다. 그러나 첫 대목에 큰 비중이 놓인다는 사실을 『토지』에서 느끼기 위해서는 우선 작품 전체를 읽고 그에 대해 다시 읽기를 실행하는 일이 필요하다. 여기서 말하는 다시 읽기는 이 책이 제시하는 두 번째 방법으로서 구조 전체를 염두에 두고 행해져야 한다. 전체에 대한 파악이 있을 때만이 1부에 엄청난 압력이 작용하고 있다는 사실을 깨달을 수 있기 때문이다. 그 압력은 너무나도 큰 것이어서 그로부터 벗어나는 일은 빅뱅의 순간과 같은 통쾌감을 누릴 수 있게 해 준다. 빅뱅은 우주의 전 질량이 한데 모여서 안으로 끌어당기는 중력과 그 중력을 스스로 이기지 못해 폭발을 일으킨 힘이 상호작용해서 부글부글 끓다가 일순간 힘의 균형이 무너지면서 에너지와 빛이 밖으로 터져 나오는 사건을 말한다. 『토지』 1부는 바로 그 힘과 힘, 원심력과 구심력이 대립하고 경합하는 상태의 긴장을 표현한다.

여기서 잠시 박경리 작가가 우리의 고전문학에 대해 말한 바를 상기할 필요가 있다. 박경리 작가는 『흥부전』이 가난의 문제를 다룬 작품이고 『심청전』은 죽음의 문제를 다룬 작품이며 『춘향전』은 억압의 문제를 다룬 작품이라고 말한 바 있다. 작품의 핵심적인 특성을 포착하는 능력이 뛰어난, 작품을 읽는 방법으로서 본받을 만한 전범을 보여 주는 읽기라고 할 수 있을 것인데, 『춘향전』이 억압을 주제로 다룬 작품이라는 관점은 조금 색다르게 받아들여질 수 있다. 그렇지만 『토지』 역시 일제 강점기의 억압을 핵심적 주제로 하고 있음을 상기하면 『토지』와 『춘향전』 두 작품 사이에는 결코 간과할 수 없는 공통성이 있음을 깨달을 수 있다. 『토지』가 『춘향전』을 패러디한 작품이라고 보는 것은 그 관점에 입각해 있다. 『토지』는 억압을 다룬다. 그 억압은 최서희에 대한 최치수의 억압이란 측면에서도 말할 수 있지만 근본적으로는 일본 제국주의가 조선을 침략하여 식민지로 강점한 데서 빚어진 억압이 작품에서 대표적인 억압이다. 곧 『토지』는 한민족이 일본 제국주의의 억압을 받기 시작했다가 그로부터 벗어나기까지의 전 과정을 그린 소설인 것이다. 그렇기 때문에 『토지』 전체가 억압, 압력의 문제를 다루는 것이지만 그 억압의 힘은 1부에서 가장 크다. 그 이유는 일본의 침략이 구체적으로 현실화하여 수많은 목숨이 죽어 가는 시대를 배경으로 하고 있기 때문이기도 하겠지만 작품 내적으로 보면 1부가 목(木)에 해당하기 때문이기도 하다.

목은 씨앗이 물의 압력을 받아서 싹을 틔우는 단계이다. 어머니가 아이를 낳을 때 죽을힘을 다하는 것과 마찬가지로 태아 또한 몸을 비틀면서 곡직(曲直)의 힘을 빌려 세상에 나온다. 목을 솟구침의 운동성이라고 하는 것은 그 억압의 힘과 씨앗의 위로 솟아 나오는 움직임을 상징적으로 표현한다. 이 솟구침의 운동은 작품에서 여러 가지 양상으로 표현된다. 아버지에게 문안을 드리러 갔다가 그 기에 눌려 일으키는 서희의 메스꺼움과 헛구역질과 딸꾹질은 그 첫 번째 움직임이며 어머니를 내놓으라며 생떼를 쓰는 최서희의 발버둥 또한 억압에 대한 반발의 움직임에 해당한다. 이런 측면에서 바라보면 한밤중에 지리산을 방황하는 구천이의 행동과 그를 뒤쫓는 하인들의 동태는 두 번째 움직임이다. 별당아씨와 구천이가 한밤중에 고소성을 지나 탈출하는 것은 세 번째 움직임이며 최치수가 하인들과 함께 두 남녀를 추적하는 것은 네 번째 움직임이다.

그러나 움직임은 지리산으로만 향하는 것이 아니다. 강청댁의 잔소리와 강짜, 투기, 바가지를 무시하고 하동으로 가는 이용과 칠성이의 일상도 움직임이며, 장터에 일찍부터 나와 앉아 있는 봉기의 거동도 움직임이기에는 다를 것이 없다. 마을 아낙들도 안방에 가만히 앉아 있는 것만은 아니다. 강청댁과 임이네의 입씨름도 나름으로 움직임이며 상민 윤보나 중인 문 의원의 거동도 움직임임에는 틀림이 없다. 그러나 이런 종류의 움직임만 있는 것이 아니다. 자기 세력을 부식하기 위해 사람들을 상대로 농간을 치는 조준구에 대항하기 위해 서희를 앞세우고 창고의 문을 개방하는 마을 사람들의 행위는 집단적인 움직임으로서 1부 마지막 부분에 나오는 농민 의병 봉기의 전조이자 예형이다. 평사리 농민의 이러한 집단행위에 일본이 군대를 보내어 뒤좇는 것은 이제 조선에서 힘의 대결은 신분제 사회의 모순인 양반과 상민 사이에서 이루어지는 계급 대립이 아니라 조선인과 일본 제국주의자들 사이의 싸움이라는 것을 상징한다. 억압을 하는 주체와 억압을 받는 주체가 달라짐으로써 힘의 단위와 세기가 달라진 것이다. 그러므로 평사리 사람들이 몇 개조로 나누어서 여러 경로를 통해 집단탈출하는 것은 오랫동안 힘을 겨루어 온 원심력과 구심력의 대결이 한쪽 편으로 힘이 기울면서 대폭발을 일으키는 광경이다. 그 대폭발은 빛과 에너지의 거대한 분출이라 할 것인데 그것이 생긴 이유는 1부에서 이루어진 움직임이 빛으로 변환하는 메커니즘을 통해 설명할 수 있다. 루돌프 아른하임은 움직이는 것의 주목효과를 설명하면서 사물보다도 사건이 우리의 관심을 끈다는 사실을 환기하며 그 사건으로서의 빛, 행동의 빛으로의 변환에 대해 이렇게 말한다.

> 그런데, 우리는 실제로는 그러한 '사건'을 보는 것이 아니라, 오히려 변화가 진행되고 있는 '사물'을 보는 것이다. 그러나 여기에는, 예컨대 움직임이 매우 빠른 경우에는 예외가 생긴다. 베르타이머는 스트로보스

코프(빠르게 움직이는 대상을 관찰하도록 장치한 요지경)적인 운동에 대한 자신의 실험에서, 관찰자가 어떤 조건하에서 지각하는 것은, 한 지점에서 다른 지점으로 이동하는 사물이 아니라는 것을 발견했다. 그것은 오히려 두 개의 사물 사이에서 나타나면서도 두 사물에 관계되지 아니하는 '순수한 운동'이었다. 그러나 일반적으로는 사건은 대상의 운동 수행 상태로 보여진다. 세상은 변화하고 있는 사물과 변화되지 않는 사물로 이루어져 있다. 움직이고 있는 사물과 움직이지 않는 사물 간의 구별도 눈에 보이듯이 그렇게 정확하지 못하며 구별에 도움이 되지 않는다. 물리학자가 보기에는, 집이건 날고 있는 새이건 모두 다 운동 중에 있다. 그러나 돌담벽은 주어진 장소의 주어진 양 속에 한정된 범위 안에서의 분자운동이 진행되고 있는 반면에, 날아가는 새에 있어서는 전체 대상의 위치 변화가 진행되고 있다. 이 마지막의 현상에서는 사물과 운동의 구별은 매우 어렵게 된다. 즉 이때는 물질은 에너지의 응집체에 불과하다. 이러한 단순화된 자연에 대한 개념에서는 사물성과 운동성이란 역학적 패턴에 불과하게 된다. 이러한 견해는 심리학자들에게 환영되고 높이 천거되고 있기 때문이다. 그리하여 나 역시 일찍이 시각 대상이란 하나의 자극이라는 점을 지적했다. 즉 시각 대상은 신경계 안의 운동으로 귀결되는 유기체에 가해지는 하나의 운동인 것이다.[05]

05 루돌프 아른하임, 『미술과 시지각』, 김춘일 옮김, 홍성사, 1986, 484쪽.

아른하임은 미술과 관련하여 사물과 운동의 지각 문제를 언급하고 있다. 운동이 빠른 경우에 위치를 이동하는 사물을 보는 것이 아니라 '순수한 운동'을 보게 된다는 것이고 시각 대상이란 것도 유기체에 가해지는 하나의 자극이라는 논지인데 그 결론은 사물성이나 운동성이란 역학적 패턴에 불과하다는 데로 모아진다. 사물성과 운동성이 역학적 패턴이 되고 그 운동이 빠른 경우에 순수한 운동을 보게 된다는 것은 사물 → 운동 → 빛으로의 변환을 함축하는 것이다. 『주역』에서 말하는 취상법이 형태를 버리고 순수운동을 취함으로써 성립한다는 것을 상기하면 그 의미를 얼마간 짐작할 수 있다. 『토지』 1부의 세부들은 바로 이 사물(질량) → 힘의 패턴 → 운동 → 빛으로의 변환이 발생할 수 있는 호조건을 갖추고 있는 것이다. 필자의 경험에 의지하여 그 과정을 세밀히 관찰해 보자.

작품을 처음 읽을 때 1부는 굉장히 긴장감을 높여 준다. 그러나 그 긴장이 어느 작품에서도 찾아볼 수 없는 그런 종류의 것은 아니다. 긴장감과 서스펜스 때문에 손에서 책을 놓기 어려울 만큼 재미가 있다는 느낌이 들 정도이다. 그 긴장감을 가지고 작품을 읽으면 2부까지도 흥미진진하게 읽을 수 있다. 그러나 3부에 이르면 독자의 긴장도는 현저히 떨어지고 사건들의 유기성도 미미한 것에 그친다. 그저 그렇고 그런 일상적 사건들이 군데군데 나뉘어 배치되어 있을 뿐 아니라 민족문화 등에 대한 지루한 담론이 길게 이어지곤 하기 때문이다. 이러한 상태에서 4부와 5부를 읽으면 독서는 이내

지지부진한 상태에 떨어진다. 거기에 묘사된 사건들이 작품 전체의 줄거리에 얼마만큼 기여하는지도 미지수이며 사건 자체의 긴밀도도 그다지 높지 않다. 대부분의 독자는 이와 같이 긴장이 이완되어 가는 것과 같은 느낌 속에서 작품을 읽고 그 구조 전체를 회상하며 다시 읽기를 수행한다. 작품이 전체적으로 어떻게 짜여 있으며 잡다한 사건들이 어떤 줄기, 어떤 흐름 속에 배치되는가를, 그리하여 중심과 주변, 에피소드를 분별하면서 소설 전체를 생각하면 그 대강의 윤곽이 드러난다. 그렇지만 윤곽을 파악하는 이 단계에서 다시 읽기를 그치면 소설은 일반 독자들이 생각하는 그저 그만한 수준의 작품에 지나지 않는다. 그런데 『토지』는 다음 단계의 다시 읽기로 독자를 이끌 수 있는 조건을 잘 갖추고 있다. 바로 소설 속에서 일어나는 운동에 의식을 집중할 수 있는 여건을 마련하고 있는 것이다. 그것이 바로 소설 첫 부분에 집중적으로 나오는 지리산과 하동으로의 움직임이다. 별당아씨에 대한 연정으로 구천이는 밤마다 지리산을 방황하며 자신의 운명을 저주나 하는 듯이 처절하게 울부짖는다. 그 광경을 뒤따라온 하인들이 목격한다. 그러나 이내 구천이는 하인들의 시야에서 사라져 버린다. 어디로 갔는가 하는 궁금증을 풀기도 전에 별당아씨와 구천이가 광에 갇히는 사건이 일어나고 한밤중에 고소성을 지나는 등불이 소설 화자에 의해 서술된다. 그리고 장암 선생에게 문병을 갔던 최치수가 집에 돌아오지만 최치수도 윤씨 부인도 집안에서 사라진 두 남녀에 대해서 일언반구도 하지 않는다. 독자의 궁금증은 깊어지지만 소설은 장면을 전환해서 평사리 농민들에게 초점을 맞춘다.

장날마다 하동에 다니러 가는 이용에 대해서 강청댁이 바가지를 긁어 대는 것이다. 장날의 하동 풍경에는 별다른 변화가 없다. 일상이 유지되고 있을 뿐이다. 그 일상은 마을에 있는 아낙들에게서도 나타난다. 그다음에 묘사되고 있는 것은 상민 윤보와 중인 문 의원의 이야기다. 저조한 일상으로 떨어졌던 이야기가 다시 긴장감을 되찾아 가는데, 오광대 구경을 하는 일을 계기로 이용과 월선이 사이에 사랑의 의식이 베풀어지는 것이다. 긴장의 빌미가 원래의 사건에서 마련되는 것이 아니라 지류를 타고 전개되는 셈이다. 이렇게 초점이 흐려지는 가운데 평사리의 이모저모가 소개된다. 강 포수와 귀녀의 만남이 이루어지기도 하고 개명양반 조준구와 완고한 김 훈장의 논쟁이 벌어지기도 하며 최 참판가의 전설과도 같은 뒷이야기도 이런저런 계기를 통해 서술된다. 이런 과정에서 최치수 살해 음모는 점차 무르익어 가지만, 최치수는 이제야 미뤄 두었던 일을 처리라도 하려는 듯이 자신의 얼굴에 먹칠을 하고 달아난 두 남녀를 추적하는 일에 나선다.

이렇게 1부는 최 참판가의 춘사를 중심으로, 이용과 월선이의 사랑 이야기를 보조플롯으로 이용하면서 천천히 전개된다. 그러다가 산에서 돌아온 최치수가 살해당하고 역병과 흉년이 한꺼번에 평사리 사람들을 덮치면서 『토지』는 위기의 국면에 도달한다. 1부의 마지막 편인 5편은 을사늑약이 맺어지고 조준구가 최 참판가의 재산을 강탈하다시피 빼앗아 간 상황에서 전개된다. 평사리 사람들은 조준구를 징치하기 위해 봉기하지만 삼수의 배신으로 조준구를 처단하는 데 실패하고 일본 군대의 추격에서 벗어나기 위해 북간도로 집단탈출을 감행한다. 이 이야기가 어둠이 다가오는 발자국 소리로 되는 것이다.

이러한 줄거리의 1부에 대한 다시 읽기는 비교적 간편하다. 최 참판가의 사건들이 중심에 놓이고 마을 사람들의 여러 가지 동태가 주변에 놓이면서 이야기에 리듬이 실리기 때문이다. 최 참판가의 이야기는 대부분 긴장을 고조시키는 역할을 한다. 두 남녀의 탈주와 그들에 대한 추적, 그리고 최치수의 살해는 소설의 사건 전개에 중심을 부여한다. 그 중심에 보조적인 역할을 하는 것이 이용과 월선의 사랑 이야기다. 그 두 가지를 하나로 엮으면서, 또 삽화적인 사건들을 여담으로 엿들으면서 『토지』에 대한 다시 읽기를 수행하면 사건들은 처음에는 매우 천천히 움직이는 것으로 파악된다. 그러다가 의식의 집중이 계속되면 점차 사건을 구성하는 움직임의 속도가 빨라지고, 그 움직임이 계속됨과 동시에 단위가 커지면서 거대한 힘의 패턴이 만들어진다. 『토지』 1부 마지막 부분에서 평사리 사람들이 집단탈출을 하는 움직임은 그 힘의 패턴을 작가가 의도적으로 키워 놓은 것에 해당한다. 이 힘의 패턴은 그 자체로 1부를 하나의 완성된 피라미드로 만드는 것이지만 현재 5부로 만들어진 『토지』에서는 다른 부들과의 상호작용 속에서 빅뱅의 사건을 만드는 핵심적 역할을 하게 된다. 『토지』 1부가 독자적으로 빅뱅의 사건을 빚는 것이 아니라 5부 전체가 관여되어 있을 때 비로소 빅뱅의 장엄한 스펙터클이 펼쳐지는 것이다. 그것은 전체의 효과이다. 부분의 총화가 전체가 되는 것이 아니라 전체성이 부분의 기능과 효과를 추가적으로 만들어 내는 셈이다. 여기에서 전체가 부분을 모두 합한 것보다 크다는 논리가 성립한다. 이 문제는 『토지』를 빅뱅의 사건으로 읽는 데 매우 중요하지만 이에 대해서는 『토지』의 리듬을 전체적으로 고찰하는 5절에서 다루기로 한다.

2) 2부 – 펼쳐짐의 운동성

2부는 1부의 끝으로부터 3, 4년이 지난 1911년부터 약 6-7년간의 간도생활을 중심으로 펼쳐진다. 1부와 마찬가지로 최서희를 중심으로 하여 김길상, 이용, 월선이, 임이네 등이 주요 등장인물로 활약하지만 간도라는 배경의 특성상 새로운 인물도 대거 등장한다. 일찍부터 이곳에 와 있던 이동진, 권필응, 송장환, 송영환 등이 새로 등장한 주요 인물이고 일제의 앞잡이로서 활동하고 있는 김두수와 그에 얽혀 있는 윤이병, 심금녀, 송애 등도 새로운 배역을 맡는다. 이 밖에 공 노인, 이상현, 주갑이, 혜관 등도 상당한 지분을 갖고 소설 속에서 자기 몫의 활동을 하지만 이들은 주로 사람과 사람, 사건과 사건, 공간과 공간을 이어 주는 매개자의 역할을 맡는다. 이와 같이 많은 사람이 등장하고 벌어지는 사건들도 다양하기 때문에 『토지』 2부의 시공간은 1부와 현저히 다른 성격을 드러낸다. 2부의 성격을 파악하는 데는 이곳이 소설에서 오행의 화(火)에 해당하는 국면이라는 것을 아는 일이 필요하다. 화는 펼쳐지는 운동성을 특징으로 하므로 2부의 사건들은 잎사귀와 같이 넓게 펴지고 두께가 얇은 표상을 가진다. 그것은 생장수장(生長收藏)의 자연 원리 가운데 장(長)의 국면에 해당한다. 평사리의 폐쇄된 공간이 입체적이고 유기적인 구조라면 간도로, 북만주로, 시베리아로, 중국으로, 일본으로 이야기의 무대가 넓게 확산되는 2부의 공간은 거의 평면적이고 산만한 구조라고 할 수 있다. 이렇게 공간이 확장되고 등장인물 또한 다양한 구성을 가지게 됨에 따라 사건의 밀도와 긴장감은 1부에 비해 현저하게 떨어진다.

2부에서 최서희는 사업에 크게 성공하여 평사리에서보다도 더 많은 돈을 벌어 번창일로를 걷는데 그 일을 하인 길상과 공 노인이 도와준다. 이것은 화(火)의 힘이 생장수장의 춤 가운데서 '장(長)'의 춤을 추는 것과 연결되는 사항이다. 2부의 첫머리에서 용정에 대화재가 발생하고 그 일로 인해 사람들이 뿔뿔이 흩어져 가는 것은 바로 그 장(長)의 춤이다. 작가 스스로 2부 5편 6장에서 사람들이 "뿔뿔이 흩어져 간다"고 서술하고 있는데 그것은 2부의 상(象)이 넓고 엷게 퍼지는 것이라는 사실을 작가 스스로 알고 있다는 것을 간접적으로 시사한다. 이용의 가족과 판술네가 저 멀고 먼 북만주의 통포슬로 가서 농사를 짓고 김 훈장은 용정에서 한참 떨어진 궁벽한 곳으로 주거를 옮기는 것 등이 그 장의 춤이 나타난 구체적 형상이라고 할 수 있다. 그러나 그 장의 춤에서 가장 근간이 되는 것은 최서희가 많은 돈을 벌어 성세를 유지한다는 것이며 그런 사정으로 인해 용정이 소설의 주 무대가 된다는 점이다. 만주 지역에서 움직이는 여러 세력들, 예컨대 권필응과 송장환 같은 독립운동 세력, 김두수와 윤이병 같은 일제의 앞잡이가 다 같이 용정을 무대의 중심으로 삼아 움직이며 혜관이라든지 주갑이, 이상현, 김환 등 여러 지역을 여행하는 인물들은 번갈아 가며 등장함으로써 산만하게 펼쳐져 있는 여러 공간을 연결시켜 주는 역할을 한다. 이처럼 소설의 주 무대가 간도와 만주 지역으로 확대됨으로써 자연히 독립운동 세력과 일본 세력의 앞잡이 사이에 쫓고 쫓기는 활극이 펼쳐지기도 하지만 그 사건들의 긴장도는 1부에 비해 현저히 떨어진다. 사건들이 연속되지도 않고 어느 한 지점에 집중되지도 않기 때문이다. 그렇지만 2부는 『토지』 전체의 사건 전개에서 매우 중요한 전환이 일어나는 지점이다. 그 전환은 빅뱅에서 터져 나온 빛과 에너지가 중력의 작용에 의해 일직선으로 뻗어 나가지 못하고 휘어지면서 나선상의 곡선을 그리는 것에 비유할 수 있는 사태이다. 그 사태는 작품에서 최서희의 움직임을 통해 구체화된다. 최서희는 막대한 돈을 벌었지만 현재의 상태에 만족하지 못하고 몇 가지 일을 추진한다. 그 가운데 가장 중요한 사항은 그녀가 자신의 결혼을 추진한다는 사실이다. 그 일은 2부 초반부터 차근차근 진행되는데 맨 먼저 시도되는 것은 자신의 주변을 정리하는 일이다. 자신의 마음을 흔들리게 만드는 이상현에게 자기 오빠가 되어서 결혼을 추진해 달라고 부탁한 것이다. 이제까지 막연하게나마 자신의 결혼 상대자로 검토되던 사람에게 의남매가 되어 달라는 부탁을 함으로써 두 사람 사이에 확실하게 선을 그어 버린 것이다. 최서희가 이상현을 제치고 자신의 반려로 선택한 사람은 지금까지 자신의 사업을 도와주었던 김길상이다. 두 번째로 최서희는 공 노인을 통해 조준구에게 빼앗긴 토지를 하나씩 둘씩 몰래 사들인다. 이 일은 최서희가 평사리로 귀환하기 위한 사전 준비이다. 조준구는 광산을 하다 많은 돈을 잃는데 이것은 금극목(金克木)의 상극(相剋)의 질서에 해당하는 일이다. 이러한 사건들은 2부가 화(火)의 펼쳐지는 운동성을 기본 특성으로 한다는 사실과 배치되지만 거기에는 소설의 전개에서 결정적인 역할을 하는 중요한 변화의 원리가 숨어 있다.

원래 화(火)의 한가운데에는 한여름이라는 뜻의 중하(仲夏)가 있다. 중하는 보통 토(土)로 표시된다. 한자로 '土'는 일(一)이 십(十)이 되고 십(十)이 일(一)이 되는, 월인천강(月印千江) 만법귀일(萬法歸一) 하는 변화의 원리를 나타낸다. 그 토(土)에서 생장수장(生長收藏)의 네 가지 춤이 생기는데 그것은 우주가 목화금수의 변화 속에서 생장수장의 춤을 추는 것으로 이해된다. 그런데 바로 목화금수로 바뀌어 가는 화(火)의 한가운데 토(土)가 자리 잡고 있는 것으로 생각되고, 이 토(土)가 자리 잡은 지점을 일러 중하(仲夏)라고 하는데 이 중하에서는 식물이 변화한다. 지금까지 무성하게 잎사귀를 키우던 데서 전환하여 꽃을 피울 수 있게 힘을 안으로 모으는 것이다. 꽃을 나타내는 화(花)가 초(艸)와 화(化)가 결합된 문자인 데서 알 수 있듯이 꽃은 한 나무의 일생에서 가장 화려한 상태이지만 동시에 그것은 변화의 마디가 된다. 생물이 밖으로 뻗치는 힘을 자제하여 내실을 기하기 위해, 원심력을 구심력으로 전환하는 변화의 지점을 중하라고 하고 그것이 토(土)의 자리인 셈이다. 분수처럼 솟구친 물길이 힘의 한계에 부닥쳐 넓게 펼쳐지면서 떨어져 내리는 형국이라고 할 수 있을지 모른다. 서희가 사업의 확장에만 눈독 들이지 않고 조준구에게 빼앗긴 토지를 몰래 사들이며 길상과의 결혼을 추진하는 것은 바로 그 변화의 지점, 변곡점을 나타낸다. 2부 초반에 최서희와 김길상의 밀고 당기는 애정의 갈등 속에 최서희의 결혼 문제가 핵심적인 사안이 되는 것은 그 변화로 인해 초래된 현실의 구체적 양태들이다. 꽃을 피우기 위해서는 잎사귀로 가던 영양분을 절제하여 꽃봉오리로 보내야 하는 것이다. 그 변화의 원리에 따랐기 때문에 최서희는 최씨 가문을 이어갈 두 아들을 얻는다. 2부 말미에서 최서희는 아이들을 데리고 고국으로 돌아가는 길에 나서는데 이것은 화(火)의 원리가 작용한 것이 아니라 일종의 원심력을 구심력으로 바꾸는 토(土)의 원리가 구체적으로 작용한 양상이다. 현대 물리학에서는 빅뱅 직후 우주가 갑자기 크게 확장한다는 가설을 세우고 있는데, 이것이 바로 인플레이션 이론으로 2부 전체의 형상에 모델을 제시한다. 이 이론에 흡사하게 『토지』는 2부에 이르러서 동아시아 여러 지역에 사건이 펼쳐질 무대를 만들며 넓게 퍼져 가는데, 그것은 빅뱅 직후 터져 나온 불덩이들이 안드로메다 성운이나 큰곰자리 소우주, 은하계와 같은 별들의 집단, 블랙홀 등을 우주 전역에 흩뿌리면서 확산되어 가는 것과 닮은꼴을 이룬다. 그러나 그러한 외양과는 달리 『토지』 2부의 중심에서는 변화가 일어나고 있다. 그 변화는 다양한 의미를 지니고 있다. 첫째 넓고 넓게 펼쳐져 간 공간은 잠재적인 소설 내 사건들의 무대가 된다. 무대의 성격이 바뀌고 그 위에서 극을 연출할 주인공들이 바뀌면 작품의 기본 구조가 영향을 받지 않을 수 없다. 둘째 공간적으로 거리를 두고 있는 사건의 무대와 인물들을 연결하여 하나의 작품 속에 통합하기 위해서는 그것들을 물리적, 정신적으로 연결해 줄 매개자가 필요하다. 『토지』에 운수행각을 하는 사람이나 여행을 하는 사람이 자주 등장하는 것은 그 필요를 충족시키기 위해 동원한, 작품의 유기성을 확보하기 위한 불가결한 조처다. 셋째 시대와 장소가 바뀌고 젊은 세대들이 새로 등장한다는 것은 소설 내 이데올로기적 지형이나 정신적 세계의 변모를 불가피하게 만든다. 일본 제국주의가 조선을 병탄한 지 이십여 년이 지나게 됨으로써 일상적 삶의 풍경이 달라지는 것은 물론 의식에 있어서도 큰 변모가 일어났다. 더욱이 욱일승천하는 것과 같은 일본 제국주의의 기세를 보면서 현실에 대해 어떻게 대응해야 할 것인가 하는 방책에 대해 사람들의 고민이 깊어지지 않을 수 없다. 소설 속에서 김길상과 송장환은 그 고민을 다음과 같이 표현하고 있다.

> "아까 내가 일종의 변법이라 하지 않았소? 덩어릴 되도록 잘게 부셔서 여기저기 뿌려놓는다 그거지요."
>
> "뿌려놔서 어떻게요? 어떻게 활용한다는 거지요?
>
> "보다 구체적으로 말하면은 많아야 칠팔 명, 대개 오륙 명이 한 조가 됩니다. 그 한 조가 신흥무관학교 하나 혹은 독립군의 한 소대, 부대, 연대, 사단도 될 수 있지요. 그 한 조가 열 개에서 스물, 서른, 백, 천, 그물고리처럼 엮어 나가는 겁니다. 그러나 어느 조도 자신들의 조가 그물고리처럼 엮여 있는 걸 모르지요. 서로 독립되어 전혀 직접으론 연관을 갖지 않기 때문이오. 처음 출발에 있어선 몇 개의 조가 만들어질는지 예상할 수 없고 또 나로선 몰라야 합니다. 가르치는 교과, 교과라기보다 훈련이겠지요만, 그것도 일률적인 것은 아니지요. 소요에 따라 훈련의 성질이 달라질 수 있는, 말하자면 다양한 것이 되겠지요."

조선이 어떻게 하면 독립을 할 수 있을까 하는 문제에 대해서 소설의 주요 인물들이 나누는 대화이다. 길고 긴 대화와 숙고 끝에 나오는 독립운동의 방책이라 할 것인데 그것은 소설의 구조와도 긴밀한 상관이 있어 보인다. 3부부터 두드러지게 나타나는 대화와 담론, 짤막한 사건들의 연쇄는 작품의 면모를 지금까지와는 현격히 다른 것으로 만들어 놓는다. 그 준비가 2부에서 이루어지고 있는 셈인데 사방으로 길게 뻗는 장(長)의 움직임은 3부 이후에서는 그 장소들을 소설의 무대로 삼기 위한 사전 공작이며, 여러 이념적 색깔을 지니는 세력의 준동은 다양한 관점에서 담론을 펼치는 대화와 말씀들의 향연에 대한 예행연습이다. 그러므로 2부부터는 빛으로 변환되는 움직임의 양태가 1부와는 다른 성격을 지니게 되며 그로 인해 행동과 말씀 사이의 관계도 균형점이 바뀐다. 대화와 말씀, 담론의 위상이 제고되면서 그것들이 행동을 대신하는 역할을 수행하게 되는 것이다.

3) 3부 — 영글게 하여 거두는 운동성

『토지』 3부는 대략 1919년 가을부터 1929년 가을까지 약 10년의 기간을 시간적 배경으로 한다. 이 시기는 3·1운동을 시점으로 하고 있고 지금까지 비중 있게 다루어지지 않던 서울의 지식인들이 본격적으로 등장하는 시기라는 점에서 작품이 역사소설의 범주를 벗어나는 계기가 되는 것으로 인식되는 경우도 있다. 이러한 인식은 1920년대가 서구의 문물이 본격적으로 우리 문화에 영향을 끼친 연대라는 점을 의식한 것으로 볼 수 있지만, 이 시기는 서구문물의 영향과 함께 민족적 정체성을 유지하는 문제에 사회적 관심이 쏠리던 시점이기도 하다. 김환을 중심으로 한 동학 세력과 지리산의 여러 운동 세력들, 송관수를 중심으로 한 민중운동의 조직이 조명을 받고 있는 것이다. 그 외에 소설에서는 서울의 신지식인들과 신여성들의 움직임이 다 같이 관심의 초점이 되고 있다. 이와 같이 초점이 분산되는 것은 3부의 특성을 엿볼 수 있게 하는 동시에 여기에서 이루어진 변화를 주목할 수 있게 해 준다. 그것은 운동의 측면 외에도 관념상의 변화를 함축하고 있기 때문이다.

3부는 오행에서 금(金)에 해당하고 영글게 하여 거두는 운동성을 지니므로 열매를 표상으로 한다. 2부에서 평면으로 펼쳐졌던 잎사귀가 수축되어 입체성을 지닌 열매로 맺어지는 것이 3부의 기본 표상이다. 이 기본 표상은 최서희의 행동을 통해서 가장 잘 표현된다. 최서희는 남편을 간도에 남겨 놓고 진주로 돌아온 뒤에도 친일적인 색채를 지우지 않으며 그 가면을 뒤집어쓰고 자식들을 포함한 자기 주위 사람을 보호하는 데 온 힘을 쏟는다. 그러한 행동의 양상은 과일이 뿌리와 잎으로부터 얻은 영양분을 열매에 저장하는 것과 동질의 행위이다. 그 행위에서 가장 중요한 것은 유전자를 보호하여 생명을 유지·영속시켜 갈 수 있는 조건을 충족하는 일이다. 과일이 구형(球形)을 갖는 것은 외부의 압력으로부터 자신을 지켜 내는 데 그것이 가장 효율적인 구조이기 때문이며 유전자는 그 물질적 형태가 보전해야 할 가장 귀중한 요소이다. 이런 과제를 달성하기 위해 금(金)은 열매를 여물게 하기 위해 두 가지 조처를 단행해야 한다. 하나는 새로운 질서에 순종하면서 열매를 맺어야 한다는 것이고[金

日從革], 다른 하나는 심평(審平)의 원칙에 따라 죽일 것은 죽이고 살릴 것은 살리는 일을 해야 한다는 것이다. 이 심평이 전형적으로 나타나는 곳은 동학의 한 지도자인 김환이 일본 군대를 화적패들에게로 유인하거나 친일분자를 직접 처결하는 전법에서 드러난다. 그의 전법은 "한 팔을 버리고 다른 팔로 상대를 제압"하는 것으로서 "껍데기인 나뭇잎을 죽이지만 알맹이인 씨앗과 열매를 살리려는 취지를 갖는"데, 그에게 "열매를 여물게 하는 일은 내면을 살찌우는 일이고 그것은 들뜨지 않는 것"이다. 그는 이렇게 말한다.

상대는 오백년에 이르러 쇠할대로 쇠해 버린 이씨 왕조가 아닙니다. 그네들 말을 빌리자면 욱일승천하는 새로운 세력의 일본이요, 아무리 과거의 미비했던 점을 보완하고 면밀하게 다져가며 후일을 기한다 하더라도 필경엔 우물 안의 개구리 싸움을 면치 못할 것이며 또 항일투쟁은 결코 동학의 독점물도 아닐 것이요. 작년 삼월 만세 운동의 성과가 어느 정도인지 그것은 차치하고 야소교의 힘이 크다는 것이 떠올려진 것은 사실이요. 설마 동학도 그리 해보자는 것은 아니겠지요. 과연 우리 지금의 동학이, 그나마 여러 조가리가 나 있는 동학이 떠올라 본다 하여 야소교의 그 조직을 능가할 성싶지 않으니까 하는 말이외다. 야소교를 중심한 식자들은 두 손만 들어 올리고 만세를 불렀으나 가난한 촌백성들은 주재소를 때리 부셨다하고 싶겠지만, 또 사실이 그러하나, 훈련을 안 거친 촌백성들은 그것 한 번으로 끝나는 게요. 지속되지는 못한다는 얘기요. 동학의 신도라는 것도 마찬가지 아닐까요? 한때의 불꽃을 믿지 마십시오. 우발의 불꽃은 적절히 이용하는 데 그칠 일이지, 순식간에 넘치고 차며는 또 순식간에 흩어지고 비어 버리는 것이 아무 가진 것 없는 백성들의 생태가 아니겠소? 넘쳐흐르지 않더라도 흩어지지 않고 비어 버리지 않게 울타리를 쳐주는 것이 종교일 수도 있겠지요. 그러나 여전히 강한 힘과의 싸움에는 그들에게 우발의 불꽃 이상을 기대할 수는 없을 것이요.

심평은 나무가 살벌한 겨울을 나기 위해서는 생존에 필수적인 요소가 아닌 것들을 버려야 한다는 원칙이다. 그 일이 소홀히 되면 나무 자체의 생존에 위험이 다가올 수 있기 때문이다. 최서희가 친일파처럼 행세하는 것은 새로운 질서에 순종하여 열매를 맺기 위해서이다. 이에 따라 소설에서도 문화담론이 큰 비중을 차지하는데 그 의미는 1부와 2부가 행동에 주안점을 두었던 것과 대비할 때 좀 더 명확해진다. 이전의 무단정치, 헌병통치가 폭력에 의해 식민지를 다스리려는 정책이었다면 문화정치는 겉으로나마 설득과 이념을 통해 식민체제의 정당성을 확보하자는 전략이었다고 할 수 있다. 자연히 행동의 측면이 뒤로 밀려나고 정신과 의식이 전면에 내세워지는 상황이 전개되는데, 그에 따라 행동보다도 관념과 말의 우위가 두드러지는 상황이 초래된다. 이와 같은 상황의 변화는 필연적으로 소설에도 반영되지 않을 수 없다.

첫째로 3부에서는 세대교체의 양상이 나타난다. 작품이 시작된 이후 20-30년의 시간이 경과되었으므로 구세대들은 뒤로 밀려나고 신세대들이 그 빈자리를 채운다. 그뿐만 아니라 2부를 거치면서 소설의 무대가 크게 확대되었으므로 평사리, 진주, 서울, 용정, 일본, 러시아 등의 공간이 제각기 독자적인 장소로서의 역할을 맡게 된다. 바꾸어 말해서 소설공간은 열매처럼 도처에 분산되었고, 그 장소가 지닌 성격에 따라 어느 정도 유기성을 가지게 됨으로써 각자의 특성을 갖게 된 것이다. 따라서 이야기는 연속되기보다는 단속적으로 전개되는 형태를 지니게 된다. 이상현을 매개로 서울의 지식인 집단이 묘사되는가 하면 서희가 자리 잡은 진주와 평사리, 공노인과 길상이 거주하고 있는 간도 용정, 동학 세력의 근거지인 지리산 등이 제각기 약간의 입체성을 지닌 공간으로 형상화되는 것이다. 이와 함께 소설은 몇 개의 근거지를 서로 연결하기도 하는데, 그 일은 주로 이곳저곳을 자주 여행하는 김환과 혜관, 이상현, 주갑이 등이 맡는다.

3부의 담론들도 지역에 따라 다른 특성을 갖는다. 서울의 지식인 집단에게서는 물산장려운동, 계몽운동 등과 관련된 주제가 주로 다루어지며 지리산 주변의 장소에서는 동학의 조직 재건이나 독립운동의 방법 등과 관련된 담론이 지배적인 대상이 된다. 3부는 국권상실의 시대와 해방의 시기 사이 한 중앙에 놓여 있을 뿐 아니라 행동으로부터 담론의 우위로 나아가는 중간 지점에 놓여 있다는 점에서 여러 가지로 복합적인 성격을 지니게 되는 것이다. 이 3부에서 관동대지진의 여파로 민족주체성 문제가 담론의 주제로 등장하는 양상은 중요한 의미가 있다. 이제까지 여러 방향으로 흩어지던 담론들이 구심점을 찾아 나가는 형국이기 때문이다. 3부 3편의 제목이 태동기로 붙어 있는 것은 운동에서 민족주체성이 탄생하는 데 의미를 부여한 것으로 볼 수 있다. 작품 전체로 보면 행동 위주의 전개에서 관념과 담론이 주도권을 가지게 되는 국면으로의 전환의 시작이라고 할 수 있다. 4부와 5부에서 일어나는 불안정한 상황에 대한 반동의 힘의 작용이 민족주체성을 중심으로 하나로 조직되어 가는 첫 번째 양상이라고 할 수 있는 것이다.

4) 4부와 5부 – 저장하는 운동성

『토지』에서 4부는 1930년대의 현실을 다루고 5부는 태평양전쟁기의 현실을 다룬다. 4부와 5부는 공히 오행의 수(水)에 해당하는 씨앗의 특질을 가지지만 서로 간에 국면의 변화에 따른 약간의 차이도 내장하고 있다. 수(水)는 보통 씨앗이 땅에 묻혀 그것이 가진 양기가 한 점으로 뭉쳐졌을 때를 가리키는 것으로 마지막이자 새로운 시작을 함의한다. 3부에서 문화담론이 지니는 의미가 민족주체성, 유전자의 형질과 관련되는 것이었음을 상기하면 4부는 그 연장선상에서 씨앗 속에 유전자를 충분히 저장하는 운동성에 해당한다. 이에 비해서 5부는 씨앗을 땅에 묻어 새로운 시작을 준비하는 단계로서의 성격을 갖는다. 이것은 물의 세 가지 특징과 관련되는 사항이다. 일반적으로 물은, 첫째 모든 것을 통일시키는 힘을 가지고, 둘째 외부만 굳은 열매를 속 부분까지 단단하게 응결시키는 특성이 있으며, 셋째 모든 것을 포용하고 감싸 안으면서 숨어드는 성질을 갖는다. 다시 말해서 4부가 3부의 다종다양한 담론들을 점차로 "일본은 망할 것이다!", "일본은 망한다", "일본놈 망해라!" 하는 하나의 명제로 통일해 가는 과정이라면 5부는 씨앗이 땅에 묻혀 물의 압력을 받음으로써 내면의 생명력을 발동시킬 수 있는 힘을 비축하여 싹을 발아시키는 단계이다. 4부의 문화담론이 민족의 생존 문제에 초점을 맞추다가 4부 3편 이후에서는 한국문화와 일본문화를 비교하는 문화비교론으로 바뀌는데, 이 문화비교론이 지니는 의미를 김병익은 다음과 같이 서술한다.

> 일인에 의한 통치의 한 세대 미만 동안에, 식민지체제는 우리 민족의 삶에 이제 조건화되고 있었다. 이 처절한 상황에서는, 그러니까 행동적 저항도 불가능해지고 오히려 민족 전체의 생존 자체가 위협을 받는 극도의 위기 속에서는, 우리의 말과 역사, 그리하여 우리의 민족적 생명력을 잃지 않고 지키고 키우는 것만이 유일한 자존의 방책이 될지도 모른다. 과연 조선 민족의 범정치단체인 신간회가 해체되고 카프가 신건설사 사건을 빌미로 해산되는 가운데 우리 역사는 조선어학회와 진단학회를 조직하여 우리의 언어와 문화를 정리하고 연구하는 작업을 보

여주며, 이 소설 제4부가 끝난 뒤에는 드디어 창씨개명과 조선어의 말살실천으로서의 문화적 정통성 확보라는 전략은, 그것이 수동적으로 보이면 보일수록 그 정황은 더욱 근원적이고 절대적인 명제가 되지 않을 수 없었다. 박경리는 우리의 이 30년대를 바로 이러한 시각에서 접근하고 있다.[06]

김병익은 『토지』가 4부에서 선택한 서술 전략의 의미를 정확히 짚어 내고 있다. 문화비교론은 민족정체성의 위기와 함께 대두된 담론이고 그것은 민족의 생명력을 지키고 유지하는 작업의 일환이었음을 설명하고 있다. 그 문화담론들은 처음에는 생존을 유지하는 문제에 관심을 두는 것이었다면 나중에는 한민족의 유전적 형질로서 문화적 유전자에 관심을 집중하는 것이었다. 그러한 담론들의 전개 속에서 4부의 형상은 깨알 같은 상태로 바뀌게 된다.

4부와 5부의 외적 형상이 깨알같이 작은 단위로 구성되는 것은 그 작은 단위들이 하나로 통일되는 과정을 나타내기 위한 조처인 동시에 자기 존재를 감추고 대지 속으로 숨어드는 움직임과 지향의 결과로 나타난 양상이다. 4부 전반부에서 억쇠의 봉변과 지리산에 숨어드는 사람들의 여러 일화 등을 통해 생존을 유지하는 문제가 관심의 초점이 되고 후반부에서는 임명희, 유인실, 오가다, 조찬하

06 김병익, 「한의 민족사와 갈등의 사회사」, 『한과 삶』, 정현기 편, 솔, 1994, 245쪽.

등의 대화 속에서 드러나는 한일비교문화론을 통해 민족의 유전적 형질을 계승하는 문제가 천착이 되는 것은 그와 관련된다. 이와 비교할 때 5부에서는 전쟁이 중일전쟁에서 태평양전쟁으로 확대되는 상황에서 각 개인의 생존 자체가 심대하게 위협받으며 그 위험을 벗어나기 위한 방안으로서 각자가 구명도생하는, 그리하여 산지사방으로 흩어져 숨어드는 과정이 묘사의 초점이 된다. 4, 5부에서 각 부에 포함되는 장(章)의 숫자가 현저하게 줄어드는 것도 여기에서 원인을 찾을 수 있다. 산지사방으로 흩어진 사람들의 이야기를 따로따로 구분해 소설을 구성하면 그렇지 않아도 사건의 중심이 모호해진 작품은 완전히 해체되어 버린 것과 같은 인상을 심어 주기 십상이다. 따라서 모래알처럼 분산된 사건들을 일정한 크기의 한 단위로 묶어 줌으로써 전체와 유기적 관련을 가진 것으로 해 주는 역할이 장(章)의 개별단위를 키우는 방식이다. 이것은 작가가 사소하고 지엽적인 소재를 다룰 때까지도 작품의 전체적 통일성을 기하기 위한 배려를 하고 있다는 사실을 입증해 준다. 대외활동은커녕 목숨을 부지하는 데도 급급한 사람들의 동태를 포착하여 소설적으로 형상화하기 위한 정묘한 서술 전략이라 할 것이다.

이처럼 많은 사람이 자신의 존재를 유지하기 위해 땅속으로 스며드는, 생존 그 자체가 위태로운 지경에 놓인 상황에서 여성들의 동태가 주목의 대상이 된 것은 이 점에서 자연스럽다. 그중에서도 3부 중반에 등장하여 소설의 분위기를 조성해 가는 데 중추적인 역할을 맡는 임명희와 여옥, 유인실과 그 주변 인물들이 살아가는 방식은 당시의 혼란스럽고 절망적인 분위기를 잘 나타내 준다. 생존의 문제에서는 남성보다도 여성의 본능적 반응이 시대고를 더 절실하고 효과적으로 형상화할 수 있게 해 주는 것이다. 살아오면서 겪은 갖가지 고난으로 슬픔이 쌓이고 쌓여 흘러내린 눈물로 눈가가 짓무른 성환할매의 참상은 조선 민족이 겪는 참혹한 비극을 무엇보다도 더 강력하게 호소하는 힘을 갖는다. 성은애는 그 양상을 다음과 같이 설명한다.

> 무엇이 중심플롯이고 무엇이 부수적인 플롯인지 구별되지 않는 『토지』 5부의 구성은 그 시대의 혼란스럽고 절망적인 분위기와 묘하게 들어맞는 면이 있다. 지역과 계층과 성향의 차이에도 불구하고 누구에게나 일제 말기의 상황은 암담하고 절망적으로 다가온다는 것, 이러한 상황에 대한 각 인물들의 자각과 정서적 반응이 공통점을 가졌다는 것은 구성의 산만함을 도리어 시대상을 재현하는 적극적인 장치로 활용하려는 의도의 표현이다. 정도 차이는 있지만 일제 말기의 상황에서 살아남는 길은 만주로 망명하거나, 적극적으로 친일을 하거나, 아니면 폐인처럼 그날그날 견디거나 하는 것뿐이다. 이러한 상황에서 오는 참담하고 허무한 느낌은 '철모르는' 젊은 세대를 제외한 모든 등장인물들에 공통된 정서이며, 이러한 공통된 정서가 플롯의 산만함을 어느 정도 상쇄하면서, 올 듯 올 듯하면서도 막상 현실적으로 언제 올지 알 수 없이

아득한 일제의 종말을 고대하는 당시의 시대적 분위기를 전달해주고 있다.[07]

구성의 산만함이 시대상을 재현하는 적극적 장치로 의도적으로 사용되었는가 하는 데 대해서는 다른 의견이 있을 수 있겠지만 우연일지라도 그것들이 서로 간에 부합하는 성질을 가졌다는 것은 부인할 수 없다. 그런 점들을 고려하면 『토지』 후반부의 구성과 전반부의 구성은 어쩌면 대극되는 효과를 창출하기 위해 작가에 의해 신중히 선택된 방법이라고 해서 크게 문제 될 것이 없다. 긴장도를 높이기 위한 여러 가지 배려, 이완을 극대화하기 위한 여러 가지 형태의 장치, 이런 것들을 고려하면서 작가는 유례없이 길고 큰 대하소설을 하나의 커다란 리듬을 지닌 존재로 창조한 것이다.

『토지』의 전체 구성은 대체로 이와 같은 형태로 되어 있다. 가슴을 죄어 오는 듯 강렬한 긴박감과 억압의 기운은 1부에서 최고조에 달하고 그 정조는 2부까지도 어느 정도 이어지지만 3부를 전환점으로 해서 점차 긴장이 이완된다. 그 이완은 모든 것이 풀어헤쳐진 듯 느슨하고 느린 흐름으로 흡수된다. 이러한 리듬, 정조의 변화는 작가가 사건의 형상화를 통해서 긴장도를 조절한 데에도 한 원인이 있겠지만 1, 2부에서 행동의 묘사가 많았던 데 반해 3, 4, 5부에서는

07 성은애, 「토지 5부의 세대교체와 그 성과」, 『한·생명·대자대비』, 솔, 1995, 158-159쪽.

대화와 말씀이 행동을 대신한 데서 비롯된 양상이라고도 할 수 있다. 여기서 초래되는 독자의 반응은 길고 길게 이어지던 서술이 어느 순간 해방을 맞으면서 꿈결같이 끝나 버렸다는 인상이다. 이것은 어떤 면에서 작품의 결함이라 할 수도 있고 독자의 허탈감을 초래하는 원인이 되기도 한다. 따라서 결함이라 보이기도 하고 허탈감을 준다는 인상에서 벗어나기 위해서는 작품의 인과관계를 재검토하고 그 바탕 위에서 작품에 대한 새로운 이해를 도모할 필요가 있다. 특히 사건들 사이의 유기적 관련이 그다지 크지 않아 보이는 4부와 5부의 모자이크적인 점묘 수법에 대한 해명이 필요하다. 그 작업은 근본적으로 『토지』의 통일성에 대한 검토가 되는 것이고 빅뱅의 이미지가 어떻게 산출되는 것인지 해명하는 일이 되는 것이지만, 그에 선행해서 『토지』 전체의 인과적 구성, 개연성에 대한 성찰이 요구된다. 우리가 서술의 시퀀스, 서술명제에 대한 분석을 통해 행하고자 하는 일은 궁극적으로 소설의 숭고미, 작품의 효과에 대한 의혹을 일소시키는 데 일차적인 목적이 있기 때문이다.

5) 『토지』의 전체 리듬

시 문학에서 리듬은 은유와 함께 시의 전형적인 두 가지 요소로 생각된다. 그와 같은 입장에서 리듬은 흔히 시의 음악적 효과와 상관되고 은유는 회화적 특성과 관련되는 것으로 받아들여진다. 하지만 엄밀히 말해서 리듬이 쾌적한 소리나 음조에 의해서만 조성되는 것은 아니다. 쾌적한 소리나 음조를 의도적으로 교란시키는 불협화음(cacophony)을 통해서도 리듬을 창출할 수 있는 것이다. 이 점에 상도하면 리듬이 가지고 있는 객관적 성질과 그것을 인식하는 주관을 분리해서 생각해 보는 방편이 그럴듯해 보인다. 작품에서 리듬을 느끼는 것은 시각이나 청각이란 감각기관보다도 감정을 가진 인식 주관에 맡겨지는 몫이 큰 것이다. 『토지』의 리듬에 대한 논의는 바로 그러한 관점에서 접근할 때 유의미한 것이 될 수 있다. 그 관점에 설 때 리듬은 시가문학에만 고유한 것이 아니라 자연현상과 인간생활 전반에서도 나타나는 주기적 운동 전체를 의미한다는 것이 이해될 수 있고 『토지』의 리듬에 대한 객관적이고 구체적인 접근도 가능하게 된다.

우리는 앞에서 E. M. 포스터의 패턴과 리듬에 대한 논의를 살펴보았다. 그리고 『토지』와 매우 흡사한 숄로호프의 『고요한 돈강』이 생장수장의 원리에 따라 구조 원리가 마련되어 있으며 거기에서는 작품의 리듬이 고리 모양의 패턴을 형성하는 데 주도적으로 작용하고 있음을 밝혔다. 그렇다면 생장수장과 일맥상통하는 상생상극의 음양오행 원리에 기반을 두고 창작된 『토지』의 리듬은 작품의 전체상을 형성하는 데 어떤 역할을 하고 있는가. 그리고 거기에서 맺히는 작품의 패턴은 어떤 모양인가. 이 문제에 답하기 위해서는 『토지』의 1부에서 5부까지 어떤 리듬이 만들어지고 있는가를 살피지 않을 수 없다. 여기서 참조해야 할 사실은 작품의 질서로부터 창출되는 리듬이란 근본적으로 플롯의 변형을 통해서 확인될 수 있는 것이라는 점이다. 플롯의 변형이 행동, 움직임의 변형에 지나지 않는 것임을 감안하면 우리의 작업이 작품에서 일어나는 움직임에 민감해야 하는 것임은 말할 필요도 없다. 여기서는 각 부에 공통적으로 마련된 다섯 개의 편을 고찰단위로 하여 플롯의 변형이 어떻게 이루어지면서 리듬을 형성하는지 살펴본다.

『토지』 1부 1편의 제목은 '어둠의 발소리'다. 어둠이 다가오는 발소리란 최 참판가라는 개별적 존재나 대한제국이라는 공적 기구에 공히 적용되는 현실의 변형을 이름한다. 조선왕조라는 기존의 질서에 어떤 힘이 작용해 새로운 질서가 만들어지기까지의 경과를 이야기하는 국면이라고 할 수 있다. 현실의 변형을 가져오는 그 발소리를 듣는 1편은 아주 가냘픈 움직임으로부터 시작한다. 추수철을 맞아 작인들로부터 전곡을 받아들이는 최 참판가 창고 앞마당에서 최서희가 봉순이와 술래잡기 놀이를 하고 있다. 철없는 아이들이 벌이는 장난 속에 문제적 인물의 한 사람인 구천이가 등장한다. 서희는 구천이의 다리를 붙잡고 늘어지며 일을 방해한다. 구천이는 봉순이에게 아기씨 뫼시고 별당으로 가라고 하면서 '별당'이라는 낱말이 나오자 무의식중에 말을 더듬는다. 놀이터의 장면은 아버지에게 문안을 드리라는 할머니의 분부가 전해지면서 일전한다. 서희는 마지못해서 문안인사를 가지만 아버지의 위압하는 듯 강한 기운에 기가 눌려 몸이 굳고 긴장한다. 그런 상태가 잠시 이어지던 중 하인 길상이에게 고함을 치며 야단치는 아버지 앞에서 서희는 헛구역질을 하다가 마침내 딸꾹질을 한다. 현실의 억압 앞에서 가장 여린 싹들이 반응하는 양상이다. 서희가 중심이었던 1장과 달리 2장은 밤마다 집을 나가 종적을 감추는 구천이를 하인들이 추적하는 이야기다. 구천이가 먼저 방을 나가고 그 뒤를 하인들이 쫓는 형식인데 그다음 장에는 광에 갇혔던 별당아씨와 구천이가 한밤중에 초롱불을 들고 고소성 골짜기로 탈출하는 이야기가 펼쳐진다. 그다음 4장은 어미를 잃은 서희가 악을 쓰며 엄마를 찾는 이야기다. 1장과 이어지는 장으로 그 억압과 반발의 기세가 더욱 날카로워지고 드높아진 국면이다. 5장은 지금까지 최 참판가의 일을 중심으로 서술되던 이야기가 이용과 마을 사람들의 상황을 묘사하는 데로 전환한다. 강청댁의 투기와 강짜를 빼면 범상한 일상이지만 이용과 월선이의 관계가 희미하게 모습을 드러내면서 긴장감을 돋운다. 마을 아낙네들이나 상민 윤보, 중인 문 의원 등의 이야기는 평사리의 얽히고설킨 인간관계를 드러내면서 사건의 배경을 형성한다. 그 뒤에 이어지는 오광대 구경이나 별당아씨와 함께 달아난 구천이의 뒷소식, 평사리에 모습을 나타낸 강 포수에 대한 서술, 개명양반 조준구의 등장 등은 시간의 흐름 속에서 진행된 사건의 진전을 나타내 준다. 조준구의 교사를 받은 김평산과 최치수에 앙심을 품은 귀녀가 손을 잡으면서 최치수 살인음모가 착착 진행되고 월선에 대한 강청댁의 습격, 구천이와 별당아씨에 대한 추적대의 구성 등이 이루어지는 속에 그동안 신비에 싸였던 최 참판가의 비밀이며 1차 추적대의 실패 과정, 살인음모의 진행 과정 등이 차례로 서술된다. 제2편의 제목 '추적과 음모'는 이곳에서 이루어지는 사건들이 1편의 연속에 해당하는 것임을 보여 준다. 물론 거기에는 귀녀에 대한 강 포수의 풋사랑이나 이용에 대한 임이네의 유혹 등이 보조플롯으로 그려지고 있다.

2편이 1편과의 단절보다 연속의 측면이 강하다고 한다면 3편은 '종말과 발아'라는 제목이 암시하는 대로 새로운 단계로의 진입이다. 한 시대가 종말을 짓고 새로운 싹이 돋아난다는 말 그대로 3편에서 최 참판가의 당주 최치수는 2차 추적의 실패를 추스를 새도 없이 그동안 살인모의를 계속해 왔던 어둠의 세력들에 의해 살해된다. 3편의 플롯은 많은 부분이 최치수의 살해와 그에 얽힌 사건들을 다루고 있다. 거기에는 당연히 범인을 잡기까지의 경과와 범인 가족들의 뒷이야기가 길게 이어진다. 김평산의 두 아들이 보여 주는 자신들이 처한 처지에 대한 상반된 태도와 함께 유랑에서 돌아온 임이네가 기근을 이겨 내고 마을에 정착하기까지의 사건들이 서술된다. 4편은 『토지』의 씨앗 이야기라고 할 수 있는 전염병의 유행과 관련된 사건들이다. 김 서방의 발병에서 시작된 호열자의 유행으로 윤씨 부인과 봉순네, 문 의원 등이 죽고, 역병의 횡행 속에서 홍이를 출산하는 임이네 등의 이야기가 태반을 차지한다. 이 과정에서 작가는 조준구 일가족의 동태를 자세히 그린다. 최서희의 보호자인 것처럼 위장하여 최 참판가의 재산을 강탈하다시피 빼앗아 가는 과정, 그리고 농민들을 분열시켜 자신의 세력을 부식시키는 행위 등이 상세히 그려진다. 결국 조준구의 탐학에 반발한 농민들은 서희의 지시에 따르는 모양새를 취하며 창고를 개방하는데, 이것은 5편에서 일어나는 농민 봉기의 예형이라고 할 수 있다.

5편의 제목은 '떠나는 자, 남는 자'이다. 을사늑약이 맺어진 이해 김 훈장은 조준구를 찾아가 의병 봉기를 제의하는데 이에 놀란 조준구는 서울로 도피하지만 시간이 흘러도 별다른 일이 일어나지 않자 다시 평사리로 내려온다. 그러나 조준구의 가혹한 수탈에 견디지 못한 농민들은 윤보의 주동 아래 봉기하여 다시 조준구를 들이치고 산으로 들어간다. 삼수의 배신 덕으로 간신히 목숨을 건진 조준구는 일본 헌병을 불러 봉기에 가담한 사람들을 일일이 고발한다. 결국 일본군의 추격까지 받게 된 평사리 사람들은 계속 이곳에서 살 수 없다고 생각하여 최서희와 함께 북간도로 탈출한다. 이 탈출은 일본 군대의 추격이란 현실적 억압에서 벗어나기 위한 성격을 지니므로 최서희가 아버지의 무서운 기에 눌려 헛구역질을 하던 첫 장면과 플롯의 대응 형태를 이룬다. 그 두 가지 사건의 연쇄가 억압하는 힘을 견디다가 마침내 폭발하는 1부의 전체상이라 할 수 있다. 곧 1부는 기존의 질서를 파괴하는 세력들의 힘이 작용한 결과 평사리 사람들이 그동안 삶의 터전으로 삼아 왔던 곳을 떠나게 되는 과정을 형상화하고 있다.

2부 1편은 '북국의 풍우'란 제목을 달고 있다. 지금까지 소설의 무대가 되었던 평사리를 떠나 북간도란 이역의 공간에서 벌어지는 일들이 묘사되는 것이다. 그 첫 장면은 1911년 5월 용정에서 일어난 대화재를 다루고 있다. 몇 년 사이 최서희가 평사리의 재산에 못지않은 돈을 벌었다는 설정하에서 전개되는 이 1편의 특징은 송장환, 공 노인, 이상현 등 새로운 인물이 등장할 뿐만 아니라 김평산의 아들 김두수가 일제의 밀정이 되어 활동한다는 점이다. 곧 평사리와 같이 안정된 공간이 아니라 이질적인 색채를 지닌 인물들이 다양한 사건들을 통해 관계를 맺는 복합적 공간을 소설의 무대로 제시하고 있는 것이다. 이 1편에서 대표적인 플롯의 변형은 최서희가 자신의 장래를 위해 그동안 벌려 놓았던 주변을 정리한다는 것, 소설의 등장인물들이 이질적인 유형들로 구성된다는 것, 소설의 공간이 대폭 확대된다는 것 등이다. 2편의 특징은 세력 집단 사이의 갈등이 심화되고 공간이 확대되는 과정에서 사람들 사이에 새로운 관계가 형성된다는 데서 찾아볼 수 있다. 1편의 연속이라는 느낌을 주지만 관계의 밀도가 높아지면서 각 집단과 사람들 사이에 유기적인 관계가 형성됨으로써 안정된 질서가 현실에 착근하는 모양새를 보여 준다.

3편은 '밤에 일하는 사람들'이라는 제목을 달고 있다. 이곳에서는 소설의 무대가 평사리, 지리산, 서울, 하동, 동학 세력 등으로 넓게 확산되어 당시의 사회적 움직임을 여러 층위에서 파악할 수 있게 해 준다. 이와 같이 활동무대, 소통공간이 여러 지역, 세력들 사이에 마련됨으로써 『토지』는 광활한 세계를 소설 속에 수용할 수 있게 되고 각각의 단위에서 이루어지는 활동의 성격도 분명하게 구분된다. 또한 단위체별로 독자적인 성격을 지니는 공간들을 연결해 주는 매개자적 인물의 활동영역도 넓어진다. 주갑이를 비롯하여 혜관, 이상현, 김환 등이 매개자적 역할을 하는 대표적 인물들인데, 이와 같이 매개자들의 활동성이 증대함으로써 『토지』의 담론 또한 다양한 색채를 지니게 된다. 4편에서 전개되는 사건들은, '봉정춘과 서울'이라는 편 제목이 환기하듯이, 여러 지역에 분산되어 있는 사람들과 서로 이념적 색채를 달리하는 인물들 사이에서 일어나는 다채로운 사건들을 앞의 편들과의 연관 속에서 다룬 내용이다.

5편에서는 길상이와 결혼한 최서희가 조선으로의 귀환을 준비하는 데서 드러나듯이 일본 제국주의가 정착되어 가는 것처럼 보이는 현실에서 장래를 대비한 여러 가지 움직임이 구체적으로 서술된다. 소설의 서술자는 "불씨를 여기저기 심어 놓아야 한다"고 말하기도 하고 "떠난 사람이 돌아오는 철인가", "작게 나누어 그물을 형성해야 한다"고 말하기도 한다. 두 아들을 둔 최서희가 평사리로 귀환하기 위한 움직임을 보이는 것은 이러한 현실을 대변한다. 자연히 현실을 멀리 내다보고 대응하기 위해 어떤 일이 필요한지를 놓고 여러 집단이 다양한 입장에서 논변을 펼친다.

이상에서 살핀 바와 같이 2부는 1차적으로는 공간의 확대라는 특징을 지닌다. 그다음에는 확대된 공간들을 유기적인 연관을 갖는 세계로 만들기 위한 움직임이 일어나며, 그 움직임은 세계에 대한 다양한 담론들이 번식할 수 있는 조건을 형성한다. 2부 3편 이후에는 평사리를 중심으로 한 조선 내부와 용정을 대표로 하는 국외의 공간을 하나의 세계로 엮기 위한 작업이 펼쳐진다. 이와 동시에 당대의 현실을 어떻게 파악해야 하며 그에 대처하기 위해서는 어떤 대책을 가져야 하는가를 놓고 여러 부류의 사람들이 펼치는 시국론이 빈번하게 등장하고 있다. 그것은 2부에서 일어나는 중요한 현실의 변형으로 1부의 사건 중심의 전개와 대비되는 양상이다.

3부 1편은 이상현을 찾아 나선 억쇠의 이야기로부터 시작된다. 이 사실은 상징적인 의미를 지닌다. 그것은 2부에서 서사의 초점 대상이 북간도였다면 3부는 2부의 서술에서 소외된 지역이나 사람들을 조명하고 있다는 사실을 알려 준다. 기생이 된 기화를 비롯하여 평사리의 여러 사람들, 조준구와 동학 세력 등의 이야기가 다각도로 다루어지고 있다. 그 서술의 특징은 이야기가 연속되는 형태가 아니라 이곳에서 한 토막, 저곳에서 한 토막 하는 식으로 단속적으로 전개된다는 데 있다. 이러한 양태는 2편에서도 지속된다. 1편의 제목이 '만세 이후'이고 2편의 제목이 '어두운 계절'인 데서 짐작할 수 있듯이 3·1운동 이후를 다루는 이곳에서는 일본 제국주의의 식민 지배가 강고하게 현실화되는 상황에서 조선 민족이 어떻게 살아가고 있는가를 다양한 풍경들을 통해 비춰 주고 있다. 따라서 소설에서는 과실나무의 과일처럼 군데군데 열려 있는 인물들과 집단들의 삶이 묘사됨과 동시에 사람살이에 얽힌 다양한 담론들이 길게 이어지곤 한다. 어떤 사람에 대한 인물평가가 이루어짐은 물론 다른 곳의 사정에 대한 전언, 새롭게 사람들의 관심을 끌고 있는 신문물 등에 대한 담론들이 시시때때로 등장하고 있다.

3부 3편은 '태동기'라는 제목을 달고 있다. 이 제목의 의미는 여러 가지로 짚어 볼 수 있지만 그것이 관동대지진을 배경으로 하고 있고 물산장려운동에 대한 비판을 넘어 근대화에 대한 비판으로까지 나아가고 있다는 점에서 '태동'이라는 말이 지닌 함축을 유추할 수 있게 한다. 그것은 군국주의자로 매도되는 나쓰메 소세키의 문학론이나 흑하사변과도 연관해서 이야기되는 것이라는 점에서 민족의식의 태동을 가리키는 것이라고 해석할 수 있는 것이다. 물론 3편에는 형평사운동이나 농민운동도 언급되고 있지만 4편 초두에 계명회 회원 검거 사건이 다루어지고 거기에서 민족운동과 사회운동 사이의 관계에 대한 담론을 포함하여 이민족이 행사하는 힘의 비정(非情)에 대한 논단이 이루어지고 있음을 환기하면 '태동'의 함의가 민족의식 또는 민족 문제와 주로 연결되는 것이라는 추론은 크게 어긋나지 않는다고 판단된다. 일본의 커 가는 힘에 대한 우려나 한인의 유대가 무너지는 문제를 언급하고 있는 것도 그와 관련해서 유의할 수 있는 사항이다. 4편 3장의 제목이 '내 땅에서'라고 되어 있고, 거기에서 일본 상인의 횡포가 거론되고 있는 상황은 모두 그와 연관되는 사항이다. 5편의 제목이 '젊은 매들'인데 그 맨 끝에서 다루어지는 것이 광주학생운동이라는 것도 민족 문제가 점차 소설의 중요한 화두로 대두되고 있는 이념적 상황을 파악하는 데 참조할 만한 사항이다. 담론들이 여러 가지 색채와 방향을 갖고 있지만 그것이 점차 민족 문제, 민족이 살아남을 방도의 모색으로 초점이 모이는 양태를 보여 주는 것이다.

3부는 국외에 눈을 돌렸던 2부와 달리 조선 내부의 사건들에 초점을 맞추고 있다. 그러나 이미 소설의 규모가 확대될 대로 확대된 상황이기 때문에 그 시선의 전환이 큰 의미를 지니지 않을 수도 있다. 그보다는 소설의 여러 편과 장이 일련의 흐름을 갖기보다 제각기 독립된 양자를 취해 가고 있는 모습을 주목할 수 있다. 그러나 이러한 외적 형태의 특성보다 더 중요하게 드러나는 것은 일종의 담론장이라고 할 만큼 토론과 대화와 논쟁이 많은 지면 분량을 차지하고 있고 그것의 주제가 민족의 문제로 모여 가고 있다는 사실이다. 물론 토론이나 논쟁은 1부나 2부에서도 있었다. 그러나 1부의 토론은 시국론이나 유가적 도리론에서 크게 벗어나지 않으며 2부의 담론은 동학에 대한 설명이나 근대화론, 중국인론 등에 대한 찬반의 의견 대립으로 초점이 흐려져 있었다. 이에 비해 3부에서는 뚜렷이 민족 문제가 담론의 중심으로 떠올랐고, 작가는 바로 그 대목에 '태동기'라는 제목을 붙이고 있다. 이것을 전체적으로 조감하면 당사자들에게서조차 그에 대한 의식이 불분명했던 민족 문제에 대해 조선인의 의식이 점차 뚜렷이 확립되어 가는 첫 단계라고 할 수 있다. 작가는 그 양상을 '태동'이란 이름을 붙여 구체적인 모습으로 파악하고 있는 셈이다.

4부는 작가가 연재를 하던 중 작업을 중단하고 상당한 기간 동안 자신을 성찰하는 시간을 가졌던 때의 산물이다. 이때는 『토지』의 작품성에 대한 문학계의 비판적 시각이 대두된 시점이기도 하다. 1부와 2부의 사실주의적 기법이 위축되고 소설은 곳곳에서 인물들의 장광설을 늘어놓는 형국을 자초했기 때문이다. 이것이 기왕의 작품에 대한 긍정적 평가를 부정적 평가로 바꾸어 놓는 데 유력한 근거가 된 것이지만 장광설을 빼놓고도 『토지』는 이전과 현격히 다른 모습을 보여 준다. 그 대표적인 것이 시공간의 특성이다. 4부 이후에 들어서면 『토지』의 시공간은 깨알같이 작은 단위들로 조직된다. 작품 속 현실이 한 세대 넘게 지속되면서 등장인물들 상당수가 교체되고 수백 명의 인물들이 들고 나기 때문에 어지간한 집중력을 가지지 않은 독자들은 사건이 지금 어떻게 진행되어 가는지 감을 잡을 수도 없게 된다. 뿐만 아니라 사건은 길게 이어지거나 넓은 무대를 통해 제시되는 것이 아니기 때문에 대다수의 독자들은 깨알같이 작은 규모의 사건들이 집적되어 작품을 이루고 있다는 인상을 불식시킬 수 없다. 따라서 독자가 작품 전체를 장악하고 그 주도적인 흐름을 따라가기가 어렵게 된다.

이와 같은 형편인데도 소설은 기회만 있으면 이런저런 소재를 끌어들여 인물들이 나누는 대화와 말씀들을 길게 도입하고 있다. 예컨대 4부 1편에서 작가는 한일민족문화론을 길게 펼치고 있다. 광주학생운동에 관여된 영호에 대한 이야기며 현인신(現人神), 일본론, 『삼국유사』, 모리 오가이 등에 대해서 상세한 담론을 펼치고 있는 것이다. 이와 같은 양상은 2편 1장의 전쟁론을 빌려 전개하고 있는 한일문화론에서도 찾아볼 수 있는데 특이한 것은 작가가 4부에 들어서면서 강증산의 천지공사 개념이라든가 생명론, 영신에 대한 담론을 소설 속에 대폭 수용하고 있다는 점이다. 그 양태는 5부에 들어서면서 더욱 강화되는데, 독자들이 이 미묘하게 바뀌어 가는 담론 성격의 변화를 포착하는 일은 결코 쉽지 않다. 그러나 작가는 그 담론들이 중요한 사건이라도 되는 듯이 그것을 재현하는 데 많은 공력을 기울이고 그것들이 지닌 차이와 변화를 독자에게 각인시키는 데 힘을 쏟는다. 그렇게 은연중에 변화해 간 담론들은 소설의 진행과 함께 점차 한 지점으로 모여 가는데, 그렇게 모이는 지점은 작품의 끝과 일치할뿐더러 그 끝, 해방이란 사건이 어떻게 가능하게 되었는지 알 수 있게 해 주는 성격을 지니고 있다. 곧 담론에 대한 새로운 인식이 거기에 표현되는데 작가는 그 내용을 여러 가지 방법으로 바꾸어 이야기하지만 그 핵심은 한 가지다. 그 한 가지의 내용은 염력에 대한 한 인물의 다음과 같은 발언이 그 예증이라 할 수 있다.

아까 염력이라 했는데 그 말을 한 사람의 말을 빌리자면 여자가 원한을 품으면 오뉴월에 서리가 내린다, 그러니까 그런 염력도 인간에게 주어진 하나의 능력이라는 거야. 그 사람의 말로는 개인뿐만 아니라 집단이나 민족도 그 염력 때문에 정권이 쓰러지기도 하고 독재자가 비명에 가기도 한다, 하니 일본도 결국은 망할 것이다, 해악을 끼치는 상대는 말하자면 일종의 마성인데, 분노하여 급사하는 사람이 있고 그 땜에 병들어서 앓다가 죽는 사람도 있지만 그 사람들은 마성을 이겨낼 능력이 부족했던 탓이며, 이겨내어 상대를 쓰러뜨리는 사람은 그 능력이 많다는 거고 기가 넘었다, 기가 막힌다, 기가 찬다, 또는 기가 세다, 그런 말들은, 그러니까 그 기라는 것을 능력으로 본다는 거지. 인간에게는 분명히 보이지 않는 힘이 있고 신비한 경지가 있다는 거야. 예감이라든지 꿈의 암시 같은 것도 그런 능력에서 오는 거래. 불가에서는 식(識)이 맑으면 그렇다 한다는 건데 식이 맑아지는 데는 수도가 따르겠지만 말이야.

인용문에 나오는 생각은 소설 속 화자 혼자만의 것이 아니다. 소설 속에는 염력을 실제로 느껴 본 사례도 장황하게 소개되고 있고 그것을 "죽어라, 죽어라, 망해라, 망해라, 절실하게 간절하게 생각하면 상대가 그리 된다는 거야"라고 요약하는 인물도 나온다. 이와 같은 양상은 작품의 끝으로 갈수록 심해지는데 그것의 연유를 살펴보면 소망과 한, 영성과 생명 등에 대한 담론 속에서 그런 생각이 싹을 틔워 점차 영글어서 장광설로 귀결되고 있는 것이다. 이렇게 담론이 통일되어 가는 마지막 장, 소설의 끝인 5부 5편의 제목이 '빛 속으로!'인 것을 생각하면 작품의 대단원과 번성하는 담론 사이에는 어떤 인과관계가 성립되고 있음을 유추할 수 있다. '어둠의 발소리'에서 '빛 속으로!'로 플롯의 변형이 이루어지고 있지만 그 변형을 가져온 구체적인 힘의 작용은 독자들의 심중에서는 은연히 떠오르기는 해도 아직 미궁 속에 있는 주제인 셈이다.

이상에서 살펴본 자료를 토대로 작품의 리듬을 생각해 보자. 소설은 미약하고 가녀린 힘과 움직임으로 시작하고 있다. 그 힘과 움직임은 상대가 되는 억압과 관련이 있다. 서희에게는 아버지의 무서운 기가 억압의 주체이며 평사리를 떠나기로 한 농민들에게는 자신들을 추적해 오는 일본군이 억압의 주체이다. 1부가 사랑방을 뛰쳐나오는 서희의 이야기에서 고국산천을 버리는 사람들의 이야기로 전개되었다면 거기에는 사건의 진행과 함께 증대된 힘의 크기와 제고된 움직임의 역동성이 개재한다. 단계적으로 살피면 별당아씨와 구천이의 탈주가 1단계, 하인들과 최치수의 추적이 2단계, 고방 개방이 3단계, 농민 봉기가 4단계, 북간도 탈출이 5단계를 이룬다. 이러한 사건 진행에서 비축된 힘이 2부에서 끝 간 데까지 가 보는 움직임의 원동력이다. 러시아, 중국, 일본 등으로 퍼져 나간 확산은 이윽고 원점 회귀를 지향하게 되는데 사업의 확대를 자제하고 고향으로 돌아가는 최서희의 움직임이 그 지향을 대변한다. 그렇게 원심력과 구심력의 상호작용 속에 이루어진 움직임의 변형은 3부에서 일종의 정체 상태를 빚는다. 그러나 그 정체 상태는 원심력과 구심력이 갈등하는 속에 빚어진 잠정적인 정지일 뿐 내면에서는 대립하는 세력이 자신의 움직임을 지속하려는 벡터를 지님으로써 일종의 불안정한 상황이 조성된다. 이 불안정한 상황은 해방이 될 때까지 지속되는 것이지만 시기별로 그 양상은 달라진다. 3부의 시공간이 가장 넓은 형태를 지니고 지역이나 층위별로 독자적인 형태를 유지하는 것은 불안정한 상태가 내면의 대립과 갈등을 숨긴 채 정착하는 형세를 취한 것이다. 그러므로 3부에서부터 왕성해지는 담론활동은 외적인 행동을 대신하여 내면의 힘이 밖으로 분출되는 양상이라고 할 수 있다. 4부에서 외적 운동에 대한 묘사보다도 담론이 우세해지는 것은 불안정한 상황을 유지하고자 하는 세력의 힘이 그 상황을 타개하고자 하는 세력의 힘에 비해 절대적인 우위를 차지하는 데 말미암은 현상이다. 따라서 4부의 담론활동은 억압의 힘을 극복할 수 있는 방책을 모색하면서 점차 주류로서의 입지를 확보하기 위한 노력의 성격을 지닌다.

5부는 일본이 조선을 지옥 끝까지 끌고 간다는 인식으로부터 시작한다. 조선의 상황을 감옥으로 파악하는 인식과 민족의 존엄이 뿌리로부터 짓밟힌다는 인식은 생명의 숨소리를 엿듣는 자세의 가치를 수긍하게 한다. 곧 "싸울 때보다 숨어야 할 때가 가장 위급한 시기"라는 인식이 사람들의 삶의 방식으로 나타난 곳이 5부이다. 이곳에서 사람들은 각자 생명을 유지하기 위해 땅속에 깊이 뿌리

내리는 방법을 강구한다. 일종의 생존법의 탐색이라 할 수 있는데, 그로 인하여 자연히 현실을 변형하기 위한 행동은 잦아들고 살아남기 위해 몸을 움츠린 속에서 내뱉게 되는 탄식과 비탄, 간절한 기구들이 인간과 세계에 대한 사유와 성찰로 전환하여 담론의 번성으로 이어진다. 그 담론들 속에서 강증산의 천지공사를 비롯하여 생명의 영성을 회복하고자 하는 움직임이 일본문화의 특성과 견주어진다. 5부에서 또 하나의 특징은 여성의 비중이 다른 어느 곳보다 크다는 점이다. 그 대표적인 사례가 슬픔으로 눈가가 짓무른 성환할매, 불을 땔 때나 밥을 지을 때나 한결같은 마음으로 정성을 다하는 풀 매는 할머니 같은 존재들이다. 이것은 작가가 소설 속에서 관음보살상의 조성에 큰 비중을 둔 것과 같이 모성에서 문명의 폐악을 극복할 비전을 찾은 것이라 할 수 있다. 『토지』는 그 점에서 근대문명의 물신주의에 대한 하나의 근본적인 비판이라 해야 마땅하다. 플롯의 변형을 통해 파악되는 작품의 전체적 리듬과 생명사상은 이 지점에서 만난다. 그러나 사실주의적 기법에 근사한 작품 전반부의 리듬과 제각기 독립적인 에피소드의 병렬과 같은 형태로 제시되는 작품 후반부의 담론의 번성은 『토지』의 전체상을 포착하는 데 많은 문제를 던져 주고 있다. 그것들이 어떻게 하여 하나의 통일된 상을 만들어 내는 데 기여하는가가 충분히 해명되지 않았기 때문이다.

다음 장에서는 지금까지 세부단위별로 고찰하여 특징을 추출한 내용을 바탕으로 그것들이 지닌 연관성, 작품의 완결성을 검토함으로써 『토지』가 지닌 통일의 방법을 규명하고 그것을 주제사상의 문제와 관련하여 검토하기로 한다.

제 5 장

빅뱅의 사건으로서 『토지』 읽기 II

앞에서 우리는 『토지』의 세부를 운동성이라는 측면에서 살피기도 하고 리듬이라는 측면에서 검토하기도 했다. 이 작업은 E. M. 포스터의 '패턴과 리듬'에 대한 이론을 『토지』의 전체상을 파악하는 방법적 도구로 사용한 것에 해당한다. 그 결과로 우리는 『토지』의 각 부가 어떤 운동성을 지니고 있는지 얼마간 알 수 있게 되었으며 전체가 어떤 리듬을 가지고 전개되는지 대략 경개를 그릴 수 있게 되었다. 그렇지만 그와 같이 분석적 방법에 의지하여 낱낱의 단위를 고찰함으로써 작품을 파악하는 방법은 전체를 하나의 통일된 상으로 포착하는 데는 한계가 있다. 1부에서 그토록 중시되었던 억압과 그에 대한 반응으로서 솟구침의 운동은 5부의 땅속으로 기어드는 듯한 움직임을 설명하는 데는 크게 도움이 되지 못하고 1, 2부의 사실주의적 기법은 4, 5부의 모자이크적 삽화를 해명하는 길 안내를 해 주지 못한다. 리듬이란 것도 그렇다. 극도의 긴장을 느끼게 했던 1, 2부의 리듬은 3, 4, 5부에서는 완만하고 느슨한 흐름으로 바뀌어 어디에서도 자취를 찾을 수 없다. 1, 2부의 리듬이 작품의 진면목인지, 아니면 3, 4, 5부의 완만하고 느슨한 리듬이 진면목인지 아리송하고 그와 같은 변화가 왜 필요한지 궁금증이 더할 뿐이다. 더욱이 작품의 세부들을 구성하는 요소들이 어떻게 조직되어 있으며 각기 어떤 기능을 하는지에 대해서는 설명을 시도하지도 못했다. 서사구조에 대한 논의도 마찬가지다. 사건들이 서로 어떤 인과관계를 지니고 결합하고 있으며 그 효과는 무엇인지 우리는 상세한 설명을 생략할 수밖에 없었다. 더욱이 소설 속에서 각자 개성미를 발휘하는 인물들이나 작품의 주제사상에 대해서 아예 손을 놓은 것은 작품론으로서는 큰 하자이다. 이런 문제들을 해결하기 위해서는 차근차근 순서를 밟아 논의를 펼치는 것이 필수적인 요건이다. 여기서는 그 요건을 충족시키기 위하여 작품의 완결성과 관심의 통일, 끝내기 수법으로서의 아이티온(aition) 등에 대하여 먼저 논의하여 빅뱅의 이미지 현상학을 정리하고 그 관점에서 인물과 주제사상에 대하여 간략히 언급하기로 한다.

1. 작품의 통일성과 관심의 통일

아리스토텔레스의 『시학』은 기본적으로 플라톤의 모방론과 긍·부정의 관계에 놓여 있다. 라파엘의 그림이 상징적으로 보여 주듯이 하늘을 가리키는 플라톤의 이론에 대하여 아리스토텔레스의 저작은 땅을 가리키지만 둘 사이에는 떼려야 뗄 수 없는 계승관계가 존재한다. 비극이 진지하고 일정한 길이를 가진 전체적 행동을 모방한다는 아리스토텔레스의 관점은 플라톤의 모방론이 반영된 양상이다. 그런데 아리스토텔레스는 '전체적 행동'의 '전체'가 시초와 중간과 종말을 가지고 있는 것이며 그것들은 개연성과 필연성의 법칙에 따라 가능적인 것이 되어야 함을 말한다. 작품이 완결되었다는 것은 바로 그 개연성과 필연성의 법칙에 따라 처음과 중간과 끝이 연결되어 있는 상태를 가리킨다. 이 관점에서 『토지』를 돌아보는 데는 서술명제를 말하면서 하나의 시퀀스가 다섯 개의 단계로 구성되어 있음을 밝힌 츠베탕 토도로프의 이론을 다시 환기하는 것이 도움이 된다. 토도로프는 ① 최초의 안정된 상황 ② 안정된 상황을 바꾸려는 힘의 작용 ③ 힘의 작용으로 인해 초래된 불안정한 상황 ④ 불안정한 상황을 안정시키려는 반동의 힘의 작용 ⑤ 새로이 안정된 상황의 다섯 가지를 시퀀스의 불가결한 요소로 파악했다. 이 이론을 지금까지 우리가 분석한 『토지』에 적용하면 최초의 안정된 상황은 최 참판가가 평사리에서 절대 권력으로 군림하던 신분제 사회 조선왕조이다. 이 첫 번째 안정된 상황에 대해서 소설은 길게 묘사하지 않는데 그것은 이미 사건의 설정 자체에 그 상황이 내포되어 있기 때문이다. 두 번째 단계인 힘의 작용은 여러 층위에서 살필 수 있다. 최 참판가의 재산을 노리고 살인을 모의하는 귀녀와 김평산의 행위가 그것이기도 하고 그들을 교묘하게 사주하는 조준구의 행위가 그것이기도 하며 군대를 보내어 조선을 한입에 집어삼키는 일본의 침략이 힘의 작용이기도 하다. 세 번째 단계인 불안정한 상황은 개인적인 차원에서는 조준구가 평사리 최 참판가의 주인이 되어 있는 상황이지만, 거시적인 차원에서는 일제가 조선을 강점하고 있는 현실이 그 불안정한 상황이다. 여기까지는 대부분의 독자가 쉽게 파악할 수 있는 내용이다. 그런데 문제는 네 번째 단계인 불안정한 상황을 안정시키려는 반동의 힘이 무엇인가가 작품 속에 분명하게 제시되어 있지 않다는 점이다. 그리고 다섯 번째 단계인 새로이 안정된 상황은 일제로부터 해방된 상황이다. 이렇게 분석하여 보면 『토지』는 작품의 완결성에 심대한 결함이 있는 소설인 것으로 드러난다. 불안정한 상황에 반동의 힘을 작용시켜 새로이 안정된 상황을 가져오는 힘이나 주체가 명확히 밝혀지지 않았기 때문이다. 이 사실이 간과된다면 『토지』는 작품의 완성을 논하기 이전에 사건의 완결된 구조조차 제대로 갖추어져 있지 않은 작품이 되고 만다. 이 점을 의식하면 작품의 통일성에 대해서도 새로운 의문이 생긴다.

『토지』의 1, 2부가 긴박한 사건들의 연결을 통해서 긴장을 고조시키는 사실주의적 서술 형태인 데 비해서 3, 4, 5부가 행동보다도 대화와 말씀, 관념 등을 대거 도입함으로써 매우 이완된 구조를 가지고 있다는 사실은 우리가 앞에서 진술한 바 있다. 그 점을 인정하면 밀도 있는 사건과 함께 관념이 우세한 말씀과 대화를 병치하는 것이 어떻게 하나의 통일된 구조를 만들어 낼 수 있을까 하는 의문이 들지 않을 수 없다. 이러한 의문은 실제의 역사적 사건을 직접적으로 묘사하지 않는 역사소설이 가능한가 하는, 『토지』에 대하여 제기된 해묵은 질문과 함께, 중심플롯이 뚜렷하지 않은, 그리하여 방대한 에피소드들의 집적만으로 이루어진 듯이 보이는 작품에서 해체주의적 사고의 편린을 읽어 내는 비판을 당연한 것으로 보이게 만든다. 실제로 『토지』는 역사소설의 외양을 취하면서도 역사적 사건이라고 할 만한 것은 직접 취급하지 않는다. 그 사건을 직간접적으로 겪은 이들의 체험 속에 스며들어 있는 것만큼만 소설 속에 용해해 내는 것이다. 각 부의 맨 첫머리에 역사적 사건이 있었다고 가정되지만 정작 서술되거나 묘사되는 것은 그 사건의 파문이라 할 수 있는 사람들의 동향만 보고하는 것이다. 이 때문에 『토지』의 사건 구성은 0— 0— 0— 0— 0—과 같은 형태가 된다. 역사적 사건으로서 0은 속이 비어 있고 그로부터 번져 나오는 파문이라고 할 수 있는 — 부분만 실제 형상화의 대상이 되는 것이다. 이러한 양태는 작품 전반부의 사실주의적 서술까지도 일종의 해체에 가까운 것이라는 인상을 주기에 알맞다. 그러나 1, 2부의 밀도 있는 사건 서술에 비해 3, 4, 5부의 말씀과 대화의 번성은 이 소설 전체를 삽화적 구성으로 볼 수 있는 여지를 제공한다. 이 삽화적 구성에서 가장 큰 문제가 되는 것은 당연히 플롯의 완결 문제이다. 사건들이 어떤 인과적 관계를 가지고 연결될 때, 그리하여 개연성을 획득할 때 완결의 문제가 해결되는 것이라고 하면 『토지』는 분명히 크나큰 결함을 가지고 있는 것으로 간주될 수 있다. 츠베탕 토도로프의 서술명제 이론은 그 결함 여부를 판단하는 데 시금석이 된다.

서술명제는 다섯 단계로 제시되었지만 최초의 안정된 상황과 마지막의 새로이 안정된 상황은 자세히 묘사될 필요가 없다. 그러므로 실제로 작품의 분석에서 중요한 것은 힘의 작용-불안정한 상황-반동의 힘 이 세 가지이다. 『토지』에서는 1부에 일본 군대의 말발굽 소리와 샤벨 소리가 간략하지만 함축적으로 묘사되고 있어서 힘의 작용이 어떻게 이루어졌는지 묘사되었다. 그 힘의 작용에 의해 이루어진 불안정한 상황은 일제 강점기 내내 지속된다. 비록 겉으로는 치안이 확립되었다고 태평천하를 외치는 사람이 있었는지 모르지만 조선인의 의식 속에서는 일본인은 근본적으로 침략자이고 언젠가는 이 땅에서 몰아내어야 할 존재이므로 그 상황은 불안정한 상황이다. 그런데 이 상황을 새로이 안정된 상황으로 바꾸는 힘은 어디에서 나오는가. 이 반동의 힘이 실제로 존재하지 않은 채 해방이 이루어졌다면 작품의 맨 마지막에 작가가 "끝" 자를 썼다고 할지라도 소설은 아직 완결되지 않은 것이다. 그런 측면에서 돌아보면 소설에서 반동의 힘이 묘사되기에 적합한 장소, 묘사되어야 마땅할 장소는 4부와 5부이다. 1부와 2부는 침략군이 몰려와 자리를 잡는 형세이고 3부는 중간 자리에 있으므로 아직 불안정한 상황이라 해야 할 것이며 반동의 힘이 나타날 개연성은 작품 후반부에 있을 가능성이 높기 때문이다. 그러나 4부와 5부에서 표현되는 것은 사람들의 끝이 없는 주절거림과 웅성거림, 비탄, 목숨을 지키기 위해 숨을 장소를 찾는 궁색한 모습뿐이지 않은가. 어디에 일본 제국의 군대를 물리치고 새로이 안정된 상황을 창출할 힘이 숨어서 작용하고 있단 말인가. 더욱이 사람들의 대화와 말씀, 비탄, 한탄, 담론은 일관되지도 않고 뚜렷한 주조를 형성하지도 못한다. 그저 그렇고 그런 따분한 일상의 대화가 길고 길게 이어지든가 자신의 신세를 개탄하는, 죽지 못해 사는 세월에 대한 한탄과 주절거림이 있을 뿐이지 않은가.

그런데 여기에 반전이 있다. 소리는 파동에 그치는 것이라 할지라도 힘을 갖는다. 성자실상(聲者實相)이란 말을 떠올려도 무방하다. 그렇기에 말은 영성의 표현으로서 일종의 사건이다. 말로 표현되는 관념 또한 영성의 힘을 갖는 사건이다. 일반적으로 말해서 대화는 의식들 사이에서 일어나는 살아 있는 사건이다. 우리는 실제로 어떤 계획을 실행에 옮김으로써 일의 성취를 도모하기도 하지만 말로써, 대화로써 의견을 나누고 힘을 합쳐서 새로운 세계를 설계하기도 하고 실현하기도 한다. 그 점에서 말과 관념은 사건으로서 소설에 묘사될 수 있다. 그렇지만 사건으로서의 관념이나 말이라 할지라도 그것이 현실적 힘으로 전환될 수 있는가. 보릿대를 산같이 쌓아 놓아도 늙은 쥐 한 마리를 잡지 못한다는 말이 있지 않은가. 더욱이 『토지』에서 말씀과 대화는 서로 방향성이 다르고 각자의 처지에 따라 입장이나 관점의 차이가 있다. 세계를 보는 안목이 다르고 뜻하는 취지가 일관되지도 않다. 중구난방의 말씀들, 큰 흐름을 형성하지 못하고 표류하는 의식들. 『토지』 후반부에서 사건들은 깨알 같이 조그맣다. 작품을 읽은 사람이라 할지라도 그런 사건이 있었는지조차 까맣게 잊어버릴 정도로 하잘것없고 하찮은 사건들이 사람들의 입에서 입으로 전해진다. 그 분량이 거의 책의 절반 이상인 10여 권이다. 어지간한 인내심이 아니라면 독서를 중도작파하기에 딱 알맞은 규모다. 그렇지만 일화거리라고 딱지 붙이기에 알맞은 이 에피소드들, 삽화들을 하나로 엮어서 대들보나 기둥으로 만들 수는 없을까. 이 점에 상도하면 지금까지 우리가 해 온 작업은 기본적으로 플롯의 통일, 행동의 통일 이론에 입각하고 있었음을 자각할 수 있다. 말씀이나 관념이 사건이 될 수 있음을 인정하면서도 그것들을 통일하는 실제적 방법에 대해서는 모르쇠 해 왔던 것이다. 그렇다면 말씀과 대화, 비탄과 주절거림과 중구난방의 담론들을 하나로 엮어서 통일하는 방법은 무엇인가. 안트완느 후다르 드 라 못트라는 18세기 프랑스의 비평가는 그것을 관심의 통일이라고 명명했다.

관심의 통일은 기왕의 플롯의 통일이나 행동의 통일 개념을 가지고 처리하기에 어려운 현상이 작품에 자주 나타나는 데 말미암아 17세기에 처음 생겨난 이론이다. 아리스토텔레스의 플롯의 통일 이론은 처음-중간-끝이라는 시간적 계기를 중심으로 구축된 이론이다. 그 점에서 플롯의 통일 이론은 작품에 객관적으로 주어진 것을 대상으로 하고, 행동의 통일 이론은 감상자의 체험에서 재구축된 행동의 전개를 주안점으로 삼는다는 차이점만 있을 뿐 기본적으로 동일한 이론이다. 그러므로 플롯의 통일과 행동의 통일은 깊이의 차원에서만 상이하다. 이에 비해 관심의 통일은 시간적 계기만으로 판단하기 어려운, 주 플롯과 여러 개의 부플롯, 보조플롯, 불협화음이 공존하는 경우가 증대하는 데서 연원한다. 17세기의 사회적 변화는 주 플롯만이 아니라 부플롯과 보조플롯, 불협화음이 이전에 비해 훨씬 더 번창하는 계기를 제공해 주었다. 그러한 상황에서 시간적 계기만으로 측정할 수 없는, 동시 병존하는 행동들을 공간적 계기를 통해 포착하고자 한 것이 관심의 통일 이론이다. 그런 의미에서 라 못트는 관심의 통일이 '감상 체험 속에서 생성해 가는 의미의 초점'이라고 보았다. 그러나 관심의 통일은 일종의 초점 맞추기로 보는 편이 훨씬 효율적이다. 대상에 밀착해서 보는 것이 아니라 그와 일정한 거리를 두고 바라보면 표층에 나타나지 않았던 대상이 모습을 드러내는 것과 같은 원리다. 하나의 사례를 들어 설명하면 어떤 요술그림은 겉모양이 호수 위를 헤엄치는 백조의 그림인데 10센티미터 정도 눈에서 떨어트려 놓고 거기에 눈의 초점을 맞추어 바라보면 그림 속에 도끼를 든 산적이 나타난다. 관심의 통일은 이와 동일한 이치다. 작품을 가지고 이야기하면 에우리피데스의 「트로이의 여인들」은 동일한 초점거리에 있는 사건들이 눈처럼 차곡차곡 쌓여 슬픔을 극대화하는 작품이다.

아리스토텔레스는 이러한 비극, 슬픔이 차곡차곡 쌓이는 비극이 비극 가운데서도 가장 비극적인 비극이라고 말한 바 있다. 『토지』

의 4, 5부의 사건들도 동일한 원리가 작동하는 내용이다. 겉으로 볼 때와는 달리 심층에서 바라볼 때에야 하나의 거대한 움직임이 포착되는 사건들이다. 그 사건들은 행동을 통해서 일어나는 것이 아니라 사람들의 말씀과 대화, 담론 등을 통해서 일어난다. 그것들, 말씀과 대화와 담론들은 1부에서는 거의 주목의 대상도 되지 않지만 2부에서는 나름으로 중요성을 갖는 요소가 되며 3부에서는 민족 문제, 민족의식이란 주조가 형성되고 4부와 5부에서는 일종의 '말씀의 바다'를 이룬다. 그 말씀의 바다 속에는 지식인들의 변설도 있지만 밑바닥 생활에 지쳐 숨이 넘어가는 민중의 비원도 들어 있고 생명의 영성에 대한 깨달음도 한 자리를 차지한다. 『토지』에서는 그 말씀과 대화와 변설과 담론들이 점차 힘을 증가시켜 현실을 변화시키는 세력이 되는 것이다. 다만 그 힘은 외적 행동에만 주목하는 사람에게는 주목받지 못하지만 전체를 통람하는 시각에서는, 관심의 통일에 의해서 사태 전체를 파악하는 입장에서는 명확히 하나의 힘의 패턴이 된다. 눈이 차곡차곡 쌓여 세상을 덮듯이 말씀과 대화와 담론은 작품 속에 차곡차곡 쌓여서 실제적인 힘을 행사하는 실체가 되는 것이다. 그 힘의 행사가 『토지』에서는 불안정한 상황을 안정시키려는 반동의 힘의 작용이다. 그 힘의 작용이 있었기 때문에 『토지』의 대단원은 개연성의 법칙을 충족시키면서 막을 내릴 수 있었던 것이다. 그러나 그 개연성의 법칙을 납득하기 위해서는 1부에서부터 5부까지 전개된 말씀과 대화와 담론과 비탄들의 양상을 파악하는 일이 전제가 된다.

1부에서는 몇몇 지식인들의 대화 속에서만 존재를 드러냈던 담론들은 2부에 가서는 다양한 집단들의 활동과 연계해서 점차 그 비중이 증대된다. 그 양상은 3부에 가면 질적인 변화를 가지게 된다. 물리적 움직임에 비견할 수 있을 정도로 말씀과 대화와 담론의 비중이 커지고 그것들의 성격 자체가 바뀌는 것이다. 그 변화의 핵심은 다양한 담론들이 중심적인 사안이 되는 민족 문제에 대한 담론들로 질적 변화를 가짐으로써 형성된다. 물리적 움직임인 행동은 중심 흐름이 흩어지는 데 반해서 담론들의 전개에는 어느새 새로운 중심이 만들어져 가고 그것이 부피를 키워 가는 것이다. 이와 같은 변화는 자연히 행동이라는 물리적 움직임과 말씀과 대화와 비탄과 담론들이라는 정신적 움직임 사이에 주도권이 교체되는 사건을 빚어낸다. 다시 말해서 사람들의 행동으로 표현되었던 물리적 움직임은 잦아들고 그것을 대신해서 슬픔과 비탄과 주절거림과 담론과 정신적 깨우침의 비중이 증대되어 가는 양상이 빚어지는 것이다. 이러한 작품 구성의 요소들 사이에서 일어난 비례의 질적 변화는 작품의 성격 자체를 바꾸어 놓는다. 물리적 움직임이 중심이 되는 힘의 패턴에서 말씀과 대화, 담론으로 구성되는 정신적 움직임이 중심이 되는 힘의 패턴으로 변화가 일어나는 것이다. 이와 같은 변화는 4부와 5부에 이르면 물리적 움직임은 깨알 같은 사건들을 빚어 놓는 데 그침에 반해서 정신적 움직임은 바다와 같은 도도한 흐름을 형성하는 데로 발전한다. 이러한 상태를 지각하게 되면 독자는 지금까지 자신이 가져 왔던 각 부분에 대한 느낌을 바꾸어야 할 필연성을 자각하게 된다. 물리적 움직임에 근간을 둔 1, 2부의 사건 진행에서 정신적 움직임이 상대적으로 미미하고 왜소했다면 대화와 담론이 넘쳐 나는 3, 4, 5부의 전개에서는 정신적 움직임에 비해 물리적 움직임이 미약하고 소극적인 자리를 차지한다는 깨달음을 가질 수 있게 되는 것이다. 이와 같은 변동은 자연히 어느 한쪽에 절대적인 비중을 둘 수 없고 상대적인 관계로 그것들을 파악해야 한다는 사실을 알려 준다. 이에 따라 작품을 전체적으로 보면 극도의 긴장 상태에서 이완된 상태로의 흐름이 있는 반면에, 혼돈된 상태에서 주류가 생기고 그 주류의 힘이 증폭되는 상태로의 변화가 동시적으로 진행된다. 이 상태는 태극의 형태, 음의 한가운데 양이 있고, 양의 한가운데 음이 있는 음양 이론을 통해 가장 잘 설명될 수 있다. 음 속에 양이 있고 양 속에 음이 있는 태극에 대한 다음의 설명은 그 양태를 잘 보여 준다.

> '음(陰)'(여성적이고 어둡고 수동적인 것)과 '양(陽)'(남성적이고 밝고 적극적인 것)은 서로 반복된다. 음은 양 때문에 존재하고 양은 음 때문에 존재하며, 세상이 현재 음의 상태에 있으면 곧 양의 상태가 도래할 것이라는 징조이다. 자연과 사람이 공존하는 '길'을 의미하는 도(道)의 상징은 흰색과 검은색 물결의 형태를 띤 두 힘으로 이루어져 있다. 그런데 자

세히 보면 검은색 물결은 흰 점을 품고 있고 흰색 물결은 검은색 점을 품고 있다. 이는 '진정한 양은 음 속에 존재하는 양이고, 진정한 음은 양 속에 존재하는 음이다'라는 진리를 나타낸다. 음양의 원리란 '서로 반대되면서 동시에 서로를 완전하게 만드는 힘', '서로의 존재 때문에 서로를 더 잘 이해할 수 있는 힘'의 관계이다.[01]

인용문의 필자는 『역경』, 『도덕경』 등 동아시아의 경전들을 원용하여 음양의 원리를 설명하고 있다. 예컨대 "무거운 것은 가벼운 것의 근원이며, 움직이지 않는 것은 모든 움직이는 것들의 근원"이라는 사실, "무언가를 구부리기 위해서는 먼저 그것을 펼쳐야 하고, 무언가를 약화시키기 위해서는 먼저 그것을 강화시켜야 하며, 무언가를 제거하기 위해서는 먼저 그것을 풍성하게 하여야 하고 무언가를 취하기 위해서는 먼저 그것을 주어야 한다"는 원리를 들어 음양 이론을 설명하고 있다. 『토지』에서 이러한 원리는 작품 구성의 토대가 된다. 물리적 움직임과 정신적 움직임의 관계도 그 원리의 응용편이라고 할 수 있다. 그러므로 이 원리를 이해하는 사람에게 『토지』 1부의 극도에 이른 긴장은 5부의 극도에 이른 이완과 대극을 이루면서 하나가 된다. 그 끊임없는 운동 속에서라야 낱낱의 움직임은 그 의미를 지닌다. 4부, 5부의 담론의 번성은 1부, 2부의 긴

01 리처드 니스벳, 『생각의 지도』, 최인철 옮김, 김영사, 2004, 39-40쪽.

장감을 통해 극성에 이르고 1부, 2부의 물리적 움직임은 4부, 5부의 이완된 전개를 통해 긴박감이 한층 더 증대되는 것이다. 작품 전체를 보아야 『토지』가 빅뱅의 사건에 대한 재현이라는 사실을 납득할 수 있다는 것은 그에 말미암는다. 작가는 이 상극의 효과를 극대화하기 위해서 초반부에서는 행동의 통일 원리에 기반을 두고 작품을 구성했고 후반부에서는 관심의 통일 원리에 기반을 두고 작품을 구성한 셈이다. 그 서로 다른 통일 원리는 아나톨 프랑스의 『타이스』처럼 모래시계 모양으로 힘이 오고 가게 하는 거래관계를 만들어 준다.

이렇게 『토지』에는 행동의 통일 원리에 준하는 통일성과 관심의 통일 원리를 적용해야 포착되는 통일성이 공존한다. 이렇게 행동의 통일과 관심의 통일이 같이 들어 있는 경우 그것은 관심의 통일 원리를 지닌 작품이라 해야 마땅하다. 행동의 통일은 관심의 통일을 감쌀 수 없음에 반해 관심의 통일 원리는 행동의 통일을 포괄할 수 있기 때문이다. 이와 같이 3부, 4부, 5부에는 삽화적인 에피소드들이 산처럼 집적되어 있지만 그것을 관심의 통일 이론에 따라 하나의 힘으로 포착하면 이제 우리는 빅뱅의 사건으로서 『토지』를 바라볼 수 있는 고지에 설 수 있다.

대화와 말씀, 삽화적 사건들로 채워진 『토지』의 후반부는 사건으로서의 관념과 말씀이란 성격을 지닌다. 그 삽화적 사건들이 관심의 통일, 초점 맞추기에 의해 하나의 힘이 되어 반동의 힘으로 작용한다는 것을 이해해야만 우리는 『토지』의 통일성을 말할 수 있고 빅뱅의 사건으로서 작품을 한눈에 포착할 수 있다. 그러나 여기에는 한 가지 부대조건이 있다. 그것은 밤하늘의 별들처럼 흩뿌려져 있는 사건들이 어떻게 완결될 수 있는가 하는 물음에 대한 대답이 있어야 하는 것이다. 통상 대하소설은 무수한 시내와 하천들, 강물들이 합수(合水)되는 지점에 댐을 만듦으로써 사건의 단락을 이루어내며 그것을 통해 대단원에 이른다. 모든 행동이 그 댐에 의해 일거에 중단되면서 사건의 전개에 획을 긋는 것이다. 하지만 하늘의 무수한 별처럼 제각기 자기 자리에서 빛나는 삽화들에 어떻게 끝맺음을 줄 수 있는가. 하나의 에피소드가 끝났다고 할지라도 다른 에피소드들은 여전히 끝막음을 기다리고 있고 또 하나가 끝났다고 할지라도 더 많은 에피소드들은 여전히 지속되고 있기 때문이다. 이러한 곤경에서 문제를 일소하는 방법은 전통적으로 '데우스 엑스 마키나'의 수법을 동원하는 방법이다. 기계를 타고 나타난 신에 의하여 모든 행동을 중단시키고 해결을 하도록 하는 것이다. 그러나 과학의 시대인 21세기에 기계신의 강림을 누가 얼마나 수긍할 것인가. 여기 이 궁경에서 작가가 동원한 수법은 데우스 엑스 마키나의 일종이면서도 합리성을 존중하는 아이티온(aition)의 기법이다. 아이티온이란 역사적 기념물을 데우스 엑스 마키나로 쓰는 기법을 가리킨다. 해방이란 기념물은 역사적으로 실재하는 사건이기 때문에 그 존재를 아무도 부인할 수 없는 것이면서 그 효과는 기계신의 역할과 동일한 것이다. '도둑처럼 온 해방'이란 말은 그 사태를 나타내기에 적합하다. 모든 것이 단번에 끝나고 그것이 끝났다는 것을 아무도 부인할 수 없는 사건 종결의 방법인 것이다. 이와 같이 독창적인 창안에 의해 작가는 『토지』란 작품을 완결 지었다.

그렇다면 『토지』의 작가는 작품을 지으면서 독자가 빅뱅의 사건을 체험할 것을 예기했는가. 여기에는 긍정적으로 답할 수 없다. 왜냐하면 작가가 자신의 작품을 피라미드 형태로 간주하고 있었다는 증거가 여러 군데서 드러나기 때문이다. 예컨대 "위에서 아래로 내려올 때 하나가 여럿이 된다"고 말했을 때 거기에는 피라미드를 원형으로 한 사고의 모델이 나타난다. 더욱이 『토지』가 끝나 갈 무렵 작가는 여러 곳에서 직접 피라미드를 언급하면서 사람의 삶이나 작품을 그와 연결시키고 있다. 그럼에도 불구하고 피라미드보다 빅뱅의 사건으로서 『토지』를 이야기하고자 하는 원인은 나변에 있는 것인가.

주지하는 사실로서 독자의 독서 체험은 자신이 지니고 있는 생활 체험이나 지식의 정도에 따라서 일정한 영향을 받는다. 필자는 『토지』를 읽기 전에 스티븐 호킹의 『시간의 역사』와 하이젠베르크의 『부분과 전체』 등의 과학교양서를 몇 권 읽은 적이 있다. 특히 스티븐 호킹의 책은 흥미 있게 읽었는데 그 지식이 『토지』를 읽을 때 알게 모르게 작용하여 빅뱅의 사건을 감동 깊게 체험할 수 있게 해 주었다. 스티븐 호킹은 빅뱅을 이렇게 설명하고 있다. 우주가 탄생하기 전에 우주의 전 질량은 한 점에 모여 있었다. 그런데 그것이 균형을 잃으면서 특이점이 형성되었다. 그 특이점에서 우주는 중력의 힘을 이기지 못하여 안으로 부글부글 끓게 되었다. 그리하여 대폭발, 빅뱅이 일어나게 되는데 폭발을 했음에도 불구하고 폭발의 불덩이와 빛은 중력에 갇혀 밖으로 탈출을 하지 못한 채 30만 광년을 보냈다. 그런 다음에야 불덩이와 빛은 비로소 밖으로 탈출하게 되지만 폭발의 원심력과 중심의 중력에 의한 구심력의 상호작용으로 불덩이는 곧게 뻗어 나가지 못하고 태극 모양처럼 나선을 이루면서 선회하는 형태를 띠게 되었다. 그 선회가 지속됨에 따라 우주에는 안드로메다 성운이나 큰곰자리 소우주, 은하계와 같은 별들의 집단과 블랙홀 등이 생겨났고 그 뒤에도 항성과 행성이 생겨나는 과정이 연속되면서 폭발의 여진은 지속된다. 우리가 밤하늘에서 볼 수 있는 무수한 별들은 지금도 넓은 우주공간으로 계속 확대되는 중이라는 것이다. 이러한 지식이 스티븐 호킹의 빅뱅에 대한 설명에서 얼추 얻어들은 내용이다. 그로부터 10여 년이 지난 뒤 과학자들에 의해 인플레이션 이론이 주장되는데, 대폭발로부터 얼마 지나지 않은 시점에서 한순간에 우주는 거의 지금의 크기로 확대되었고 그 이후에는 우주 확장의 속도가 예전 같지 않다는 것이다. 이것이 내가 가지고 있던 빅뱅의 사건에 대한 짧은 과학지식이었다.

그런데 『토지』를 읽고 나서, 작가는 도대체 무슨 이야기를 하려고 작품을 이렇게 만들었는지 깊이 생각하던 도중에 바로 이 이미지를 목도하게 된 것이다. 그 이미지는 참으로 감격스러운 장대한 스펙터클이었다. 중력의 힘을 이기지 못해 부글부글 끓던 우주가 마침내 대폭발을 했으나 폭발의 원인이 되었던 바로 그 중력 때문에 빛과 불덩이, 에너지가 밖으로 탈출을 하지 못하고 극도의 긴장 상태를 이루고 있는 내용은 『토지』 1부와 똑같았다. 1부 초반에 최서희가 아버지의 압력을 이기지 못해 메스꺼움을 느끼고 헛구역질과 딸꾹질을 하던 것은 특이점에서 부글부글 끓는 장면과 똑같고 1부 마지막에 의병 봉기를 한 평사리 사람들이 여러 경로를 통해 대탈출을 시도하는 것은 마침내 중력의 힘에서 벗어난 빛과 불덩어리들이 제멋대로 밖으로 뛰쳐나와 나선을 이루면서 곡선의 형태로 뻗어 나간 장면과 똑같았다. 그러니까 1부 전체는 불덩어리와 빛이 중력에 의해 갇혀 있던 것과 동궤적이다. 또한 인플레이션 이론이 설명하는 갑작스러운 우주의 확대는 2부와 동일한 내용이었다. 1부에서는 평사리에서만 빙빙 돌던 사람들이 2부에 이르러서는 저 넓은 만주와 시베리아, 중국 등지로 활동무대를 넓힌 것과 대동소이한 것이 인플레이션 과정인 셈이다. 3부는 나선상의 선회를 하면서 밖으로 뻗어 나간 불덩어리들이 군데군데 성운이나 은하계, 블랙홀을 만들어 놓는 광경인데 그것은 열매처럼 군데군데 소설의 무대가 자그마하게 만들어진 것과 똑같았으며 끝 간 데까지 뻗어 나가 정지한 듯 숨죽이고 반짝거리기만 하는 현재의 별들의 모습은 바로 4부와 5부의 이미지 그대로였다. 그리고 우주에 경계선을 긋

기라도 하듯이 조그맣게 깜박거리는 별들의 외곽으로 휙 둘러쳐진 아이티온의 선분은 바로 지평선 위로 떠오른 밤하늘의 우주 모습 그대로였다. 이 우주적 스펙터클을 마주한 감격은 숭고미의 극치여서 무어라 필설로 다할 수 없는 장관이었다. 이 숭고한 스펙터클을 체험한 뒤 『토지』의 모든 것이 필자에게 요연해졌다. 모든 이유가 납득되고 스스로 자명한 것이 되었다.

작품의 전체상을 포착함으로써 왜 그렇게 요연하게 작품을 이해할 수 있게 되는지는 필자 또한 모른다. 그렇게 되었을 뿐이다. 이런 상태가 되니 다른 사람의 『토지』에 대한 설명에 대해서도 쉽게 납득이 되었고 공감을 가질 수 있었다. 여기서 다섯 번째 읽기의 방법을 설명하는 일이 필요하겠다. 그것은 다른 사람의 의견에 대해서 가능한 한 많이 접하고 근본적으로 관대해지라는 것이다. 다른 사람의 의견은 내 생각의 지평을 넓히는 데 도움이 되는 것이고 어떤 편향이 있다면 그것은 그것대로 나름의 이유를 갖는다는 관대함, 넓은 도량을 가질 필요가 있기 때문이다.

지금까지 이 책에서 제시한 다섯 가지 읽기 방법을 정리해 보자.

첫째: 집중하라. 나의 존재를 완전히 잊고 대상과 하나가 될 정도로 작품에 몰입할 필요가 있다. 그 상태에서 집중은 대상에 대한 직관, 깨우침을 가능하게 해 준다. 이때 얻어지는 직관적 깨우침은 주관과 객관이 나뉜 뒤의 직관보다도 객관 주관이 분리되기 이전의

즉관을 목표로 해야 한다.

둘째: 다시 읽기를 수행하라. 다시 읽기는 작품을 두 번 읽는 것을 말하지 않는다. 이 일에서 요건은 구조 전체를 대상으로 하는 작품 읽기여야 한다는 것이다. 그 요건은 운동에 관련된 다음의, 세 번째 방법의 중요성을 더욱 부각시킨다.

셋째: 운동에 주목하라. 작품이 취하고 있는 겉모습에 현혹되지 말고 변화가, 움직임이 어떻게 이루어지는지 살펴야 한다. 형태를 버리고 움직임을 취한다는 뜻의 사형취상(捨形取象)이라는 개념은 아마 이 세 번째 사항이 읽기 방법에서 가장 중요한 항목이기 때문에 만들어진 용어라고 생각된다. 상(象)은 순수운동을 뜻한다. 그것은 한 지점에서 다른 지점으로 이동하는 사물이 아니라 "두 개의 사물 사이에서 나타나면서도 두 사물에 관계되지 아니하는 순수한 운동"이다. 필자가 『토지』의 상(象)을 획득한 행운은 작품 속에서 일어나는 운동에 주목하면서 왜 그러는지도 모르는 상태에서 그 순수한 운동에 착목하게 되었고 컴퓨터 게임에 대한 체험이 있었던 관계로 자신도 모르게 순수한 운동이 만들어 내는 패턴이나 전체상에 집중하면서 깊이 이미지 현상학을 실천한 덕택이라고 생각한다.[02]

02 가스통 바슐라르의 이미지의 현상학에 대해서 필자는 다음과 같이 정리한 바 있다. "이미지의 현상학은 말 그대로 이미지가 생성되는 현상에 대한 고찰이다. 바슐라르는 이미지의 현상학을 때로는 상상력의 현상학이라고도 표시한다. 바슐라르가 이미지의 현상학이란 개념으로 무엇을 뜻했는가는 『공간의 시학』 머리말에 대강(大綱)이 나타나 있다. 그는 먼저 현상학자가 '시적 이미지를 읽는 순간에 이미지에 현전(現前), 현전해야 할 따름이다.'고 말하여 이미지를 다른 것들과 혼합하지 않고 있는 모습 그대로의 이미지에 집중해야 하며 그 이미지 속에서 울림을 체험해야 한다고 주장한다. 곧

넷째: 부분의 관계성을 고려하라. 모든 사물은 관계들의 복합이다. 작품이 관계의 복합이란 것을 인정하면 전체의 균형을 잡고 부분 간의 조화를 획득하기 위해 작가가 창안하고 고안한 것이 무엇인지 파악하는 것은 그리 어렵지 않다. 그리고 그 창안의 고리를 찾으면 작품을 요해할 수 있는 단서는 이내 손에 들어온다.

다섯째: 다른 의견을 존중하라. 다른 사람이 보고 느끼고 생각한

'시적 이미지가 인간의 마음, 영혼의, 존재의 직접적인 산물로서 의식에 떠오를 때, 이미지의 현상을 연구'해야 한다는 것이다. 이 관점은 왕부지의 '현량설'과 일정하게 대응한다. 두 번째로 바슐라르가 말하는 것은 한 이미지가 '정신 전체의 응축'으로 되는 현상, 그 영혼의 빛에 대해 몽상하는 일이다. 이것은 특히 한 시작품 전체가 아니라 개별적인 시적 이미지를 성찰할 때 필요한 방법이다. 셋째로 바슐라르가 주장한 것은 시적 이미지에 대한 반향과 울림의 구분이다. 예술작품을 접했을 때 수용자가 받는 느낌에는 두 차원이 있다. 곧 표면적인 것, 감각적인 것에 대한 오관을 통한 느낌이 그 하나이고 본질적인 것, 감동적인 것에 대한 혼의 울림이 다른 하나이다. 바슐라르는 전자보다 후자가 시적 이미지의 현상에서 중요하다고 보는데, 이와 같은 혼의 울림이 가능한 것은 작가의 상상력이 지닌 성실성과 독자의 상상력이 지닌 성실성이 만나 공명을 일으키기 때문이다. 이 양태를 바슐라르는 통주관성이라고 말한다. 이미지가 현상한다고 했을 때 그것은 주관적인 것일 수밖에 없다. 통주관성의 개념이 시사하듯이 울림에 의해 작자와 독자 사이에 공명하는 상태가 발생할 수 있지만 그것 역시 주관에 따른 이미지의 변용일 따름이다. 그러므로 비평가-이미지의 현상학자는 상상력이 가져오는 모든 부분을 똑같이 배려하는 것이 아니라 울림을 가져오는, 통일적인 움직임 속에 있는 이미지의 생성에 집중해야 한다. 이미지의 생성에서 여가작용이 고려되어야 하는 것은 이 때문이다. 그렇다면 여가작용에 의해 변모해가는 이미지의 현상을 고찰하는 데는 어떤 방법이 적용되어야 하는가. 바슐라르는 이미지가 우리들을 일정한 방향으로 이끌어가는 역동적 유도에 순연하게 몸을 맡겨야 한다고 본다. 혼의 울림을 가져오는 이미지의 현상에 대하여 철저히 겸손한 모습으로 따라야 한다는 것이다. 이 역동적 유도개념은 이미지의 현상학에서 가장 중요한 개념이다. 바슐라르에 있어서 역동적 유도에 몸을 맡기고 따른다는 것은 작품에 대한 직관적 이해와 동일한 의미를 지닌다. 그것은 울림과 여가작용의 상관관계 속에서 이미지의 생성을 포착하는 일이다", 졸저, 『문학의 통일성 이론』, 서정시학, 2013, 559-560쪽. 곽광수에 따르면 "이미지의 역동적 유도는 작자의 상상력에 의한 독자의 상상력의 예민화의 정도를 가리킨다." 그러므로 이미지는 작자가 독자에게 전해 주는 것이 아니라 "독자에 의해 작자의 '지향적인 축'의 방향으로 증폭되는 것이다." 이런 측면을 고려하여 질베르 뒤랑은 이미지의 현상학의 특징을 증폭적이라고 형용한다. 취상법이 이미지의 현상학과 매우 흡사한 방식이라는 것은 여기서 엿볼 수 있다. 사형취상이란 말은 그 증폭적인 특성을 핵심적인 내용으로 포괄한다. 곽광수, 『가스통 바슐라르』, 민음사, 1995, 99-101쪽 참조.

것을 나의 사유를 발전시키기 위한 동력원으로 삼아야 한다. 분명히 상대방의 오류라고 생각되는 것도 나의 편향을 시정하기 위한 자료로서는 매우 큰 가치가 있다.

2. 인물론

『토지』는 한말로부터 해방에 이르는 긴 시간의 역사를 소재로 한 소설이면서도 전위문학에 뒤지지 않는 엄청난 문학적 실험을 통해 문학의 새로운 가능성을 모색하고 있는 작품이다. 역사를 소재로 했다는 사실에 방점을 찍을 때 『토지』는 역사소설이 되는 것이지만 역사소설로서도 『토지』는 특이한 성격을 지닌다. 곧 작품 자체가 현대 대한민국의 성립 과정을 주제로 삼음으로써 소설은 대한민국의 기원신화, 민족서사시로서의 가치를 실현하고 있다. 이 사실이 의미하는 것은 『토지』가 단순히 역사적 진실을 형상화하는 데서 멎지 않는다는 점이다. 지금 이 시대를 살고 있는 사람들이 어떻게 살아야 할 것인가를 문제로 제기하여 그 해답을 치열하게 추구한 작품이 되고 있는 것이다. 기원신화라든가 민족서사시라는 명칭을 거기에 부여하는 것은 그런 의미에서 작가의 추구가 이룬 성과에 대하여 깊이 공감하는 일이다. 뿐만 아니라 『토지』는 소설사적으로도 기념비가 될 만한 문학적 실험을 수행하고 있다. 당연히 형상화의 대상이 됨 직한 사건을 미뤄 두고 그 변두리를 두드려 현실 효과를 내는 수법을 사용하는 모험을 단행하고 있는 것이다. 그 모험은 기법적 차원의 실험에 그친 것이 아니다. 그 모험 자체가 주제사상의 형성에서 의미 있는 자리를 차지하는 실재의 내용이 되는 방식을 사용하고 있다. 이 점에서 『토지』는 어떻게 살아야 할 것인가 하는 물음에 대해서 현대인에게도 깊은 교훈을 주는 작품이 되었을 뿐 아니라 작품의 내용과 형식이 혼연일체 하나로 되는 방식을 새롭게 시도하고 있다. 박경리는 서술기법에 관해 이야기하는 자리에서 구성이 작품의 테두리라고 생각하는 것은 안이한 생각이고 그것은 문장 한 행 한 행 속에 배어 있어야 한다고 말한 적이 있다. 이 관점은 형식의 실험이 실재의 내용으로 되는 방식과 표리의 관계를 이룬다. 『토지』에서는 인물과 주제사상의 관련도 유사한 것이라고 할 수 있다. 인물은 인물이고 주제사상은 주제사상인 것으로 분리되는 것이 아니라 인물의 형상화 속에 주제사상이 녹아 있고 주제사상은 인물 형상화의 한 방안이 되는 형태로 긴밀히 결부되어 있는 것이다. 작품의 서사구조에 대한 고찰을 토대로 인물에 대한 일별을 시도하는 이유는 그것이 사건의 형상화와 마찬가지로 주제사상의 형성과 긴밀히 관련되기 때문이다. 여기서는 인물을 세 가지 범주로 나누어 고찰하기로 한다. 하나는 최 참판가의 세 여인과 그 상대가 되는 남성 계열의 세 인물이다. 둘째로 『토지』의 인물 가운데 남다른 특색이 되는 아름다운 인물들에 대해 살펴보며 셋째로 악의 유형에 대하여 고찰한다. 이 세 범주는 임의적으로 설정된 것이라고 할 수도 있지만 인물에 대한 논의를 『토지』의 주제사상에 대한 이해로 이끌기 위한 방편으로 도출된 것이기도 하다.

『토지』는 역사소설이기도 하고 가족사소설이기도 하다. 가족사소설이라 할 때에 여러 가족사가 얽혀 있는 총체소설을 떠올릴 수도 있지만 여기서 우선적으로 문제 삼는 것은 최 참판가의 가족사이다. 그런데 이 가족사에서 특징적인 것은 남성 계열의 가족사가 중심이기보다 여성 계열의 가족사가 중심이라는 데 있다. 곧 윤씨부인, 별당아씨, 최서희로 이어지는 3대의 여인이 가족사의 중심에 놓이는 것이다. 이 3대의 여인을 중심으로 구성되는 가족사는 알렉산드라 콜론타이의 『3대의 사랑』을 떠올리게 만든다. 콜론타이는 자신의 작품에서 세 여인의 서로 다른 연애관을 보여 주고 있다. 예컨대 어머니 세대는 사랑하는 사람이 생기면 남편을 떠나는 게 순리라고 생각한다. 이에 비해 딸의 세대는 연인을 사랑하면서 남편도 사랑할 수 있다고 생각한다. 손녀 세대는 결혼에 전혀 제약받지 않으면서 좋으면 언제든 만나고 싫으면 언제든 떠나는 게 자연스럽다고 생각한다. 이 세 가지 사랑방식을 직접적으로 『토지』에 적용하려고 하면 잘 들어맞지 않는다. 그 이유는 관습이나 문화적 조건이 다른 데 원인이 있는 것이라고 생각된다. 그럼에도 불구하고 둘의 연관을 생각하는 것은 작가가 여러 작품에서 『3대의 사랑』을 수차례 언급하고 있을 만큼 알렉산드라 콜론타이에게서 깊이 영향받고 있기 때문이다. 또한 『토지』가 『춘향전』의 패러디라는 것까지 감안하면 얼추 그 관련이 이해될 수 있을지 모른다. 『토지』의 광대한 시공간을 압축하면 『춘향전』이 되고 『춘향전』을 시간적, 공간적으로 확대하면 『토지』가 되는 것이다.

최 참판가의 여성 3대에서 그 사랑의 방식이 가장 명확하게 드러나는 것은 별당아씨의 경우다. 버젓이 남편을 놓아두고 사랑하는 사람과 도주행각을 벌였으니 그녀의 연애방식을 낭만적 사랑이라고 하여 크게 차질은 없을 것으로 보인다. 이에 비해 윤씨 부인과 최서희의 사랑은 모호하다. 윤씨 부인은 겁탈을 당한 뒤 목숨을 끊으려고도 했고 상대가 자신을 찾아올 것을 대비하여 은장도를 품에 감추기도 했으니 결기가 대단한 것처럼 보이기는 하지만 김개주가 효수를 당했다는 소식에 한 줄 눈물을 흘린 것을 보면 그 마음이 종국에 어디로 향했는지 알 수 없다. 자신이 최씨 집안에서 종살이를 했다는 그녀의 의식도 마찬가지 성격을 지닌다. 이와 같은 양상은 최서희에게서도 찾아볼 수 있다. 자신이 좋아하는 이상현에게 의남매가 되어 달라고 부탁했으니 두 사람 사이에 선을 그은 것은 분명하지만 박효영 의사의 죽음 소식에 눈물을 흘린 것은 그녀의 마음이 어느 곳을 지향하는지 알쏭달쏭하게 만든다. 최 참판가 여성 계열의 인물들은 이와 같지만 『토지』의 인물 형상화에서 더욱 문제적인 것은 남성 계열의 인물들이다. 우선 최 참판가의 가족사임에도 작가가 주로 관심을 두고 있는 것은 최 참판가 일족이 아니라 김개주-김환-김길상으로 계통 지어지는 바깥의 인물들이다. 이 세 인물 가운데서 독자에게 가장 강렬한 인상을 주는 것은 김개주이다. 동학혁명 과정에서 섬진강 변 백사장을 선혈로 물들였다는 전설 속의 인물, 작가 자신이 문학적으로 형상화될 수 있기를 바랐던 대표적 인물로 손꼽은 김개남의 소설적 의인화인 김개주는 그러나 작품 속에서는 신비의 존재다. 전봉준보다도 더 많은 군대를 거느리고 이르는 곳마다 압제자들의 목을 추풍낙엽같이 날려 버렸다는 그는 작가 자신에 의해 '수성(獸性)과 신성(神性)을 반반씩 지닌 것 같은 신비로운 모습'으로 묘사된다. 그가 소설 속에 구체적으로 모습을 드러낸 경우는 동학군을 이끈 장수로서 윤씨 부인에게 찾아간 것이 유일하다. 그 밖에 그에 대한 표현은 대부분 전언이나 회상에 의해 간접적으로 이루어진다. 이 점에서 그는 별당아씨와 같이 작품의 전면에서 숨겨져 있는 대표적 인물이다. 그러면 작가는 왜 이렇게 가장 중요한 인물들 앞에 가림막을 쳐 놓는 것일까. 이 질문에 대한 가장 간단한 대답은 그래야 신비로워지기 때문이라는 것이다. 동양에서는 전통적으로 있는 사실을 모두 묘사하지 않는다. "미완성의 형(形)에서 완전을 발생하고 결락(缺落)의 형에서 충실을 육성하는 발생형태", 표현은 간소하지만 그 속에 풍부해질 수 있는 가능성을 담고 있는 형체가 동양예술이 추구하는 경지다. 모두 다 표현해 버리면 표현된 바로 그 순간 그에 대한 흥미가 달아나 버리는 것이다.

김개주에 비해서 김환에 대한 표현은 많은 부분 사실적이다. 그러나 여기에도 독자가 상상력에 의해 메워야 할 부분이 많다. 김환의 이름자는 한자로 고리 환(環) 자를 쓰고 있지만 환상을 뜻하는 환(幻)으로 뜻을 새길 수도 있다. "삭발 안 한 비구요 투구 없는 장수"라는 비유는 그가 지닌 양면성을 잘 나타내 준다. 동학 세력을 규합하여 혁명을 추구하는 것이 '장수'의 특성과 어울리는 것이라고 하면 별당아씨에 대한 사랑과 부친의 죽음에서 비롯된 한과 허무의식에 시달리는 것은 '비구'의 특성과 어울린다. 그가 송화강가에서 몇 날 며칠에 걸쳐 김길상과 오르기(orgy)를 하는 것은 존재의 한을 풀기 위한 의식이기도 했지만 최 참판가 남성 계열의 계통을 이어 주기 위한 상징적 의례이기도 했다.

최 참판가 남성 계열 세 번째 인물인 김길상은 소설 초두부터 천수관음상을 조성할 재목으로 인정된다. 그가 살면서 겪는 사건들은 모두 그 길로 나아가는 과정에서 겪는 일들이라고 볼 수 있다. 그가 섬세한 감수성을 지니고 있고 늘 충심으로 사람을 대했다는 것은 사람들의 기대가 잘못된 것이 아니라는 것을 말해 준다. 그러나 그에게는 최 참판가 남성 계열의 한 사람이라는 지위가 주어진다. 그의 지위와 지향은 갈등을 일으키고 김환과의 오르기를 통해 자신이 나아갈 방향을 깨닫지만 신분적 이질감으로 인해 야기된 아내 최서희와의 쓸쓸한 관계는 끝내 개선되지 않는다. 고향으로 귀환하는 아내와 아이들을 등 뒤로 하고 간도에 남은 것은 그 쓸쓸한 관계에 말미암은 것이다. 김길상은 계명회 사건으로 옥고를 치르고 나온 뒤 원력을 모아 관음탱화를 조성한다. 관음탱화는 김길상의 한 맺힌 삶의 표현일 뿐 아니라 한민족 전체의 한을 예술적으로 승화시킨 것에 해당한다. 그렇지만 김길상에 대한 소설적 형상화는 그에 대한 때 이른 재능 인정과 앞서가는 기대로 인해 전체적으로 생동감이 떨어진다. 먼 미래에 대한 기대가 현실의 묘사에 부정적으로 작용하고 있는 것이다. 관음탱화 조성에 대해서도 긍정적으로만 수용할 수 없게 하는 것이 그에 대한 지나친 예찬이다. 소설 전체로 보면 남성 계열 3대의 파란곡절이 예술로 승화되었다는 귀결이지만 그 속에는 자연스러운 생동감보다는 인위나 인공의 느낌이 지워지지 않고 남아 있다.

『토지』에는 특히 아름다운 사람이 많이 나온다. 아름다운 사람이란 미모를 지닌 인물을 가리키는 것이 아니라 그 사람이 영위한 삶 전체가 풍기는 분위기와 품격을 평가하는 개념이다. 작가는 사석에서 악당의 묘사는 비교적 손쉬운데 아름다운 사람의 형상화는 매우 어렵더라는 자신의 창작경험담을 털어놓은 적이 있다. 실제로 일반 독자가 세계문학사에 등장하는 아름다운 사람을 생각나는 대로 열거하려면 열 손가락을 채우기도 힘들다. 그렇지만 『토지』에 등장하는 아름다운 사람을 헤기에는 열 손가락이 모자란다. 그 아름다운 사람들 가운데 많은 사람이 가장 먼저 떠올리는 인물은 공월선일 것이고 그중에서도 그녀가 운명하는 장면일 것이다. '아름다운 사람'을 말하면서 월선이 운명하는 장면을 먼저 환기하는 것은 그 장면에서 사람과 장면이 하나가 되어 있기 때문이다.

"임자."

얼굴 가까이 얼굴을 묻는다. 그리고 떤다. 머리칼에서부터 발끝까지 사시나무 떨듯 떨어댄다. 얼마 후 그 경련이 멎었다.

"임자."

"야."

"가만히."

이불자락을 걷고 여자를 안아 무릎 위에 올린다. 쪽에서 가느다란 은비녀가 방바닥에 떨어진다.

"내 몸이 참제?"

"아니요."

"우리 많이 살았다."

"야."

내려다보고 올려다본다. 눈만 살아 있다. 월선의 사지는 마치 새털같이 가볍게, 용이의 옷깃조차 잡을 힘이 없다.

"니 여한이 없제?"

"야, 없십니다."

"그라믄 됐다. 나도 여한이 없다."

머리를 쓸어주고 주먹만큼 작아진 얼굴에서 턱을 쓸어주고 그리고 조용히 자리에 눕힌다.

『토지』 전편을 통틀어 가장 아름답고 격조 높은 장면으로 알려진 대목이다. 이 장면의 주인공은 한 사람이 아니다. 월선이도 아름답지만 용이도 아름답다. 월선이가 아름다운 것은 지고지순한 사랑 때문이라면 용이가 아름다운 것은 도리를 지키는 강인한 절제력 때문인지 모른다. 용이는 월선이를 사랑했지만 어머니를 거역하지 못해 강청댁과 결혼한다. 그리고 아들을 낳아 준 여자이기 때문에 임이네와 같이 산다. 이른바 유가적 전통의 도리를 지키는 용이의 모습은 생활의 여러 국면에서 나타나는데, 그것은 조선왕조의 윤리를 혼자서 자신의 몸에 체화한 듯하다. 순수한 사랑과 도리를 지키는 두 남녀가 이승과 저승으로 갈리는 이 장면에서 나누는 대화의 핵심 내용은 "여한이 없다"는 한 마디 속에 모두 용해되어 있다. '남은 한이 없다'는 이 말은 『토지』에서 특별한 의미를 지닌다. 천이두는 바로 이 "여한이 없다"는 말을 거론하며 "이 경지에 이르러 용이와 월선의 사랑은 이승의 차원을 넘어서 어떤 영적인 차원에로 확산되는 것을 느낄 수 있다"고 해석하며 "이 남녀의 사랑의 생태에서 우리는 한을 '삭이'는 데 성공한 소중한 샘플을 보게 된다"[03]고 말한다. 그렇다면 '한'이란 무엇인가? 그리고 '남은 한'이 있고 없는 것이 왜 문제 되는가. 또 한을 삭이는 일은 어떻게 가능한가. 이 문제를 살피는 데는 다시 소설의 첫 장면으로 돌아갈 필요가 있다.

03 천이두, 「한의 여러 궤적들」, 『한·생명·대자대비』, 솔, 1995, 197쪽.

작가는 소설의 '서장'에서 세 차례에 걸쳐 '소망'이란 단어를 사용하고 있다. "저마다 한 가지씩 소망을 품었을 마을 사람들", "순박하고 경건한 소망의 기원이 끝났을 때"란 구절을 쓰고 있으며 '서장'의 맨 마지막에서는 "난간에 걸터앉아 달 뜨는 광경을 지켜보는 구천이의 눈이 번뜩하고 빛을 낸다. 달빛이었는지 눈물이었는지 아니면 참담한 소망이었는지 모른다"고 표현하고 있다. 길지 않은 '서장'에 동일한 단어가 세 번이나 등장한 것은 그것이 예사롭지 않은 함축을 지니며 더욱이 맨 마지막에서 '참담한 소망'을 언급한 것은 소설 전체가 그 문제와 착잡하게 얽혀 있다는 것을 암시한다. '소망'이란 평상적인 의미에서는 '어떤 것을 바람' 또는 '바라는 바'란 뜻을 지니지만 '素望'이란 한자를 쓰면 '본디부터 늘 바라던 일'이란 뜻이 되어 그 절실성에 차이가 난다. 그런 의미에서 박경리의 글에서 사용된 '소망'은 후자를 가리킨다고 생각된다. 흔히 박경리의 문학을 한의 문학이라고 하는 것은 그와 관련된다. 작품이 시작되는 첫 대목에서부터 작가는 한의 주제를 명시하고 있는 것이다.

사람은 자신의 욕망이 좌절되었을 때 한의 정서를 가지게 된다. 이 한이 무엇인가에 대해서는 논자에 따라서 다른 해석이 있지만 박경리는 한을 원한으로 받아들이는 일본과 한국의 한을 구별함으로써 그 성격을 파악한다. 한국문화에서 한은 원한과 같은 공격적·퇴영적 정서에 그치는 것이 아니다. 박경리에게 '존재란 무한 속의 유한을 말하는 것'으로서 '바로 유한에 한(恨)이 있는 것'이다. 이 말은 한이 일종의 인간조건임을 알려 준다. 그렇기 때문에 한국인에게는 자신의 유한성을 인식하고 욕망의 좌절에서 생기는 공격적·퇴영적 정서를 여과, 증류함으로써 긍정적인 측면으로 전환하는 일이 필요하다. 그 작업은 한을 삭여 승화하는 과정을 통해 이루어진다. 용이와 월선이 "여한이 없다"고 했을 때 그들은 자신들에게 굴레를 씌웠던 운명을 기꺼이 받아들여 넘어서고 있다. 이와 같이 한을 삭임으로써 자신의 유한성을 극복하고 새로운 존재로 거듭나는 인물들이 『토지』의 아름다운 사람들이다. 여기에는 용이와 월선이를 제외하고도 몇 가지 유형으로 나누어 볼 수 있는 여러 사람이 있다. 그 첫째는 조병수와 같은 인물이다. 신체적 결함 때문에 부모로부터 버림받기까지 했던 조병수는 자신에게 주어진 운명적 조건을 극복하고 자신의 작업을 예술로 승화시키기까지 한다. 이 유형에는 하인으로서 상전과 결혼한 뒤 관음탱화를 조성한 김길상을 위시하여 색소폰 연주자로 살아가는 송영광 등이 포함될 수 있다. 둘째 유형은 신분적 조건을 극복하기 위하여 사회운동에 뛰어드는 송관수 유형이다. 송관수는 처음에는 사회의 불평등에 대항하기 위하여 동학운동에 가담하지만 신분적 차별에 직면하면서 형평사운동에 가담하고 나중에는 민족운동에도 관여한다. 개인적 차원에서뿐만 아니라 공적 차원에서도 치열한 삶을 산 인물 유형이라고 할 수 있겠다. 이 유형에는 살인자의 아들이라는 주위의 멸시 속에서도 한 인간으로서의 존엄을 되찾고 민족운동에 일역을 하는 김한복이 포함될 수 있다. 셋째 유형은 주갑이와 같이 떠돌이이면서도 자유인으로서 당당하게 살아가는 사람들이다. 술집 주모를 자신의 아내로 삼은 몽치도 이 유형에 포함할 수 있다. 넷째 유형은 아궁이에 불을 땔 때나 밥을 지을 때, 풀을 맬 때나 빨래를 할 때, 언제고 어디서고 자신의 일에 온 정성을 바치는 한 할머니의 모습으로 형상화된 인물 유형이다. 짐작건대 작가의 의식 속에서는 『토지』 전편을 통해서 이 할머니의 모습이 가장 아름다운 사람으로 각인되어 있었을 것이라고 생각된다. 그 할머니가 구체적 형상으로 빚어지지 않은 것은, 김개주와 별당아씨가 그렇듯이 숨김과 드러냄의 변증법에 연유한 것으로 보인다.

이상에서 몇 가지로 유형화한 아름다운 사람들은 다른 기준을 가지고 구분하면 다르게 분류될 수도 있을 것이다. 그럼에도 불구하고 이들의 공통된 특성은 자신에게 주어진 한계나 조건을 묵묵히 견디어 내면서 승화의 방법을 찾았다는 사실이다. 그 승화의 방법은 많은 경우 자신의 한을 삭이는 가운데 터득된 것이지만 운명에 부단히 부딪쳐 가려는 의지 속에 형성된 경우도 있다. 김환과 송관수, 정석의 삶은 그런 경우를 대표한다.

『토지』에는 아름다운 사람과 대비될 수 있는 악인들도 형상화된다. 아름다운 사람들이 서로 다른 방식으로 아름답게 된 것과 마찬가지로 악인들 또한 제각기 다른 개성을 지니고 악인이 되고 있지만 그 유형을 간추리면 대강 다음과 같은 위계를 정할 수 있다. 첫째 끊임없는 탐욕과 사람에 대한 사랑의 부재라는 측면에서 조준구를 첫손가락으로 꼽을 수 있다. 이 유형에 임이네를 꼽는 경우도 있지만 그녀의 악덕으로 손꼽히는 탐욕은 조건적이라는 측면에서 조준구와 성격이 다르다. 조준구는 최치수의 살해를 교사한 첫 번째 인물이다. 그리고 최 참판가의 재산을 강탈했으며 만년에는 자신이 버린 아들에게 찾아와 지옥 같은 상황을 만들어 놓는다. 그는 아들에게조차 사랑이 없었음은 물론 자신을 제외한 그 누구에게도 사랑을 베풀지 않는다. 이 점에서 그는 악의 화신이다. 둘째로 김두수와 김평산을 같은 유형으로 나눌 수 있다. 김두수는 어머니의 묘소에서 나무에 머리를 짓찧으면서 울었고 동생인 한복에 대해서는 뜨거운 동기애를 보여 준다. 이 점에서는 누구에게도 깊은 애정을 보여주지 않는 김평산과 다르지만 그는 독립운동가를 사냥하는 영악한 살인마다. 이에 비해 김평산은 자신이 우둔하다는 사실도 모른 채 재물에 대한 욕심 때문에 살인모의에 뛰어드는 불나방이다. 셋째로 임이네와 귀녀를 한자리에 놓고 비교해 볼 수 있다. 임이네는 소설 초두에 '자연'으로 묘사된 여인이다. 평사리에서 제일가는 미녀로 서술되지만 작가는 끝까지 이 여인의 내면심리를 초점화하여 보여 주지 않는다. 일종의 냉엄한 관찰의 시선을 그녀로부터 거두지 않는 셈인데 그것은 하나의 자연이 주인이 누가 되느냐에 따라 어떻게 변모될 수 있는지를 보여 주자는 심산이라고 해석할 수 있다. 작가는 '자연'이 '아귀'가 되는 과정을 꼼꼼히 추적하고 있는 셈이다.

이에 비해 귀녀는 그 이름 자체가 이중적인 의미를 띤다. 귀한 여자라는 뜻으로 새길 수도 있고 마귀 같은 여자라는 뜻을 지닌 것으로 해석할 수도 있다. 작품을 처음 읽은 독자는 귀녀에 대한 묘사와 서술 속에서 귀곡성을 듣는 듯 등줄기가 서늘해지는, 소름 끼치는 느낌을 쉽게 받을 수 있다. 그러나 강 포수가 등장하면서 귀녀는 다른 이미지로 바뀐다. 임이네가 당초에는 풍요한 자연의 생산성을 함축했었듯이 귀녀 또한 순박한 암컷으로 귀환하는 것이다. 넷째로 꼽을 수 있는 악인의 유형에는 삼수와 우개동, 배설자 등이 포함될 수 있다. 삼수는 작은 권력을 가지고 사람을 짓밟는 데 능수능란한 악의 하수인이고 우개동은 자신의 이익을 지키기 위해서라면 민족을 배신하는 일도 마다하지 않는 일제의 주구이다. 배설자 역시 신판 마타하리로서 근대적 교양을 배경으로 삼아 가증스러운 행각을 일삼은 여자이다.

지금까지 『토지』에 나타난 여러 인물들을 아름다운 사람과 악인으로 구분하여 몇 가지 유형을 설정해 봤다. 이 유형은 복잡다단한 현상을 길게 설명하기보다 이해의 편의를 위해 단순화하여 설정한 것이지만 그 나름의 가치를 가지지 않는 것은 아니다. 『토지』의 인물들이 유형성을 가질 뿐만 아니라 인물들의 연결관계도 유형화되어 있다는 것은 일찍이 김현에 의해 지적된 바 있다. 이와 같은 관점은 유종호에게서도 나타나는데 그는 소설 속에 시대를 앞서가는 얘기가 굉장히 많고 아주 정확한 통찰이 나옴을 지적하면서 그것을 소설적인 장치라고 파악하였다. 이러한 견해들은 『토지』의 인물들이 작품의 주제의식과 긴밀한 상관관계를 가지게끔 배치되어 있고 그 주제를 형성하기 위한 구도 속에서 형상화되고 있음을 밝혀 준다. 그 구도는 작품 전체의 상을 그리는 것과 연결된다. 그 양상을 염무웅은 다음과 같이 요약하고 있다.

> 이 작품이 근본에 있어서 깔고 있는 관점은 '세상은 악역(惡役)과 선역(善役)이 있어 늘 정해진 대본대로 움직이는 무대이며 인간은 광대인지도 모를 일이다'라는 구절에 가장 잘 나타나고 있다. 사람이 사는 여러 가지 모습들을 제시하면서 작가가 정말 보여주고 싶어 하는 것은 이처럼 인간이 어떤 운명의 끈에 매달려 고통과 아픔과 고난의 바다를 건너야 한다는 것이다. 그러한 운명에 얽매인 인간 각자는 결국 외롭고 슬픈 존재이다. 인간뿐 아니라 '짐승의 경우도, 한갓 날짐승의 경우에도 교배하는 본능 아닌 외로움만으로 병들어 죽는 수가' 있다. 아이가 태어나서 자라고 늙고 죽는 과정이란 곧 우주의 만물이 결국 허무의 나락으로 떨어져 사라져버리고 마는 대자연의 생멸과정의 일부이며, 이 과정을 지배하는 것은 오직 '영원불멸의 세월'뿐이다.[04]

염무웅은 『토지』가 역사적 소재를 이용하고 있으면서도 역사소

04 염무웅, 「역사라는 운명극」, 『한과 삶』, 정현기 편, 솔, 1994.

설에 그치지 않고 삶의 근본 문제를 다룬 작품으로서의 성격을 지니고 있다는 사실을 지적한다. 이 관점에 따르면 『토지』에서 인물의 형상화는 주제의식의 발현을 위해 사용되는 도구적 수단이다. 작품에는 분명 그런 요소가 있다. 악인이건 선인이건 작품 내적 기능에 매여 있고 그에 순응해야 한다. 작가는 주갑이란 인물은 소설 속에서 저절로 자란 인물이란 취지의 말을 한 적이 있다. 이 말을 뒤집어서 생각하면 『토지』에 나오는 대부분의 인물은 특정한 역할을 하기 위해 특정한 자리에 배치되어 있다는 말로 이해할 수 있다. 600-700명의 인물이 등장하는 대하소설을 끌고 나가자면 그러한 구도와 배치가 마련되어 있지 않고서는 형상화 작업은 얼크러진 실타래처럼 착종되어 버릴 가능성이 크다. 그러나 다른 측면에서 생각하면 『토지』는 관심의 통일 원리에 기초해 있다. 관심의 통일은 그 자체로는 하나로 묶이지 않는 요소들을 하늘에서 내리는 눈처럼 차곡차곡 쌓아서 대상을 만들어야 한다. 바꾸어 말해서 사람들의 말씀과 대화, 담론들을 관심의 통일이란 차원에서 읽어 내게 하기 위해서는 말씀과 대화 하나하나가 그 자체로 독립된 단위를 이루게 하는 일이 필요하다. 말씀과 대화와 담론이 독립된 단위가 되어야 그것들은 차곡차곡 쌓이는 눈의 효과를 낼 수 있는 것이다. 그런 측면에서 3부와 4부와 5부의 깨알 같은 또는 열매와 같은 형상들은 주제의식에 종속되는 도구적 수단이 된다. 그렇지만 그 깨알 같은 형상들이 관심의 통일에 의해 거대한 힘을 가지게 됨으로써 일제 강점기 조선의 불안정한 상황을 새로운 안정된 상황으로 바꾸어 가는 해방의 원동력이 되는 것 또한 사실이다. 아이티온의 끝내기 수법이 가능했던 것은 바로 그 깨알 같은 단위체들에 의해 비축된 힘의 작용이었던 것이다. 하지만 빅뱅의 사건으로서 『토지』를 설명하는 데 서사구조와 함께 인물 형상화의 허실을 돌아보아야 하는 것은 그것이 주제사상의 형성에 불가결의 요소가 되기 때문이다. 특히 깨알 같고 열매 같은 작은 단위체들이 서로 연대하고 결합함으로써 하나의 커다란 상징을 만들어 가는 과정은 작품의 주제사상의 형성에서 핵심적인 사항이다.

3. 주제사상

빅뱅의 사건으로서 『토지』를 다루기 위해 우리는 소설의 서사구조에 대한 긴 논의에 이어 인물에 관해 고찰했다. 이 과정은 작품의 주제에 접근해 가는 도정으로서 의미를 지닌다. 주제는 흔히 작품의 내용적 요약인 주제사상과 동일시되거나 그 줄임말로 간주된다. 하지만 그것을 좀 더 엄밀히 규정하고자 한다면 작가가 작품을 통해 보여 주는 세계가 곧 주제라고 하는 것이 마땅하다. 이러한 관점은 『화산도』의 작가 김석범이 한 평론가와의 대담에서 자신의 작품을 '우주'라고 부른 데서도 찾아볼 수 있는 견해이다. 이런 사례를 들지 않아도 미하일 바흐친의 주제화라는 개념이나 하이데거의 존재의 개시(開示), 탈은폐 등의 개념은 주제가 작품으로 형상화된 세계라는 사실을 방증해 준다. 세계는 우리의 오관을 통해 즉각적으로 인지될 수 있는 것이 아니다. 그것은 장르의 형식에 한정되는 가운데 "주변현실 속에서 작품이 먼저 지향하는 방향"[05]에 따라 우리 앞에 개시된다. 『토지』 또한 그 속에서 삶과 죽음이 오고 가는 하나의 우주라면 그것은 장르의 형식과 작가의 지향성에 따라 형성된 것이다. 작가가 여러 곳에서 말하고 있는 저주받은 가문의 이야기라는 작품의 씨앗은 그 지향성의 구체적인 면모를 보여 준다. 작품의 주제는 그 지향성으로부터 영향을 받지 않을 수 없다. 이 점에서 『토지』의 '서장'에 '소망'이란 낱말이 연거푸 세 번이나 등장하고 있다는 것은 작품의 성격을 엿볼 수 있게 하는 단서이다. 『토지』를 '한의 문학'이라는 관점에서 접근하는 사례가 빈번한 것은 이 소망과 그것의 좌절, 그리고 그 좌절의 극복이 작품의 주요 내용이라는 인식이 팽대한 것과 연결된다. 따라서 작품의 주제를 논의하기 위해서는 씨앗이 된 저주받은 가문의 이야기가 소설 속에서 어떻게 변용되었는가가 규명되어야 한다.

이와 관련해 작가는 누렇게 벼가 익어 가는 황금벌판과 죽음의 검은 그림자를 언급했고 그것을 삶과 죽음의 문제로 파악했다는 사

05 미하일 바흐친, 『문예학의 형식적 방법』, 이득재 옮김, 문예출판사, 1992, 221쪽.

실을 스스로 밝힌 바 있다. 이 사실은 『토지』에서 검은색과 황금색의 대비되는 색깔이 대극을 이루는 상황의 상징으로서 작품의 전체상을 이루며 그것은 작품 1부 1편의 '어둠의 발소리'에서 5부 5편의 '빛 속으로!'로 음변양화 하는 구조를 나타내 준다. 그 구조는 기본적으로 『토지』가 보여 주는 세계다. 그렇지만 그 세계는 작품이 형상화하고 있는 내용을 극히 추상적으로 파악한 데 불과하다. 소설의 주제사상을 좀 더 구체적으로 알아보기 위해서는 세부로 들어가는 일이 불가피한데 여기에 도움이 되는 것이 『토지』에 등장하는 두 개의 상징적인 이미지이다. 그 하나는 '해골 골짜기의 생명나무'라는 이미지이며 다른 하나는 '연꽃 속의 보석'이라는 이미지이다. '해골 골짜기의 생명나무'라는 이미지는 1부 4편에 구체적으로 형상화된다. 평사리에 호열자가 유행하여 수많은 사람이 죽어 나가는 상황에서 임이네가 홍이를 출산하는 장경인데 그 사건의 시간적 전개를 압축하여 보면 해골 골짜기의 생명나무라는 이미지가 성립한다. 『토지』가 1부로 끝났을 경우 서사의 절정 부위에 이 이미지가 놓인다는 사실은 그것이 지니는 상징성을 엿볼 수 있게 해 준다. 그뿐만 아니라 이 이미지는 작품의 씨앗이 되었던 저주받은 가문의 이야기와 관련이 있는 이미지이다. 이에 비해 '연꽃 속의 보석'이란 이미지는 '옴마니팟메훔'이란 티베트의 대명주(大明呪)를 기반으로 한 것으로서 김길상이 관음탱화를 조성한 사건과 연결시켜 볼 수 있는 이미지이다. 연꽃이란 지혜를 상징하고 보석이란 자비행(慈悲

行)을 뜻하므로 '연꽃 속의 보석'은 관음보살을 가리킨다. 이 관음탱화의 조성이 이루어지는 곳은 5부 1편이다. '해골 골짜기의 생명나무'와 같이 작품 전체의 절정 부위에 '연꽃 속의 보석'이란 이미지가 배치되어 있는 것이다. 곧 죽음의 세계인 해골 골짜기에서도 소망을 버리지 않고 지혜를 통해 자비행에 이르는 모습이 상징이미지로 표현되고 있는 셈이다. 작품의 서사구조와 선악 간의 인물의 형상화는 그 상징이미지의 조성에 기여한다. 그 사실을 필자는 다음과 같이 요약 서술한 바 있다.

『토지』의 가장 뚜렷한 특징 가운데 하나는 인생의 신산고초 속에서도 맑은 심성을 간직하고 사람의 도리를 지키며 살아가고자 한 많은 사람을 묘사한 데 있다고 할 수 있다. 탐욕의 존재가 한의 어두운 측면을 대표한다면 한의 밝은 측면을 대표하는 이들은 『토지』에서 가장 영채가 나는 부분을 형성한다. 그들은 각기 제 나름으로 아름다운 인생의 모습을 보여주기도 하지만 소설 속에서 해골 골짜기의 생명나무, 연꽃 속의 보석이란 핵심이미지를 형성하는 데 크게 기여한다. 더욱이 소설에는 그러한 인물들이 하나둘 등장하는 것이 아니다. 낱낱이 짚어보면 거개의 사람들이 나름대로 정직하고 성실하게 살았고 그것이 소설의 밑바탕을 밝은 색조로 물들이는 원동력이 되고 있다. 그 양상은 달리 생각하면 하이데거가 말한 '민족에게 파송된 공동운명', '공동업'의 산물인지도 모른다. 한민족이 오랜 역사의 경험 속에서 갈고 가꾸어 온

문화 또는 생리는 그와 같은 삶의 방식에 원천을 둔다고 할 수 있다. 그러나 그런 속에서도 우리는 독자들의 심금을 울리는, 가혹한 운명에도 좌절하지 않고 꿋꿋이 살아서 인간의 격조와 품위를 드높인 아름다운 사람들의 이름을 기억할 수 있다.[06]

한민족의 문화와 생리를 한과 관련시켜 이해하려는 시도는 다양하게 이루어졌다. 그 가운데서도 박경리 소설의 아름다운 인물들이 한의 빛깔로 다듬어진 까닭에 아름답게 되었다는 것은 익히 알려져 있는 사실이다. 한은 원한이 아니라 소망의 다른 이름이다. 그 소망이 좌절되었을 때에 분한의 감정을 갖는 것이 아니라 스스로 고통을 참고 안으로 삭임으로써 인간적으로 성숙해지고 고귀해졌을 때에 아름다운 사람이 탄생하는 것이다. 천이두는 그 아름다운 사람의 탄생조건, 한을 삭이기 위한 조건을 주체의 가치 지향성과 인욕정진의 두 가지로 나누어 설명한 바 있다. 그러므로 『토지』의 인물들이 한의 빛깔로 다듬어진 존재들이라면 그들의 삶의 방식을 살피는 것은 곧 주제사상을 음미하는 일이라고 할 수 있다. 이용과 월선이, 송관수, 주갑이, 길상이, 조병수 등은 제각기 자신만의 방식으로 한을 삭여 가치 있는 삶을 실현함으로써 아름다운 인물이 되었다. 그런 의미에서 그들 하나하나의 삶은 작품의 주제사상에 값하

06 졸저, 『세계의 서사문학과 토지』, 서정시학, 2008, 350-351쪽.

는 의의를 지니고 전체적으로도 인간의 품위를 고양시킨다.

『토지』는 그 첫출발부터 소망의 문제를 부각시키고 있다. 그 문제의식을 통해 작가는 한이라는 우리 문화의 핵심으로 다가갔고 그 사고를 발전시켜 생명사상에 도달했다. 박경리의 생명사상은 개인의 존엄과 소외에 대한 부정에서 배태되었다. 작가의 첫 작품인 「계산」은 바로 그 인간의 존엄 문제를 다루고 있다. 존엄성이 짓밟히는 데 대한 극한의 저항을 표현하고 있는 것이다. 곧 인간의 자부심이랄까 자긍심이랄까 하는 것들이 모멸받는 사태에 대한 분개심을 모태로 해서 인간 본연의 존엄성을 주장했고, 그러한 차원에서 작가는 인간의 존엄성을 강조하는 데서 한 걸음 더 나아간다. 곧 작가는 휴머니즘을 '자기 집 앞 청소하기'라고 비판하는데, 그러한 입장이 모든 생명, 삼라만상의 존엄을 주장하게 된 근원이라고 할 수 있다. 이 점에서 『토지』가 우리 사회의 산업화가 이루어지던 시대와 거의 같은 시기에 창작되었다는 것은 음미해 볼 만한 사안이다. 단순히 역사적 소재의 문학적 형상화에 초점을 맞춘 것이 아니라 물신사회에 대한 근본적인 비판을 도모한 행위로 볼 수 있기 때문이다. 이 사실을 감안하면 『토지』에서 이루어진 아름다운 사람과 악인의 형상화는 새로운 의미를 지니게 된다.

『토지』의 후반부에 집중적으로 나타나는 문화론은 담론 차원에서 전통과 근대문명에 대한 평가를 수행하는 과정이라 할 수 있고 소설의 등장인물들이 사는 모습에 대한 형상화는 실제적인 삶과 죽음, 생명과정에 대한 가치판단을 함축하는 것이라고 할 수 있다. 그 판단이 표면적으로 선악의 대립인 듯이 나타나는 것은 근대문명이 일본문화의 외피를 입고 등장했고 사람들이 살아가는 방식도 소유방식과 존재양식으로 대별해 볼 수 있는 형태로 제시된 것과 상관관계를 갖는다. 소유론적 욕망의 존재들, 탐욕의 존재들이 죽음을 상징하고 소망으로서의 한을 간직한 이들이 존재양식, 생명을 상징하는 것으로 일정하게 유형화되고 있는 것이다. 삶과 죽음에 대한 작가의 오랜 성찰은 소유양식에서 죽음을 보고 존재양식에서 삶의 희망을 찾은 것이며, 그것을 해골골짜기의 생명나무란 상징이미지로 형상화한 것이다. 그 생명나무가 '연꽃 속의 보석', 삶의 지혜와 슬기에서 생겨난 자비행이란 구조를 갖추고 있다는 것은 이 자리에서 다시 환기될 필요가 있다. 삶의 지혜와 슬기는 한을 삭이는 길고 긴 발효의 과정에서 생겨나는 것이고 자비는 그 지혜와 슬기를 통해서, 그 힘의 온축 속에서, 성기고 비워진 사람에게서만이 찬연한 빛을 낼 수 있는 것이다.[07]

아름다운 사람과 악인의 형상화는 두 개의 상징이미지를 조성하는 데 기여한다. 작품의 주제인 삶과 죽음은 상징이미지 속에서 구체적 형상을 얻고 사상은 그 속에서 존재를 드러내고 있다. 이 사실

07 졸저, 『세계의 서사문학과 토지』, 443쪽.

을 감안하면 『토지』에 무수하게 등장하는 아름다운 사람들은 작가의 지극한 생명 존중사상으로부터 잉태된 셈이다. 인물 한 사람 한 사람을 묘사할 때 베푼 작가의 지극한 사랑은 그 자체가 생명사상의 모태였던 것이다. 시멘트로 덧칠된, 축대 속의 돌덩어리에 대하여서까지 안타까워하는 마음을 지녔고 산야에 묻혀 있는 비닐을 캐내기 위해 안간힘을 쏟던 작가의 의식이 대자대비라는 가장 큰 사랑으로 이어진 것이라고 할 수 있다. 작가가 샤머니즘을 긍정적으로 받아들이는 것도 그것이 사물의 생명력에 대한 원시인간의 위대한 사유에서 비롯되었다는 성찰에 바탕을 두고 있다. 사물과 인간에 대한 작가의 근본적인 사유는 어떤 주의나 관념에 매몰되지 않는, 『토지』를 풍부한 사상의 원천으로 만들고 있는 원동력임을 우리는 유심히 살필 필요가 있다. 빅뱅의 이미지는 살아 있는 우주의 존재와 역사를 하나의 생동하는 형상으로 보여 주는 동시에 그 속에서 생명의 불꽃이 열화와 같이 타오르는 장엄상을 현창하고 있다.

제 6 장

채만식의 작품 읽기

우리의 이야기는 이제 세 번째 단계로 접어들었다. 첫 번째 단계에서 주로 새로운 읽기 방법의 이론적 측면이 규명되었다면 두 번째 이야기는 『토지』를 대상으로 한 일종의 작품론이었다. 필자의 읽기 방법에 대한 자각이 『토지』의 독서로부터 시작되었음을 감안하면 읽기 이론에 대한 근거를 제공하는 것이 작품론이라고 할 수 있다. 그 점에서 세 번째 이야기는 『토지』 읽기를 통해 이루어진 읽기 방법에 대한 학습 내용을 실제 작품에 적용하는 연습을 통해 읽기 능력을 키워 가는 응용편이라고 할 수 있다. 따라서 세 번째 이야기는 채만식이라는 한 작가의 주요 작품을 연대순으로 뒤따라가면서 작가의 창작능력과 읽기 방법이 어떻게 관련을 맺고 있는지 고찰하는 내용으로 채워진다. 채만식의 주요 작품이 여러 편 다뤄지기 때문에 세 번째 이야기는 작가의 문학세계가 형성되는 과정과 그 작품들에 대한 평론가 및 문학 연구자들의 읽기가 지닌 다채로운 양태를 살펴보면서 바람직한 읽기 방법이 무엇일지 모색하는 시간이 될 것이다. 여기에는 당연히 바람직한 읽기 방법 또는 이상적인 읽기 방법의 모델이 수립될 필요성이 제기된다. 이에 대해서 필자는 비평가의 임무에 대한 발터 벤야민의 견해를 제시함으로써 그 이상적인 읽기의 방향을 제시하고자 한다. 벤야민은 작품을 어떻게 읽어야 할 것인가 하는 문제, 비평가의 임무에 대해서 다음과 같이 비유를 들어 자신의 견해를 밝힌 바 있다.

> 성숙해가는 작품을 타오르는 장작더미에 비유한다면, 논평가는 마치 화학자처럼 그 앞에 있고, 비평가는 연금술사처럼 서 있다. 전자에게는 나무와 재만이 분석의 대상이 되는 반면 후자에게는 불꽃만이 수수께끼를 간직하고 있다. 그것은 삶의 수수께끼이다. 따라서 비평가는 작품의 진리를 묻는데, 진리의 살아 있는 불꽃은 무거운 장작더미와 가벼운 재를 넘어 계속해서 번뜩이고 있다.[01]

'논평가'라는 낱말이 우리 일상에서 자주 쓰이지 않는다는 점을 감안하여 논평가와 비평가라는 대비 대신 비평가와 문학 연구자를 비교의 대상으로 삼아 벤야민의 말을 검토해 보자. 벤야민은 작품이 나무를 태우며 성숙해 간다고 보고 있다. 작품은 그 자체로 완성되어 있는 것이 아니라 독자와의 관계 속에서 성숙을 향하여 나아가고 있다고 보고 있는 것이다. 벤야민은 그렇게 성숙해 가는 작품을 타오르는 장작더미에 비유한다. 타오르는 장작더미를 작품이 성숙해 가는 것과 일치시킴으로써 벤야민은 작품이 정태적인 존재가 아니라 활동성 속에서 본질이 충실해지고 그 자체를 실현하는

01 반성완, 「발터 벤야민의 비평개념과 예술개념」, 발터 벤야민, 『발터 벤야민의 문예이론』, 민음사, 2012, 372-373쪽에서 재인용.

어떤 것으로 보고 있는 셈이다. 그런데 그 관점에 따르면 작품에 접근하는 태도에는 두 가지가 있다. 화학자의 반응이 그 하나고 다른 하나는 연금술사의 그것이다. 화학자는 대부분의 과학자들이 그렇듯이 대상을 분석적인 방법으로 처리한다. 타오르는 장작더미에서 나무와 재를 분리하여 살펴보듯이 작품을 고찰하는 것이다. 이에 비해서 연금술사에게는 장작더미와 재가 아니라 불꽃만이 관심의 대상이다. 그 불꽃이 삶의 수수께끼를 간직하고 있기 때문이다. 비평가가 작품의 진리를 묻는 것은 거기에 연유한다. 진리는 장작더미에 있는 것도 아니고 타고 남아 형적 없이 가볍게 되어 버린 재에 있는 것도 아니다. 진리는 넘실대는 불꽃 속에서 번뜩이고 있을 때만이 삶의 수수께끼를 간직하고 살아 있는 것이 된다. 비평가가 작품의 진리를 물어야 하는 곳은 장작더미와 재가 아니라 삶의 수수께끼를 간직한 번뜩이는 불꽃이어야 하는 것이다. 그 불꽃은 작가가 장작더미를 쌓아 올릴 때 준비한 것으로서 그 속에는 비평가가 성숙시켜서 삶의 수수께끼를 푸는 데 이용해야 할 작품의 진리가 숨어 있다.

문학 연구자가 나무와 재만을 분석의 대상으로 삼는다고 한다면 수긍하지 못할 사람이 많을 것이다. 또 현실에서 진리의 살아 있는 불꽃을 대면하여 그 앞에 진지하게 마주 서 있는 비평가가 몇 사람이나 될지 아무도 자신 있게 말할 수 없을지도 모른다. 그렇지만 벤야민의 관점은 명확하다. 비평가는 나무와 재가 아니라 타오르는 불꽃에서 삶의 수수께끼를 읽어야 하고 그 속에서 작품의 진리를 물어야 한다는 것이다. 이와 같은 관점은 채만식의 문학에 다가가려고 하는 현재의 순간에서 깊이 되새겨 볼 만한 특별한 가치가 있다. 그 이유는 채만식의 문학이 바로 장작더미와 재만을 만지작거린 사람들이 그 장작더미와 재를 작품의 진리로 오인함으로써 작품의 해석과 평가에서 큰 착오를 빚은 대표적인 경우이기 때문이다. 채만식이 자신의 작품에 대한 문학인들의 이해 부족에 대하여 누차 항의하고 개탄한 것은 그에 말미암는다. 「산동이」를 양두구육이라고 비판했던 염상섭에 대한 반론이나 『탁류』를 세태소설로 평가한 임화·김남천에 대한 격렬한 반응, 해방이 된 뒤에 『태평천하』를 재발간하면서 그 서문에 쓰고 있는 독자의 몰이해에 대한 개탄의 내용 등은 모두 자신의 작품에 대한 오독 및 오해에 대한 작가의 항의였다. 그러나 바로 이 사실, 채만식이 자신의 작품에 대한 문학계의 평가에 대하여 격렬하게 반응을 했다는 사실은 채만식의 문학이 지닌 진정성에 관하여 독자가 깨우침을 얻을 수 있는 최적의 장소가 되는 동시에 작가 자신의 문학이 새로운 단계로 진입하는 비약의 계기가 되었다. 채만식의 문학적 행정 가운데 초반기에 이루어진 여러 가지 실험들은 그 도약이 이루어지는 과정을 단계에 따라 구체적으로 엿볼 수 있게 해 준다.

1. 문학적 실험의 발단

채만식은 일찍이 동반자 작가로 이름을 얻었다. 작품의 성향은 진보적이되 카프라는 조직에 소속되지 않은 채 활동하는 작가를 동반자 작가로 불렀다는 것은 익히 아는 일이다. 채만식의 처녀작은 1923년에 지은 「과도기」로 알려져 있지만 등단작은 그보다 한두 해 뒤에 쓰인 「세 길로」이다. 초기의 작품들은 그다지 대중의 관심을 끌지 못했고 작가 또한 문학에 전념할 수 있는 처지도 아니었던 것으로 보인다. 그가 평단에서 주목을 받은 것은 1930년에 발표한 「산동이」를 통해서이다. 좋은 작품이라서 주목을 받은 것이 아니라 문제가 많은 작품으로 간주되어 함일돈 등의 좌파비평가들로부터 공격을 받은 데다 염상섭 같은 문단의 중진으로부터 '양두구육(羊頭狗肉)'이란 혹평을 받았다. 첫대목에서는 사회적인 문제를 다룰 것처럼 그럴듯하게 포장하여 독자들의 이목을 끌어 놓고 정작 써 놓은 것은 산동이라는 한 사람의 전기에 지나지 않는다는 비판이었다. 이에 대해 채만식은 격렬하게 반응했다. 식민통치기구를 폭파하는 내용이 겉으로 드러나게 소설을 쓰면 작품이 발표나 되었겠느냐는 반박이었다. 양쪽 다 일리가 있는 비판이자 주장이지만 근본적으로 따졌을 때 문제의 소재는 작품 자체에 있었다. 1절에서는 폭탄이 터지고 총격전이 벌어지고 살인이 행해지는 장면을 모자이크한 것처럼 단편(斷片)들로 제시하고 2절과 3절에서는 그 폭발물을 던진 사람이 그동안 살아온 내력을 연대기처럼 쭉 서술한 것이다. 곧 안동 영감이라 부르는 어느 부잣집 하인이었던 산동이가 자신이 좋아하던 하녀 옥섬이와 결혼하는 것을 주인으로부터 약속받았다. 그런데 안동 영감은 안주인이 집을 비운 어느 날 하녀 옥섬이를 침실로 불러 강간했다. 그 과정을 지켜보고 있던 산동이는 이튿날 집을 떠나고 옥섬이는 우물에 몸을 던져 자살한다. 산동이는 만주에 있는 어떤 운동단체에 들어가 훈련을 받고 서울에 잠입하여 식민통치기구를 폭파하고 부잣집 주인 안동 영감을 살해한 뒤 경찰과 총격전을 벌이다 장렬하게 전사했다. 대강 이런 내용의 소설이지만 폭파 장면을 사실적으로 묘사할 수 없었기 때문에 채만식은 그 장면을 다음과 같은 형식으로 처리했다.

…인공화산…아우성…비명…돌덩이…돌가루…도망질…혼잡 혼잡…

피피피피…초산냄새…신음소리…

말굽소리…구보…철그럭철그럭…처벅처벅…줄 내린 모자…누런 각반…

의사…들것…호외…수배(手配)…수색수색…호외…검거…긴장긴장긴장

-셋?

-넷…허구 부상이 일곱.

-묘하지?

-이잡듯 한다지?

긴장긴장긴장긴장…

탕 탕…안동 아방궁…피…포위, 일대 사백(四百)…탕탕탕탕탕탕탕

…탕탕탕탕탕탕탕탕…피피피…호령…탕…피

-아깝다.

-장쾌하다.

-도보로?

-하르빈에서.

이와 같은 모자이크식 처리가 1절 전체를 차지한다. 그런 다음 2절부터는 산동이가 그동안 살아온 내력을 일직선상에 죽 사실적으로 서술했고 검열에서 삭제된 부분도 많아 제대로 의사 전달이 될 수 없는 상황이었던 것이다. 그러므로 작품에 대한 비판이나 작가의 반박은 나름대로 각기 정당성을 지니는 것이다. 한 발 물러서 상대방의 입장이나 의견을 진지하게 숙고하면 모두 이해될 수 있는 사안이었다. 하지만 이러한 형식과 관련된 논쟁은 차후 채만식의 문학이 발전해 나가는 데 큰 영향을 끼치게 된다. 채만식은 이후의 작품에서 자신이 비평가들로부터 비판받은 내용을 극복하기 위해 노력했고, 그것은 긴 안목에서 바라보면 모두가 하나의 일관된 문학적 행정이자 실험으로서 가치가 있었던 것이다. 채만식의 문학이 새로운 시도들을 통해 어떻게 달라져 가는가를 일목요연하게 파악할 수 있도록 문제가 된 「산동이」가 가진 서술 형식을 알아보기 쉽

게 그림으로 표시하면 다음과 같다.

0으로 표시된 내용은 공간적으로 넓은 너비를 가진 부분이고 실선의 화살표 부분은 일직선으로 전개되는 내용이다. 그런데 채만식은 이 도식을 답습하거나 버리지 않고 다른 작품에도 새롭게 응용함으로써 다양한 쓰임새를 발견한다. 그 대표적인 사례가 「산동이」보다 4년 뒤에 발표한 「레디메이드 인생」이다. 이 작품은 채만식 문학에서 자주 다루어지는 지식인의 빈궁 문제, 가난한 '인텔리겐차'의 문제를 소재로 하고 있다. 이 소설에서 채만식은 고등교육을 받았으나 직장도 구하지 못하고 가정도 제대로 꾸리지 못하여 아무 쓸모없이 된 지식인과 아홉 살 나이에 인쇄소에 취직하게 되는 아들을 대비시키고 있다. 그 내용은 중간에 창녀의 문제 등이 들어가 약간의 변주가 일어나고 있기는 하지만 전체적으로는 일종의 플롯의 대응 형태를 이루는 구조라고 할 수 있다. 교육을 받고도 실직자가 되어 있는 지식인 아버지와 아홉 살 나이에 인쇄소에 취직하는 아들이 소설 속에서 대응하고 있는 것이다. 그것을 그림으로 표시하면 다음과 같은 형식이 된다.

그림에서 뒤쪽에 있는 원이 작게 표시된 것은 플롯의 대응 형태로서 아이의 취직이 독립된 장면을 이루지 못하고 한 줄짜리 묘사로 처리되었기 때문이다. 「산동이」의 서사구조에 비하면 처음과 끝이 대응하여 완결의 형태를 취하지만 그 대응의 양상이 눈에 두드러지게 만들어지고 있지는 않은 것이다. 그러나 채만식은 이러한 플롯의 대응 형태가 가진 장점을 인식하게 되었고 그것을 개선하여 차후 자신의 창작에 적극적으로 활용하게 된다. 그렇지만 「레디메이드 인생」이 검열에서 많은 부분이 삭제되는 등 수난을 겪은 탓인지 또는 카프 맹원이 검속되고 카프 자체가 해산되는 등 시국이 뒤숭숭했던 탓인지 채만식은 1934년부터 1936년까지 이태 동안 창작 활동을 중단한다. 이 기간은 작가가 창작을 계속해야 할지 아예 작파를 하고 다른 길을 찾아야 할지 심사숙고하며 모색하는 시간이었던 것으로 보인다. 그 2년이 지난 뒤 창작을 재개하기 시작한 채만식의 문학에는 많은 변화가 나타난다. 특히 1936-1937년에는 지조나 절개를 지키는 일과 관련된 문제를 다룬 작품이 한꺼번에 여러 편 발표된다. 작품이 작가의 관심을 반영하는 것이라면 채만식은 이 당시 자신의 문학을 어떤 방향으로 이끌고 나갈지, 그리고 자신의 삶을 어떻게 이끌고 나갈지 심각하게 고민했던 것으로 보인다. 이와 함께 채만식 문학에는 이제까지 주류를 이루던 풍자적인 작품보다도 알레고리 기법을 이용한 작품이 대거 등장하기 시작한다. 이 알레고리의 기법은 채만식이 작품활동을 재개하면서 검열을 통과하기 위해 전략적으로 선택한 그만의 득의의 문학적 방법이었던 것으로 생각된다. 그리하여 이 무렵에는 많은 알레고리 작품이 등장하는데 그 여러 작품들은 「산동이」로부터 「레디메이드 인생」으로 이어지면서 확립된 플롯의 대응 형태를 기본 구조로 함으로써 채만식 문학의 근간을 형성하게 된다.

2. 채만식 문학의 기본 형태

한때 중단했던 창작을 다시 시작하면서 채만식은 자신의 문학활동에 대한 자기의식을 심화시켰던 것으로 보인다. 그 증거는 우선 1936-1937년의 작품에 지조와 절개를 소재로 한 작품이 눈에 띄게 많아진 데서 찾을 수 있다. 「소복 입은 영혼 — 구슬픈 전설의 한 토막」을 비롯하여 「얼어 죽은 모나리자」, 「두 순정」, 「쑥국새」, 「용동댁」, 「생명」 등이 이런저런 방식으로 지조와 절개의 문제를 다룬 작품들이다. 시국이 전시체제로 바뀌어 가는 상황 속에서 지조와 절개를 문제시하는 것은 작가로서 어떻게 살아야 할 것인가 하는 문제와 어떤 내용의 작품을 써야 할 것인가 하는 문제에 대해 채만식이 깊이 성찰해야만 했었다는 것을 시사한다. 시대의 조류는 많은 문학인들이 훼절을 하거나 은둔을 하고 또 일부는 식민 지배자의 요구와 야합을 하고 있었던 상태이기 때문이다. 이와 같은 상태에서 작가로서의 입지에 대한 성찰과 함께 채만식의 문학에 나타난 또 하나의 특징은 작가가 자기 작품을 보는 안목이 깊어지고 성숙한 모습을 보인 데서 뚜렷한 징표가 드러난다. 1936-1937년이면 카프가 해산되었을 뿐만 아니라 중일전쟁의 발발로 사회 전체의 분위기가 전시체제로 급변하는 상황이었다. 이러한 조건에서 문학활동을 재개하기 위해서는 작가 스스로 자신의 문학에 대한 무언가 확신이 있어야 했을 것이다. 도래하는 상황에 대해 어떻게 대처할 것인지 대비가 있었어야 함은 물론 어떤 작품을 어떤 식으로 써야 할 것인지에 대해서도 나름의 복안이 있어야 했었던 것이다. 채만식에게 이러한 대비와 복안이 확고하게 갖추어져 있었다는 사실은 지조와 절개의 문제를 다룬 여러 편의 작품이 증거가 되는 것이기도 하지만 무엇보다도 「명일」이란 자기 자신의 작품에 대한 그의 인식 속에서 그 징표가 분명하게 드러난다.

채만식은 창작활동 재개와 함께 쏟아 낸 많은 작품 가운데서도 「명일」이란 작품에 특별한 의의를 부여했다. 「명일」은 자신의 후반기 문학의 원점으로서 '중난스런 작품'이라는 것이 그 의미 부여의 핵심이었다. 자신의 문학을 전반기와 후반기로 나누어 새로운 출발의 원점을 강조하는 것도 눈여겨보아야 할 대목이지만 '중난스런 작품'이라는 표현에는 그것이 작가의 신상 문제와 매우 긴밀하게 밀착되어 있으면서도 아무렇게나 함부로 처리할 수 없는 복합적인 성격을 지니는 작품이라는 함축이 곁들여 있다. 그러므로 우리가 채만식의 후반기 문학을 제대로 이해하기 위해서는 후반기 문학의 원점이 되는 「명일」이란 작품에 대해 심중히 고찰할 필요가 있다. 그것이 왜 후반기 문학의 원점이면서도 '중난스런' 작품이 되는 것인지 전후 사정을 이해하는 일이 필요한 것이다. 그렇다면 「명일」은 어떤 성격, 어떤 특색을 지닌 작품인가.

「명일」은 여러 가지 점에서 창작 중단 직전의 마지막 작품인 「레디메이드 인생」과 비교가 되기도 하고 그와 겹치기도 한다. 두 작품은 실직으로 인해 굶주림의 현실에 직면하고 있는 지식인과 그의 아들을 등장시키고 있다는 점에서 일견 연작처럼 보이기까지 한다. 「명일」은 중편소설이라고 해서 부족함이 없을 정도로 상당한 길이를 지니고 있음에도 불구하고 거기에서 묘사되는 이야기는 비교적 간단하다. 그것은 회사에 사표를 내고 아침 먹을 거리도 없어 온 식구가 쫄쫄 굶고 있는 한 가정을 배경으로 한 이야기다. 멀건 죽 한 그릇 제대로 먹지 못한 채 아침부터 쫄쫄 굶고 있는 아버지는 배고픔을 잊으려고 방에 누워 있다가 답답한 마음에 시내로 나와서 백화점에도 들러 보고 친구도 만난다. 백화점에서는 백 원이나 한다는 보석상의 물건을 훔치고 싶어도 훔칠 재간이 없음을 한탄하고 두툼한 지갑을 자랑하는 돈 많은 친구를 만나서는 돈 자랑을 실컷 들으면서도 창피해서 단돈 몇 십 원만 빌려 달라는 말을 꺼내지 못한다. 저녁 늦게 친구한테서 술을 한 잔 얻어먹고 거나해져서 귀가하는데 그동안에 집에서는 사단이 났다. 배고픔에 지친 아이들이 두부 장수가 잠깐 자리를 비운 사이 목판에서 두부를 훔쳐 먹고 달아나다가 붙잡혀 왔던 것이다. 회초리를 때려 아이들에게 깊은 상처를 입힌 아내의 눈물 어린 이야기를 듣고 주인공은 "흥! 이놈의 자식 승어부(勝於父)는 했구나" 하고 알지 못할 소리를 혼자서 중얼거린다. '승어부'는 아버지보다 아들이 낫다는 말이다. 물건을 훔치지도 못하고 돈을 빌려 달라는 말도 못 꺼내는 아비에 비해 훔쳐서라도 배고픔을 해결한 아들들이 낫다는 평가다. 그렇다면 이 작품이 「레디메이드 인생」과 달라진 점은 무엇인가. 그 첫째는 플롯의 대응 형태가 「레디메이드 인생」에서보다 「명일」에서 훨씬 뚜렷해졌다는 점이다. 그 양상을 한눈에 알아볼 수 있게 그림으로 표시하면 다음과 같다.

우선 「명일」에서는 아버지와 아들이란 비교가 되는 두 쌍이 모두 독립된 장면을 이루고 있어서 플롯의 대응 형태로서 손색이 없다. 둘째로 「레디메이드 인생」의 대응 형태가 풍자나 아이러니의 형식이라 한다면 「명일」의 대응 형태는 알레고리적 의미를 지닌다는 점이다. 풍자나 아이러니는 비교 자체를 통해 웃음을 자아내는 것으로 그 자체로 자족하게 만들지만 알레고리는 독자에게 각각의 항이 지닌 의미를 깊이 음미하게 만든다. 이 사실은 알레고리에 과도하

게 의미를 부여한 것처럼 보일 수도 있으나 "「명일」의 방향을 좀 더 넓고 세속적인 세계에서 발전시켜 보자던 것이 장편 『탁류』"[02]라는 작가 자신의 말을 통해 그 의미의 진정성을 입증할 수 있다. 채만식은 "누가 무슨 소리를 하든지 이 「명일」은 내가 위에서 말한 갑술년부터 의식적으로 문학을 중단하고서 침음하던 최종의 작품 「레디메이드 인생」의 발전이요, 이내 나의 문학의 방향의 한 가닥이 거기에 근원을 둔 것인만큼 나에게는 중난스런 작품이 아닐 수 없다"는 말끝에 『탁류』를 언급하고 있다. 그러므로 「명일」의 방향이 『탁류』에서 어떻게 발전하고 있는지를 파악하면 채만식의 문학이 간직한 비밀, 본령을 알아볼 수 있는 것이다. 그런 의미에서 「명일」의 방향은 채만식 문학의 비밀을 풀 수 있는 열쇠가 된다 할 수 있다.

그런데 여기에 나오는 '「명일」의 방향을 발전시켜 본 게 『탁류』'라는 말은 채만식 문학 연구의 초창기부터 지금에 이르기까지, 온전한 의미에서 제대로 주목을 받은 적이 없다. 여기에서 '온전한 의미에서', '제대로'라는 한정사를 붙이는 것은 그에 대해 주목하기는 했지만 제대로 주목하지 않은 단 한 사람의 예외가 있기 때문이다. 그 사람은 채만식 문학 연구의 관문이라 할 수 있는 『채만식』의 편자 김윤식이다. 김윤식은 『탁류』 발표 당시 평론가들이 이 소설을 세태소설 속에 스스럼없이 넣었던 사실을 지적하고 "이에 대해 작

02 채만식, 「자작안내」, 『청색지』 5, 1939. 5.

가 자신은 '명일(明日)의 방향을 좀 더 넓고 세속적인 세계에서 발전시켜 보자던 것이 장편 『탁류』라 변명한 바 있으나, 별 뜻이 있는 것 같지 않다. 작가가 말한 '명일의 방향'이란 우리가 말하는 역사성의 방향성과 무관한 것이다. 작가는 계봉이나 남승재의 순진성을 두고 '명일의 방향'이라 한 것일 터이다"[03]라고 말하고 있다. 김윤식의 견해는 "소설에서의 대상은 주인공과 환경의 유기적 관계에서 역사의 방향성을 묘사해야 하고, 그럴 적에 대상의 전체성이라 한다"는 헤겔·루카치류의 소설 이론에 바탕을 두고 전개되고 있다. 그렇기 때문에 그 논의는 얼추 『탁류』의 소설적 특성을 잘 설명하고 있는 것처럼 보인다. 그렇지만 그 논의 전체는 자그마한 사실 오인에 의하여 전혀 근거가 없는 생뚱맞은 것이 되어 버리고 만다. 그 사실 오인은 '명일'이란 낱말이 지시하는 것과 관련된다. 채만식이 자신의 글에서 말한 것은 '「명일」의 방향'인데 김윤식이 말하는 것은 '명일의 방향'이었던 것이다. 이를 알아듣기 쉽게 더 자세히 부연하면 채만식이 말하는 '「명일」의 방향'이란 「명일」이란 단편소설작품이 지니고 있는 방향을 발전시킨 게 『탁류』란 견해이고 김윤식이 말하는 '명일의 방향성'이 뜻하는 것은 일반명사로서의 명일, 곧 '내일'의 역사적 방향성이 작품 속에 표현되고 있는가 여부를 문제로 삼는 것이다. 「명일」이란 특정 작품을 지시한 말을 '내일'이란 일반

03 김윤식, 「채만식의 문학세계」, 『채만식』, 김윤식 편, 문학과지성사, 1984, 73-74쪽.

명사로 받아들인 이 착오에 근거를 두고 김윤식은 '「명일」의 방향을 발전시킨 게 『탁류』'라는 채만식의 말을 「민족의 죄인」과 같은 치졸한 '변명'의 하나로 간주하지만, 그 하찮은 착오는 너무나 치명적인 것이어서 채만식 문학의 본령이나 비밀을 이해하고 파악할 수 있게 할 모처럼 만의 기회를 잃어버리게 만든다. 그 이유는 「명일」의 방향이 무엇이고 『탁류』는 그 방향을 어떻게 발전시키고 있는지 파악할 수 있을 때만이 채만식 문학의 본령을 제대로 인식할 수 있고 채만식의 문학적 실천이 지니는 역사적 의미를 간취할 수 있기 때문이다. 그렇다면 채만식이 말하는 '「명일」의 방향'은 무엇을 가리키는가.

채만식이 자신의 후반기 문학의 원점이라고 말한 「명일」은 아버지와 아들의 현실에 대한 서로 다른 반응을 플롯의 대응 형태를 통해 비교하고 있다. 쫄쫄 굶으면서도 알량한 체면 때문에 돈 한 푼 빌려 오지 못하는 아버지의 소극적 태도 또는 무능력에 비해서 아들들은 훔쳐서라도 배고픔을 해결한다. 전자는 소극적인 태도요 후자는 적극적인 태도인데 '「명일」의 방향'이란 이 적극적 태도를 발전시킨 문학적 경향을 말한다. 그러므로『탁류』가 '「명일」의 방향'을 발전시킨 작품이 되는 것은 일본 제국주의의 의인화인 장형보를 초봉이가 때려죽인 사건의 의미를 올바로 파악할 때만이 제대로 인지될 수 있다. 일본 제국주의를 적극적으로 타도하는 항일문학의 경향이 『탁류』에서 발전하고 있는 것이다. 그런데 김윤식은 '명일의 방향성'을 역사가 나아가는 방향을 문학적으로 형상화하는 문제와 연관시켜 발언하고 있다. 그것은 미래의 역사가 어디로 흘러갈 것인가 하는 문제를 작품이 어떻게 형상화하고 있는가에 대한 관심이다. 이 관점에 입각해서 김윤식은 대상의 전체성이 작품에 제대로 형상화되었는가 하는 차원에서 문제를 검토하고 거기에 별로 특기할 만한 내용이 없다고 보고 있는 것이다. 이러한 평가는 김윤식이 『탁류』가 알레고리 작품이라는 사실을 알아채지 못했기 때문에 「명일」에서 『탁류』로의 발전이 어떤 것인지를 전혀 파악하지 못했음을 드러낸다. 헤겔 이래의 서사 이론에 따라 대상의 전체성을 통해 역사의 방향성을 표현해야 한다는 원론적 이야기만을 되풀이하고 있는 것이다. 그렇지만 채만식은 자신의 장편소설에서 '역사의 방향성'을 표현하는 고유의 방법을 사용하고 있다. 그 방법의 구체적인 내용에 대해서는 뒤에 자세히 다루겠지만, 우선 간단히 요점만 말하면, 작품의 말미에 역사의 방향성을 드러내는 장면을 따로 제시하는 수법을 사용하고 있는 것이다. 이 점을 감안하면 김윤식은 「명일」이란 작품 이름을 '명일'이란 일반명사로 착각했기 때문에 작품에서 드러나는 '역사의 방향성'을 제대로 읽어 낼 수 없었음은 물론 '「명일」의 방향성'이 구체적으로 무엇을 가리키는지도 파악하지 못했던 셈이다. 이와 같은 착오는 모두 작품 이름으로서의 「명일」과 일반명사로서의 '명일'을 구분하지 못한 착오에서 비롯되고 있다. 가장 기초적인 사실을 오인했기 때문에 그에 입각하여 이루어진 김윤식의 발언은 모두 핀트가 어긋나 버린 것이다.

이와 같은 사정은 이른바 세태소설 논쟁에서도 유사한 형태로 나타난 바 있다. 연재가 끝나지도 않은 작품인 『탁류』를 놓고 임화는 거기에 세태소설이란 '레테르'를 붙였는데 이에 대해 채만식은 다음과 같이 항변한다.

> 『탁류』를 박태원 씨의 『천변풍경』과 꼭 같은 유형의 '세태소설'이라는 레테르를 붙이는 데는 박태원 씨는 박태원 씨대로 불평이겠지만 나는 나대로 또한 불평이다. 세상이 다 용인하는 대로 『천변풍경』이 좋은 예술작품인 데야 틀림없겠지만 가령 『탁류』가 그보다 못한 작품이라고 하더라도 나는 양자를 같이 값치는 데는 단연 불복이다. 그것은 결코 고슴도치도 제 새끼는 곱다고 하는 그런 심사가 아니요, 문학정신이랄까, 그런 것이 다르기 때문이다. 따라서 『탁류』가 저기 누구 딴 사람의 작품이라고 하더라도 나는 역시 같은 불복을 말할 것이다. 탈선이 되지만, 하필 박태원 씨를 두고 하는 말이 아니라, 누구든지 문학을 고려자기나 사군자와 같이 치는 사람이면 몰라도(미상불 그러한 문학이 없는 게 아니요, 따라서 그네는 그걸로 자족할 것이지만) 문학이 적으나마 인류 역사를 밀고 나가는 한 개의 힘일진대 한인(閑人)의 소장(消長)거리나 아녀자의 완롱물에 그칠 수는 없을 것이라고 나는 목이 부러져도 주장을 하는 자이기 때문이다.[04]

채만식이 주장하는 것은 『탁류』와 『천변풍경』이 똑같은 세태소설이 아니라는 점이다. 우선 두 작품은 작품을 창작한 문학정신 자체가 다를 뿐만 아니라 문학관 역시 다르다는 것이다. 채만식은 문학을 "역사를 밀고 나가는 한 개의 힘"으로 본다는 점에서 효용론적 관점에 서 있고 그것은 심미주의나 예술지상주의의 성향을 지닌 『천변풍경』의 작가가 지닌 문학관과는 밑바탕 자체가 다르다는 인식이다. 세태소설이란 '레테르'가 『천변풍경』에 대해서는 어쩔지 모르지만 『탁류』에는 가당치도 않다는 입장인 것이다. 그러면 이와 같은 차이는 어디에서 비롯되었는가. 채만식은 그 차이의 근원이 문학정신에 있고 그 문학정신은 「명일」에서부터 표현되기 시작하여 『탁류』에서 발전되고 있다는 것을 명확히 한다. 그렇기 때문에 '「명일」의 방향'과 '명일의 방향'이란 표기의 차이점은 채만식 문학에 대한 진정한 이해와 그것에 대한 왜곡이 나뉘는 분기점을 나타낸다. 이와 같은 사실 이해에 근거하여 「명일」의 방향이 무엇을 말하는지 본격적으로 검토하면 거기에서 도출되는 것은, 앞서 말한 대로, 현실에 대한 소극적 태도와 적극적 태도의 구분이다. 아버지는 굶주림의 현실에 대해서 아무런 행동도 취할 수 없었다. 돈을 벌어 오지도 못했고 금목걸이를 훔칠 수도 없었으며 친구한테 단돈 몇 푼 빌려 달라고 말할 수도 없었다. 이에 비해서 아들들은 굶주

04 채만식, 「자작안내」.

림의 현실을 이겨 내기 위해서 단호하게 적극적으로 행동한다. 두부 장수의 목판에서 두부를 훔쳐 먹은 것이다. 작품 「명일」이 나타내는 방향은 이 단호하고도 적극적인 행동의 세계라는 게 채만식의 입장이다.

그렇다면 "「명일」의 방향을 좀 더 넓고 세속적인 세계에서 발전" 시킨 『탁류』에서 표현되고 있는 적극적인 행동은 무엇인가. 그것은 한 마디로 말해서 일제 타도의 행위이다. 조선 민족의 의인화인 초봉이가 일본 제국주의를 알레고리적으로 나타내는 장형보를 때려 죽이는 것이다. 그렇지만 채만식이 살아 있었던 때로부터 지금까지 비평가들은 그 의미를 읽어 내지 못하고 엉뚱한 비판만 내놓았다. 채만식의 입을 빌리면 임화는 『탁류』가 세태를 꼼꼼스럽게 그린 것을 상 주고 그 묘사에서 벗어나지 못한 점을 비판했다. 이에 비해 김남천은 "세태를 오로지 세태대로 그린 전반(前半)이 값이 있고 후반은 부질없는 사족"이라 해서 비판했다. 이러한 견해는 이미 작품이 발표될 당시부터 나온 것이나 소설이 나온 지 70-80년이 지난 현재까지도 별다른 변모없이 그대로 유지되고 있다. 예컨대 김윤식은 다음과 같이 말한다.

> 채만식의 소설은 주인공의 개성에는 극히 불투명하고, 그 대신 시대적 일상적 삶으로서의 디테일의 우위를 적절한 한계 이상으로 드러내고 있다. 인물과 시대적 삶으로서의 환경 세계와의 유기적 결합, 소위

구조화의 틀을 통일해 보이지는 못한다. 이처럼 주인공의 강렬한 방향성의 인식이 없고, 일상적 삶의 반영만이 일방적으로 무성하면, 그 소설은 한갓 풍속소설에 멈추고 만다. 당시 비평가들이 『탁류』를 세태소설 속에 스스럼없이 넣었고, 또 이 작품이 순결한 지향성과 악취미적인 마성(魔性)과의 분열을 갖고 있다고 지적한 것은 이를 잘 말해준다.[05]

임화의 「세태소설론」을 원용하여 자신의 논지가 정당함을 부연하고 있지만 임화의 견해로부터 한 발도 앞으로 나아가지 못한 대동소이한 견해다. "주인공의 강렬한 방향성의 인식"이란 소설에 주인공의 행동의 이념이 나타나 있어야 한다는 문학 원론의 반복에 지나지 않는다. 소설의 후반이 사족이라는 김남천의 견해도 많은 사람에 의해 반복된다. 예컨대 김남천은 "채만식의 『탁류』를 대하면 결혼식 이전까지의 세태 묘사의 아름다움은 실로 그것이 어느 정도까지 이론적 모럴이 풍속과 융합된 결과라고 볼 수 있을 것이며, 하반에서의 그의 예술성이 점차로 감소된 것은 저조에 빠진 세태풍속의 지나친 과잉에 비하여 이론적 모럴이 영자(影姿)를 감추어 그것이야말로 글자 그대로의 탁류가 범람한 탓이라고 나는 생각하고 있다"[06]고 말하고 있는데 그에 대하여 송하춘은 다음과 같이 자

05 김윤식, 「채만식의 문학세계」, 『채만식』, 73쪽.
06 김남천, 「세태·풍속·묘사 기타」, 『비판』, 1938. 6.

신의 의견을 밝힌다.

> 윗글의 핵심은 물론 '이론적 모럴과 풍속의 완전한 융합'이다. 이보다 앞서 김남천은 「치숙」, 「이런 처지」, 「제향날」의 인물이 풍속을 외면한 채 이데를 앞세웠기 때문에 실패했다는 말을 한 적이 있었다. 그 말과 지금 『탁류』의 뒷부분이 저조한 세태풍속을 과잉되게 나타내고, 그 대신 이론적 모럴을 약화시켰기 때문에 또한 실패했다는 말을 관련지어 본다면, 이때의 '이론적 모럴'이란 작가의 정신 혹은 이념이 될 것이고, '풍속'은 그것을 감싸는 소설의 상황 혹은 터전이 될 것이다. 이렇게 볼 때 정주사를 중심으로 한 전반부가 살아 있는 역사요 현실이라면, 초봉을 중심으로 한 후반부는 그 점이 생략된 단순한 통속적 이야기에 불과하다는 말도 틀리지 않는다. 채만식한테는 역사를 추진할 만한 적극적인 성격이 부족하다는 김남천의 결론적인 지적 또한 우리는 기억할 만하다고 보는 것이다.[07]

김남천이 말하는 『탁류』에 등장하는 결혼식은 고태수와 정초봉의 결혼식이다. 소설은 몇 개의 지점에서 국면의 전환을 보여 주는데 결혼식은 그중 하나로서 첫 번째 국면 전환이 이루어지는 장면이다. 이 결혼식을 경계선으로 해서 초봉이 주인공으로 등장하는

07 송하춘, 『채만식』, 건국대학교출판부, 1994, 75쪽.

소설의 중반부는 정주사가 주인공인 소설 전반부와 명확히 대비된다. 많은 문학 연구자·비평가들은 그 사실을 다양한 방식으로 논의한다. 소설양식을 버리고 이야기 형식으로 돌아갔다는 견해나 이야기가 통속 드라마와 같은 형태라는 비판은 그와 관련해 가장 빈번히 제기되는 관점이며 중·후반부에서 디테일이 증대되었다는 사실을 지적하는 관점도 그 하나이다. 이러한 비판적 관점들은 서로가 상대방의 증거가 되어 주고 원군이 되어 주면서 자신들의 정당성을 주장하는데 그것들은 한결같이 『탁류』가 알레고리 작품이라는 점을 지나치고 있고, 그 알레고리 구조 자체를 읽어 내지 못하고 있다.

작품이 알레고리 구조라는 것을 알기만 했더라면 임화나 김남천의 수준을 벗어나 새로운 의견을 내놓을 수도 있었을 텐데 많은 비평가들이 바로 그 관문을 모두 다 넘지 못했던 것이다. 그러므로 임화가 활동하던 시대부터 지금까지 채만식의 『탁류』에 대한 비평들은 일괄해서 헛다리를 짚고 있는 꼴이다. 그러나 예외적으로 『탁류』의 서사가 지닌 장점을 높이 평가하는 견해도 나타난다. 예컨대 류보선은 『탁류』라는 작품이 "하나의 서사를 중심으로 모든 사건과 사건들이 유기적으로 배치된 소설이 아니라 여러 서사가 동시에 겹쳐져 있는 중층적인 텍스트"라는 관점에서 지금까지의 『탁류』 연구가 "거대한 성채 속에서 뿜어져 나오는 진리의 빛을 지워 내는 일을 행하고 말았다"고 비판한다. 류보선은 채만식에 대한 연구에서 다른 누구보다도 훨씬 더 날카로운 감각을 보여 준 비평가이자 문학 연구자이다. 필자 역시 그의 연구에서 자극을 받고 많은 도움을 받은 적이 있는데 그가 주장하는 채만식 및 『탁류』 연구 방법은 어떤 것인지 다음 글을 살펴보자.

> 그렇다면, 그러므로, 중요한 것은 『탁류』의 전체를 보는 것이다. 미두장의 정주사와 초봉의 수난사를 같이 보자는 것이다. 사실 이 둘은 같은 자리에 놓고 보면 서로 전혀 성격을 달리하는 무엇이 아니다. 그것 사이에는 직접적이지는 않지만 결코 무시할 수 없는 연계점들과 관계성이 존재한다. 이 관계성에 주목하면 『탁류』는 어느새 식민지적 근대화가 가져온 획시기적인 변화와 그 변화 속에서 식민지 민중들이 경험해야 했던 절망의 형식과 거의 실현이 불가능해 보이지만 웅숭깊은 희망의 원리가 어느 소설보다도 풍부하게 재현된 소설임이 밝혀진다. 뿐만 아니다. 미두장을 통한 정주사의 몰락과 초봉의 수난사 사이의 공통분모를 찾게 되면, 역시 그 순간 초봉을 둘러싼 신파에 가까운 살인과 복수극이나 승재로 표상되는 무한책임에 가까운 자기 헌신적 행위는 식민지적 근대화를 내파시킬 수 있는 의미 있는 윤리를 찾기 위한 혼신의 노력임을 확인하게 된다. 또 한 번 앞질러 말하자면, 『탁류』는 계산가능성과 교환의 원리에 의해 운영되는 자본주의적 시스템, 특히나 그 계산가능성과 교환의 정치경제학이 전근대적인 자본외적 질서를 해체하기는커녕 더욱 가중시키는 그래서 교환의 원리가 거의 어

떠한 해체적 역능도 행사하지 않아 오로지 무덤 속 같은 식민지적 자본주의를 상징적인 자살과 증여 행위를 통해 넘어서려는 치열한 문제의식을 보이고 있다. 『탁류』는 문제적인 소설이다. 특히 『탁류』를 서로 상이한 두 요소가 분열된 소설로만 바라보는 것이 아니라 그 분열된 두 요소가 자의적이고 경이롭게 병존하고 있는 소설로 볼 경우 더욱 그러하다. 그럴 경우 『탁류』에는 상징적인 질서에 의해 가려 보이지 않았던 매혹적이면서도 무시무시한 실재들이, 그리고 어느 소설에서보다도 보기 힘든 식민지적 현실의 중층성이 살아 꿈틀거리는 것을 볼 수 있다.[08]

인용문은 『탁류』에 대하여 매우 큰 의미를 부여하고 있다. 문제의식에서뿐만 아니라 문체적인 수준에서도 현대성이 뛰어난 작품이라는 평가이다. 그러나 이러한 고평은 채만식의 소설이 이야기스런 것에 기울어져 버렸다는 김윤식의 혹평을 만나면 의심스러운 것이 되어 버린다. 김윤식은 『탁류』의 중심부가 초봉의 이야기라는 것을 전제하며 이렇게 말한다.

여자의 일생으로서의 초봉의 이야기이라고 『탁류』를 읽을 때, 그리고 그것이 이야기의 범주이고 소설범주가 아니라고 볼 때, 비로소 초봉을

08 류보선, 『한국문학의 유령들』, 문학동네, 2012, 558-559쪽.

둘러싼 고태수·장형보 등 괴기스런 인물 등장이 의미를 띠는 것이며 개성 없이 괴뢰처럼 운명에 나뭇잎모양 흔들거리며 따르는 초봉의 자세가 바른 자리를 갖는다. 동시에, 남승재·계봉으로 대표되는, 약간의 개성적이며 따라서 소설스런 인물군들도 그 나름의 자리를 갖게 된다. 곧, 초봉으로 대표되는 이야기스런 것을 일층 돋보이기 위한 장식음의 역할인 것이다. 남승재·계봉에 의해 눈뜬 초봉이 감옥으로 가는 일로 이 작품을 끝낸 것이 소설 결말로는 불가피하다 할지라도 별다른 의미가 있는 것이 못 된다.[09]

김윤식의 견해는 『탁류』가 소설 장르에 미급한 작품일 뿐 아니라 소설의 결말도 별다른 의미를 지니지 못한다는 것이다. 류보선의 견해와 비교하면 동일한 작품을 두고 어떻게 이렇게 서로 다른 해석과 평가가 이루어질 수 있을까 할 정도로 상반되는 견해가 제시되는 장면이다. 그러나 두 견해는 『탁류』가 지닌 알레고리를 읽어내지 못하는 공통성으로 인해 다 같이 엉뚱한 길로 들어선다. 그중에서도 초봉이가 『탁류』의 주인공이라는 김윤식의 관점은 작품의 본말을 전도시킨 대표적인 경우이다. 초봉이가 주인공처럼 되어 있는 부분은 모두 소설의 중심 줄거리가 되는 사건을 장식하기 위한 보조장치이다. 소설 전체에서는 정주사가 주인공이고 초봉이는 정

09 김윤식, 「채만식론」, 『현대문학』, 1991. 10.

주사의 과거, 곧 조선 민족의 과거 역사를 알레고리적으로 표현하기 위해 도입된 장치에 불과하다. 그렇기 때문에 『탁류』 후반부의 디테일의 무성함은 알레고리를 성립시키기 위한 필수불가결의 요소, '가시적(可視的)인 것들'이 된다. 또한 김윤식은 초봉이가 감옥에 가는 소설의 결말이 '별다른 의미가 없다'고 말하고 있는데 바로 그렇게 '별다른 의미가 없다'거나 '변명'이라고 일소에 부쳐지는 장면들이 모두 채만식 소설에서는 결정적인 작용을 하고 있는데, 그 이유는 그것들이 알레고리를 성립시키는 장치로서 작용하기 때문이다. 알레고리는 그 디테일들을 먹고 사는 존재인 것이다. 그 점에서 김윤식의 '별다른 의미가 있는 것이 못 된다'고 하는 그 말은 논자가 작품의 구조를 전혀 이해하지 못하고 있다는 뚜렷한 증거이며, 역설적으로 이 작품에 또는 해당 장면에 무슨 의미가 있는지 독자가 물을 필요가 있다는 사실을 환기시키고 있다.

우리는 앞에서 「명일」이 지닌 적극적 방향의 발전으로서 『탁류』를 언급했다. 그리고 그 발전의 구체적 내용으로서 현실에 대한 적극적 대응을 지적했다. 그렇다면 『탁류』의 무엇이 「명일」의 적극적 태도에 상응하는 적극적 대응인가. 이 질문에 대답하기 위해서는 작품을 읽는 방법을 다시 언급할 수밖에 없다. 조동일은 『탁류』의 한 장면을 보는 방법을 설명하며 이렇게 말하고 있다.

민족의 처지, 미두장에서 벌어지는 수탈이 멱살이 잡혀 있는 정주사의 딱한 사정과 안팎을 이루고 있으므로, 전체도 보아야 하고 부분도 보아야 한다. 부분만 보는 독자를 위해서는 전체를 조망하는 눈을 열어주고 전체만 막연히 알고 있는 독자를 위해서는 부분을 자세하게 들여다보는 눈을 열어주어야 하기 때문에 전체에서 부분으로, 부분에서 전체로 작가의 사진기가 부산하게 움직이는 것이다.[10]

『탁류』의 첫 장면은 금강을 하늘에서 조감하는 데서 시작하여 정주사가 봉변을 당하는 미두장의 장면으로 점차 초점을 좁혀 오는 방식으로 서술된다. 보는 방법에 대한 조동일의 설명은 이 장면에 대한 것이라고도 할 수 있지만 작품을 읽는 기본적인 방법으로서도 크게 부족함이 없다. 『탁류』의 적극적 대응이 무엇인지 파악하는 데도 이 방법은 효용성을 지닌다. 작품 전체가 무엇을 표현하고 있는지 알고 있으면 각 부분의 의미가 무엇인지 쉽게 파악할 수 있고 각 부분을 정확히 알면 전체를 아는 데 도움이 된다. 그런데 부분과 전체를 알아 가는 순서는 부분에서 전체로 가는 것이 아니라 전체에서 부분으로 가야 한다. 작품을 읽어 가는 순서야 부분에서 부분으로 이어져 가는 것이지만 그 의미를 이해하는 순서는 이른바 '다시 읽기'를 해야 하므로 전체에 대한 파악이 부분보다 먼저다. 성숙해 가는 불꽃을 말한 발터 벤야민의 견해가 짚고 있는 대목은 바로

10 조동일, 『문학연구방법』, 지식산업사, 1982, 96쪽.

이 사실이라고 생각된다. 그와 같은 관점에서 『탁류』의 전체를 포착하는 데 도움이 되는 것이 플롯의 대응 형태다. 「명일」이 지닌 플롯의 대응 형태는 아버지와 아들 사이에 성립한다. 각각의 대응 형태는 모두 굶주림의 현실에 대한 것으로서 성립하지만 거기에는 아버지의 소극적 대응과 아들의 적극적 대응이라는 차이가 있다. 그에 비추어 볼 때 『탁류』가 지닌 플롯의 대응 형태는 정주사와 송희 사이에 성립한다고 볼 수 있다. 하바꾼에게 멱살이 잡혀 캑캑거리고 있는 정주사의 모습은 장형보에게 발목이 잡혀 거꾸로 들려 금방 숨이 넘어가는 송희의 모습에 투영되어 있다. 그 두 가지 장면이 플롯의 대응 형태인 것이다. 그렇지만 송희의 행동을 대신하는 것은 초봉이다. 초봉이는 캑캑거리기만 할 뿐 하바꾼의 멱살잡이에 아무런 대응을 하지 못하던 아버지와는 달리 장형보의 급소에 발길질을 날려 일격에 쓰러트리고 그것도 모자라서 발로 수없이 짓밟아 이갤 뿐만 아니라 다듬돌을 들었다 놓았다 하여 꼽추를 완전히 피떡으로 만들어 놓는다. 그런데 이 사실이 무엇을 의미하는지를 정확히 알기 위해서는 초봉이와 장형보가 작품에서 무슨 역할을 맡고 있는지 아는 일이 필요하다.

『탁류』에 대하여 검토한 많은 비평가 및 문학 연구자들은 이 작품이 정주사가 주인공 역할을 하는 전반부와 초봉이가 주인공 역할을 하는 후반부로 나뉘어 있다는 것을 지적했다. 그리하여 전반부는 좋은데 후반부는 평탄에 떨어져서 지나치게 디테일이 많다든가 통속 드라마가 되었다든가 하는 비난을 일삼아 왔다. 이러한 지적들은 얼추 『탁류』의 구조라든가 특성을 제대로 짚어 낸 것으로 보인다. 많은 사람들이 그렇게 말하고 있는 것이다. 하지만 엄밀히 분석했을 때 『탁류』는 전반부와 후반부로 나뉘는 것이 아니라 정주사를 중심축으로 해서 여러 사람이 등장하는 첫 부분과 초봉이가 중심축이 되는 둘째 부분, 그리고 다시 여러 사람이 등장하는 마지막 부분, 이 세 부분으로 나뉘는 것이다. 이 구분은 첫 부분이 현재를 나타내고 초봉이가 중심이 되는 두 번째 부분은 정주사의 과거, 조선 민족의 과거를 나타내며, 마지막 부분은 다시 현재의 현실을 나타낸다는, 작품의 구조에 대한 파악에 근거를 두고 있다. 곧 초봉이가 히로인이 되는 두 번째 장면은 초봉이와 장형보 사이에 계약이 성립함과 동시에 딱 끝나 버리고 다시 원래의 이야기로 돌아가는데, 이 사실은 초봉이가 중심이 되는 중간 부분이 작품 전체에서 일종의 삽입이라는 징표가 되어 준다. 정주사가 등장하는 첫 부분과 장형보를 죽이고 감옥에 가는 일을 논의하는 마지막 부분이 현재의 현실을 나타내는 것이라면 초봉이가 장형보와 작성하는 계약서는 을사조약이나 한일합방 조약서를 상징하는 것으로서 조선이 일제의 식민지가 되기까지의 과거 역사를 알레고리적으로 나타내 주는 대목이다. 실제로 채만식은 소설의 연재를 마친 후 출판을 위해 개정 작업을 하면서 소설의 첫 부분과 둘째 부분, 셋째 부분이 명확히 구분이 지어지도록 연재본에 손을 보고 있다.

그렇다면 초봉이 부분이 왜 소설에 삽입되어야 했는가. 그 이유는 작품 전체가 현재-과거-현재의 구조로 진행된다는 사실에서 단서를 구할 수 있다. 초봉이는 정주사가 중심이 되는 이야기에서 과거의 특정 사실을 나타내기 위해 동원된 삽화이다. 그 과거의 특정 사실이란 바로 오늘의 정주사가 살아가야 하는 현실을 빚어낸 사건이자 역사이다. 곧 초봉이는 일제 강점기를 살아가야 하는 조선 민족의 과거 역사, 구한말의 역사를 형상화하기 위해 도입된 장치인 것이다. 이렇게 초봉이를 구한말의 역사를 나타내기 위해 도입된 장치로 인식하게 되면 『탁류』를 감싸고 있던 수수께끼들이 연자세에서 실이 풀려나가듯 술술 다 풀려나간다. 초봉이는 남승재를 마음으로 원하고 있었음에도 불구하고 마치 청혼을 기다리기나 했었다는 듯이 고태수에게 훌쩍 시집간다. 그리고 고태수가 장형보의 음모에 의해 저승으로 떠나던 날 바로 그 시점에 장형보에게 겁탈당한다. 그리고 어찌어찌하여 신혼살림을 정리하고 서울로 떠나던 날 기차역에서 박제호를 만나 온천으로 쫓아가서 금방 그의 첩이 된다. 그러나 박제호는 초봉이와 송희가 자기 것이라고 주장하는 장형보가 찾아오자마자 초봉이 모녀를 선물이라도 주는 듯이 순순히 장형보에게 넘겨준다. 그리고 초봉이는 계약서 한 장 받아들고 장형보의 품으로 달려간다. 이런 일들은 순식간에 일어난다. 관련된 인물들에게서 망설임이나 주저는 찾아볼 수 없다. 이와 같은 사건의 전개에서 초봉이는 장형보와 계약을 맺고 그의 소유물이 되는데, 이 계약이 맺어지자마자 소설은 초봉이를 떠나 이전의 이야기, 정주사가 주인공인 식민지 현실의 이야기로 돌아간다. 이러한 일련의 사태가 무엇을 의미하는지는 조금만 생각하면 그 의미가 금방 명확해진다. 초봉이는 조선 민족의 알레고리다. 조선 민족은 운명적으로 고태수(고+태수, 태수=왕, 고태수=고종)와 맺어져 있었다. 그렇지만 아무런 실속도 없고 힘도 없는 고태수는 장형보의 농간에 놀아나 얼간이 노릇을 하다가 저승으로 떠나 버리고 그 사이에 초봉이는 장형보에게 겁탈을 당한다. 이 사건은 명성황후 시해사건을 환기시킨다. 남편이 죽은 뒤 군산을 떠나 서울로 가던 초봉이는 먹음직스러운 먹이를 호시탐탐 노리고 있던 박제호의 것이 되는데 박제호란 이름은 박제된 호랑이, 종이호랑이라는 뜻을 지니고 있어 그것이 한때 조선을 한입에 삼키려고 했던 청나라를 의미한다는 것은 누구나 쉽게 이해할 수 있다. 문제는 장형보가 누구이고 무엇을 의미하는가 하는 점이다. 우리는 우선 장형보가 꼽추로 설정되어 있고 음흉한 인물이라는 소설의 묘사를 주목할 수 있다. 여기에서 생긴 심증을 뒷받침해 주는 것이 채만식이 쓴 「곤장백도」라는 수필이다. 장형보라는 이름이 지닌 비밀을 푸는 데 어려움을 겪을 독자들을 위해서 작가가 힌트를 주고 있는 셈인데 장형(杖刑)은 곤장 백도를 의미하고 그런 점을 참고로 하면 '장형보'는 장형(杖刑 : 곤장 백도)과 보(甫 : 아무개 씨)가 결합된 이름이라는 점에서 곤장 백도를 칠 놈, 곧 몽둥이로 때려서 죽일 놈, 한마디로 말해서 처

죽일 놈이란 뜻이 된다. 곧 일본이 되는 것이다. 여기에 이르면 초봉이 이야기는 구한말 조선의 역사를 한·중·일 3국의 관계 속에서 조명하기 위해 배치된 삽화라는 것을 쉽게 이해할 수 있게 된다. 여기서 『탁류』가 디테일이 풍부한 사실주의 소설에 그치는 것이 아니라 알레고리를 이용해 당대의 조선 현실을 예술적으로 형상화한 작품이라는 새로운 인식이 가능해진다. 이 관점에서 보면 『탁류』가 「명일」의 발전이란 것이 무엇을 뜻하는지도 명확해진다. 「명일」에서 아들은 두부를 훔쳐 배를 채우는 데 그쳤지만 『탁류』에서 송희를 대신한 초봉이는 멱살을 잡히고서도 캑캑거리기만 했던 아버지와는 달리 원한 서린 침략자 꼽추 장형보를 일격에 쓰러트리고 무수한 발길질로 곤죽을 만들어 놓은 다음 다듬돌을 들었다 놓았다 하여 피떡을 만듦으로써 완전히 숨통을 끊어 놓았던 것이다. 그것은 한마디로 말해서 원한 서린 일본 제국주의를 타도하는 형상이다. 여기에 이르면 자신의 소설을 박태원의 『천변풍경』과 같이 세태소설로 분류한 임화에 대해서 채만식이 『탁류』는 문학정신부터가 세태소설 부류와는 다른 작품이라고 강력하게 주장한 연유를 깨달을 수 있는 것이다.

이와 같이 플롯의 대응 형태, 알레고리 구조를 분석해 보면 『탁류』는 일제 강점기에 창작된 어떤 작품보다도 항일의식에 투철한 작품으로 입증이 된다. 일본 제국주의를 타도하는 사건을 생동하는 형상으로 그린 작품이 우리 문학사 어디에 있는가. 아무리 눈을 크게 뜨고 찾아보아도 일제 타도를 주장한 작품은 눈에 띄지 않는다. 그러나 『탁류』의 의의는 여기서 그치지 않는다. 『탁류』의 맨 끝 장은 '서곡(序曲)'이란 이름을 달고 있다. 이 장에서 초봉이는 자신이 그렇게 갈망했던 남성 남승재에게 언약을 받는다. 그 언약이란 결혼의 서약이다. 자신이 감옥에 갔다 올 때까지 기다려 주겠느냐고 초봉이가 묻고 남승재가 그에 대해 고개를 끄덕이며 승낙을 하는 것이다. 세 남자를 편력한 데다 딸린 아이까지 있고 이제 감옥에 가야 할 입장에 있는 여자가 숫총각한테 혼인서약을 받는 셈이다. 그러나 남승재와 초봉이는 운명적으로 하나로 묶이게끔 되어 있다. 남승재는 고태수의 부정성과 대비되는 조선 민족의 건강성을 나타내므로 해방이 되는 날 초봉이로 대표되는 조선 민족은 남승재와 같은 건강성과 결합해야만 하는 것이다. 좀 엉뚱한 이야기처럼 들릴 이 대목은 그러나 작가의 현실 인식, 역사의 방향성에 대한 인식을 나타내는 지표가 된다. 『탁류』 이후에 발표되는 장편소설들에는 작품 마지막 부분에 한결같이 이런 장면들이 등장하는데, 그 양태가 조금씩 변하는 것을 유심히 살펴보면 채만식이 당대의 역사에 대하여 어떻게 인식하고 있었는가가 명확하게 드러난다. 예컨대 『탁류』에서는 아직은 일제가 펄펄 살아 있기 때문에 장형보의 숨통을 끊어 놓은 초봉이는 당분간 감옥에 가 있어야 한다는 인식이 표현되어 있고, 『아름다운 새벽』에서는 조선이 해방될 날이 머지않았으니 조금만 기다리라는 인식이 나타나 있으며, 『여인전기』에서는 이제 일본은 완전히 망했다는 인식이 구체적인 형상으로 그려지고 있는 것이다.

초봉이 감옥에 가기로 하고 남승재에게 명일의 언약을 받는 것은 김윤식이 그토록 강조해서 말한 바로 그 역사의 방향성을 드러내는 장면인 셈이다. 채만식이 역사의 방향성을 작품으로 형상화하는 데에는 모두 이 방법이 동원된다. 그 점에서 이 장면은 『탁류』를 구성하는 데 중요한 성분이 되는 분신의 기법이 『탁류』에서 어떤 역할을 하는지 잘 보여 준다. 초봉이는 왜 남승재와 명일의 언약을 해야 했을까. 원래 마음에 있던 남자라는 것도 물론 중요한 원인이 되었을 것이다. 그러나 그보다 더 핵심적인 사실은 남승재가 고태수와 짝을 이루는 정주사의 분신이라는 점이다. 고태수가 조선 민족의 부정성을 나타내는 인물이라면 남승재는 관념적으로 조선 민족의 긍정적 성격, 적극성을 나타내는 인물이다. 그것은 초봉이가 소극적인 측면을 나타내는 데 비해 계봉이가 적극적인 측면을 나타내는 것과 짝을 이룬다. 채만식은 1939년 1월 『동아일보』에 발표한 「탁류의 계봉」이라는 글에서 계봉이가 남승재를 그렇게 마음에 두고 있었으면서도 이상하게 결혼할 생각은 전혀 없었다고 말하고 있는데 그것은 남승재나 계봉이가 모두 특정한 관념을 나타내는 인물이기 때문이다. 관념끼리는 아무리 서로 좋아한다고 해도 결혼할 수가 없는 것이다. 작가는 독자들이 작품을 이해하는 데서 착오를 일으킬 우려가 있다고 보고 계봉이는 초봉이의 분신에 지나지 않음을 말하고 있는 것이다. 이와 같은 관점에서 『탁류』를 돌아보면 작품에는 분신들이 도처에 득실거린다. 초봉이는 정주사의 분신이고 송희는 초봉이의 분신이다. 또 초봉이의 분신이 계봉이라면 고태수의 분신은 남승재이다. 박제호, 장형보 등 소수의 인물을 빼면 『탁류』의 인물들은 거개가 정주사를 원점으로 한 여러 형태의 분신인 것이다. 이 점에 상도하면 이제 우리는 『탁류』의 전체상을 한눈에 내려다볼 수 있는 유리한 고지에 서게 된다. 이 고지에 서기까지의 과정을 전체적으로 돌아보면 다음과 같은 서술이 가능해진다.

필자가 『탁류』에 접근하기 위해서 사용한 방법을 회고하면 가장 먼저 파악된 것은 소설 전체다. 작품을 읽어가는 순서야 다른 사람들과 마찬가지로 책의 페이지 순서에 따라가는 것이었지만 그렇게 부분을 모두 다 읽고 나서 전체를 한꺼번에 통람했을 때 눈에 처음 들어온 것은 하바꾼에게 멱살을 잡혀 캑캑거리고 있는 정주사상(像)이다. 이 정주사상은 소설의 맨 앞에 나오는 미두장의 장면에 나오는 개별적 이미지가 아니다. 소설 속에 묘사되고 있는 그 수많은 사건들과 장면들이 포개지고 겹쳐지면서 만들어 낸 전체상으로서 정주사상이다. 이렇게 여러 개의 장면들, 이미지들이 겹쳐지고 포개지면서 하나의 원형 이미지를 만든다는 것은 지각 심리학자를 빼놓고도 많은 문예학자들이 보고하고 있는 경험적 사실이다. 그 대표적인 한 사례를 들라고 하면 가스통 바슐라르의 이미지 현상학, 노스럽 프라이의 원형비평 등을 제시할 수 있다. 그리고 그렇게 중첩되고 포개진 개별 이미지들이 하나로 통합되면서 만들어 내는 것이 작품의 전체상이다. 그 전체상을 형성한 것이 무엇인가를 분석적으로 되돌아보았을 때 거기에는 두 개의 장면이 포착된다. 이른바 '플롯의 대응 형태'라는 것인데 처음 장면에서 정주사가 멱살을 잡혀 캑캑거리는 모습과 작품 후반부에서 장형보에게 발목을 잡혀 금방 숨이 넘어가는 송희의 모습이 그것이다. 이 송희를 대신해서 초봉이는 장형보의 숨통을 끊어놓는데 그것까지 감안하면 「명일」에 나오는 아버지와 아들의 굶주림에 대한 대응의 양상이 『탁류』에도 똑같이 반복되고 있음을 알 수 있다. 정주사는 멱살을 잡혀 캑캑거리기만 했지 하바꾼에게 아무런 대응을 하지 못 했지만 금방 숨이 넘어가는 송희를 보고서 초봉이는 내보살 외야차가 되어 장형보에게 가차없는 발길질을 날린 것이다. 여기에 이르면 『탁류』의 전반부는 풍자이고 후반부는 알레고리라는 식의 인식은 더 이상 설 자리가 없다. 그것들의 이미지가 이미 한데 겹쳐졌을 뿐만 아니라 그 전체를 통해서 통합적으로 의미작용을 하고 있기 때문이다. 그런데 작가는 여기에다가 역사와 현실을 동시에 포착하는 겹시각을 사용했다. 역사적 사건과 현재적 사건을 한데 겹쳐서 표현하는 이 방법은 다른 많은 작가들도 자주 사용하는 기법이기는 하지만 특히 채만식은 일찍부터 이 기법을 전매특허나 받은 듯이 늘 이용했다. 실제로 송하춘은 「인테리와 빈대떡」, 「레디메이드 인생」에 이 기법이 사용되고 있다는 것을 상세히 분석해서 보여 준 바 있다. 채만식은 이 기법을 발전시켜 『탁류』에서는 조선의 역사와 식민지현실을 정주사의 모습 속에 투영해 놓았다. 송희의 어머니 인 초봉이를 조선의 근세역사를 구현하는 인물로 의인화하고, 첫 부분의 정주사를 조선의 식민지 현실을 상징하는 인물로 만들어 그 둘을 결합시켜 전체상으로서의 정주사상을 빚어낸 것이다. 이것은 다른 말로 하면 작품의 시공간 구조가 된다. 그런데 초봉이를 한·중·일의 각축장이 된 조선의 근세역사를 구현하는 인물로 만들기 위해서는 불가피하게 알레고리 기법이 요구된다. 작가는 그 알레고리를 초봉이의 상대역이 되는 세 남자의 이름 속에 새겨 넣고 그들에 대한 서술구조 속에, 그리고 작품의 디테일 속에 알레고리를 뒷받침할 가시적인 것들을 마련해 놓았다.[11]

인용문에서 '가시적(可視的)인 것'이란 알레고리를 성립시키기 위해 디테일을 풍부하게 함으로써 원래의 대상을 알아볼 수 있게 하는 요소이다. 『탁류』의 후반부가 디테일로 넘쳐 나는 것은 이 가시적인 것들을 확보하기 위한 작가의 방책 때문이라 할 수 있다.

류보선은 채만식의 『탁류』가 "채만식 문학의 총화이자 한국근대문학의 한 정점"으로서 "끊임없이 다시 읽어야 할 그런 작품"이라고 말한다. 그 작품은 "식민지 근대화의 풍경을 어느 누구보다도 심지어 어떤 역사서보다도 더 풍부하고 객관적으로 표현"했다는 것이

11 졸저, 『채만식의 항일문학』, 서정시학, 2013, 172-173쪽.

다. 이와 같은 관점은 역사학자 홍이섭의 글에서도 나타나는데, 홍이섭은 "1937년의 식민지 현실을 뚫고 제작한 이 작품에서 영락해 가는 정주사는 그에게 작품 중의 한 사람이 아니라 망해 가는 식민지 한국인의 한 전형이었다"[12]고 말하고 있다. 여기서 홍이섭이 말하는 전형은 여러 가지 측면에서 작품의 전체상이란 성격을 지닌다. "작품 중의 한 사람이 아니라"는 표현은 그러한 함축을 뚜렷하게 드러내는 표지이다. 일련의 연속되는 이미지들을 포개어 놓고 전체를 투시했을 때 포착되는 전체상인 것이다. 「명일」과 『탁류』를 통해 채만식 문학의 기본 형태가 정립되었다는 것은 이를 두고 하는 말이다. 다음의 그림은 채만식이 「명일」의 방향을 발전시킨 『탁류』의 기본 형태를 보여 준다.

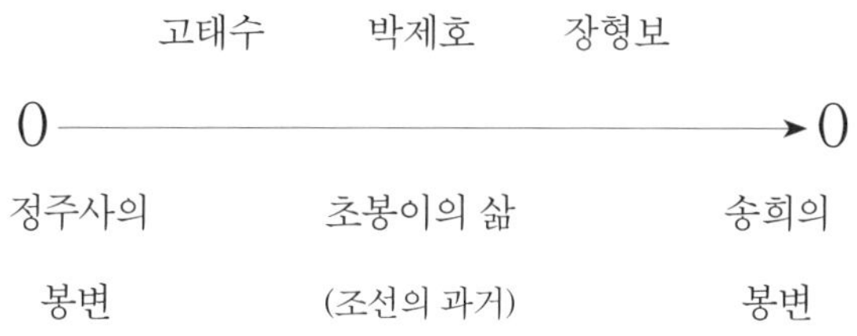

이 그림에서 작품의 기본 틀은 정주사의 봉변과 송희의 봉변으로 만들어진다. 두 개의 봉변이 플롯의 대응 형태를 이루고 있는 것이

12 홍이섭, 「채만식의 탁류」, 『채만식』, 김윤식 편, 문학과지성사, 1984, 96쪽.

다. 그 두 개의 사건 안에는 초봉이의 삶으로 대변되는 조선의 역사가 들어 있고 그것은 진행되는 시간 속에 들어 있다. 그 역사적 시간은 고태수, 박제호, 장형보란 세 인물의 형상으로 표현된다. 단순한 대조의 형식을 띠고 있던 「명일」의 방향이 『탁류』에서는 이와 같은 역동적인 시공간의 구조를 통해서 전체를 투시할 수 있게끔 발전하고 있는 것이다. 이 사실을 인식하면 이제까지 불투명하게만 보였던 모든 사태가 명확하게 파악된다. 박태원류의 세태소설들과는 문학정신 자체가 다른 것이라는 말의 본뜻이 무엇인지 즉각적으로 인식할 수 있음은 물론 「명일」을 발전시킨 게 『탁류』라는 말, 문학이 역사를 밀고 나가는 한 개의 힘이라는 말 등이 무엇을 의미하는지 손쉽게 파악이 되는 것이다. 뿐만 아니라 「명일」이 채만식의 후반기 문학의 원점인 이유, 그리고 『탁류』가 「명일」의 발전인 이유, 「명일」의 방향성이 무엇을 뜻하는지도 모두 훤하게 알아볼 수 있는 것이다. 그것은 「산동이」에서부터 발전되어 온 채만식 문학의 기본 형태였던 것이다. 그러나 채만식은 기본 형태를 확립하는 것으로 만족하지 않았다. 다른 방식으로 구성된 작품의 형상화를 시도함으로써 작품 전체에 대한 직관이 가능할 수 있는 방안을 여러 가지 방식으로 모색한 것이다. 그 대표적인 작품이 일부 비평가들에게 채만식 최고의 작품으로 평가받는 『태평천하』이다. 『태평천하』는 전체 구조를 직관함으로써 전체상을 파악하게 하는 채만식의 형상화 방법이 「명일」에서 『탁류』로 발전되어 온 지금까지의 형태와는 전혀 다른 방식으로 형상화 방안을 새롭게 모색한 구체적 사례이다.

3. 전체 구조의 직관

『태평천하』는 1938년 1월부터 9월까지 『조광』지에 연재되었다. 『탁류』가 1937년 10월 12일부터 1938년 5월 17일까지 『조선일보』에 연재되었음을 생각하면 『탁류』보다 늦게 탄생한 작품이라 할 수 있지만 1937년에 이미 작품 전체가 완성되어 있었던 것을 퇴고를 거쳐 잡지에 연재했음을 생각하면 두 작품이 거의 동시에 세상에 나온 것을 인정할 수 있다. 더욱이 『탁류』는 연재가 끝난 뒤 작가에 의해 대대적으로 수정되었다. 그 수정은 주로 사건의 단락이 지닌 의미를 명확히 한 것이라 할 수 있는데 연재본과 비교해서 살펴보면 작가가 어떤 의도로 작품을 지었는지 명확히 파악할 수 있다. 작품이 현재-과거-현재의 순서로 짜여 있는 상태를 확고하게 드러내고자 하는 수정이었으므로 그것은 작품의 시공간 구조를 통일시키는 작업이라 할 수 있다. 초봉이를 중심으로 전개되는 과거의 역사를 정주사가 중심인 현재 속에 위치시킴으로써 작품의 전체상을 정주사로 통일해서 직관할 수 있게 하는 작업이었던 것이다. 이와 같은 관점에서 바라보면 『태평천하』의 구조는 『탁류』의 그것과 대비된다. 채만식은 스스로 『태평천하』가 「명일」에서 「치숙」으로 이어지는 한 흐름인 것은 사실이지만 그것들과는 다른 특성을 지닌 작품이라고 말한 바 있다. 바꾸어 말해서 「명일」에서 『탁류』로 발전한 것이 채만식 문학의 한 흐름이라면 「명일」에서 『태평천하』로 발전한 것이 또 하나의 흐름이라는 견해인 것이다. 그렇다면 두 흐름을 구분하게 하는 차이는 무엇인가. 그것은 한 마디로 말해서 형상을 통일하는 방법의 차이이다. 민현기는 『태평천하』가 "플롯의 유기적 완결성과는 거리가 먼, 회화적 에피소드의 나열, 무질서한 장면의 확대, 강조만으로 일관된 특이한 구성"[13]을 가지고 있다고 분석한 바 있다. 이것은 초봉이로 대표되는 알레고리적 요소들까지도 정주사의 형상을 빚어내는 데로 집중하는 『탁류』의 형상화 방법과 대비된다. 물론 『태평천하』의 전체상이 윤직원에 의해 형성된다는 의견이 대두될 수도 있지만 정주사가 작품 속에서 알레고리에 의해 상징성을 획득하는 인물임에 반해 윤직원은 그와 같은 자리를 차지할 수 없다. 그의 역할은 작품에 등장하는 무수한 사건들을 단편적으로 소설 속에 도입할 수 있도록 하는 매개자의 역할에 한정되고 있는 것이다. 이 점에서 『태평천하』의 서사구조를 분석하면서 무수한 단위 사건(motive)의 속성을 Ⓐ 윤직원 등 인물의 움직임 Ⓑ 등장인물들의 과거를 현재화하는 부분 Ⓒ 등장인물의 습관, 움직임을

13 민현기, 「태평천하의 작품구조와 작가정신」, 『관악어문연구』 5, 1980, 375쪽.

설명하는 부분으로 구분하여 설명하고 있는 김재석의 다음과 같은 관점을 참조할 필요가 있다.

> 단위 사건들이 결합하는 양상에 따라 『태평천하』는 전후반부로 나누어지는데, 나누어지는 지점이 소설 내의 시간, 즉 이야기 시간의 변화와 일치하고 있다는 사실에서 작가의 의도적인 분할임을 알 수 있겠다. 전반부는 소설 내적 시간상 전날 석양 무렵부터 밤중까지이고 후반부는 다음날 아침부터 정오 무렵까지이다. 소설 내적 시간의 흐름은 거의 대등한데도, 서술 시간으로 따져 보면 후반부는 전반부에 비해 비교가 안 될 정도로 적은 양이다. 다분히 비정상적으로 보이는 이러한 구성에 숨어 있는 채만식의 의도가 무엇인지를 알아보기로 하자. 전반부는 윤직원 일가의 현재적 모습과 그들의 내력에 대한 설명 혹은 과거 사건을 현재화해서 보여주는 것으로 이루어져 있다. 그 구성 원리를 살펴보면, A에 해당하는 부분은 B나 C를 이끌어 내기 위한 요소로서 사용되고 있다는 점을 확인할 수 있다. … 이러한 구성방식에 있어서는 서술 시간은 계속 흘러가게 되지만 이야기 시간은 정지 상태가 되어 버린다. B와 C로 기술된 단위 사건에서는 이야기 시간이 정지되어 버리므로, 과거부터 있어왔던 무수한 부정적 행위들이 시간의 차이를 소실하게 되어 거의 동시다발적으로 일어난 듯한 느낌을 주게 된다. 독자들의 입장에서는 윤직원과 그 주변인물들의 부정적인 삶의 단편들을 한꺼번에 경험하게 되는 것과 마찬가지여서 그들에 대한 반감의

> 폭이 훨씬 커지게 된다. 따라서 전반부의 경우는 윤직원을 비롯한 등장인물들의 부정적인 내력을 소개하는 부분들이 소설의 핵심을 이룬다고 하겠다. … 후반부는 전반부와 아주 다르다. 후반부는 윤직원의 현재적 사건, 즉 A가 소설의 중심을 이루고 있다. 윤직원의 기상천외한 건강비법에 대해 설명하는 정도가 예외적일뿐, 윤직원이 춘심을 만나고, 종수를 만나고, 윤주사를 만나는 행동이 시간순서대로 전개되고 있다. 전반부에는 이야기 시간이 거의 정지 상태에 가깝다고 할 정도로 천천히 흘렀던 데 비하여 후반부에서는 아주 빠른 속도로 흘러가고 있다. 후반부에서 가장 중요한 사건은 종학이 잡혀갔다는 소식을 들은 윤직원의 반응이라 하겠다.[14]

작품의 전체 구성 원리를 설명하고 있는 인용문에서 잊지 말아야 할 것은 무수한 단위 사건들이 부단히 제시됨으로써 독자들이 전체적으로 어떤 형상을 마주치게 되는가 하는 문제이다. 『탁류』는 초봉이가 구한말의 조선 역사를 알레고리적으로 재현하기 위해 도입되고 있다는 사실을 파악하면 정주사가 일제 강점기 조선 민족의 알레고리임을 쉽게 알아볼 수 있다. 역사학자 홍이섭이 정주사가 조선 민족의 전형이라고 파악한 내용에 대해서 독자들도 이내 동의할 수 있는 것이다. 그렇지만 『태평천하』에서는 『탁류』에서와 같은

14 김재석, 「태평천하의 서사구조와 화자성격」, 『문학과 언어』 15, 1994. 5.

중심이 형성되지 않는다. 작가가 동원하는 여러 수단에 의해서 과거와 현재의 부정적 행위들이 동시다발적으로 제시되는 속에서 독자들은 어떻게 작품을 하나의 전체상으로 형성할 수 있는지가 문제로 대두되는 것이다. 채만식이 『태평천하』를 『탁류』와는 다른 흐름이라고 파악할 수 있었던 것은 그에 대한 자각 때문이라고 할 수 있다. 그것은 달리 말하여 두 작품의 시공간 구조에 대한 인식의 문제이다. 『탁류』에서는 정주사가 하바꾼에게 봉변을 당하는 시점으로부터 송희가 장형보에게 봉변을 당하는 시점까지 일정한 시간이 확보됨으로써 작품에서 진행되는 사건에 대하여 원인과 결과의 관계를 성립시킬 수 있는 시공간이 허용된다. 이에 비해 『태평천하』의 종심(縱深)은 매우 짧다. 거의 동시적이라고 할 수 있는 시간 속에서 여러 단위 사건들이 한꺼번에 등장하기 때문에 거기에는 인과관계를 설정할 수 있는 여건이 확보되지 않는다. 물론 이와 같은 사태를 삽화적 구성이라든가 모자이크, 몽타주의 개념으로 포섭하지 못할 바는 아니다. 실제로 김재석은 채만식이 구사하는 "현재적 시공간에서 또 다른 현재적 시공간으로의 이동"을 몽타주에 해당한다고 보고 있다.[15] '각각의 사건이 서로 충돌하여 독특한 효과'를 얻는다는 것이다. 그러나 이 견해는 일리가 있음에도 불구하고 작품의 통일이 어떻게 이루어지는가에 대해서는 충분한 대답을 내놓지 못한

15 김재석, 앞의 글.

다. 채만식의 장면 전환이 영화적인 수법이고 소설의 화자를 이용한다는 견해인데 설사 그러한 수법을 사용했다고 하더라도 단편적인 사건이 통일된 구조로 통합되는 메커니즘에 대한 해명이 부족한 것이다. 그런 측면에서 『탁류』의 유기적으로 통일된 전체상으로서 정주사에 대응하는 『태평천하』의 고안물은 구절판(九折坂)이지 않은가 생각해 볼 수 있다. 구절판은 아시다시피 음식을 담는 그릇이다. 여러 가지 음식을 담을 수 있도록 외곽으로 여덟 개의 칸이 나뉘어 있고 그 한가운데에도 간장이나 꿀, 엿 등의 음식을 담을 수 있기 때문에 모두 아홉 개의 구획된 공간을 가진 음식 그릇이 구절판이다. 이 구절판의 모양은 판소리의 창자가 작품에 등장하는 여러 가지 일에 관여를 하거나 서로 다른 인물의 역할을 하면서 판을 이끌어 가는 방식과 흡사하다. 『태평천하』의 통일성을 생각할 때 이 구절판이란 형상의 효용은 낱낱의 단위 사건들을 분산된 채로 놓아두지 않고 상위서사로 연결시켜 준다는 점에 있다. 조각으로 있는 것들을 모아서 부분을 만들고 부분이 모여서 전체가 될 수 있게끔 매개자 역할을 하는 것이다. 소설의 각 장면에 얼굴을 내밀고 있는 윤직원의 모습은 구절판 한가운데 있는 부분과 동일한 기능을 한다. 어느 장면에나 얼굴을 내밀고 있어서 중개자 역할을 하고 있지만 그 자신이 초점이 아니라 그를 통해 소개되고 있는 단편들이 핵심적인 역할을 하는 구조인 것이다. 구절판으로 모델을 제시한 『태평천하』의 통일기법은 차후 채만식의 창작에서 몇 차례 더 시험된다.

1940년에 발표된 「냉동어」와 1942년에 발표된 장편 『아름다운 새벽』이 그 대표적인 것으로 이 절에서는 「냉동어」만을 고찰하고 『아름다운 새벽』은 다음 절에서 장편소설을 검토하면서 함께 다루기로 한다.

「냉동어」는 한동안 채만식이 친일문학으로 기우는 경향을 보여준 첫 작품으로 평가되었다. 김윤식은 「냉동어」가 "이 작가의 정신적 궤적을 살핌에서 중요한 계기를 이룬다"고 말하면서 "일상적 삶의 동적 파악의 불가능 상태, 소위 삶의 '냉동 상태'에서는 모든 의식은 얼어붙는다. 서사 양식이 그려야 될 역사의 방향이 아득히 보이지 않는 상태를 이 작품은 상징적으로 보여주는 것"[16]이라고 설명했다. 이와 같은 관점을 이어받아 한수영은 이 소설이 "1938년 이후 계속된 채만식의 자기 풍자와 허무주의가 최종적으로 완성되는 작품이기도 하면서" "채만식의 본격적인 친일을 알리는 신호탄"[17]이라고 보았다. 이러한 견해들은 나름으로 제각기 근거를 가지고 있고 제 나름의 논리를 내세운다. 따라서 그 근거를 따지고 논리를 비판하는 것은 가치야 있는 일이겠지만 힘이 들고 시간을 바쳐야 하는 일이라는 것도 숨길 수 없는 사실이다. 예컨대 "일상적 삶의 동적 파악의 불가능 상태, 소위 삶의 '냉동상태'에서는 모든 의식은 얼어붙는다"는 말에 대해서 논박하기 위해서는 얼마만한 노력이 뒤

16 김윤식, 「채만식의 문학세계」, 『채만식』, 64쪽.
17 한수영, 「주체의 분열과 욕망」, 『채만식 중·장편소설 연구』, 소명출판, 2009.

따라야 하는 것인가. 또 일본인 스미꼬의 이름자 가운데 한 자를 따서 딸의 이름을 지은 것이 "스미꼬로 표상되는 또 다른 '주체'를 욕망(함?)을 의미한다"는 사실을 해설자의 말대로 인정해야 할 것인가 말아야 할 것인가. 이런 문제를 시시콜콜 따지는 작업은 친일문인 명단에 올라가 있는 채만식을 구제하기 위해서는 필요한 일임에 틀림없다. 그렇지만 '전체 구조의 직관'에 대하여 서술하는 이 자리에서 「냉동어」를 언급해야 하는 것은 그러한 일들 때문이 아니다. 「냉동어」에는 『태평천하』와 같이 단위 사건이라고 할 만한 것들이 여러 가지 등장한다. 스미꼬와 데이트를 하는 문대영이 상념하는 한글 맞춤법, 낡은 종각, 흰옷들과 같은 일련의 사물들은 스미꼬와 주인공 사이에 더 이상 좁힐 수 없는 거리를 만들어 놓는다. 그 사물들은 다른 성질의 사물들과 구별되는 하나의 세계를 구성하는 데 기여한다. 이것은 단위 사건들을 모아서 부분을 만들고 부분이 전체에 기여하게 만드는 구절판의 모델이 될지도 모른다. 새로운 감각이 넘쳐 나는 스미꼬냐 후줄그레한 마누라냐 하는 선택지의 형성은 그 사물들이 지닌 기억과 향취를 통해서 만들어진다. 따라서 이렇게 독자적인 공간들을 구분하게 하는 분류의 개념이 작동하는 방식은 그 나름으로 의의를 가질 수 있다. 그런데 「냉동어」에는 작가 채만식이 전체 구조에 대하여 직관을 하는 구체적인 장면이 묘사되고 그것은 채만식의 문학이 발전하는 양상과 긴밀히 연계된다. 책상 앞에 앉아 생각 속에 잠겨 있던 주인공이 자기 자신을 찾아온 여자손님에 대하여 무심코 상념을 전개하다가 부지불식간에 "스미꼬상이 여자드랬지이?" 하는 뜻하지 아니한 한마디를 불쑥 흘러나오게 하는 사건의 배경으로서 그 장면은 이렇게 묘사되어 있다.

건성으로 궐련을 뽑아 올려 건성으로 입술에 물었을 뿐, 대영은 이내 박인 듯이 스미꼬를 바라다보고 앉아 여념이 없던 시선이 한참만에야 차차로, 머리털과 모피의 깃 속에 하얗게 묻힌 그 목덜미로부터 이동을 하여, 소곳이 숙인 프로필을 어루만진다. 단명해 보이게 부리가 촉하고 작은 귀, 그 앞으로 하늘거리는 듯 연한 살쩍, 가름하니 하관이 빨아 약간 나온 듯싶은 광대뼈, 그 위로 길게 팬 눈초리를 지나, 심은 듯이 가조롱하고 촉이 긴 속눈썹, 그리고 유난히 오똑 날이 선 콧대. 이렇듯 제각기 한 부분 한 부분은 말하자면 조각적으로 인상이 또렷또렷했고, 물론 의식하고서의 음미인만큼 처음 비로소 머릿속에 들어와 박히는 결정적인 인식이었다. 한데, 그러나 이미 한 꺼풀 망막(網膜) 위에 드리운 관념의 베일이란 매우 기묘한 것이어서, 한 부분 한 부분을 차례로 그렇게 한번 씻어 보고 난 다음 일순간 후에는 그와 같이 인상적이던 부분부분의 특징이 삽시간에 죄다 해소가 되면서 따로이 전체의 모습만 오래오래 사귀던 친구랄지 혹은 집안 권솔 아무고 누구처럼, 조금도 낯이 설거나 어색한 구석이 없는 얼굴로 어느덧 통일 전화가 되어 가지고는 담쏙 와서 마음에 안기는 것이었었다.

채만식의 작품 가운데서 『탁류』는 일련의 이미지를 쌓아 놓고 전체를 투시하여 하나의 통일된 전체상을 읽을 수 있게 하는 첫 작품이었다. 『탁류』와 같은 시기에 창작된 『태평천하』는 구절판과 같이 여러 부분으로 나누어진 조각들이 부분의 형태를 유지하면서 하나의 전체로 통일되는 방식의 통일기법을 선보인 첫 작품이다. 「냉동어」는 『태평천하』의 통일구조를 뒤따르는 작품으로서 2년 뒤 『아름다운 새벽』에서 다시 나타나는 전체상의 원천을 보여 주고 있다. 한 부분 한 부분이 또렷이 보이다가 그 부분들의 특징이 어느새인지 모르게 해소되면서 전체가 모습을 드러내는 방식에 의존하여 스미꼬를 한편으로, 아내와 딸을 다른 한편으로 하는 선택지 가운데 하나를 주인공이 취하게 함으로써 서사를 조직하는 방법이다. 인용문은 그와 같이 조각이 난 것들이 해소되면서 일순간 전체로 통일 전화하는 양태를 구체적으로 보여 주고 있는 것이다. 이 장면의 소설 내적 의의는 주인공이 스미꼬의 존재가치, 친일행위가 갖는 이점을 드디어 인식함으로써 조선이냐 일본이냐 하는 선택행위에 의의를 부여하는 데 있다고 할 수 있다. 그러나 채만식의 문학 전체를 놓고 생각하면 이 장면은 작가가 작품의 상 또는 전체상을 포착하는 방법을 획득한 증빙이 된다는 점에 의의가 있다. 채만식이 『탁류』와 『태평천하』에서 획득한 통일기법, 개별적인 이미지를 하나의 전체상으로 만드는 방법을 1940년대의 두 작품, 『아름다운 새벽』과 『여인전기』에서 다시 구사하는 것은 우연이 아니라는 점을 「냉동어」라는 작품과 그 속에 들어 있는 인용문의 장면이 입증하고 있는 셈이다. 그 점에서 1930년대의 장편소설과 1940년대 초반의 두 장편소설이 어떻게 작품의 전체상을 만들고 있는지 살펴볼 필요가 있다.

4. 장편소설의 전체상

1940년대 초반 채만식은 왕성하게 창작활동을 펼쳤지만 완성된 장편소설은 『아름다운 새벽』과 『여인전기』 두 편뿐이다. 작가가 가장 심혈을 기울여 창작에 임했다고 여겨지는 『어머니』를 비롯하여 노심초사하여 만들어 낸 수많은 작품이 검열에 걸리는 바람에 연재가 중단되어 완성될 수 없었다. 또한 우여곡절 끝에 완성된 두 장편소설도 친일문학이란 혐의를 뒤집어쓰는 바람에 한국문학사에서 제대로 평가를 받지 못했다. 1940년대 초반을 문학사의 암흑기라고 하는 것은 그 당시 가장 왕성하게 창작활동을 펼친 채만식의 문학이 제대로 이해되지 못하고 친일문학으로 비판의 대상이 된 것과 무관하지 않다. 그러나 1940년대 초 채만식의 장편소설이 친일문학인가 하는 데 대해서는 아직 엄밀한 검토가 행해지지 않았다. 많은 비평가와 문학 연구자들이 채만식의 작품에 등장하는 친일문자, 친일발언을 근거로 친일문학이라고 일치단결하여 규탄하고 성토하지만 그것은 표피만을 보고 내린 판정일 뿐 문학작품의 본질을 천착하여 얻은 결론이라고 볼 수는 없다. 부분적으로 친일발언이 있다고 하더라도 그 발언의 배후에 무슨 내용이 있으며, 작품 전체의 의미는 무엇인지, 작품이 현실에서 실천하는 행동, 문학적 실천이 무엇인지 깊이 생각해 보지 않고 선무당 칼 휘두르는 모양새로 비평가로서의, 문학사가로서의 평필을 휘두른 것처럼 보인다. 이 사실을 입증하기 위해서는 작품을 부분적으로가 아니라 전체적으로 고찰하는 작업이 필요하다. 그 작업은 지금까지 우리가 해 왔던 작품의 통일성, 작품의 전체상에 대한 파악을 필수불가결의 요건으로 한다. 『탁류』와 『태평천하』는 여기에 많은 참조사항을 제공한다. 그것들이 서로 간에 어떤 동질성과 차이가 있는지 비교 대조함으로써 각각의 작품이 지닌 특질과 작가의식이 어떻게 발전하고 있는지 확인할 수 있기 때문이다. 그러나 그에 대한 본격적인 작업은 많은 시간과 노력을 요구하는 만큼 차후를 기약할 수밖에 없으며 여기서는 1940년대 초반에 완성된 두 작품에 집중하면서 『탁류』와 『태평천하』를 보조적인 수준에서만 참고하기로 한다.

『아름다운 새벽』은 1942년에 발표되었다. 『탁류』의 발표로부터 4년 뒤의 일이다. 소설의 이야기는 주인공 임준과 세 여인 사이에서 벌어지는 사건을 중심으로 전개된다. 주인공 임준은 열세 살 때 서씨와 결혼한다. 그런데 첫날밤 벽장에서 신부의 애인이 칼을 들고 튀어나온다는 째보의 말을 그대로 믿고 무서워했던 까닭에 신방에서 뛰쳐나간 뒤 이십일 년째 합방을 하지 않고 있다. 주인공은 일본 유학을 다녀온 작가로 외할머니에게서 유산을 물려받아 생활에 큰 어려움은 없다. 이 주인공에게 새로운 여인이 나타난다. 오태평이 소개해 주겠다고 한 여자인데 약속을 어기고 선을 보는 자리에 나가지 않았음에도 불구하고 두 사람은 열차에서 운명적으로 만나게 된다. 근대교육을 받은 오나미에게 매력을 느낀 주인공은 아내 서씨와 법률적으로 결별하려고 하고 서씨는 선선히 물러날 터이니 어머니를 모시고 살 수 있도록 해 달라고 담담히 말한다. 주인공은 오나미와 함께 농장을 가꾸려고 하는데 그 일을 박덕대가 맡는다. 박덕대의 딸 용순은 사기를 당해 홍주사의 첩이 되고 홍주사가 죽은 다음에는 기생이 된다. 이런 사정들이 얽혀서 복잡하게 돌아가는데 그 사이에 오나미는 주인공의 아이를 잉태한다. 그렇지만 주인공이 오나미와의 결혼을 위해 서씨와 이혼하려고 한다는 사실을 알게 된 어머니 강부인이 상경해 야단법석을 피우고 그 과정에서 주인공이 결혼한 남자라는 것을 알게 된 오나미는 다른 남자와 결혼하겠다는 편지를 남기고 고향인 욕지도로 내려가 버린다. 혼자가 된 주인공은 술집에서 몇 차례 기생이 된 용순과 관계를 하는데 그 사이에 아내인 서씨가 병으로 죽자 용순을 자신의 민적에 올린다. 그러나 주인공은 이런 문제들로 야기된 혼잡을 피하기 위해 여행을 갔다 오는데 주인공의 일기에서 자신을 '바꾸어 신은 신발'이라고 표현한 것을 본 용순은 오나미가 아이를 데리고 상경하던 날 "원주인이 왔으니까 나는 물러나야지" 하며 자살한다. 주인공은 자신의 모든 재산을 오나미와 아들 임호에게 맡기고 전지(戰地)로 가든지 부처님에게 가든지 하겠다며 집을 떠난다.

이상의 줄거리 요약에서 볼 수 있듯이 사건은 복잡하게 얼크러져 있고 상식적으로 납득이 되지 않는 일들이 여러 곳에서 벌어지는 방식으로 전개된다. 그것을 요약하면 주인공에게는 세 여인이 있다. 아내인 서씨는 병골로 주인공으로부터 20여 년 전에 소박을 맞은 여자이다. 주인공은 필연이자 우연으로 근대교육을 받은 오나미를 만나 좋아하게 되고 그녀에게 아이를 잉태시키지만 어머니가 한사코 결혼을 반대한다. 어머니의 반대의사를 접한 오나미는 다른 사람과 결혼하겠다며 시골로 내려가 버린다. 주인공은 상당한 재산을 가지고 있는데 그것을 박덕대가 관리하고 안살림은 박덕대의 아내가 맡으며 다른 사람의 첩이 되어 있던 용순은 기생이 되는데 주인공과 몇 차례 성관계를 한다. 이러는 사이 아내 서씨가 죽자 주인공은 용순을 아내로 민적에 올린다. 하지만 주인공이 자신을 진정으로 원하는 것이 아니라는 사실을 알게 된 용순은 오나미가 주인공의 아들을 데리고 나타난 날 자살해 버린다. 주인공은 오나미에게 뒷일을 부탁하고 먼 길을 떠난다.

신문에 연재된 내용을 보면 처음에는 완만하게 진행되던 사건이 뒤로 가면서 복잡해지고 한꺼번에 여러 문제들이 돌발하는데 그에 따라 작품에는 우연과 곁가지가 크게 불어난다. 이 사실은 작가에게 급히 소설 연재를 끝내야 할 어떤 사정이 개입했음을 짐작할 수 있게 한다. 그렇다고 하더라도 앞에서 요약한 내용만을 가지고도 작품의 기본 구도를 파악할 수 있는데, 그 일에는 『탁류』와 『태평천하』가 도움이 된다. 『탁류』에서는 초봉이와 세 남자 사이에 관계가 맺어지는 데 반해 『아름다운 새벽』에서는 주인공 임준과 세 여자 사이에 관계가 맺어진다. 그런데 『탁류』의 세 남자가 각기 조선, 중국, 일본을 나타내듯이 『아름다운 새벽』의 세 여자는 봉건적 조선, 근대적 조선, 일본 제국주의를 나타낸다. 이 알레고리에서 용순이 일본을 나타내는 인물이라고 하는 것은 그 아버지가 주인공의 농장 경영을 도맡고 있고, 그 어머니가 살림을 해 주며, 용순이 법적으로 아내가 되어 있다는 데서 확인할 수 있다. 안팎으로 주인공은 용순에게 사로잡혀 있는 것이다. 마지막 장면에서 용순이 "원주인이 왔으니까 나는 물러나야지"라고 말하고 죽어 버리는 것도 그녀가 농장의 진짜 주인이 누구인지 의식하고 있는 양태를 드러낸다. 오나미가 조선 민족의 대표라고 보고 있는 것이다. 그러므로 서씨, 오나미, 용순은 일정한 지분을 가지고 소설세계를 구획하고 있으며 어떤 사람을 선택하느냐 하는 문제는 그 사람이 지니고 있는 모든 것, 삶의 이념을 선택하는 것과 맞물린다. 이 점을 고려하면 『탁류』에서 초봉이의 선택지는 한·중·일 세 나라의 의인화인 세 남자가 아니라 실제적으로 남승재와 장형보 사이에 설정되는 것이라는 점을 알 수 있다. 장형보를 죽이고 감옥에 가면서 남승재와 명일의 언약을 하는 것은 주인공에게 주어진 선택지가 어떤 것인지 알려 준다.

여기서 『아름다운 새벽』의 종결이 왜 현재와 같은 모습으로 나타나는가를 납득할 수 있다. 서씨가 병사하고 용순도 자살했으므로 주인공은 오나미, 임호와 함께 농장을 관리하면서 행복한 생활을 영위할 수도 있다. 그것은 역사의 방향성이다. 그럼에도 불구하고 주인공은 오나미와 임호만을 남겨 둔 채 먼 길을 떠난다. 왜 떠나야 했을까. 이 물음에 대한 대답은 『탁류』에서 찾을 수 있다. 장형보를 살해하고 수사기관에 자현함으로써 감옥에 가야 할 초봉이가 남승재에게 명일의 언약을 받는다. 그것은 현재의 조건에서 일제 강점의 현실이 지속되고 있음을 인정하지 않을 수 없음을 말한다. 같은 맥락에서 임준이 먼 길을 떠나야 했던 것은 오나미와 임호, 그리고 주인공이 함께 행복한 삶을 누릴 수 있는 시간이 아직 도래하지 않았음을 나타내 준다. 그렇지만 『아름다운 새벽』의 제목에 쓰인 '새벽'이란 용어는 그 시간이 멀리 있지 않음을 말해 준다. 그것은 『아름다운 새벽』에 동원되고 있는 친일문자들이 작품의 의미와 별반 상관이 없는 것임을 나타내 주는 지표이다. 류보선은 채만식의 작품에 등장하는 친일문자나 친일문학론이 일관성도 없고 논리성도 없으며 이전 문학과의 친연성도 없다는 것을 이렇게 말한다.

> 일제 말기에 씌어진 소설들인 『아름다운 새벽』, 『여인전기』 등에 동양체제론, 내선일체론 혹은 동조동근론 등의 이데올로기가 수시로 표현되고 있는 것은 사실이나 그렇다 하더라도 사정은 그리 크게 다를 것이

없다. 이 소설들에서 제시되는 동양체제론 등의 이데올로기들이 소설의 서사와 아무런 유기적 연관성을 지니지 못한 채 다만 몇몇 장면에서만 직설적으로 표현되고 있을 뿐인 것이다. 결국 채만식이 행한 말에서 볼 수 있듯 국민문학은 의미있는 것이므로 열심히 배워서 좋은 국민문학을 만들자는 정도에 불과하다.[18]

실제로 채만식은 한 대담에서 국민문학의 모범이 될 만한 작품이나 이론이 없어서 국민문학을 실천행동으로 옮길 수 없다는 투의 발언을 하고 있다. 이와 같은 논법은 채만식이 친일문자를 사용하기 시작한 1930년대 말엽에 발표한 산문들이나 문학론에서도 여러 차례 반복적으로 나타난다. 일종의 아이러니를 통해 식민 당국의 강요사항을 비껴가는 수법을 구사하고 있는 셈이다. 그럼에도 불구하고 채만식의 일제 말기 작품은 친일문학의 대명사처럼 간주되어 왔다. 김윤식은 「냉동어」가 '의식의 영도 상태에서 대동아 공영권의 세계관을 선택한 경우'라고 보면서 『여인전기』는 "일종의 시대물과 결부된 회고담일 따름이라 족히 논의의 대상이 아니다"[19]라고 말하고 있다. 그러나 이와 같이 '족히 논의의 대상이 아니다'라고 일축하는 관점은 『여인전기』가 친일문학의 전형임을 인정하면서도 "그런데도 우리는 잠깐 채만식의 이러한 주체의 변모가 어디에

18 류보선, 『한국근대문학의 정치적 (무)의식』, 소명출판, 2005, 439쪽.
19 김윤식, 「채만식의 문학세계」, 『채만식』, 66-67쪽.

기인하는지를 살펴보아야 할 것 같다. 우선 의심되는 것은 그가 상당한 기간 그토록 굽히지 않고 견지해 왔던 반제국주의적 민족의식을 불과 몇 해 사이에 청산해 버리고 그 대신 반민족적 친일론을 강력히 내세운 것은 무슨 이유, 무슨 논리에 의한 것이냐 하는 점”[20]을 묻고 있는 입장과 대비된다. 전자에서는 논의할 만한 가치도 없는 작품으로 『여인전기』를 치지도외하는 데 비해 후자에서는 작가와 작품의 진실을 파헤쳐야 할 당위성을 이야기하고 있기 때문이다.

『여인전기』에서는 『아름다운 새벽』에서보다도 훨씬 더 치밀하게 친일의 논리가 구사된다. 또한 『아름다운 새벽』에서는 임준과 임호로 나뉘었던 인물이 『여인전기』에서는 준호(임준+임호=준호)라는 통일된 이름으로 등장한다. 이 시기에 창작된 채만식의 여러 작품을 참조하면 ‘준호’라는 이름의 사람은 모두가 조선 민족의 알레고리라고 볼 수 있다. 사람의 이름에 특별한 의미가 부여된 경우는 주인공 임진주에게서도 찾아볼 수 있다. 작가가 대망의 3부작으로 기획한 『어머니』에서 주인공 이름은 ‘숙히’였는데 그 작품을 『여인전기』로 개작하면서 작가는 주인공 이름을 ‘진주’로 바꾼 것이다. 이 개명이 지닌 의미는 『여인전기』의 전체상이 더러운 조개껍데기 속에서 영롱하게 빛나는 진주의 모습으로 표상된다는 사실을 통해 명확하게 알 수 있다. 작가는 자신의 작품을 사형취상 하면 영롱한 빛을 내

20 이선영, 「창조적 주체와 반어의 미학」, 『채만식 문학의 재인식』, 소명출판, 1999, 40쪽.

뿜는 진주조개가 되게끔 형상화했고 독자들이 자신의 작품에서 보다 쉽게 진주조개의 모습을 파악할 수 있도록 주인공의 이름을 '진주'로 바꾼 것이다. 이와 같이 작품 전체를 하나의 형상으로 파악하는 방법은 이미 『탁류』에서 구사된 바 있고 특히 「냉동어」에서는 부분으로 나뉘어져 있는 것들을 통해 전체상을 보는 방법이 작가의 직접서술로 제시된 바 있다. 이러한 사실들이 필자의 강변이 아니라는 것은 『여인전기』의 구성을 통해서도 입증할 수 있다. 『여인전기』는 현재 13장으로 되어 있다. 이는 진주조개의 조개껍데기가 열세 줄로 되어 있는 것과 일치한다. 그런데 1장과 6-7장, 13장은 친일문자로 도배되어 있다. 이 양태는 '더러운 껍데기를 둘러쓴 진주'를 표상하기 위해 작가가 의도적으로 장을 배치한 데 말미암는다. 곧 처음과 마지막 장은 친일문자로 되어 있으므로 더러운 것들이 달라붙어 있는 조개껍데기를 형성하는 것이고 한중간의 6장과 7장은 조개가 껍데기를 벌리게끔 조갯살이 살아서 지주(支柱) 역할을 하는 것이며 그 속에서 진주조개가 영롱한 빛을 내뿜는다. 이러한 형태의 의미에 대해서 필자는 다음과 같이 설명한 바 있다.

> 채만식은 일본의 패망을 증언하는 『여인전기』를 어떻게든 완성하고자 했으므로 이런저런 이유로 연재 중단을 당하는 사태를 막을 필요가 있었다. 그래서 맨 처음 부분과 맨 마지막 부분을 친일문자로 메워 놓았고, 혹시 있을지도 모를 검열의 간섭과 제재를 막기 위해 중간 부분에

도 지주를 세워 놓았던 것이다. 그 지주는 위아래의 껍데기를 벌려서 속에 있는 진주의 영롱한 모습을 세상에 드러낼 수 있게 하는 장치인 셈이다. 이렇게 해서 만들어진 진주조개의 껍데기는 위아래 각각 여섯 줄의 보라색 띠가 방사상으로 존재할 뿐만 아니라 왼쪽 부분이 조금 넓게 퍼져 있는 데 비해서 오른쪽은 움푹 패어 있다. 이것은 입몽 과정이 각몽 과정에 비해 긴 형태를 갖는 몽유록의 구조와 흡사하다. 그 구조는 『여인전기』에서도 나타난다. 작품의 전반부는 옥동댁(임진주)이 자신의 파란만장한 생애의 이야기를 할 수 있는 조건을 갖추기 위해서 길게 늘여서 여러 가지 삽화를 도입하고 있다. 이에 비해서 소설의 중심 이야기가 끝난 뒤의 사건을 서술하는 끝 장면은 급히 막을 닫기 위해 짧게 서술되는 형태를 지니고 있다.[21]

『여인전기』의 끝 장인 13장은 '혈육'이란 이름으로 되어 있다. 임진주의 일본인 이복동생이 찾아오는 장면인데 일본군 중좌인 그에 대한 묘사는 "키가 임중위처럼 후리후리하지 않고 등이 짤막하였다"는 것이 전부다. 채만식의 『탁류』를 읽은 사람은 '등이 짤막하였다'는 표현에서 곧 꼽추 장형보를 연상할 수 있을 것이다. 다른 말로 해서 '일본놈' 또는 '왜놈'이라는 욕설인 것이다. 그러나 그보다 더 중요한 사실은 이 13장에서 송편 속이 어떻고 꿈이 어떻다는 둥

21 졸저, 『문학의 모험』, 역락, 2006, 315쪽.

의 대화가 이루어진다는 점이다. 송편은 껍데기와 속이 있고 꿈 또한 꿈속과 꿈에서 깨어난 상태가 구분된다. 안과 밖이 있는 이러한 사물들이 반복해서 언급되는 것은 독자들에게 작품을 읽을 때 껍데기와 속을 구분해서 읽으라는 작가의 주문이다. 속 이야기는 진주가 살아온 삶의 과정에 대한 이야기이고 겉 이야기는 속을 감싼 껍데기, 친일문자들이다. 『여인전기』에서 영롱한 진주를 빚어내는 성분은 진주의 행동, 동작이고 더러운 조개껍데기는 친일문자가 만들어 내는 것이다. 이것은 사형취상이라는 읽기 방법이 만들어 내는, 취상법이 볼 수 있게 하는 작품의 형상이다. 채만식은 소설을 읽을 때 사형취상의 기제가 저절로 작동한다는 것을 알고 작품을 그 기제에 적응하게끔 창작한 것이다.

진주는 혹독한 시어머니의 구박을 받으면서 시집살이를 하다가 쫓겨난다. 시집으로 돌아가려 여러 차례 시도하지만 끝내 시어머니의 허락을 받지 못한다. 불가피하게 서울에 와서 공부를 하는데 우연히 남편 준호를 만나 결합하여 남매를 얻는다. 그러나 그 사실을 알게 된 시어머니가 아들에게 보내던 생활비를 끊어 버렸기 때문에 말할 수 없는 고생을 한다. 엎친 데 덮친 격으로 시름시름 앓던 남편 준호마저 세상을 떠나고 진주 혼자서 생활을 꾸려야 했기 때문에 고생은 가혹한 것이었다. 아이 하나를 다른 집에 개구멍받이로 넣기도 하고 다른 남자의 유혹을 받기도 하면서 간난신고를 겪어야 했다. 그러던 중 시어머니가 임종 직전에 진주를 불렀다. 어렵사리

만난 며느리와 손자들을 둘러보고서 시어머니는 열쇠 꾸러미를 진주에게 건네주면서 "옛다 다 맡아라…… 나는 가겠다!" 하고 운명한다. 임종 자리에서 시어머니가 한 말은 중의적이다. '나는 가겠다'는 말이 저세상으로 가겠다는 말도 되거니와 일본으로 가겠다는 말도 되기 때문이다. 이 중의성은 시어머니의 죽음을 "불여의(不如意)하고도 큰 불여의"라고 표현한 데서도 나타난다. 시어머니의 생애만 불여의했던 것, 뜻과 같지 않았던 것이 아니라 대동아 공영이니 신체제니 하면서 대륙 침략에 나섰던 일본 제국주의의 기도 또한 뜻과 같지 않았던 것, 불여의했던 것이기 때문이다. 작가가 불여의와 큰 불여의를 중복하는 것은 그런 뜻을 두드러지게 드러내기 위한 것이라고 볼 수 있다. 이러한 마지막 귀결은 채만식의 장편소설이 역사의 방향성을 어떻게 읽고 있었는지 파악할 수 있게 하는 단서를 제공한다.

『탁류』에서 초봉이는 남승재에게 명일의 언약을 받는다. 세 남자를 편력해 왔을 뿐만 아니라 살인을 저질러 이제 감옥에 가야 할 입장에 있는 여자로서 청운의 뜻을 품고 있는 총각에게 명일의 언약을 받는다는 것은 어느 모로 보나 염치없는 짓이다. 그러나 초봉이가 알레고리적으로 조선 민족을 나타내고 남승재가 알레고리적으로 조선 민족의 건강성을 나타낸다는 것을 이해하면 그 언약은 당연하고도 당연한 것이다. 다만 그 언약을 필요로 하는 역사에 대한 인식은 일본의 패망이 아직 가시화되고 있지 않다는 것이다. 이에 비해서 『아름다운 새벽』의 역사 인식은 조선 민족이 기대하고 기대하는 밝은 세계가 훌쩍 가까이 다가왔다는 전망을 가능하게 한다. '새벽'이라는 제목에 그러한 뜻이 이미 나타나 있다. 그 다가오는 새벽을 알면서도 주인공이 집을 떠나는 것은 낡은 세대인 임준보다 근대화의 상징인 오나미와 새로운 세대인 임호가 다가오는 시간의 주인이라는 인식인 것이다. 그러나 이 인식은 『여인전기』에서 한 발 더 나아간다. 그렇기 때문에 『여인전기』에 이르면 작가는 일본의 패망을 기정사실로 간주한다. 시어머니는 며느리에게 살림의 주권을 넘겨주고 "옛다 다 맡아라"라고 말할 뿐 아니라 "나는 가겠다"고 항복 선언을 하고 그것을 소설의 서술자는 "불여의하고도 큰 불여의"라고 해설한다. 여기서 『여인전기』의 신문 연재가 5월 17일에 완료된다는 것도 상징적인 의미가 있다. 『탁류』의 연재가 5월 17일에 끝났던 것과 연계해서 생각할 때 조선 민족의 알레고리인 초봉이가 감옥에 갈 수밖에 없었던 것과는 달리 이제 임진주는 당당히 살림의 주권을 획득했을 뿐 아니라 악몽과 같은 세월에서 벗어날 수 있게 된 것이다. 채만식이 해방을 몇 달 앞두고 고향으로 낙향한 것은 그의 시계가 얼마만큼 정확하게 역사의 시간을 가리키고 있었는지 엿볼 수 있게 해 준다. 해방이 되더라도 일제의 주구들이 일시적, 우발적으로 만행을 저지를 수도 있다는 사태판단이었던 것이다. 이로 보면 채만식이 『여인전기』의 전체상을 조개껍데기 속에서 영롱하게 빛나는 진주로 읽어 낼 수 있었던 것은 결코 우연이 아님을 짐작할 수 있다. 순수행위, 순수동작을 취하여 사물을 관상함으로써 세계의 본질을 깨우치는 방법이 작가에게 체득된 것이라 할 수 있는 것이다. 그와 같이 일제 말기 채만식의 대표적인 세 장편소설은 작가의 읽기 방법이 읽기 분야에서만이 아니라 세계와 사물을 보는 법, 그리고 그 세계를 문학적으로 형상화하는 창작 기술 분야에도 깊은 영향을 끼쳤음을 보여 주고 있다.

제 7 장

해방기 채만식의 작품 읽기

일제 말기의 채만식 문학에 대해서 문학계에는 서로 다른 의견이 나타난다. 그 의견들은 서로 다를 뿐 아니라 극단적으로 대립하기까지 한다. 채만식이 풍자문학에서 일가를 이루었다는 것은 여러 사람이 공통적으로 시인하는 바이지만 『탁류』를 비롯한 장편소설과 1940년 전후의 중단편 소설에 대해서는 친일이란 의견과 항일이란 의견이 크게 엇갈린다. 그뿐만 아니라 작가의 행적에 대해서도 의견이 분분하다. 그 분분한 의견들이 난무하는 속에서 채만식이 1940년을 전후로 친일문학으로 돌아섰다는 견해가 광범하게 유포되면서 비판의 칼날이 새로이 날카롭게 갈아졌다. 특히 직접적으로 친일문자가 동원된 『아름다운 새벽』과 『여인전기』는 마침맞는 비난의 표적이 되었다. 그러나 그런 중에서도 채만식 문학의 긍정성을 옹호하려는 몇몇 논자가 있었고 몇 사람은 작가의 행적이 왜 그렇게 변했는지 이유를 알 수 없다는 견해를 제시했다. 필자는 뚜렷한 증거나 논리도 갖추지 못한 채 채만식을 옹호하는 논자들의 심정을 이해한다. 작품이란 표면에 나타나 있는 것들과 그 심층에서 우러나는 정조가 다를 수도 있기 때문이다. 그 정조를 느낄 수 있었다는 것은 채만식 문학을 옹호하는 사람들의 작가에 대한 애정 덕이었을 것이라고 생각하는 것이다. 그러나 착잡한 반응을 낳는 채만식 문학에 대한 평가 가운데서 가장 정당한 비평은 이편저편 어느 쪽으로도 기울지 않고 작가와 작품에 대해 응당 있어야 할 질문이나 의문을 제기하는 입장이라고 본다. 현실적으로 납득이 되지 않는 사태에 대해서 의문을 제기하는 것은 비평가의 임무이고 그 의문이 객관적 사실과 타당한 논리에 의하여 설명되거나 제거되는 경우에만 채만식 문학에 대한 가장 정당한 이해를 담보할 수 있다고 보기 때문이다.

이에 반해서 채만식의 문학에 대해서 극단의 비난을 가하는 입장은 작가와 작품에 대해서 피상적으로 접근한 경우라고 판단한다. 채만식의 작품을 애정을 가지고 보아 온 사람은 일제 말기 채만식의 친일문학이라고 하는 것이 비록 친일문자를 동원하고 있다고 하더라도 친일문학이라는 이유로 일방적으로 매도될 수 있는 것과는 성질이 다른 것이라는 느낌을 가질 수 있기 때문이다. 그 점에서 작가와 작품에 대한 애정도 없이 겉으로 드러난 몇 가지 피상적 사실에 기대어 비난의 언사를 남발하는 것은 그것이 비평이 되었든 문학 연구가 되었든 그다지 가치 있는 작업이 못 된다. 필자가 납득이 되지 않는 사태에 대해서 의문을 제기한 사람들이 가장 정당한 비평을 하는 것이라고 하는 것은 그에 말미암는다. 채만식 문학에 대한 정당한 의문들은 필자가 이 책에서 소개하고 있는 읽기 방법에 의해서 거의 대부분 말끔히 해소될 수 있는 성격의 것이라는 심증을 갖기 때문이다. 필자가 김홍기의 채만식 문학 연구에서 작가에 대한 연구자의 짙은 애정을 읽고, 류보선의 비평에서 현역비평가다운 예민한 감각과 통찰을 느끼는 것은 모두 필자가 소개하는 읽기에 근거를 두고 있다. 그 읽기 방법을 적용해 작품을 읽으면 여러 사람이 가지고 있던 일제 말기 채만식의 행적과 문학에 대한 의문은 거의 대부분 깔끔하게 해소될 수 있는 성격의 것이다.

그와 같은 양상은 해방기 채만식 문학에서도 똑같이 발견된다. 작가가 살아간 삶의 행적과 작품의 내용과 형식, 사상 등이 어떻게 관련되는지 모두 확연하게 포착되는 경험을 새로운 읽기 방법을 통해 가질 수 있었던 것이다. 이 장에서는 해방기의 대표적인 작품 두 편, 「민족의 죄인」과 「소년은 자란다」를 통해 채만식의 삶과 문학을 재조명하고 그가 문학에서 이룬 업적을 그의 창작 방법과 읽기 방법에 연계시켜 고찰한다. 이를 위해서 각 절에서는 먼저 기왕에 채만식의 작품들이 어떻게 이해되었는지 선행 연구를 통해 검토하고 그에 대해서 새로운 읽기가 보여 주는 작품세계를 순차적으로 소개하는 순서를 밟는다. 작가의 창작이 발전해 가는 과정과 읽기의 방법이 관련되는 양태에 대해서 검토하는 것은 그다음 일이다.

1. 「민족의 죄인」과 『갈릴레이의 생애』

채만식의 문학은 일제 말기란 고난의 시대를 거치면서 난숙의 경지에 오른다. 해방기의 소설계에서 채만식의 여러 작품이 모두 당대의 문제작으로 될 수 있었던 것은 검열과 탄압이 일상화되어 있던 가혹한 조건에서도 문학적 실천을 중단하지 않았던 작가의 체험이 새롭게 펼쳐지는 역사현실을 한눈으로 꿰뚫어 볼 수 있는 안목을 키워 주었기 때문인지 모른다. 채만식은 「낙조」에서 한국전쟁이 발발할 가능성을 미리 내다보았다. 또 「민족의 죄인」에서는 일제 잔재의 청산이 어떻게 이루어져야 하는지 원칙과 기준, 방법을 모색했으며 「소년은 자란다」에서는 분단한국이 맞고 있는 현실의 문제를 역사적 전망 속에서 생동감 있게 형상화했다. 이 절에서는 먼저 「민족의 죄인」을 중심으로 왜 그것이 문제작이며 작가는 어떤 문제의식에서 그 작품을 지었는지 살펴본다. 이 작업에는 「민족의 죄인」과 여러 점에서 유사한 특성을 지니고 있는 베르톨트 브레히트의 『갈릴레이의 생애』가 참조의 대상이 된다. 서로 다른 문화적 배경을 지닌 두 작가가 어떤 공통의 문제의식을 지니는지 확인하는 것은 작품에 대한 심층적 이해, 그리고 작가의 문학적 실천의 양상을 고찰하는 데 큰 도움이 된다.

채만식은 해방 직후 최초로 조직된 문학단체인 문학가동맹에서 소설분과 위원장직을 맡는다. 여기에는 일제 강점기 채만식의 문학활동을 가까이에서 지켜보았던 대표적 인물들이라 할 수 있는 임화와 김남천의 의견이 크게 작용했으리라고 추정된다. 일찍이 「세태소설론」을 썼던 임화와 그 자신 소설가이자 평론가인 김남천은 채만식과 지근거리에 있었으므로 그의 문학이 어떤 성격을 지니는지 나름으로 짐작할 수 있었을 것이고 그 문학성에 대한 이해를 바탕으로 채만식이란 작가의 능력과 인품을 가늠할 수 있었을 것이기 때문이다. 그렇지만 채만식은 해방 이듬해 초 상경한 지 채 1년도 되지 않아 다시 낙향한다. 해방이 되자마자 부리나케 상경했던 것을 생각하면 의외의 반전이다. 그 낙향의 원인이 무엇인지 뚜렷하게 밝혀져 있지 않지만 낙향 직전에 행한 창작합평회에서 행한 발언을 살펴보면 채만식이 해방 후의 문단에 크게 실망하고 있었다는 사실이 드러난다. 그로 미루어 문단과 해방기 사회현실에 대한 실망감이 채만식의 낙향 결정에 크게 작용하고 있었으리라는 추단이 가능하다. 그러한 추정의 정당성을 입증하는 근거는 채만식이 낙향하여 맨 먼저 쓴 작품이 「민족의 죄인」이었다는 사실에서도 찾을 수 있다. 창작합평회에서 표출된 채만식의 문제의식과 「민족의 죄인」의 주제의식은 매우 긴밀하게 연결되어 있다. 그 점에서 「민족의 죄인」은 채만식 자신의 삶과 관련된 문제뿐 아니라 당대 사회의 핵심적 문제를 형상화한 소설로서 의의를 지닌다고 할 수 있다. 그러나 채만식은 「민족의 죄인」을 써 놓고도 남한 단독정부가 수립될 때까지 그것을 발표하지 않았다. 사태의 추이를 지켜보며 발표 시기를 저울질하고 있었던 셈인데 단정이 수립되는 것을 보고 채만식은 더 이상 발표를 미룰 수 없다고 판단한 것으로 보인다.

그렇지만, 채만식이 작품을 발표하기로 결정한 원인이나 배경이 무엇이었든지 간에, 「민족의 죄인」은 채만식 자신에게 덧씌워진 올가미가 되는 역설을 만들어 놓고야 말았다. 「민족의 죄인」은 한민족을 '죄인의 민족'으로 만들어 놓았다는 비난과 함께 채만식이 자신의 친일행위를 고백하는 척하면서 자기변명만 잔뜩 늘어놓은 치졸하고 저열한 작품으로 평가받았던 것이다. 이러한 평가는 김윤식의 「민족의 죄인과 죄인의 민족」에서 처음 모습을 드러낸 후 점차 세력을 확장해 가는 모양새를 취했다. 김윤식의 논문은 그 일부가 1984년에 출간된 『채만식』에 실려 있다. 일부라고 하지만 중요한 내용은 거의 그대로 들어가 있는 일부다. 한국문학 연구가 자리를 잡아 가던 초창기 채만식 연구의 관문이 되어 온 책의 첫 장에 채만식이란 인간과 그 문학을 강력하게 비판하는 논문이 놓여 있으니 그 영향이 막대했으리라는 것은 눈으로 보고 몸으로 겪지 않았다고 하더라도 충분히 짐작할 수 있는 일이다. 이 논문에서 김윤식은 「민족의 죄인」이 해방 후 문인들의 자기비판에서 '심층적 차원'에 놓이는 유일한 작품으로서 단순한 픽션이 아니라 자신을 드러낸 '기록'이라고 전제한다. 김윤식은 자신의 글에서 이 '기록'이라는 사실이 결코 부정될 수 없는 사항이라고 단호한 태도로 강조하고 못을 박는다. 그리고 바로 이어지는 대목에서 김윤식은 「민족의 죄인」에 나타난 채만식의 자기비판과 '자기변명'의 근거를 살피는 것이 논문의 목적임을 밝히고 있다. '자기비판'이 아니라 '자기변명'에 강조부호가 붙어 있는 이 논문의 목적이란 것이 무엇인지는 곧 구체적으로 드러난다. 등장인물 중 한 사람인 출판사 사장이 "신문기자가 신문을 맨드는 건 대일협력이구 농민이 농사해서 별 공출해서 왜놈과 왜놈의 병정이 배불리 먹구 전쟁을 하게 한 건 대일협력이 아닌가" 하고 말하는 소설의 한 장면을 제시해 놓고 김윤식은 "모두가 민족의 죄인이라면 아무도 죄인일 수 없다는 논법으로 전락(轉落)"한 것으로서 "「민족의 죄인」과 「죄인의 민족」이 등질성(等質性)을 드러내는 아픈 대목"이라고 해석한 것이다. 이와 같은 논지로 구성된 자신의 논문의 핵심적인 내용을 김윤식은 글의 마지막 부분에서 다음과 같이 다시 정리한다.

> 채만식의 「민족의 죄인」을 읽고 내가 느낀 점이란 다음 한 가지 사실밖에 없다. 즉 문학에서는 내측에 속하는 모랄의 의미가 유달리 결부된다는 것이다. 물론 나는 이 글에서 문인이 갖는 거의 선험적인 발표욕의 의지를 양해사항으로 승인하고 있기 때문에 채만식의 자기 고백이 곧 자기 변호 이상일 수 없음을 직감할 수 있다. 원래 참회라든가 자기 고백이란 일종의 지적 오만이거나 변질된 자랑 혹은 자기 과장의 형식인 것이다. 채만식의 경우도 그러함은 물을 것도 없다. 먹고 살기 위해 대일협력 했다고 한다면, 또는 생명의 위협 때문에 친일했다고 한다면 누구도 시비를 걸지는 못할지 모른다. 그러나 지난 결과를 두고 채만식 투로, "씻어도 깎아도 지워지지 않는 영원한 죄의 표지라든가, 죄의 표지에 농담(濃淡)이 유난히 두드러질 것은 없다"라고 대수롭지 않

은 듯 혹은 달관한 대인풍으로 죄의식을 드러낸다는 것은 자기변명 중에도 가장 저질의 것으로 파악된다. 마치 그것은 재민특위(再民特委) 재판소에서 "나는 민족의 죄인이니 민족의 이름으로 무슨 벌이나 주시오"라고 외쳤던 건방진 모(某)씨의 행위를 방불케 한다. 그런 건방진 짓이 사나이다움으로 통용된다면 실로 우스운 일이 아닐 수 없다. 하물며, 농사에 종사한 농군도 일본군 식량생산에 협력했지 않았느냐고 역습해서 농담(濃淡)이 무슨 의미를 띠느냐고 덤빈다는 것은 실로 서글픈 일이다.[01]

일본인으로서 한국문학을 연구한 사에구사 도시카쓰는 식민지 문학인으로서 채만식과 같은 방식으로 자기반성을 한 작품을 쓴 경우는 세계문학사에서도 유례를 찾아보기 힘들다고 경탄했지만 이 소설이 채만식에게 씌운 자기변명의 혐의는 지금까지도 벗겨지지 않고 있다. 그렇다면 작가에게 또 하나의 굴레가 된 「민족의 죄인」은 어떤 작품인가.

「민족의 죄인」 1절은 주인공이 출판사 P사에서 당한 일로 보름 동안을 머리 싸고 누워 병 아닌 병을 앓았던 경험을 토로하고 있다. 이 1절은 전집판으로 단 여섯 줄에 지나지 않는 짧은 서술이다. 이 서술 속에서 소설의 화자 역할을 맡고 있는 주인공은 "그동안까지

01 김윤식, 「민족의 죄인과 죄인의 민족」, 『수필문학』, 1976. 3.

는 단순히 나는 하여커나 죄인이거니 하여 면목없는 마음, 반성하는 마음이 골똘할 뿐이더니 그날 김(金)군의 P사에서 비로소 그 일을 당하고 나서부터는 일종의 자포적인 울분과 그리고 이 구차스런 내 몸뚱이를 도무지 어떻게 주체할 바를 모르겠는 불쾌감이 전면적으로 생각을 덮었다"고 서술하고 있다. 이 서술에서 '하여커나', '자포적인 울분', '불쾌감' 등의 낱말은 작품을 이해하는 데 매우 중요한 역할을 하고 있다. '하여커나'는 서술자 자신에게도 정당성을 주장할 이유가 있으나 그것을 드러내 놓고 말하지 않는다는 뜻을 함축하고 있고, '울분'이라든가 '불쾌감'이란 용어 역시 서술자가 상대의 처사에 대해 마땅치 않음을 느끼고 있으나 그것을 표현할 수 없는 상태에 대해서 강력한 반발을 억누르고 있다는 사실이 드러나고 있기 때문이다.

2절은 주인공이 P사에서 윤이란 사람에게 당한 모욕을 근 20여 쪽에 걸쳐서 자세히 서술하고 있다. 그러면서 일제 강점기에 조선인이 살아가는 방식을 자신의 이익과 안전을 위해 일본에 따른 영리한 사람들, 핍박을 받을 용기가 없어 일본 사람에게 겉으로 복종한 사람들, 용맹하게 민족해방투쟁에 나선 사람 등으로 나누고 자신을 두 번째 유형으로 분류한다. 핍박을 받을 용기가 없어 일본 사람에게 겉으로 복종하는 척한 무리에 자신이 속한다는 자기판단이다. 그런데 윤이란 사람은 소설의 화자이자 주인공인 사람에게 더럽게 일본에 붙어먹고 무슨 낯짝으로 시내를 돌아다니느냐고 비난했다. 주인공은 이 비난에 대하여 아무런 반박도 하지 못하고 집에 돌아와 '일종의 자포적인 울분'과 '불쾌감'으로 보름 동안을 앓아누웠던 것이다.

3절은 주인공이 일제 강점기에 강연 등을 다니며 사람들에게 어떤 말을 했는지 10여 쪽에 걸쳐 소개하고 있다. 4절은 일제 말기에 시골로 소개(疏開)를 가서 농사짓고 한 것이 신문에 보도된 일의 경과를 비교적 짧게 설명한다. 5절은 P사의 주인인 김군이 외출에서 돌아와서 일방적으로 매도당하는 주인공이 보기에 민망하여 윤에게 반박하는 내용이다. 김군은 윤이 자랑스럽게 생각하는 지조라고 하는 것이 먹고살 것이 넉넉한 지주인 덕택에 횡재한 결백에 지나지 않은 것 아니냐는 논리로 윤의 논리를 반박한다. 윤의 결백이란 시험을 거치지 않은 것이란, 이른바 미시험품의 문제를 거론하고 나선 것이다. 이 두 사람의 논전을 지켜본 주인공은 "검사의 논고가 옳고, 변호인의 주장은 아모 소용도 없어"라고 결론짓는다.

6절에서는 보름 동안 앓아누웠던 첫 장면의 이야기로 돌아가 화자가 더 이상 더러운 꼴 보지 않게 시골로 내려가는 문제를 아내와 상의한다. 아이들 교육과 같은, 관련된 여러 문제를 논의하고 있는데 넷째 형의 조카아이가 당도하였다. 갑자기 서울로 온 연유를 물으니 친일파 선생이 부임한 문제로 학생들이 동맹휴업을 하는데 상급학교 진학 공부를 해야 할 처지라 그 자리를 피해 상경했다고 대답한다. 주인공은 반장직을 맡아 다른 사람의 앞에 서야 할 놈이 공부나 하겠다고 동맹휴업에서 빠지면 되느냐고 야단을 쳐서 조카를 시골로 내려보내고 후련해한다.

대강 줄거리만을 간추린 이 이야기를 분석하면 「민족의 죄인」은 상자 속에 상자가 들어 있고 그 상자 속에 또 다른 상자가 들어 있는 세 겹 구조로 이루어져 있다. 가장 중심에 있는 상자에는 일제 강점기에 주인공이 어떻게 살아왔는지를 설명하고 묘사하는, 지금까지 살아온 방식에 대한 소개가 있고 그것을 감싸고 있는 두 번째 상자가 윤과 김의 논쟁이며 또다시 그 논쟁을 감싸고 있는 세 번째 것이 주인공의 의식 상실 부분이다. 채만식 당사자를 나타낸 인물이라 할 수 있는 소설 주인공은 일제 말기 일제가 요구하는 문학강연에 동원되기도 했고 친일의 글을 쓰기도 했다. 이러한 주인공의 일제 말기의 삶을 놓고 출판사에서 주인과 손님 사이에 논쟁이 벌어진다. 다니던 신문사를 그만두고 시골로 낙향하여 이른바 깨끗한 지조를 지킨 윤은 주인공을 매섭게 비난하는데 꿀 먹은 벙어리 모양 일방적으로 매도당하고 있는 주인공을 보다 못해서 출판사의 사장 김군이 주인공을 옹호하기 위해 나선다. 이 논쟁을 감싸고 있는 것이 병 아닌 병을 앓아 누웠던 보름 동안의 일이다. 사에구사 도시카쓰는 주인공이 '병 아닌 병을 앓아 누운' 사건을 의식 상실의 모티프로 보면서 이광수와 김동인의 소설에서 주인공들이 윤리적으로 비난받을 만한 행위를 하고 나서 의식을 잃는 경우가 있는데 채만식의 경우도 거기에 해당한다고 설명한다. 그러면서 사에구사는 이 작품이 매우 뛰어난 것이지만 맨 마지막에 토끼꼬리처럼 붙어 있는 조카 이야기가 군더더기가 아닌가 생각했다는 자신의 의견을 제시한다. 그는 자신의 의견을 한국인들에게 말했는데 한국인들은 이구동성으로 그 토끼꼬리가 작품을 살린다고 보더라는 저간의 소식을 전하면서 그 때문에 작품을 보는 데도 민족성이 작용하는가 하는 생각을 가졌었다는 의견을 덧붙였다.

사에구사 도시카쓰는 적어도 네 번에 걸쳐서 「민족의 죄인」에 대한 논문을 썼고 그때마다 진경(進境)을 보여 준 학자다. 사에구사가 맨 처음 「민족의 죄인」에 대하여 언급한 것은 김윤식의 「민족의 죄인과 죄인의 민족」이 발표된 직후 논문에 대하여 촌평하는 형식으로 쓴 글이다. 사에구사는 채만식의 작품이 '자기변명 중에서도 가장 저질의 것'이라고 평가한 김윤식의 글을 제시해 놓고 이렇게 논평하고 있다.

> 이 같은 김윤식의 지적은 충격적이다. 물론 채만식은 이 작품 속에서 주인공과 윤이 똑같은 차원에서 민족의 죄인이고, 결국 민족의 죄인과 죄인의 민족이란 개념이 등질성을 지닌다고는 하고 있지 않다. 다만 주인공의 친구 김과 윤의 논쟁을 통해서 윤의 미시험품의 문제 등을 제기했을 뿐이다. 그러나 다른 사람이 아니라 바로 당사자인 작가 자신이 이런 문제제기를 했다는 점에 자기 자신의 책임 문제를 어물어물 넘기려는 경향을 살필 수 있다는 것이다. 8·15라는 새로운 시련의

시작을 맞이하면서 그대로라면 작가로서의 재출발을 못 하고 배겨낼 수 없는 위기를 느꼈다는 데 채만식의 모랄의 편린을 볼 수 있다. 그것은 식민지시대의 문학을 극복하며 한국문학이 이어지려면 꼭 겪어야 하는 과정이었다. 그러나 이 진지한 고백을 남긴 채만식에 있어서조차 결국 가장 저질의 변명을 하고야 말았다는 지적에 접할 때, 모랄의 관철이 여간 어려운 작업이 아니며 아울러 과거 극복의 어려움을 느끼게 된다.[02]

사에구사는 일제 말기 한국문학이 제기하는 여러 문제들에 관해 검토하는 가운데 「민족의 죄인」을 다루고 있다. 그는 소설의 주인공과 윤이 똑같은 차원에서의 민족의 죄인이라는 측면에서 죄인의 등질성을 언급하고 있지는 않다는 점을 지적하여 김윤식의 논문에서 어긋나게 표현된 사실을 바로잡으면서도 다른 부분에서는 대체로 김윤식의 관점을 그대로 따라가고 있다. 자기 자신의 의견을 제시하는 것보다 김윤식의 견해를 소개하는 데 더 많은 비중을 두고 있는 셈이다. 그러나 사에구사는 이 촌평 이후에도 세 차례 이상 「민족의 죄인」을 검토하는데 그때마다 관점에 변화를 가져오고 그것은 김윤식의 관점으로부터 멀어져 가는 형태를 띠고 있다. 사에구사의 두 번째 글은 김윤식이 「민족의 죄인과 죄인의 민족」을 대

02 사에구사 도시카쓰, 「굴복과 극복의 말」, 『문학과 지성』 1977년 여름호.

폭 간추리고 일부 내용을 수정 보완하여 『채만식』이란 책자에 수록한 직후인 1986년에 나온다. 이 글에서 사에구사는 김윤식의 논지를 뒤따라가면서 「민족의 죄인」에 나타난 작가의 모랄(moral) 문제를 점검한다. 그에 따르면 「민족의 죄인」은 작가로서의 모랄을 추구한 것이 아니라 문제 추구에 종지부를 찍었으니 그것은 주인공이 병자처럼 드러눕고 마는 데서 드러나며, 소설의 마지막 장면, 조카가 등장한 장면은 작품을 망치는 에피소드로 작용한다고 설명한다. 하지만 사에구사는 주인공이 병자처럼 드러눕고 마는 사건이 문제 추구에 종지부를 찍었다고 보면서도 나중에 그것을 '의식 상실의 모티프'로 파악해 독립 논문으로 발표한다. 그런데 의식 상실의 모티프를 통해 병자로 드러누운 사건을 조명하는 이 논문에서는 문제가 해명되기보다는 새로운 의문이 제기된다. 채만식은 「민족의 죄인」에서 도대체 무엇을 말하려고 했던 것이며 왜 마지막 장면이 긴장감을 잃도록 써야 했던 것인가를 사에구사는 새롭게 묻는 것이다. 사에구사는 그 새로운 물음을 다음과 같은 방식으로 제기한다.

> 문제를 다시 정리해 두기로 한다. 「민족의 죄인」의 화자 '나'가 친일행위를 한 것은 사실이며, 본인도 그것을 인정한다. 그럼에도 불구하고 그는 해방 후에 새로 출발하려고 한다. 그것은 자기의 행적을 다 잊어버리고 망각해 달라고 요구하고 있는 것이 아니다. 과거 한번 진 죄는 형벌로는 속량할 수 없다는 사실을 인식하면서 앞날을 위해 행동으로

속죄해야 한다는 것을 말하고 있다. 그것은 독자에게 요청할 일이 아니다. 화자 '나' 또는 작자 자신의 문제다. 한편 윤의 말을 통해 일제 때 친일한 사람이 민족운동가인 체 나서는 것도 용서 못할 것으로 비판의 대상이 되어 있다. 물론 그런 행위를 비판하는 것 자체는 틀린 행동이 아니다. 이 문제는 새삼스럽게 작자가 말할 필요도 없는 일일 것이다. 그런데 작자는 윤의 말에 대해 김군을 시켜 공격하도록 하고 있다. 윤을 공격하는 것은 원래 '나'의 친일 문제와 별도의 문제였을 것이다. 그러나 소설은 이 문제에 큰 비중을 두었다. 그리고 화자인 '나'가 병석에 누워 버린 일이 이어진다. 즉 '나'가 논쟁을 들은 후 혼란을 일으켜 자기 정신을 수습하지 못하고, 병석에 누워 버렸다가 다시 살아 나갈 용기를 얻었다고 되어 있다. 이 대목은 약간 석연치 않은 데가 있다. 왜냐하면 두 사람 논쟁의 중심이 친일을 안 한 윤의 지조가 미시험의 지조 여부에 관한 것으로 '나'와 직접 연관이 없기 때문이다. 이 작품이 과연 '나'의 친일 문제를 다루고 있는지도 의문이다. '나'에 대한 문제는 결국 작품 서두와 끝부분에서만 나오고, 중간 부분은 윤을 대상으로 한 미시험의 지조 여부 논쟁이다. '나'의 친일 문제와 윤의 미시험의 지조 문제, 그리고 '나'가 병든 것이 어떻게 관련되어 있는 것인가?[03]

사에구사의 작품 읽기는 연륜이 더해 갈수록 더욱 섬세해진다.

03 사에구사 도시카쓰, 「질서 일탈자와 의식 상실의 모티프」, 『사에구사 교수의 한국문학 연구』, 심원섭 옮김, 베틀북, 2000, 58-59쪽.

많은 사람이 심상하게 보고 넘어갔을 법한 주인공의 병든 상태를 의식 상실의 모티프로 읽어 내어 논문을 쓰고 거기에 그와 관련된 여러 작품을 동원해 비교하고 있다. 그러나 그 작업을 통해서도 그에게는 의문이 풀리지 않는다. 그 원인을 찾자면 주인공이 병들어 누운 것을 비윤리적 행위와 연결시키고 있기 때문이라고 할 것이다. 하지만 사에구사도 어렴풋이 느끼고 있듯이 「민족의 죄인」이 주인공의 친일 문제를 다루고 있는가 하는 점도 분명하지 않다. 이 점에서 사에구사가 의식 상실의 계기를 이광수와 김동인의 작품에서 찾고 있는데, 그보다는 이청준의 「소문의 벽」이 더 적절한 비교 대상이 아닌가 하는 점을 밝혀 두는 것이 필요하겠다. 이광수 등의 소설과 비교하면 「민족의 죄인」의 주인공 화자는 비윤리적 행위로 의식을 잃는 것이 되는데, 「소문의 벽」과 비교하면 이른바 전짓불 앞의 진술행위가 되기 때문이다. 어둠 속에 숨어서 전짓불을 비추는 상대가 누군지도 모르는 채 자기 정체를 밝혀야 한다는 것이 「소문의 벽」에서 다루어지는 문제인데, 「민족의 죄인」에서 주인공이 윤의 공격에 무방비 상태가 되었던 것도 자기 입으로 자기 정체를 밝힐 수 없었던 상황에 말미암은 것이다. 이때 자기 정체란, 친일문자를 사용하면서 항일문학을 전개한 일제 말기 채만식의 내면적 진실과 관련된다. 주인공이 윤의 공박에 '자포적 울분'과 '불쾌감'을 느낀 것은 그와 연관된다. 울분이나 불쾌감은 당사자가 정당성을 가지고 있거나 상대의 지적이 적절하지 않은데도 그에 반박할 수 없을 때 나타나는 심적 반응이기 때문이다.

이렇게 되면 채만식이 「민족의 죄인」을 통해 말하려던 것은 자신의 친일에 대한 고백이나 변명이 아니라 친일 문제에 접근하는 태도와 방법, 기준과 원칙을 수립하는 문제가 된다. 이와 같이 시각을 전환할 때 「민족의 죄인」을 새로운 관점에서 이해할 수 있다. 이러한 관점은 신동욱에게서 전형적으로 드러난다. 그는 「민족의 죄인」을 논하면서 "이러한 글에서 채만식은 스스로를 변명한 것이기보다는 있었던 사실들을 공정하게 다루어야 한다는 것을 일깨우고 있는 것 같다"라고 밝히고 "「민족의 죄인」에서 나의 양심의 표백도 반성적 자료로서 자신을 객관화하여 스스로를 비판한 뜻있는 이야기이다"[04]라고 높게 평가했다. 신동욱의 글은 매우 짧지만 그동안의 채만식 문학 연구가 도달한 수준을 훌쩍 뛰어넘어 새로운 비전을 제시해 준다. 우선 "스스로를 변명한 것이기보다"라고 하는 대목은 「민족의 죄인」을 자기변명의 글로 파악한 김윤식의 견해가 합당하지 않다는 것을 한마디로 압축해 표현하고 있으며 "있었던 사실들을 공정하게 다루어야 한다는 것"이란 일제 말기의 문학적 실천들을 있는 그대로 공정하게 다루어야 한다는, 친일 문제에 접근하는 방법과 원칙의 제시이다. 여기서 '있었던 사실들'이란 일제 강점의 현실에서 수수방관하고 있었던 사람들, 항일문학을 전개한 사람

04 신동욱, 『1930년대 한국소설연구』, 한샘, 1994, 310-312쪽.

들, 친일문학을 하고 있었던 사람들을 포괄한다. 쉽게 말해서 지조를 지킨다고 방 안에 틀어박혀 있었던 사람들을 상 줄 수 없으며 항일의식을 끝까지 견지하며 행동한 사람들의 문학을 찾아내서 현양해야 한다는 것이다. 이 작업에는 당연히 친일을 위장하며 항일문학을 전개한 사람들의 공과를 공정하게 평가하는 일도 포함된다. 사에구사가 종전에 '작품을 망치고 만 마지막 에피소드'라고 평가한 작품 맨 마지막 장면, 토끼꼬리 부분에 새로운 의미를 부여할 수 있는 것은 이와 관련된다. 채만식 탄신 50주기 강연에서 사에구사는 토끼꼬리 이야기를 통해 채만식 문학에 새로운 의미를 부여하고 있는데 그에 대해서 필자는 다음과 같이 정리한 바 있다.

> 풍자가 채만식의 유일한 문학방법이라고 본 김윤식의 관점을 '독자'라는 낱말을 사용하여 정면으로 반박하는 사에구사의 논조에서는 일종의 아이러니까지 느껴진다. 그럼에도 불구하고 그는 이 작품이 친일에 가담한 사람이 '어떻게 민족의 일원으로서 살아 나가야 하느냐'라는 과제를 다룬 것으로 해석하는 측면에서는 여전히 김윤식의 관점에 갇혀 있다. 그렇지만 그는 작품에 대해서 이전보다도 한결 융통성 있고 열려 있는 태도를 가지고 접근한다. 그는 이 작품이 일본인인 자신에게까지 충격으로 받아들여졌지만 조카가 등장하는 마지막 부분은 사족(蛇足)이라고 생각했다는 사실, 그러나 많은 한국인이 바로 그 '사족'에 해당하는 부분이 작품을 살리는 것으로 판단하는 것을 보고 작품의 이

해에는 '한국적 감수성이 결부'된다는 점을 깨달았다는 사실, '마지막 부분이 화자를 구제하는 요소를 갖고 있는 것을 감안한다면 이 작품의 성격도 다시 고찰'되어야 한다고 생각하게 되었다는 사실을 솔직하게 털어놓는다. 곧 '「민족의 죄인」이 작자의 대일협력에 대한 심각한 고민을 다룬 작품이라는 평가는 재고'되어야 하며, 실제로 이 작품에서 가장 중심에 놓이는 대목은 친일 행위를 한 사람의 고민이 아니라 출판사 사장과 친일 행위를 하지 않은 사람의 논쟁에 있으므로 '이 작품은 대일협력을 한 사람을 매개로 해서 친일을 안 한 지조상으로 깨끗한 사람의 책임 문제를 다루고 있다'고 볼 수 있다는 해석이다. 이와 같은 판단은 매우 날카롭게 문제의 핵심을 찌른다. 더욱이 소설이 '등장인물들의 이중 삼중의 목소리로 구성되어 있다는 사실은 어딘가 풍자적 소설과 통하는 면을 갖고 있다'는 분석은 소설에서 타자의 시점이 가져오는 효과를 주목하는 것으로서 '작자는 역시 여기서도 화자를 비판의 대상으로 하면서도 한편 그에게도 정당성을 주장할 권리가 있음을 제시하고자 했을 가능성이 생긴다'라는 추론의 근거가 된다. 필자는 사에구사의 이 해석이 지금까지 이루어진 「민족의 죄인」에 대한 분석과 해석들 가운데서 가장 뛰어나다고 본다.[05]

사에구사의 논지는 대강 세 가지로 요약할 수 있다. 첫째, 「민족

05 졸저, 『문학의 모험』, 48-49쪽.

의 죄인」의 중심 주제는 대일협력을 한 문학인을 매개로 해서 지조상으로 깨끗한 사람의 책임 문제를 제기한다는 것, 둘째, 비판을 받는 주인공에게도 정당성을 주장할 권리가 있다는 것, 셋째, 소설의 마지막 장면이 주인공을 구제할 요소를 가지고 있다는 것이다. 앞에서 두 번째 문제까지 다루었으므로, 논지의 전개 순서에 따라 이제 마지막 장면의 문제를 검토하면, 사에구사가 지적한 토끼꼬리 문제는 「민족의 죄인」을 읽는 데 관건이 되는 사항이다. 그리고 이 문제는 작품에서 플롯의 대응 형태를 읽는 일과 관련된다. 사에구사는 「민족의 죄인」에서 일제 강점기의 주인공의 삶의 방식이 논쟁거리가 되고 그 논쟁이 의식 상실을 가져온 계기인 것으로 보아서 의식 상실에서 깨어난 상태에서 작품은 완결된 것으로 보았다. 그에게 작품의 토끼꼬리인 조카 문제는 있어도 좋고 없어도 그만인 군더더기나 사족에 불과한 것이었다. 그러나 채만식은 의식 상실을 일으킨 사건 전체를 조카의 이야기와 대조되는 플롯의 대응 형태로 만들었다. 그러므로 소설 대부분을 차지하는 앞의 사건에서는 일제 강점의 상황에서 현실에 대한 대응이 주인공의 것과 윤의 것으로 대별된다. 그런데 윤은 자신의 잘난 지조를 갖고 일방적으로 주인공을 매도하고 몰아붙인다. 이 과정을 지켜보고 있던 P사의 사장 김군은 윤의 삶이 지주인 까닭에 거저 얻은 '횡재한 결백'에 지나지 않는다고 공격한다. 이 구조는 조카 이야기와 똑같은 형태를 지니고 있다.

친일파 선생이 부임해 오는 상황에서 학생들은 동맹휴업으로 대응했다. 이러한 사태 진행을 지켜보면서 조카는 동맹휴업 하는 학생들을 마음속으로 비난하며 자신의 시험 공부를 위해 상경한다. 이 행동은 지조를 지키기 위해 낙향한 윤의 행위와 같은 성질의 것이다. 이러한 행위에 대해서 주인공은 조카를 나무라서 시골로 내려보내고 시원해한다. 비록 사람들의 오해를 받는 일이 있더라도 이전에 자신이 살아왔었던 것과 같은 삶의 방식, 외피를 뒤집어쓰고 투쟁하는 삶의 방식을 선택할 수밖에 없다는 인식이라고 하겠다. 친일파 선생의 부임에 대한 조카의 대응과 주인공의 일제하의 행동은 똑같은 대응 형태 속에 들어 있기 때문에 이제 동맹휴업을 한 학생들을 통해 주인공이 일제 강점의 현실에서 어떤 삶을 살았는가가 저절로 밝혀진다. 그 삶, 주인공이 살아온 삶은 윤이 보듯이 친일의 삶이 아니라 학생들의 동맹휴업과 유사한 성격의 항일의 삶이 되는 것이다. 이 관점에서 바라보면 애당초 윤의 공격에 대해서 주인공이 '자포적 울분'과 '불쾌감'을 가진 이유가 납득된다. 이 사실은 조카의 이야기가 토끼꼬리의 형태로 작품의 플롯의 대응 형태를 만들어 낸 덕분에 밝혀진 진실이다. 채만식은 그 진실을 밝히기 위해 두 개의 플롯의 대응 형태를 만들어서 독자가 스스로 진실을 발견할 수 있게 해 놓았던 것이다. 그것은 일종의 발견술적 기법이라고 할 수 있는 형상화 방법이다. 이렇게 플롯의 대응 형태를 통해서 채만식은 일제 강점기의 자신의 삶에 대한 긍정을 표시할 수가 있었던 것이고 독자들이 그 사실을 발견할 수 있게끔 소설의 플롯을 짜 놓은 것이다. 이 플롯의 대응 형태가 지닌 면모를 한눈으로 파악할 수 있도록 도표로 제시하면 다음과 같다.

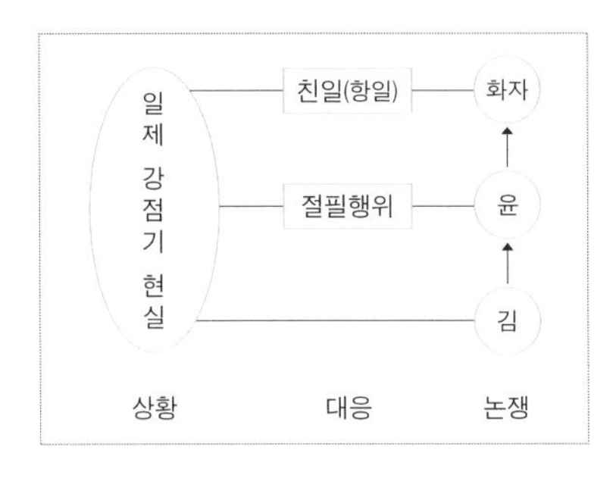

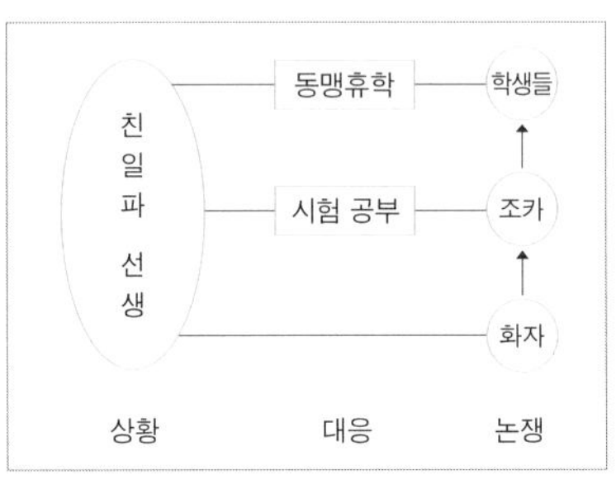

일제 강점의 상황 속에서 주인공의 현실에 대한 대응은 친일인지 항일인지 얼핏 모호하게 보인다. 우리가 6장에서 일제 말기 채만식의 장편소설을 분석한 결과는 『탁류』로부터 『여인전기』에 이르기까지 일관해서 항일문학이라는 것이었다. 그 내면의 진실을 알지 못하는 윤에게는 주인공의 삶은 친일이었다. 그 피상적인 인식에 기대어 윤은 주인공을 맹렬하게 비난하는데 막상 주인공 자신은 자신의 과거 행위가 지닌 진실을 윤에게 밝힐 수 없다. 이와 같은 상태에서 출판사 김군은 주인공을 대신하여 윤을 공격하지만 그 역시 주인공의 항일문학에 대해서 모르기는 마찬가지다. 그로 인해 출판사 김군의 공격은 지조를 지켰다고 하는 사람과 농사를 지어 벼를 공출한 농민까지 싸잡아서 비난하는 형태가 된다. 이 양태는 겉으

로 보기에는 한민족을 죄인의 민족으로 만드는 것으로 보인다. 하지만 조카의 등장으로 소설 속 주인공의 행위가 동맹휴학 하는 학생들의 행위와 동질의 것이라는 점이 밝혀진다. 주인공의 행위는 항일의 행동이었고 항일의 문학이었던 것이다. 이렇게 되면 지금까지 공세의 끈을 쥐고 있던 윤의 입장이 묘해진다. 다른 사람이 항일 행동을 펼치고 있었을 때 자신은 지조를 지킨다고 집 안에 틀어박혀 있었던 것이 되고 말기 때문이다. 사태를 공정하게 다루어야 한다는 신동욱의 말은 바로 그 사실을 지적하고 있다. 앞에서 보았듯이 신동욱은 「민족의 죄인」이 한민족을 죄인의 민족으로 만든 것도 아니고 자기변명만 늘어놓은 작품도 아니라고 밝히면서 소설의 주지는 사태를 공정하게 다루라는 것이라고 설명한 바 있다. 사태를 공정하게 다룬다는 것은 무엇인가. 지조를 지키기 위해 절필을 한다는 것은 현실에서 도피한 것이거나 일종의 '횡재한 결백'일 가능성이 높다. 그러므로 일제 강점의 현실에서 문학인이 유일하게 선택해야 하는 것은 친일문자로 도배를 했을지언정 항일투쟁의 행위에 해당하는 창작을 하는 방법이다. 이와 같은 인식을 담고 있는 「민족의 죄인」을 정당하게 이해하는 데 참조가 되는 것이 베르톨트 브레히트의 대표작 『갈릴레이의 생애』이다.

브레히트의 작품은 여러 차례 다양하게 각색이 되었다. 그렇기에 공연이 있을 때마다 일정한 변형을 겪었지만 작가가 직접 손을 본 것도 1938-1939년에 완성된 1판, 1945-1946년에 완성된 2판,

1954-1955년에 완성된 3판으로 구분된다. 서사극으로 만들어진 이 작품은 판마다 서로 다른 특징을 지니는데 특히 2판은 원자폭탄의 등장으로 새로운 상황이 전개되는 속에서 당시의 사회적 분위기를 반영하여 일정하게 변용되어야 했다. 이 세 개의 판이 지닌 특질을 검토한 한 연구자는 그 내용을 다음과 같이 간단하게 축약했다.

> 지동설을 부인하고 목숨을 건진 갈릴레이의 비영웅적 처신은 비판과 공감을 동시에 일으킨다. 초판본에서 그의 행동은 암흑기를 사는 지식인이 택할 수 있는 생존 및 진실을 위한 적절한 투쟁방법으로 해석되었다. 그러나 원폭투하 소식이 전해진 이후 브레히트는 갈릴레이가 혹독한 자아비판을 통해 인류를 배신한 지식인의 원조임을 자인하게 만들었다. 이것은 상식처럼 널리 알려져 있다. 그러나 최종 판본에서 갈릴레이는 전적으로 비판만 받아야 할 악덕의 화신이 아니라 비판과 감정이입을 동시에 일으키며 지식인의 역할과 책임을 '인식'시키려 한다.[06]

초판에서 작가는 역사적 인물로서 갈릴레이를 형상화하며 그의 '동의'에 초점을 맞추었다. 여기서 '동의'란 『갈릴레이의 생애』 1판에 들어 있던 '코이너씨의 이야기'라는 삽화를 가리키는 것으로 폭력을 반대한다고 공언했던 주인공이 정작 폭력이 나타나자마자 정

06 임한순, 「서사극의 희극적 성향」, 『브레히트 희곡선집』 1, 서울대학교출판부, 2006, 350쪽.

반대로 말을 바꾸는, "궁극적인 거부를 위해 잠정적으로 동의"하는 양태를 나타낸다. 그 '동의'의 관점에서는 어두운 시대를 살아가기 위해 일시적으로 폭력에 굴복하는 모습을 취하는 것은 불가피한 선택이 된다. 2판은 갈릴레이의 변절에 초점을 맞춘 것으로서 일시적 동의란 일종의 합리화이며 과학자의 윤리를 저버린 것이란 입장을 취하고 있다. 3판은 자신의 변절에 대한 갈릴레이의 자기비판이 강화되기는 했지만 1판의 구조를 원형으로 해서 만들어져 자신의 변절과 그 사회적 책임에 대한 '살인적 분석'이 최종적 분석이 되지 않는 형태다. 3판의 마지막 장면에서 갈릴레이를 저항의 표상으로 삼는 수제자 안드레아의 입장과 자신의 변절과 그 사회적 책임에 대해 극단적인 비판을 하는 갈릴레이의 입장이 주도권을 놓고 경합을 벌인다. 이로 인해 작품 전체에서 구조적으로 부각되는 것은 맨 첫 장면과 마지막 장면의 대칭구조이다. 그리고 그 대칭구조, 대응 형태에서는 '보는 법'이 강조된다. 천동설과 지동설은 제각기 세계를 '보는 법'으로서 작용하기 때문에 사회의 여러 가지 문제와 긴밀하게 연관된다. 원자폭탄이 투하된 시점에서 개정된 2판이 과학자의 윤리에 주로 초점을 맞춘 것이라고 하면 『갈릴레이의 생애』 초판과 3판은 모두 '보는 법'이라는 보다 더 근원적인 차원의 문제를 지향한다. 갈릴레이라는 역사적 인물을 동원하여 브레히트는 바로 자신의 '보는 법'을 제시하고 있는 셈이다. 갈릴레이의 『신과학 대화』, 즉 '디스코르시'가 창조 작업의 산물이었듯이 브레히트의 『갈릴레이의 생애』 역시 창조 작업의 산물이다. 그렇다면 브레히트는 작품 속에서 어떻게 자신의 '새롭게 보는 법'을 보여 주고 있는가.

> 『갈릴레이의 생애』 3판은 문제를 복합적인 시각에서 바라볼 수 있게끔 모순성을 강화하고 있다. 작가가 직접 특정한 관점을 제시하거나 해결 방향을 암시하는 것이 아니라 문제의 여러 측면을 검토할 수 있는 여건을 제공하는 데서 작업을 멈추는 것이다. 이에 따라 관객이나 독자는 스스로 문제를 능동적으로 고찰하고 여러 가지 가능성을 타진해야 한다. 그 능동성은 감정이입의 수동적 향유와 대척되는 지점에서 효과를 발휘한다. 이 작품에서 예술적 감동은 미적 구조의 발견에 부수되는 것이며 발견은 관찰과 탐구의 소산이라는 점에서 관객의 적극적인 참여에 대한 보답이다. 인식과 감동, 학문과 예술이 서로 교차하면서 작품을 보는 법도 배워야 함을 일깨워주는 구조라고 할 것이다.[07]

인용문에 나타난 관점에 착안하면 채만식의 「민족의 죄인」도 단순히 '기록'에 그치는 것이 아니라 이 '보는 법'의 문제를 제기하고 있는 창조 작업의 산물이라는 점이 이해된다. 「민족의 죄인」에서 작가는 지조를 지키는 행위와 친일에 가담하는 행위를 기계적으로 구분하는 데 관심을 기울이지 않는다. 그보다는 친일이 의미하

07 졸저, 『채만식의 항일문학』, 478-479쪽.

는 바가 무엇인지 곰곰 되새길 수 있는 여지를 열어 놓아 작품 속에서 독자 스스로 진실을 발견하게 하는 발견술적 기법을 구사한 것이다. 자신의 삶과 문학을 재료로 삼아 독자가 '보는 법'을 깨우치게 한 것도 역사적 인물 갈릴레이를 끌어와 그에 대한 논의를 전개할 수 있도록 한 브레히트의 방법과 동종 동질의 것이다. "「민족의 죄인」이 대일협력의 고민을 심각하게 다룬 작품이라고 보는 것이 피상적인 평가인 것과 마찬가지로 대일협력의 체험에 대한 서술이 작가의 일제 말기의 삶을 사실적으로 그린 것이라고 보는 것도 피상적"이라는 것은 그에 말미암는다. 창조 작업의 산물을 그것이 작가의 삶을 재료로 하여 만들어졌다고 해서 '기록'이라고 단정한다든가 고백의 형식을 취한다고 해서 '변명'이라고 폄하하는 것은 '새롭게 보는 법'을 배우기를 아예 처음부터 포기하는 일이다. 작가는 독자가 '보는 법'을 스스로 터득할 수 있도록 수많은 단서를 제공하고 있다. 원줄거리 이야기에다가 토끼꼬리를 덧붙여서 플롯의 대응 형태를 만들었고, 스스로 양서류라고 말함으로써 독자가 소설 속 화자의 본질을 어느 한쪽으로 쉽게 단정 짓지 못하도록 고안했으며, 작품 첫머리에 '하여커나'라는 수식어를 표나게 붙임으로써, 또 '자포적 울분'과 '불쾌감'을 언급함으로써 독자가 제기된 사안에 대하여 생각할 시간을 갖도록 이끌고 있다. '하여커나'란 수식어는 지금 당장 드러내 놓고 말할 것은 아니라고 하더라도 소설의 화자에게도 정당성이 있다는 사실을 분명하게 드러내고 있다. 이러한 단서들과 사건의 배치는 일제 말기의 엄혹한 현실에서 외로이 일본 제국주의에 대하여 문학적 항쟁을 벌여 온 작가에게는 항용의 수법이었을지 모른다. 그러나 그 문제의식은 베르톨트 브레히트와 같은 세계적 작가의 대표작 수준을 넘나든다. 채만식의 해방기 작품을 면밀히 들여다보아야 하는 것은 그 점에서 작가의 문학적 수준을 자기화하기 위해 모든 독자에게 필수적으로 요청되는 의무사항이 된다.

2. 「소년은 자란다」의 알레고리

해방기 채만식의 문학에는 다양한 성격의 작품이 포함되어 있다. 작가의 삶을 반추한 작품에는 「민족의 죄인」 이외에도 「역로」가 있고 남북이 분단된 현실의 상황을 형상화한 작품으로는 「낙조」가 있다. 이 밖에 풍자의 수법을 사용한 작품으로 「논 이야기」, 「도야지」, 「맹순사」, 「미스터 방」 등이 있다. 얼핏 보기에 숫자상으로는 풍자 작품이 가장 많아 일제 말기에 저항문학 작품을 창작하기 위해 득의의 방법으로 사용한 알레고리 수법이 배제된 듯한 느낌을 준다. 알레고리를 사용하지 않고도 창작이 가능하게 된 상황이라서 작가가 굳이 알레고리 기법을 도입할 필요성을 느끼지 않았는지도 모른다. 그러나 탄압을 회피하기 위한 기법으로서의 알레고리가 아니라 알레고리가 지닌 본래의 장점을 살린 수법으로서 알레고리를 창작의 도구로 사용한 작품이 있다. 그것은 작가의 유작으로 남은 「소년은 자란다」이다. 이 작품은 「민족의 죄인」과 함께 해방기 채만식 문학을 대표한다. 그러나 이 작품 역시 「민족의 죄인」과 마찬가지로 갖은 오해와 논란을 불러왔다. 주인공이 소년으로 설정된 까닭에 동화로 폄하되기도 했고 관념적 작품이란 비난을 감수해야 하기도 했다. 그에 비해서 이 작품을 『탁류』와 함께 채만식의 대표작으로 손꼽는 경우나 "현존재들 속에서 미래를 향한 잠재적 가능성을 찾아내"는 작품으로 높이 평가하는 경우도 있다. 일제 강점의 식민지 상태가 아니었던 만큼 친일과 항일의 문제는 표나게 불거지지 않았지만 작품을 바라보는 시선은 여전히 평행선을 이루고 있다. 이 작품에 대해서도 김윤식은 비판적 평필을 휘두른 첫 번째 자리에 놓인다.

김윤식은 해방공간에서 채만식이 죄인의식과 허무의식에 사로잡혀 있었기 때문에 역사의 방향성을 떠올리지 못하고 빈정거리는 투의 풍자작품에서 맴돌고 있었다고 본다. 그 허무의식이 「도야지」를 거쳐 「소년은 자란다」에서 멈춘다는 것이 그의 의견인데 그는 소설의 줄거리를 간단히 요약하고 나서 그 의미를 다음과 같이 설명하고 있다.

> 작가는 여기서 해방 공간의 민족 이동, 귀환 동포의 애환과 그 정착 과정을 소년의 눈을 통해 보여 주려 한 것 같다. 물론 작가는 처음부터 오

씨의 '지워버린 고향'을 설정하고 있다. 뿌리 뽑힌 인간이 아니라 스스로 뿌리박기를 거절한 사람이다. 따라서 땅으로 향한 어떤 귀소 본능을 갖지 않는다. 작가는 부질없이 또 어지러울 정도로, 부조리라든가 세태 풍속을 늘어놓고 있다. 그 모두는 지나간 것이다. 문제는 소년 영호가 어떻게 이 땅에 뿌리를 박느냐가 이 작품의 핵심인 것이다. 그런데, 이 후반부로 올수록, 즉 소년 영호가 선명히 부각될수록 소설은 노골적인 신파 연극 투로 변하고 있음을 발견할 수 있다. 어린 영호가 얼마나 어른답다든가, 또 마음이 자상하여 누이를 잘 돌보며, 영리하고, 약삭빠르고, 착하다는 것을 이 작가는 실상 염치도 없이 그리고 있는 것이다. 어째서 이런 신파 조가 되고 말았는가를 검토하는 일이야말로 채만식론의 끝부분에 해당될 것이다.[08]

「소년은 자란다」에 대한 김윤식의 논평에서는 동화, 신파 연극투, 신파 조라는 용어가 자주 등장한다. 진지하고 성숙한 문학의식이 태부족한 작품이라는 평가를 그 용어 속에 함축하는 셈이다. 이와 같은 양상은 이광수와 채만식의 일제 시기 작품을 비교하여 친일 문제를 다루고 있는 이동하의 논문에서도 똑같이 발견된다. 이동하는 「소년은 자란다」가 복합적 의미를 함축한 작품으로서 일제 강점기에서부터 해방 직후까지 한국 역사를 주제로 하고 있고 그

08 김윤식, 「채만식의 문학세계」, 『채만식』, 44쪽.

핵심적인 의미는 소년이 '온갖 시련과 고통을 겪으면서도 오염되거나 좌절하지 않고 꿋꿋이 자라나는' 모양을 형상화하는 데 있다고 본다. 그러나 논자는 '이 작품에 나타난 기대와 희망'이 주관적이고 심정적인 차원의 것이어서 독자의 공감을 받기 어려운 신파 연극투에 떨어졌다고 판정한다. 김윤식의 견지와 다른 길을 걸어왔다고 하더라도 결국은 똑같은 결론, 동공이곡으로 끝나는 것이다. 이에 비해 황국명의 견해는 앞선 두 사람의 관점과 큰 틀에서 맥락을 같이한다고 할지라도 나름의 특색이 있고 배울 점이 있다. 소설 주인공의 부모가 고향을 지워 버린 존재들이라는 사실을 지적하면서 황국명은 다음과 같이 말한다.

> 부모를 잃었다는 점에서 영호는 그의 성장과정을 통제할 계보적 엄숙성을 결여한다. 그에게는 조상대대로 내려오는 의무감이나 가계의 전통에 의해 규정된 미래의식도 있을 수 없다. 또 영호 남매는 기차역에서 아버지와 생이별을 하게 된다. 수많은 종류의 사람들이 이합집산하고 삶의 다양한 층위가 겹쳐 놓이는 역은 고향과 같은 국지적 장소가 오랜 세월에 걸쳐 형성하고 있는 장소의 정체성, 폐쇄적인 인정세계를 구성할 수 없다. 어떤 논자에 따르면 폐쇄적인 국지적 맥락에서 해체되어 있다는 점에서 역(驛)은 일종의 비공간이다. 이는 귀국과 함께 아비(나라)를 잃어버린 영호 남매에게 민족지적 장소개념이 있을 수 없음을 증폭시켜 드러낸다고 할 수 있다. 아이의 성장과 완성을 도울 부성

> 적 권위가 부재하고, 국지적 장소의 정체성으로부터 해방된 영호는 개체로서의 자기정체성과 운명을 강조할 수밖에 없을 것이다. 한 개인이 자기형성에서 지역이나 장소와의 영향관계가 극도로 축소될 때, 그의 성장은 물질에 매개될 수밖에 없을 것이다. 따라서 돈보다 배움이 중요하다고 하지만 영호는 각박하고 험난한 세파에서 살아남기 위해 빨리 성인이 되어야 한다. 그것은 환멸체험 위에서 이루어진다.[09]

여기에 인용한 황국명의 견해가 중요한 것은 무엇보다도 장소의 정체성을 초점으로 삼았다는 데서 찾을 수 있다. 「소년은 자란다」가 풍자소설의 말류가 아니라 알레고리를 사용한 해방기 채만식 소설의 대표작 가운데 하나라는 점을 파악하게 되면 이 장소의 정체성 문제는 매우 중요한 사안이 된다. 알레고리를 구성하는 여러 요소가 그 장소의 정체성에 연결되기 때문이다. 이 점에서 황국명의 글은 결국에는 채만식 문학에 대한 부정으로 돌아간다고 할지라도 그 나름으로 숙고의 대상이 될 만한 가치를 지닌다. 이동하, 황국명을 빼놓고도 「소년은 자란다」에 대한 부정적 견해는 도처에서 쉽게 발견할 수 있다. 그에 비해 긍정적 견해는 희소한 편인데 송하춘은 자신의 저서 『채만식』이란 저작 속의 '리얼리즘 문학의 승리'라는 항목에서 『탁류』와 「소년은 자란다」를 같은 위상에 놓이는 작품이

09 황국명, 「채만식 문학의 재음미」, 『채만식—백릉 채만식 선생 50주기 심포지엄 자료집』, 민족문학작가회의, 2000, 98쪽.

라는 관점에서 바라본다. 『탁류』가 항일문학의 최고봉이었을 뿐 아니라 채만식 문학의 절정이었다는 앞서 이 책에서 이루어진 서술을 참조하면 『탁류』와 「소년은 자란다」를 동렬에 속하는 작품으로 간주한 것은 그 작품에 매우 높은 위상을 부여하는 행위가 된다. 『탁류』와 같은 장편소설이 아닌데도 「소년은 자란다」를 리얼리즘 문학의 대표적인 성과로 꼽은 것은 이례적인 일이지만 거기에는 일정하게 문학사를 투시하는 논자의 작품 감식안이 작용하고 있다.

> 『탁류』와 「소년은 자란다」는 채만식의 대표작이다. 1930년대의 역사적 탁류 속에서 명일을 보고 싶어 하는 작가의 의지는 일제가 휩쓸고 간 폐허에서 다시 생생한 '소년'의 의지로 살아 있었고, 그 소년이 '자란다'고 믿었던 점은 채만식의 리얼리즘 문학이 제시하는 또 하나의 이상향으로 기록될 만하다.[10]

송하춘은 채만식의 『탁류』가 단순한 현실묘사에 그친 것이 아니라 '그 현실을 야기한 역사에 대한 비판'을 내장하고 있다는 점에서 리얼리즘에 값한다고 높이 평가한다. 곧 채만식의 문학적 기법이 역사와 현실을 겹시각으로 포착하는 방법에 특장이 있는 것이라는 그의 지론을 『탁류』와 「소년은 자란다」에 대한 평가에 동원한 것이

10 송하춘, 『채만식』, 건국대학교출판부, 1994, 81쪽.

다. 이와 같은 관점은 그의 '『탁류』론'에서 전형적으로 드러나는데, 예컨대 그는 이렇게 말하고 있다.

> 『탁류』는 서두에서부터 꿈같은 역사와 비린내 나는 현실이 교차한다. 백마강이며, 백제의 홍망이며 꿈같은 역사가 있는가 하면, 곧 장꾼들의 홍정이며 생선 비린내가 나는 현실이 펼쳐진다. '탁류'는 꿈과 현실이 공존하는 상징적인 강이다. 금강이라는 실제의 강이 아니라, 인간의 꿈과 미래를 송두리째 실어다가 바다에 쏟아 붓는 절대적인 현실이다. 그 탁류는 역사적인 현장이며, 동시에 삶의 현장이다. 그것은 낭만이 아니다.[11]

인용문에서 드러나는 것은 두 가지다. 하나는 역사와 현실을 겹시각으로 포착하는 채만식의 문학이 지닌 특성에 대한 인식이며, 다른 하나는 송하춘의 리얼리즘 개념이 지닌 특수성이다. '성격과 환경의 하모니가 소설의 원망'이라는 루카치에게서 연원하는 임화투의 소설 이론과 일정한 거리를 내포하고 있는 리얼리즘 개념을 그가 사용하고 있는 것이다. 그러므로 「소년은 자란다」가 리얼리즘 문학의 대표적 성과라는 견해도 그 개념의 영향에서 자유롭지 못하다. '해방 후의 무질서와 냉대 속에서 항상 새롭게 성장하는 소년의

11 송하춘, 앞의 책, 67쪽.

모습을 제시한' 것을 리얼리즘과 연계시키고 있는데 그것은 나름의 가치가 있는 것이지만 「소년은 자란다」가 지니고 있는 알레고리적 특성을 외면하거나 비켜 나가고 있다는 사실은 숨길 수 없다. 이와 같이 작품을 높이 평가하면서도 정작 핵심이 되어야 할 알레고리를 눈치채지 못하는 양상은 채만식의 문학 전반에 대하여 상대적으로 높이 평가하는 류보선의 글에서도 어느 정도 감지된다. 류보선은 채만식의 문학 전체를 조감하는 입장에 서서 다음과 같이 그 특징을 분석 종합하고 있다.

> 식민지로부터의 진정한 독립과 해방이 결코 국민국가의 수립으로 완성되는 것이 아니라면, 마찬가지로 친일행위에 대한 반성 역시 자신의 반민족 행위에 대한 참회에 그쳐서는 안 될 터이다. 친일행위의 반성에 있어서 더욱 중요한 것은 각자가 친일행위에 빠져들게 된 인식틀을 부정하고 보다 고차의 인식틀로 나아가는 변증법적 과정이다. 이런 점에서 본다면 채만식의 친일에 대한 반성은 그야말로 철저하고 통렬한 감이 있다. 해방 전 채만식의 중요한 미적 원리 중 하나가 존재의 발전가능성에 대한 부정이라고 한다면, 다시 말해 현실 속에서 이러한 것이 문제이지만 나는 이미 이러한 존재로 규정되어 있으므로 아무것도 할 수 없다는 의식이라고 한다면, 해방 후의 작품에서 이러한 태도들은 서서히 걷혀간다. 「낙조」에서는 불의의 상황이나 부조리의 상황 앞에서 아무런 행동을 옮기지 못하는 지식인에 대한 비판, 그러니까 채만

식 특유의 '레디메이드적 존재감'에 대한 자기 부정이 이루어지는가 하면, 「소년은 자란다」에서는 현존재들 속에서 미래를 향한 잠재적 가능성을 찾아내기도 한다. 특히 화려하고 휘황찬란한 권위주의적 담론에 자신을 내맡기고 싶은 충동을 놀랄 만큼 냉정한 시선으로 이겨낸다. 일제시대의 반성적 산물이라 할 채만식의 이러한 태도는 당시 좌우익의 극심한 대립, 혹은 권위주의적 담론 간의 격렬한 충돌 속에서 냉정한 자세를 유지하는 근본적인 동력이 되며, 해방 후에 펼쳐지는 구체적이고 현실적인 모순들을 누구보다도 날카롭게 포착하는 원동력이 되기도 한다. 이러한 냉정한 시선은 당시 감히 어느 누구도 예상치 못한 동족상잔의 비극까지를 다음과 같이 예측하는 경지에 이른다. 해방 전 친일에 이르게 된 자신에 대한 후회와 혐오, 그리고 새로운 방향의 설정은 이처럼 치열했으며 그것이 문학이 불가능했던 시대라 일컬어지는 해방공간에서 문제적인 작품을 거듭 써내는 중요한 요인이 되었음은 물론이다.[12]

류보선이 이 글에 이어서 인용하는 대목은 「낙조」에서 화자가 "남조선이 북조선을 치는 날이면?" 하는 질문에 대해 상상으로 응답하는 장면이다. 소설 속 화자는 남북 간에 한번 사단이 나는 날이면 제주도에서 벌어진 사태가 전 조선적인 규모로 확대되어 골육상

12 류보선, 『한국근대문학의 정치적 (무)의식』, 460-461쪽.

쟁이라는 피의 비극이 펼쳐질 것을 예감한다. 류보선은 그 예감이 작가가 현실적인 모순을 누구보다도 날카롭게 포착하는 데 원동력이 되었다고 보고 있다. 이러한 입장에서 류보선은 작가의 역사현실에 대한 인식이 일제 시대에 대한 반성에서 나온 것이라고 파악하고 있다. 하지만 「소년은 자란다」를 동화에 해당하는 것으로 파악한 김윤식은 작가가 염치도 없이 소년 주인공을 미화 찬양했다고 비판하며 그 원인을 채만식의 허무주의와 자의식에서 찾는다. 그러나 이러한 인식은 이 작품이 『탁류』와 같은 일종의 알레고리적 인식의 지도라는 것을 전혀 파악하지 못한 데서 나온 오판이다. 송하춘이 이미 지적한 바이지만 「소년은 자란다」는 『탁류』와 여러 가지 점에서 공통성을 지닌다. 작품의 진행 순서가 현실→역사→현실로 되어 있어 기본 구조가 동일하고 각 인물이 알레고리적 의미를 지닌다는 점에서도 일치하며 한민족이 처한 현실 상황을 거시적인 관점에서 파악하여 일종의 알레고리적 인식의 지도를 보여 준다는 점에서도 공통적이다. 류보선의 관점을 차용하면 「소년은 자란다」의 주요 특성인 디테일의 복합성도 『탁류』와 흡사하다. 『탁류』 후반부에서 풍부한 디테일들이 작품의 알레고리를 강화하는 것과 같이 「소년은 자란다」에서도 디테일은 가시적인 것들 속에서 알레고리가 서식할 좋은 여건을 조성한다. 다만 『탁류』에 비해 과거보다도 미래 쪽에 비중을 두는 것은 「소년은 자란다」가 지니고 있는 작품적 특성에 기인한 차이점이다. 이와 같은 특성들을 감안하면,

「소년은 자란다」에 대한 논의를 본격화하기 위해서는 특정한 논자의 관점을 일일이 비판하는 것보다 작품이 지닌 알레고리적 특성을 전체적으로 파악하는 일이 우선적으로 요구된다. 그 작업은 작품의 줄거리를 구조적으로 분석하는 것으로부터 시작할 수 있다.

「소년은 자란다」는 이리역에서 누이와 함께 아버지를 찾아 헤매는 오영호를 등장시키면서 시작된다. 작품은 무대를 역이라든지 여관이라든지 하는 여러 규정 요인들이 함께 작용하여 장소의 고유한 특성이 사라져 버린 비공간으로 선택하고 있는데 여기에는 황국명이 밝히고 있는 장소의 정체성이라는 특성이 사라져 버린 측면 외에 상징적 의미가 있다. 그 의미는 세계열강의 힘이 경합하는 장소로서 한반도를 그 비공간으로 상정하는 것과 관련된다. 규정하는 요인이 너무 많기 때문에 아직 아무것도 정해지지 않은 세계가 조선의 현실이라는 것이 작가의 기본 인식이다. 오영호 남매가 어머니를 잃은 것도 이민족의 집단윤간에서 비롯되는 것으로 처리되는데 한반도가 열강의 세력 확장의 장소가 된 탓에 한민족은 고유의 전통과 역사, 주권을 외세에게 철저하게 유린당하고 있는 것이다. 오영호의 가족이 만주로 이사 간 것도 폭력으로부터의 도피라는 성격이 강했는데 해방 후 귀환 과정에서 어머니를 잃고 정신적 지주인 오 선생을 잃으며 마지막 의지처인 아버지마저 잃는 것도 궁극적으로는 모두 외세와 관련된다. 이 점에서 소설 주인공의 이름자에 '호' 자가 들어간 것의 의미를 음미하는 일이 필요하다. 일제 말기의 장편소설부터 채만식의 작품에는 이름자에 '호' 자가 들어간 인물들이 단골로 등장하는데 『아름다운 새벽』의 임호를 비롯하여 『어머니』의 준호, 『여인전기』의 준호 등이 모두 그 사례이다. 이 '호' 자 이름자를 가진 인물들은 「소년은 자란다」의 오영호까지를 포함하여 모두 조선 민족을 알레고리적으로 상징한다고 보아도 무방한 것이다.

오영호를 중심인물로 하여 구축된 소설의 짜임새를 살펴보기 위해서는 이 작품의 구성이 『탁류』와 마찬가지로 현재-과거-현재의 구조로 되어 있다는 사실을 인식하는 일이 필요하다. 『탁류』에서는 정주사가 등장하는 초반부(1장에서 9장까지)가 현재이고 초봉이가 주역을 맡는 후반부(10장에서 14장까지)는 과거이며 작품 마지막 부분(15장부터 19장까지)에서는 다시 현재의 장면이 펼쳐진다. 『탁류』와 비교했을 때 「소년은 자란다」의 구성은 1장이 현재, 2장부터 12장까지가 과거와 현재의 교차, 13장부터 17장까지가 다시 현재의 장면이 된다. 첫 번째 현재의 장면이 매우 짧게 되어 있고 과거의 장면이 길게 펼쳐지며 마지막 현재의 장면은 약간 긴 구조를 가지고 있는 셈이다. 이와 같은 구조는 작품의 첫 장이 일종의 작중현실의 기본 상황을 설정하는 역할만을 맡을 뿐 소설에서는 과거로부터 현재에 이르는 과정이 큰 맥락에서는 순차적으로, 세부적으로는 과거와 현재가 뒤섞이며 교차하는 방식으로 제시된다는 사실을 알아볼 수 있게 해 준다. 이 점에서 소설의 첫 장이 설정하고 있는 상황이 무엇인지 정확하게 파악하는 것이 작품의 올바른 이해를 위해 필수적인 선결 요건이 된다. 곧 작품의 알레고리를 구조 전체를 염두에 둔 다시 읽기의 방법을 통해 포착해야 세부가 지닌 의미를 이해할 수 있는 것이다. 여기서 주인공이 '비공간'인 정거장에서 '잃어버린 아버지'를 찾는다는 것은, 조선 민족이 식민지에서 해방이 되었지만 외세가 지배자로 군림하기는 마찬가지라는, 현재의 사회구조를 알레고리적으로 표현하고 있다는 인식이 가능해진다. 아버지를 잃어버린 가운데 아이들 셋이 남북으로 이산되어 있다는 설정, 영호와 그 누이가 여관집과 단속곳집에 나뉘어 살고 있다는 설정은 남북이 분단된 현실의 알레고리가 되는 것이다.

2장에서 해방의 소식과 함께 그들 가족이 믿고 따르던 오 선생의 반일적 태도와 주체적 면모가 강조되는 것은 소설의 알레고리 구조를 독자가 쉽게 포착할 수 있도록 배려하는 것과 관련된다. 이와 같이 현재의 장면과 그것이 지닌 알레고리적 의미를 부각시키는 가운데 소설은 점차 과거 역사의 여러 층위를 드러낸다. 만주와 간도에 사는 사람들의 생활이 묘사되기도 하고 해방을 맞는 그들의 착잡한 반응이 제시된 다음 그러한 반응이 왜 생겨났는가를 심층적으로 조명하는 장면이 등장하기도 하는 것이다. 그 장면들, 풍부한 디테일을 통해서 주인공인 영호 가족의 역사, 오윤서와 그 아내의 과거는 해방이 되었다고 해서 고향으로 한걸음에 내달려 갈 수 없는 속사정을 지니고 있다는 것이 알려진다. 그 속사정이란 오윤서에게는 첫 아내가 "양복을 입고 하이칼라를 한 것만은 분명한, 타관에서 굴러들어 왔던 읍내 이발소의 이발직공을 따라 가출"한 것과 관련되며, 오윤서의 아내에게는 첫 남편의 무자비한 폭력과 관련된다. 이 두 가지를 알레고리적으로 해석하면 외래의 근대문명과 식민 지배 권력의 폭력이 될 것이다. '지워 버린 고향'이란 전통과 주권을 잃어버린 그 속사정을 나타내는 상징적 개념인 셈이다. 그렇지만 영호 가족은 오 선생의 설득에 따라 결국 귀국길에 오른다. 그 귀국길에서 영호 가족은 참담한 사건들을 겪는다. 평소 아끼는 살림살이 가운데 하나였던 소반을 가지러 잠시 집으로 돌아갔던 영호 어머니는 되놈들의 집단윤간에 의해 목숨을 잃고, 젖먹이 어린것은 어미를 잃은 대가로 생명을 잃는 것이다.

그 피눈물 나는 파란곡절을 거쳐 서울에 도착했지만 그들이 찾아간 전재민 수용소는 영호 가족이 바라고 바라던 그런 세계가 결코 아니다. 더욱이 자신들이 정신적으로 의지하던 오 선생마저 남북을 오가며 무슨 일인가를 꾀하다가 경찰에 잡혀갔기 때문에 영호 가족은 더 이상 서울에 머물러 있을 수도 없게 된다. 그로 인해서 그들 가족은 전라도에 가면 농사지을 땅이 많다는 막연한 풍문만을 믿고 지향 없이 남행열차를 탄다. 그러나 마지막 의지가 되었던 아버지마저 기차를 잘못 타는 어리석은 행동으로 남매와 헤어지게 된다. 그 순간 갈데없이 고아 신세가 된 영호 남매에게 도움의 손길을 뻗친 것은 그들이나 마찬가지로 생활의 여유가 있어 보이지 않는 기찻간 사람들이다. 한 푼 두 푼 지갑을 열어서 영호 남매에게 동정을 베푼 기찻간 사람들의 배려로 남매는 몇 푼의 돈을 지니게 되었지만 그것은 잠시의 소용일 뿐이다. 그리하여 소설의 마지막 부분은 오영호 남매가 끼니를 잇는 대가로 여관집과 단속곳집에 분리되어서 서로 인질로 잡혀 있는 상황을 바탕으로 전개된다. 이 대목이 지닌 구조에 대해서 필자는 다음과 같이 분석한 바 있다.

> 작품의 첫 부분인 1장과 대비했을 때 세 번째 부분(13장부터 17장까지)은 주어진 상황에 대한 주인공의 대응이 진척되는 양상을 하나씩 단계적으로 형상화한다는 특성을 지닌다. 그 첫 단계는 정거장이란 공간에 적응하는 것이며, 두 번째 단계는 삶을 꾸려갈 장기적인 방안을 찾는 일이다. 세 번째 단계는 그 생활 속에서 세계에 대한 깨달음을 얻어가는 과정이며, 네 번째 단계는 그러한 깨달음에 바탕을 두고 영호 남매가 이루어가야 할 삶의 방향을 모색하는 일이다. 그 내용은 방을 하나 얻어서 하꼬방 장사를 하는 것이다. 이 행동들 하나하나가 작품의 알레고리적 구조에 의해 의미 부여된 것이라고 할 때 각 행동의 의미는 구체적으로 파악되어야 한다. 그 의미를 파악하기 위해 쉬운 것부터 풀어보면, 우선 영호 남매가 여관집과 단속곳 여자 집에 인질처럼 나뉘어 있는 상황을 미소공동위원회나 남북한에 외국군이 주둔해 있는 외세 지배하의 현실에 대한 상징으로, 알레고리적으로 해석할 필요가 있다. 여기에서 영자가 '단속곳'으로부터 매를 맞는 상황이 가장 시급하

게 해결되어야 할 문제이다. 남북 분단이 되어 있는 현실에서 영호가 방을 하나 얻어 남매가 함께 살아가야 한다고 생각하는 것은 조선 민족이 통일국가를 건설해야 한다는 인식이라 할 수 있고, 거기에는 필연적으로 자주독립과 경제적 요건이 갖추어져야 한다. 이 두 가지 요건을 갖추는 데는 '훌륭한 사람의 세계', 다시 말해서 근대 사회 또는 자본주의 사회나 사회주의 사회에 대한 인식이 선결요건이다. 영호 남매가 서 있는 정거장이나 여관이란 공간은 지나치게 많은 규정요소들이 개입을 하는 장소라서 오히려 '비공간'적인 특성을 지니게 된 곳이다. 따라서 영호는 세계에 대한 자신의 인식과 지향에 따라 자기들의 삶의 방향과 방법을 결정해야 한다. 영호가 아버지를 잃었다는 것은 그의 선택이 낡은 세대의 세계관이나 이념에 제한되지 않고 자유로울 수 있는 조건이라는 점을 말해 준다. 그러나 영호의 선택이 자의적으로 행해질 수 있는 것은 아니다. 그는 이미 오 선생의 훈도를 받은 사람이고 가족을 위해 헌신하는 아버지와 어머니의 삶을 지켜보았다. 영호가 민족주체성과 역사의식을 지녔던 오 선생에게 의지할 수 있는 조건이라면 자신의 삶의 방향과 방법을 선택하는 데 좀 더 좋은 조건을 가졌을 것이다. 그러나 작가는 아버지와 어머니뿐만 아니라 오 선생까지도 영호 남매의 곁을 떠난 것으로 상황을 설정하고 있다. 이러한 상황설정의 의미는 알레고리와의 상관관계 속에서 좀 더 음미되어야 한다.[13]

13 졸저, 『문학의 모험』, 385-386쪽.

「소년은 자란다」는 해방 이후 국토가 분단되어 한민족이 외세의 볼모가 된 현실을 알레고리적으로 표현하고 있다. 이 상황에서 오영호는 남매가 함께 있을 집을 마련하기 위해 노력하는 일방, 세계의 진실을 알기 위한 모험을 계속한다. 그 과정에서 오영호는 '훌륭한 사람'들이 결코 훌륭하지 않으며 오히려 가난한 민중들이 자신들의 처지를 깊이 이해하고 도와준다는 사실을 확인한다. 이와 같은 방식으로 소설의 여러 사항은 모두 알레고리적 의미를 지니고 작품 속에서 작동한다. 어머니의 죽음은 한말의 주권 상실과 관련되고 정신적 지주였던 오 선생의 행방불명은 한민족의 이념적 지표, 남북통일의 이념이 실종되었음을 뜻하며, 아버지를 잃은 것은 남북 분단 상황에서 외세에 의해 자주권이 농단당하는 사태를 시사하고 있다. 하나하나의 사안이 독자적으로 존립하는 것이 아니라 전체의 구도 속에서 부여받은 역할을 수행하는 기능적 존재이다. 그것은 현실에 대한 하나의 인식의 지도라고 할 수 있다. 그런 의미에서 영호 자신이 비공간에 처해 있는 현실을 타개하고자 하는 것은 민족의 정체성을 회복하고자 하는 의지이며 그 일은 남매가 함께 기거할 집을 마련하는 일, 통일 과업과 불가분의 관계를 지닌다. 채만식이 한 공식석상에서 '민족적 민주주의 만세'를 주장한 취지는 여기에 본질적 의미가 있다고 해야 할 것이다. 채만식은 그러한 자신의 생각을 효과적으로 전달하기 위해 역사현실을 공간적으로 나타내는 인식의 지도를 통해 현실을 알레고리적으로 표현하는 방법을 선택했고, 거기에 부응할 수 있는 소설적 형식을 창안했던 셈이다. 그것은 알레고리적 인식의 지도로서 『탁류』의 전체상과 닮은 꼴을 지니고 있다. 『탁류』에서는 정주사의 모습이 한민족의 전형이라면 「소년은 자란다」에서는 오영호의 모습이 한민족의 전형인 셈이다. 작가는 「명일」에 발단을 둔 자신의 문학이 지닌 기본 형태를 그와 같이 발전시키고 있는 것이다.

3. 채만식의 방법

채만식은 일제 강점기 조선 민족의 항일의식을 표현하기 위해 자신의 모든 힘을 기울인 견인불발의 작가다. 그가 온갖 정성을 다하여 창작한 작품들은 식민지 시대 한국의 저항문학을 대표하는 최고의 문학이 되었다. 그 가운데서도 『탁류』는 어느 면으로 보나 항일문학의 대표작이다. 『탁류』가 세태소설이 아니라 항일문학의 정수라고 그 진면목을 이해한 사람은 일제 말기의 장편소설에 친일문자가 도입된 것이 방편적인 것이었다는 것을 쉽게 알아볼 수 있다. 그럼에도 불구하고 채만식은 자신의 작품에 친일문자를 도입한 데 대해 스스로 부끄러움을 느꼈다. 그래서 '하여커나 죄인이거니 생각' 할 수밖에 없었던 것이다. 일제의 검열과 탄압을 이겨 내고 문학적 실천을 하기 위해서 친일문자를 쓰는 것은 불가피한 일이었지만 손이 더럽혀졌다는 것은 어느 모로나 개운치 않은 일이다. 그래서 쓴 작품이 「민족의 죄인」이다. 그러나 「민족의 죄인」은 단순히 자신의 죄를 고백하거나 변명하기 위해 쓴 작품이 아니다. 친일행위와 같은 문제를 다루는 데서 제기되는 방법이나 원칙을 근본적인 차원에서 성찰하기 위한 자료로서 자신의 문제를 제출했던 것이다. 그것은 '보는 법'의 문제를 토의할 수 있는 광장을 제공하기 위해 역사적 인물인 갈릴레이를 끌어와 서사극을 만든 베르톨트 브레히트의 창작의도와 일치한다. 갈릴레이는 '동의'를 통해 신물리학의 체계를 수립할 수 있는 기회를 가졌음에도 불구하고 종교재판정에서 자신의 주장을 번복한 것에 대해 부끄러움을 느꼈다. 그렇지만 그가 부끄러움을 느꼈다고 해서 부끄러운 삶을 산 것은 아니다. 갈릴레이의 제자들이 변절자라는 비난을 무릅쓰면서까지 신물리학을 수립한 스승을 위대한 분이라고 칭송한 것은 타당한 논리다. 베르톨트 브레히트는 역사적 인물 갈릴레이의 생애를 끌어와 '보는 법'의 문제를 문학적으로 제기했다. 채만식 또한 「민족의 죄인」을 통해 '보는 법'의 문제를 심중하게 제기하고 있다. 그러므로 우리가 해야 할 일은 채만식의 항일문학이 지닌 가치를 발굴하고 선양하여 '보는 법'의 모범을 보여 주는 일이지 친일문자를 썼다고 일방적으로 비난할 일이 아니다. 비난을 무릅쓰면서 어떻게 일본 제국주의와 싸웠는지, 그 피로 쓴 항일문학의 역사를 새롭게 기술해야 하는 것이다. 그것이 민족문학사로서의 문학사의 과업이다. 더욱이 항일문학을 위해 채만식이 시행한 문학적 실험들, 방법의 모색은 새로운 창작 방법이나 문학 이론으로서 매우 높은 가치를 지닌다. 그렇기에 플롯의 대응 형태를 다양하게 변주하면서 더러운 껍데기를 둘러쓴 진주의 영롱한 모습을 형상화한 방법의 핵심이 무엇인지, 작가가 사물을 직관하는 방법을 어떻게 작품 속에 구현하고 있는지 밝혀내야 한다. 그것은 '보는 법'에 대한 채만식의 문제의식을 발전시키는 일이다. 알레고리와 분신의 기법, 발견술로서 플롯의 대응 형태를 이용한 형상화 기법 등도 독자적인 문학 이론으로서의 가치를 충분히 지니고 있을 뿐만 아니라 '보는 법'에 주의를 환기하고 있다. 그러나 채만식의 경우 방법의 문제는 창작 부문에만 관련되는 것이 아니다. 창작 이전에 읽기가 있어야 하는 것이기 때문이다. 여기서 읽기, '보는 법'의 문제는 두 가지로 구분된다. 하나는 세상 읽기여야 하고 다른 하나는 작품 읽기여야 한다. 이 둘은 서로 관련된다. 세상을 읽어야 작품을 쓸 수 있는 것이지만 세상을 읽었다고 해서 아무렇게나 작품을 쓸 수 있는 것은 아니다. 어떻게 쓰는 것인지 알고 있어야 세상에서 읽은 내용을 작품으로 구상화할 수 있다. 그러나 어떻게 쓰는 것인지는 누가 알려 주는가. 여기에는 다른 작품을 읽은 독서 체험이 관여한다. 쉽게 말해서 작품을 읽는 능력이 갖춰져 있어야 세상에서 읽은 내용을 예술적으로 형상화할 수 있는 방법을 창안할 수 있는 것이다.

채만식의 경우 작품을 읽는 방법을 체득하는 데 가장 큰 역할을 한 것이 자신의 창작 체험이다. 그 창작 체험은 즉자적으로 주어져 있지 않았다. 비평가들이나 다른 작가들의 논평은 채만식이 자신의 작품을, 또는 다른 작가의 작품을 읽는 데 길을 열어 주었다. 「산동이」, 「사라지는 그림자」, 「인테리와 빈대떡」 등에 대한 평론가들의 비판은 채만식이 자신의 작품이 지닌 문제점이 어디에 있는지를 알 수 있게 해 주었다. 뿐만 아니라 채만식의 첫 장편소설인 『인형의 집을 나와서』는 입센의 『인형의 집』에 대한 읽기의 한 형식이라고 할 수 있다. 이처럼 채만식의 문학은 읽기로부터 시작하고 있다. 그 읽기가 외적으로 나타난 구체적 사례는 「산동이」와 「레디메이드 인생」, 그리고 「명일」에서 찾아볼 수 있다. 「산동이」가 지닌 문제점을 「레디메이드 인생」에서 개선하고, 「레디메이드 인생」이 지닌 문제점을 「명일」에서 바로잡은 것이다. 채만식이 「명일」이 자신의 후반기 문학의 원점이며 '중난스런' 작품이라고 했을 때 그의 읽기, '보는 법'은 본궤도에 오른다. 이제 다른 사람의 지적이 없더라도 스스로 문제를 발견하고 그 문제를 풀어 가는 방법을 창안할 수 있는 능력을 획득한 것이다. 「명일」이 발표된 뒤 1년여 만에 『탁류』와 『태평천하』를 쓸 수 있었던 것은 그에게 상상 속의 창안을 다양한 방식으로 실험할 수 있는 능력과 여건이 이미 갖추어져 있었음을 입증한다.

『탁류』와 『태평천하』는 채만식이 자신의 문학이 나아갈 길로 선택한 두 가지 창작 방법을 대표한다. 『탁류』에서 작가는 현실과 역사를 겹시각으로 포착할 수 있는 능력을 갖추었음은 물론 작품 전체를 하나의 상(象)으로 나타낼 수 있는 방법을 터득한다. 일련의 이미지들이 포개져 있는 필름을 한꺼번에 투시함으로써 하나의 상을 포착하는 방법은 『탁류』에서 정주사의 형상화로 나타났고 그에 대한 이론은 「냉동어」에서 직접적으로 서술된다. 채만식은 이 형상화 방법을 『여인전기』에서 능숙하게 구사한다. 사형취상의 방법을 한 단계 더 진전시킨 그 형상화 방법은 순수운동을 통해 상(象)을 만들어 낼 뿐 아니라 버려지는 형태까지도 작품에서 주어진 기능을 적절하게 발휘할 수 있게 하는 방식을 취하고 있다. 그렇게 작품의 전체상이 만들어진다는 것을 알았기 때문에 채만식은 주인공의 이름을 '숙히'에서 '진주'로 바꾸었고 송편과 꿈을 반복해서 언급함으로써 속과 겉이 구분되는 사상(事象)에 독자의 주의를 환기했던 것이다. 이 지점에서 채만식의 소설 이론은 E. M. 포스터의 '패턴과 리듬' 수준을 넘어서서 새로운 경지를 연다. 그 새로운 경지는 「민족의 죄인」에서 발견술적 기법으로까지 나아간다. 발견술적 기법은 그 바탕에 플롯의 대응 형태에 대한 인식을 깔고 있다. 「산동이」에 대응 형태가 존재하지 않고, 「명일」에 플롯의 대응 형태가 확고하게 자리를 잡고 있음을 감안하면 「민족의 죄인」의 발견술적 기법은 플롯의 대응 형태 원리를 최고도로 응용한 것으로서 거기에는 운동을 중심으로 하는 읽기로서의 취상법이 내재한다. 운동을 중심으로 작품을 읽고 그 운동이 만들어 내는 작품의 전체상을 통해 읽기를 수행하는 방법인 것이다. 그 읽기가 창작 방법으로 전용되는 것은 자연스러운 흐름이다.

『탁류』와 함께 채만식이 발전시킨 또 하나의 읽기 이론은 『태평천하』를 원점으로 하여 전개된다. 『태평천하』는 그 전체상이 구절판을 모형으로 한다. 작품이 여러 개의 독립된 단위들로 구성되고 그것들이 모여서 하나의 전체를 표상하는 방식이다. 이 구성방식은 전통적인 통일성과는 약간의 거리를 둔 것으로서 모자이크, 몽타주, 콜라주 등의 현대적 예술기법과 친연성을 지닌다. 그렇기 때문에 채만식의 작품에서도 이러한 구성방식을 채택하여 성공을 거둔 사례는 그리 많지 않다. 『태평천하』보다 2년 뒤에 발표된 「냉동어」에 편린이 엿보이지만 전체적으로 일관된 방식이 구사되고 있다고 하기는 어렵다. 그 점에서 이 구성방식을 본격적으로 이용하고 있는 작품으로는 1942년에 발표된 『아름다운 새벽』이 돋보인다. 『아름다운 새벽』에서 작가는 알레고리적 기법을 사용하고 있다. 소설의 주인공인 임준과 관계를 맺는 세 여인이 일정한 관념의 의인화로서의 성격을 지니고 작품세계 전체를 삼분한다. 임준의 아내인 서씨와 새롭게 임준이 좋아하게 된 여인으로서 오나미, 어찌어찌하다가 임준의 민적에 오른 박용순이 그들이다. 이와 같은 상태는 『탁류』에서 초봉이와 고태수, 박제호, 장형보의 세 남자 사이에서도 엿보이지만 그들은 정주사가 전형으로 되고 있는 전체상에서 부차적인 인물에 지나지 않는다. 이렇게 보면 『태평천하』의 구성방식을 따르는 작품은 『아름다운 새벽』 한 편인 것처럼 보이지만 「제향날」과 같은 희곡이나 「소년은 자란다」에서도 그와 유사한 형식을 찾아낼 수 있다. 이러한 유형화의 작업 과정에서 부각되는 것은 채만식의 문학적 실험이 『탁류』 계통에서는 사형취상의 방법에 긴밀히 연결되고 있다고 하면 『태평천하』 계통에서는 알레고리 기법이나 분신의 기법에 관련되고 있다는 사실이다. 「소년은 자란다」의 알레고리 구조는 이 작품이 『탁류』가 속해 있는 흐름의 특성과 『태평천하』가 속해 있는 흐름의 특성을 다 같이 함유하는 것이라는 사실을 알려 준다. 그리고 이 점에 착안하면 채만식의 대표작이 『탁류』가 되는 이유를 납득할 수 있다. 『탁류』는 현재-과거-현재의 틀 속에서 움직임을 중심으로 구성되었음은 물론 알레고리 기법과 분신의 기법을 다 같이 활용하고 있기 때문이다. 채만식이 『탁류』의 연재 뒤 출판을 앞두고 현재-과거-현재의 틀을 명확히 하는 방향으로 작품을 개정했다는 사실은 작가가 소설을 움직임, 순수동작을 중심으로 파악했다는 증거가 된다. 곧 작품 읽기의 방법으로서 사형취상의 방법을 염두에 둔 개정 작업이었던 것이다.

채만식은 자신의 작품이 지닌 결함을 극복하기 위해 꾸준히 노력했고 그 결실은 시간이 흐를수록 깊이가 더해진 그의 작품이 웅변으로 말해 준다. 이 창작을 위한 노력이 채만식의 작품 읽기를 심화시켰고 그 읽기가 작가의 창작 역량을 크게 발전시켰을 것임은 췌언을 필요로 하지 않는다. 그 읽기의 방법은 전통과 현대가 지닌 간극을 뛰어넘기 위한 시도로서의 성격을 지니고 있었다. 알레고리나 분신의 기법과 같은 현대적 의장을 취했음은 물론 사형취상의 방법을 읽기에 적용했다. 그러한 안목을 지니고 있었기에 자신의 작품에 대한 일반 독자나 비평가의 반응이 채만식에게 답답하게 느껴졌으리라는 사실은 충분히 유추할 수 있다. 채만식이 해방기에 출판한 『태평천하』의 서문에서 작품 읽기와 관련해 그동안 자신이 느껴오던 회포를 회고적으로 풀어놓은 것은 그러한 측면에서 이해된다.

> 문학작품이라는 것은, 보는 사람에 따라 그 보는 초점이 다른 것이어서, 이 작품에 대하여서도 가령 윤직원 영감의 그런 점잔하지 못한 행사만을 가지고, 그것이 작품의 중심테마인 것처럼 말을 하는 편이 없지가 아니한 모양 같으다. 그러나 그렇다고 작자로 앉아서 독자에게 작품을 강화한다는 것도 허락지 않는 노릇, 차라리 재주가 미급하여 만독자에 고루 작자의 옳은 뜻을 전하지 못한 것이라고 스스로 부끄러히 여기기나 할 따름이다.

여기에 나타난 채만식의 답답한 심정은 윤직원 영감에 대한 독자의 부정적 견해에 국한된 것이 아닐 것이다. 오히려 『태평천하』는 독자들이 읽고 이해하는 데 큰 문제를 야기하지 않는다. 독자는 그저 윤직원 영감의 엉뚱한 행동이나 치기 어린 모습을 웃으면서 지켜보면 그것으로 충분하다. 그럼에도 불구하고 채만식이 자신의 작품이 제대로 이해되지 못하는 것을 안타까워하고 개탄하는 것은 무엇 때문일까. 그것은 아마도 『탁류』와 『여인전기』 같은 작품이 독자는 물론 비평가들에게까지도 몰이해의 영역에 놓여 있었던 데 원인이 있는 것이라고 생각한다. 『탁류』가 박태원의 『천변풍경』과 같은 작품과는 문학정신 자체가 다른 작품이라고 큰소리로 외쳐 대도 그것을 제대로 이해하여 주는 사람이 없는 상황이었기 때문이다. 『여인전기』에 이르면 사태는 더욱 심각하다. 『매일신보』에 연재된 데에다 친일문자가 들어 있는 작품을 읽고 그 속에서 항일정신을 읽어 낼 사람이 몇이나 되었겠는가. 그러나 채만식이 살아 있었던 시절만 해도 그다지 문제가 절박하지는 않았다. 문제가 정면으로 제기되지도 않았고 작가에게 큰 위협으로 다가오지도 않았었기 때문이다. 그러한 상황에서 채만식은 스스로 문제를 제기하고 나섰다. 「민족의 죄인」은 당시의 상황을 지켜보면서 작가가 가지게 된 문제의식의 표출이었다. 그러나 엉뚱하게도 「민족의 죄인」은 작가에게 돌아오는 부메랑이 되었다. 친일 문제를 어떤 원칙과 기준을 가지고 어떻게 처리해야 하는지에 대해서 문제를 제기했던 것인데 네가 바로 친일분자인데 진심으로 참회는 하지 않고 엉뚱한 변명만 늘어놓느냐는 비난이 돌아온 것이다.

채만식은 「소년은 자란다」에서 남북 분단이 현실로 굳혀져 가는 상황에서 우리 민족이 처해 있는 조건과 그 현실을 타개해 나갈 방안을 성찰하고 있다. 작가는 알레고리를 통해 조선 민족이 처해 있는 현실을 인식의 지도로 보여 준 셈이다. 채만식이 우려했던 남북 간의 대결 상황은 우리의 과거 역사가 실제로 보여 주듯이 현실이 되었다. 하지만 일찍이 채만식이 그린 알레고리적 인식의 지도는 지워지고 이제는 동화라는 표지만 남았다. 채만식이 우려했던 읽기, 보는 법의 퇴조가 가져온 몰이해의 결과물인 셈이다. 여기서 또다시 작품 읽기의 중요성을 강조하는 것은 '보는 법'이 그만큼 우리의 삶에 중요하기 때문이다. 우리는 작품을 읽고, 텍스트를 읽고, 세상을 읽지만 왜 그렇게 읽어야 하는지에 대해서는 분명한 설명을 갖추지 못하고 있다. 그렇게 읽히니까 그렇게 읽고, 다른 사람들도 그렇게 읽고 있지 않느냐는 게 준비된 답변이 될지도 모른다. 그러나 그러한 무감각과 무의식 속에서 진실과 진리는 숨을 쉴 수 없다. 의당 물어야 할 작품의 진리, 삶의 수수께끼를 간직한 불꽃은 비평가가 나무와 재만을 만지작거리면서 분석하고 있는 동안에 시들어 버린다. 진리의 불꽃은 비평가의 살아 있는 읽기를 통해서만이 계속 번뜩일 수 있다. 시대의 어둠을 꿰뚫고 진리의 빛을 통해 삶의 수수께끼를 '보는 법'이 더욱 절실하게 필요한 이유이다.

_ 찾아보기

작품명

ㄱ

『갈릴레이의 생애』 320, 339-341
「객지」 91
『고요한 돈강』 107, 108, 124, 184
「곤장 백도」 282
「과도기」 255
「궤도회전」 104
「기계도시」 104
『김약국의 딸들』 137

ㄴ

「낙조」 320, 344
『난장이가 쏘아올린 작은 공』 95, 100, 101, 103, 123
「내 그물로 오는 가시고기」 104
「냉동어」 297, 298, 300, 307, 309, 365
「논 이야기」, 344

ㄷ

『대사들』 49, 97, 98
『도덕경』 215
「도야지」 344, 345
『돈키호테』 116
「두 순정」 260

ㄹ

『라신느』 23
「레디메이드 인생」 258-260, 262, 263, 287, 364
『로마구경』 100

ㅁ

「맹순사」 344
「명상곡」 95
「명일」 89, 261-264, 266, 267, 269, 270, 277, 283, 289, 290, 292, 361, 364
『문학예술작품』 9
『문학의 이론』 37
『문학의 통일성 이론』 52, 53, 81
「미스터 방」 344
「민족의 죄인」 90, 266, 319-321, 324, 328, 329, 332, 335, 336, 339, 342-345, 362, 369
「민족의 죄인과 죄인의 민족」 322

ㅂ

불멸의 역사 총서 91
『비명을 찾아서』 113, 116, 119, 125
『비평과 진실』 24
『비평의 해부』 74

ㅅ

『사기』 28, 29
「사라지는 그림자」 364
「산동이」 254, 255, 258-260, 290, 364
『삼국유사』 195
『삼국지연의』 30
『3대의 사랑』 226
「새벽 출정」 90, 91, 93, 123
「생명」 260
『생명의 정신과 예술』 81
「서울, 1964년 겨울」 114
「세 길로」 255
「세태소설론」 271, 320
「소년은 자란다」 319, 320, 345, 346, 348, 350, 351, 353-355, 360, 361, 367, 369
「소문의 벽」 332
「소복 입은 영혼 — 구슬픈 전설의 한 토막」 260

『소설의 이해』 59
『시각심리학』 31
『시장과 전장』 137
『신과학 대화』(디스코르시) 341
『심청전』 157
「쑥국새」 260

ㅇ
『아름다운 새벽』 284, 297, 300-302, 305, 308, 313, 355
〈아바타〉 54
「아침의 문」 82, 89, 90, 93, 121
『안나 카레니나』 87, 89, 121
『어머니』 301, 308, 355
「얼어 죽은 모나리자」 260
『여인전기』 284, 300, 301, 307-310, 313, 338, 355, 365
『역경』 215
「역로」 344
『역전』 41
『열린 예술작품』 22
「오발탄」 87, 89, 94, 121
「용동댁」 260
「우주여행」, 104
「육교 위에서」 104
『율리시즈』 35
「은강노동자 가족의 생계비」 104
「이런 처지」 272
「24시품」 76, 122
「인테리와 빈대떡」 287, 364
『잃어버린 시간을 찾아서』 64

ㅈ
「잘못은 신에게도 있다」 104
『전쟁과 평화』 64, 107
「제향날」 272, 367
『존재와 시간』 46
『주역』 41, 62, 76

ㅊ
『창랑시화』 35
『채만식의 항일문학』 52, 53
『천변풍경』 268, 269, 283
『춘향전』 157, 227
「치숙」 272, 292

ㅋ
「칼날」, 104
「코자크」 32
「클라인씨의 병」 104

ㅌ
『타이스』 60, 95, 98, 122
『탁류』 89, 254, 264, 266-277, 279-281, 283, 284, 289-292, 294, 295, 299, 302, 305, 312, 313, 317, 338, 348, 353, 355, 364, 365
「탁류의 계봉」 285
『태평천하』 254, 290-292, 294-296, 300, 302, 305, 364
『토지』 10, 11, 50, 71, 101, 108, 137, 205, 247
『토지를 읽는다』 52
「트로이의 여인들」 211

ㅎ
『화산도』 240
『흥부전』 157

인명

ㄱ
갈릴레이 340, 341, 362
강증산 195, 199
곽광수 56
김남천 254, 271, 272, 320
김동인 332

김병익 178
김석범 240
김승옥 114
김윤식 264, 266, 275, 276, 285, 297, 307, 322, 323, 329, 345, 346, 353
김재석 295
김홍기 318

ㄴ
나보코프, 블라디미르 88
나쓰메 소세키 192

ㄷ
다케다 다이준 28, 29, 31
달리, 살바도르 55

ㄹ
라파엘 204
란도, 조지 P. 47
러보크, 퍼시 100
루카치, 게오르크 116
류보선 273, 276, 306, 319, 351-353
르페브르, 앙리 81

ㅁ
메쇼닉, 앙리 81
모레티, 프랑코 105
모리 오가이 195
민현기 292

ㅂ
바르트, 롤랑 22, 23, 47, 73
바슐라르, 가스통 56, 81, 286
바흐친, 미하일 241
박민규 82, 87
박윤 35
박태원 268, 283, 290
방당도르프, 크리스티앙 47
방현석 106
벤브니스트, 에밀 150
벤야민, 발터 251, 278
보들레르 21
브레히트, 베르톨트 320, 339, 341, 344, 362

ㅅ
사마천 28, 29
사에구사 도시카쓰 324, 328, 332, 335
세르반테스 117
솔소, 로버트 9, 19, 31, 32, 34, 35, 37, 40, 59, 81
송하춘 287, 348, 349
숄로호프, 미하일 알렉산드로비치 107, 108, 184
신동욱 333, 339

ㅇ
아리스토텔레스 204, 205
아우구스티누스 34
아퀴나스, 토마스 34, 35, 42
엄우(嚴羽) 35, 36, 81
에우리피데스 211
에코, 움베르토 22, 23
염상섭 254, 255
오에 겐자부로 73
왕부지 223
웰렉, 르네 37
이광수 332, 346
이동하 346, 348
이명곤 34
이청준 332
인가르덴, 로만 9, 19, 21, 36, 55, 59, 63, 91
임화 254, 268, 283, 320

ㅈ
제갈공명 27, 28, 31
제임스, 헨리 49, 97
조동일 277
조명설 34

조세희 95, 100
조이스, 제임스 35, 42

ㅊ

채만식 63, 89, 251, 254, 255, 259, 260, 264, 270, 273, 282, 342, 344-346
최인훈 29-31

ㅋ

카메론 54
칸딘스키 32
컬러, 조너선 66, 67
콜론타이, 알렉산드라 226
크리스테바 26

ㅌ

토도로프, 츠베탕 69, 205, 207
톨스토이 64

ㅍ

포스터, E. M. 40, 49, 59, 63, 81, 203
프라이, 노스럽 74, 81, 286
프랑스, 아나톨 95
프로프, 블라디미르 69
프루스트, 마르셀 64
플라톤 204
피카르, 레이몽 23

ㅎ

하이데거 46, 241
한수영 297
함일돈 255
홍이섭 294
화이트헤드 56
황국명 347, 348
황봉구 81
황석영 91, 106

개념

ㄱ

가시적(可視的)인 것 277, 288, 353
가족사소설 226
감각 4
감각경험 5
개연성 205
겹시각 349, 365
계명회 192
계몽운동 176
계열체 48
공포의 변증법 123
공포의 이미지 123
관동대지진 177, 192
관물취상(觀物取象) 8, 41
관상법 8, 76
관심의 통일 204, 210, 211, 239
구조 전체 156
구체화 21, 22
기운생동(氣韻生動) 41
기원신화 224
꼼꼼히 읽기 21

ㄴ

느낌 55

ㄷ

다시 읽기 64, 73, 125, 156, 164, 278
담론장 193
대응 형태 65
대자대비 247
데우스 엑스 마키나 217
도구음악 22
도구 전체 46
도식화된 시점들의 층 39
동반자 작가 255
드라큘라 95, 101, 123

디지털 기술 42, 46, 47

ㄹ

러시아 형식주의 69
렘수면 54
리듬 184
리듬 분석 81
리듬비평 81
리듬의 영역 113
리얼리즘 350

ㅁ

매체공간 46
명료성(claritas) 34
모자이크 295, 366
몽타주 295, 366
문기론(文氣論) 41
문화비교론 178, 179
물산장려운동 176, 192
물질적 이미지 56
미니맵 49
민족서사시 224

ㅂ

반복 수행성 48
발견술 343, 363, 365
보조플롯 211
부플롯 211
분신의 기법 285, 363
불협화음(cacophony) 184, 211
비렘수면 54
빅뱅 204

ㅅ

사공도 76
사형취상(捨形取象) 41, 222, 308, 311, 365, 368
「삼국지II」 29, 48, 53, 71
「삼국지III」 48
삽화적 구성 207
상상적인 후광 56
생명사상 247
생성론적 세계관 76
생성텍스트 26
생장수장(生長收藏) 111
샤머니즘 247
서술명제 69, 207, 208
세상 읽기 363
세태소설 264, 268, 269, 271, 283, 290
소유양식 246
순수운동 222
스캐닝 54
「스타크래프트」 49
시상(詩象) 81
시퀀스 69
신구논쟁 24
신비평 21, 22
신운론 36
신화비평 74, 81
심평(審平) 174, 175

ㅇ

아리스토텔레스의 플롯의 통일 이론 41
아우라 92
아이러니 263, 307
아이티온(aition) 204, 217, 240
알고리즘 48
알레고리 263, 267, 277, 282, 283, 287, 288, 294, 344, 348, 363, 368
알레고리적 인식의 지도 361, 370
언어음성형상의 층 39
에피파니 35, 40
역동적 유도 56, 57
역동적 이미지 56
역사소설 207, 224, 226, 238
열린 예술작품 22
열반증득(涅槃證得) 55, 77

영성 199
영양쾌각 35, 36, 81, 94
완결성 21, 204
완전성 21
운동 이미지 56
원형(原型) 74
원형비평 74, 286
음양오행 111
의경론(意境論) 36
의미단위체의 층 39
이미지의 동성 57
이미지 현상학 81, 204, 222, 286
인상파 21
읽기 이론 12

ㅈ
작품 20, 25
작품 읽기 363
전일성(integritas) 34
전체상 61, 77, 95, 155, 184, 199, 203, 287, 289, 300, 308, 361
조화(consonantia) 34
존재론적 세계관 76
존재양식 246
존재의 개시(開示) 241
주제화 241
즉관(卽觀) 55
지각방식 42
직관 7, 8
집중 72

ㅊ
천지공사 195, 199
총체소설 226
취상법 8, 76, 311
층조성 39

ㅋ
카프 255, 259
컴퓨터 게임 48
콜라주 366

ㅌ
탈은폐 241
텍스트 24, 26
통일성 21, 180, 206
통합체 48

ㅍ
파토스 41
패턴 60, 61, 113
패턴과 리듬 40, 61, 184, 203
표면적 특성 31
표시된 대상성의 층 39
풍자 263, 287
프랑켄슈타인 95, 101, 123
플라톤의 모방론 41
플롯 66
플롯의 통일 41
필연성 205

ㅎ
하이퍼텍스트 47
한 232
항일문학 362
행동의 통일 41
현상텍스트 26
현인신(現人神) 194
형이상학적 특질 37, 39, 61, 91
형태적 이미지 56
형평사운동 192
흑하사변 192
흥상(興象) 62
흥상론(興象論) 36